劍來

第一部 五 草長鶯飛時

烽火戲諸侯 著

高寶書版集團

◆目錄◆

第一章　請破陣　4
第二章　去開山　49
第三章　肩挑草長鶯飛　102
第四章　少年已知愁滋味　145
第五章　近朱者赤　193
第六章　弟子服其勞　243
第七章　喝好酒的大宗師　293
第八章　江湖路上　335

第一章　請破陣

龍泉縣西邊山脈綿延，其中有一座山頭叫落魄山。

一個名叫傅玉的文祕書郎，作為縣令吳鳶的頭號心腹，之前在縣城與外人起了紛爭。吳鳶不願在這個關頭節外生枝，更不希望有人拿此做文章，便讓傅玉負責盯著落魄山山神廟的建造，事實上算是避風頭來了。

在一個月明星稀的深夜，這名大驪豪族出身卻淪為濁流胥吏的京城年輕人，獨自一人找到了一個在落魄山搭建竹樓的奇怪傢伙。

那傢伙看到傅玉後，笑問道：「不應該是那位崔國師的學生吳縣尊親自來找我嗎？」

傅玉臉色淡然，開門見山地解釋道：「吳鳶是娘娘安插在他先生身邊的棋子，而我是國師大人安插在吳鳶身邊的棋子。」

俊朗的外貌、世家子的風範、漠然的眼神，再加上冷冰冰的措辭，與傅玉在衙署一貫給人的溫文爾雅印象有著天壤之別。

傅玉一語道破天機後，伸出一隻手掌，攤開在對方眼前。

魏檗從傅玉的手掌中拿起一枚黑色棋子，伸手示意傅玉坐在一把竹椅上。

他滿臉笑意道：「明白了。那麼咱們就一個漫天要價，一個坐地還錢，在這明月清風之下，行蠅營狗苟之事？」

傅玉看著這位昔年的神水國北嶽正神，點了點頭，對於魏檗的冷嘲熱諷，並沒有惱羞成怒。他坦然坐在小竹椅上，轉頭看了眼夜色裡遠未完工的竹樓。

竹樓不大，耗時已久，卻只搭建了一半還不到，因為魏檗並未花錢僱用小鎮青壯男子，也不願意跟龍泉縣衙署打招呼，借調一撥盧氏刑徒，始終親力親為。

如今只有落魄山在內的幾座山頭不設山禁，樵夫、村民依然可以進入落魄山砍柴，其餘山頭都有各路神仙在讓人打造府邸，熱火朝天，每天山頭上都會塵土飛揚。

傳言落魄山有深不見底的山崖石穴，周邊可以看到一條巨大的碾壓痕跡。在落魄山建造山神祠廟的衙署胥吏和青壯百姓，很多人都說看到過一條身軀粗如井口的黑蛇經常會去溪澗那邊飲水，見著了他們，那龐然大物既不畏懼退縮，也從不主動傷人，自顧自汲水完畢便游弋離去。

魏檗給自己打造了一柄精緻素雅的竹骨紙扇，坐在竹椅上，蹺著二郎腿，輕輕搧動陣陣清風。

今年整個夏季幾乎沒有幾天酷暑日子，如今就要入秋，讓人措手不及，彷彿是李寶瓶在地上跳著炭筆畫出來的方格，一下子就從春天跳到了秋天。

傅玉猶豫了一下，先說了一句題外話作為開場白：「雖然陣營不同，可吳大人是個好人，以後更會是一個好官。」

魏檗滿臉不以為然，笑了：「那也得活著才行。」

傅玉臉色有些難看。

魏檗對此故意視而不見，竹骨紙扇緩緩搖動，山風徐徐而來，他鬢角髮絲被吹拂得飄飄蕩蕩，真是比神仙還神仙。

魏檗懶洋洋道：「我手裡頭能拿出來做交易的東西就那麼點，不如你先說說看我能得到什麼。」

傅玉深吸一口氣：「成為大驪北嶽正神！」

魏檗神色從容，微笑道：「如果我沒有記錯的話，你們的北嶽正神在那場大戰之後依然安然無恙啊。大驪皇帝總不可能隨隨便便就拿掉這麼一個重要的神位吧？」

傅玉放低嗓音：「之前陛下提議將此處的披雲山升為新的大驪北嶽，後來被擱置，但是近期有了新的進展，陛下決定大刀闊斧地推進此事。」

魏檗問道：「當真？」

傅玉點頭：「當真。」

魏檗玩味笑道：「是不是倉促了些？別說大隋高氏，你們大驪連黃庭國都還沒拿下，就開始把北嶽放在一國版圖的最南端了？」

傅玉沉默了。他嘴巴很嚴實，絕不輕易評價皇帝陛下的決定。

魏檗收起摺扇，思考許久，感慨道：「大驪畫了這麼大一個餅給我啊。」

他站起身，用摺扇拍打手心，轉頭瞥了眼竹樓。

「哈哈，你們大驪皇帝眼光真不錯，我魏檗可是被阿良捅了一刀，還能夠活蹦亂跳的存在，所以當這個北嶽正神，綽綽有餘。」

最後，他凝視著傅玉，瞇眼道：「好了，你可以說說看，到底要我做什麼？」

這一刻的魏檗，不再是那個在棋墩山石坪初次露面的白髮蒼蒼土地爺，也不是那個手捧嬌黃木匣的俊美青年，更不是那個在山路上與某個少女擦肩而過的可憐人。

傅玉有些緊張，因為眼前這位，極有可能是未來整個東寶瓶洲最有分量的北嶽正神，沒有之一。

紅燭鎮往西兩百多里的繡花江上游，江水中央有一座小孤山，俗稱饅頭山，山上土地廟的香火只能算湊合。

一個五短身材的漢子「走出」那座掉漆嚴重的泥塑神像，落地後，伸手從香爐裡拎起一個朱衣童子，才巴掌高度，是這座土地廟碩果僅存的香火童子。漢子將他放在自己肩頭，開始向外走去。江水滾滾，漢子直接踏江而走。

睡眼惺忪的朱衣童子趴在肩頭，破口大罵：「你大爺的，幹嘛打攪大爺睡覺？之前那趟圍剿無功而返，你整個人就有點怪怪的，是不是見過了誘人的紅燭鎮船家女，又沒錢睡她們，把你給燥的？」

漢子難得沒有拾掇這個嘴欠的香火小人，語氣沉悶道：「我們去紅燭鎮找到那條鯉魚精，送給他一顆來自驪珠洞天的蛇膽石，他很快就會成為沖澹江的水神。你要是願意，以後就跟他混好了，水神祠廟的香火，怎麼也比我這屁大的土地廟要旺盛……」

朱衣童子先是錯愕，然後大怒，跳起身來，一巴掌一巴掌狠狠打在漢子臉頰上，只是對方好歹是一位貨真價實的土地爺，這種程度的拍打對他來說無異於撓癢。

這個香火小人一邊蹦跳一邊破口大罵道：「你大爺的，不許侮辱大爺我！」

朱衣童子最後頹然坐在漢子肩頭，傷心哽咽。

漢子咧嘴笑道：「不願意去享福就算了，喜歡留在家裡受罪，就繼續在這裡混吃等死好了，我才懶得管你。」

朱衣童子聞言後立即擦拭眼淚，破涕為笑：「金窩銀窩不如自家草窩嘛。對了，你可別誤會，我對你和那座破廟沒有半點留戀，大爺只是捨不得那只香爐！」

漢子不置一詞。

朱衣童子沉默片刻，輕聲問道：「你是咱們州任職最久的土地爺，好些跟你輩分相當的昔年同僚，如今最差也是城隍爺了。你明明跟他們關係不差，好多人想要來拜訪，你為何死活不願意見他們？」

漢子顯然不願提起這一茬，沉默不語。

跟他相依為命的朱衣童子卻不願就此放過自己主人，喋喋不休道：「咱們的鄰居，那個繡花江騷婆娘，每次偷偷看你，一雙眼眸春水汪汪的，連大爺我都快把持不住了，你為何偏偏如此鐵石心腸？她手底下那些蝦兵蟹將若是曉得你也是有這麼些關係的，哪裡敢成天欺負咱們。只要是通了靈性的水族，有事沒事就往咱們這邊吐口水，氣死老子了！害得我每次去城鎮逛蕩，族類從來都不愛帶我玩，嫌棄我出身差，是窮光蛋泥腿子。都怪你！」

漢子心情不錯，笑道：「子不嫌母醜，就你廢話多。」

朱衣童子翻了個白眼，氣哼哼道：「這些年我也聽了許多小道消息，有說是你當初惹惱了大驪京城禮部的大人物，人家拖家帶口來燒香祭祀的時候，你不好好供奉起來也就罷了，還對他們很不客氣。還有說是你禍害了某個仙家府邸的黃花閨女，使得情關難過，耽誤了大道，門派掌門就給大驪朝廷施壓，要你守著破廟當一輩子的土地爺。再有……」

漢子笑道：「行了行了，陳芝麻爛穀子的糊塗帳，我都已經忘了，你瞎猜什麼，皇帝不急太監急的。」

朱衣童子一個蹦躂就是一耳光甩在漢子臉上：「你說誰太監呢？」

漢子對於小傢伙的以下犯上不以為意，突然從懷裡掏出一顆晶瑩剔透的嫩綠石子放在肩上：「這就是傳說中的蛇膽石，讓你見識見識。水族，尤其是蛟龍之屬的水族，一旦吞食下腹，只要能夠撐著不死，修為境界就能夠突飛猛進，而且沒有後患，等同於仙家一等一的靈丹妙藥。」

朱衣童子趕緊雙手扶好那塊「半人高的巨石」，好奇地問道：「誰給你的？為啥他不直接送給化名李錦的那條錦鯉？」

漢子搖頭道：「當時懶得問，現在懶得猜。」

朱衣童子雙手捧臉，欲哭無淚：「蒼天老爺啊，我怎麼攤上這麼不知上進的主人啊！

天可憐見，作為補償，賞給我一個活潑可愛、國色天香、知書達理、出身高門的小姑娘做媳婦吧！」

漢子取走蛇膽石，打趣道：「就憑你？下輩子吧。」

朱衣童子怒氣沖沖地爬上漢子的腦袋，坐在亂糟糟的頭髮之中，安靜了片刻，就開始扭來扭去。

漢子問道：「你幹啥？」

朱衣童子氣呼呼道：「你剛才的話太傷人了，我想拉泡屎在你頭上。」

「三天不打，上房揭瓦！」漢子一怒之下，抓起小傢伙，就往對岸猛然丟擲出去。

朱衣童子在空中翻滾，歡快大笑：「哇哦，感覺像是仙人在御劍飛行啊！」

踏江前行的漢子氣笑道：「小王八蛋玩意兒。」

一道滾滾黑煙從地底湧出，出現在懸掛「秀水高風」匾額的恢弘宅邸前，漸漸凝聚成人形。

原本死氣沉沉的大宅，千百盞燈籠同時亮起，紅光沖天。

一名臉色雪白的女子從府內飛掠而出，懸停在匾額之前，厲色怒容道：「你還來做什麼？怎麼，先前你失心瘋，差點壞我山根水源，是沒打過癮還是如何？」

不知為何，楚夫人已經不再穿那件鮮紅嫁衣。

陰神說道：「妳想不想離開此地？如果想的話，妳需要付出不小的代價，比如換我來做這座府邸的新主人。」

楚夫人一手捧腹大笑：「失心瘋，你這次是真的失心瘋了。」

陰神面無表情道：「妳知道我不是在開玩笑。妳就不想去觀湖書院，從湖底打撈起那具屍骨？就不想尋找蛛絲馬跡，為他報仇？已經拖了這麼多年，再拖下去，估計當年的仇人都已經舒舒服服地安享晚年，然後一個個陸續老死了吧？」

楚夫人驟然沉默，之後問了一個關鍵問題：「就算我願意交出此處，你憑什麼讓大驪朝廷認可你的身分？」

陰神敷衍答道：「我自有門路，無須夫人操心。」

懸浮空中的楚夫人轉身望向那塊匾額，又轉頭望向遠方的山路。

曾幾何時，就在那裡，有名身材瘦削的讀書人，在雨夜背負著一只破舊書箱，蹣跚而行，興許是為了壯膽，他大聲朗誦著儒家典籍的內容。

進京趕考的窮書生，他的眼神很明亮。

楚夫人飄然落地，問道：「這塊匾額能夠不更換嗎？」

陰神點頭道：「有何不可？至多百年，我就會將這座府邸原封不動地還給夫人。」

楚夫人緩緩前行，與陰神擦肩而過，就這樣走向遠方。

她自言自語道：「山水相逢，再無重逢。」又轉頭笑道：「府邸樞紐就在匾額。我已經放棄對它的掌控，之後能夠取得幾分山水氣運，就看你自己的本事了。」

陰神疑惑問道：「妳不恨大驪王朝？他們為了讓妳繼續坐鎮此地氣運，故意對妳隱瞞了實情。」

楚夫人一言不發，飄然遠去。

黃庭國北方山林之中有一座別業，雖山水險峻，但由於附近的江畔山壁之上有晦澀難解的摩崖石刻，每一個字都大如斗笠，使得遊人不斷，加上這棟宅子修建了一條可供馬車通行的寬闊山路，所以算不得人跡罕至，時不時就會有人路過借宿或是休息。

別業主人是一個精神矍鑠的古稀老人，身分相當不俗，是黃庭國的前任戶部侍郎。老人一向好客，無論登門之人是達官顯貴還是鄉野樵夫，都會熱情款待。

今夜月圓，山林和江水之上鋪滿月輝。一個提著一盞昏黃燈籠的老人，腋下夾著一本泛黃古籍，獨自從宅院走出，下山來到並無一艘野舟渡船的渡口，從袖中掏出一件拇指長短的小木舟模子，輕輕拋向小水灣中。在距離水面還有一丈高的時候，小木舟突然變大，最後變得與尋常舟船無異，轟然砸在水面，濺起無數水花，在寂靜深夜裡，聲勢尤為驚人。

老人登上小舟，卻沒有木槳可以划水，便抬起手中燈籠，鬆開手指後，去抽出腋下的書籍。那盞本該墜落的燈籠詭譎地懸停在空中，散發出柔和的潔白燈光。

老人盤腿而坐，一手捧書，一手翻書，小舟自行駛出小水灣，去往水流相通的大江。他翻書的速度極其緩慢，今夜的江水破天荒地格外平靜，小舟幾乎沒有任何晃動。當他乘舟來到那處石壁下，才抬起頭，望向那些無人能解開謎底的古老文字。

準確說來，其實有人在不久之前給出正確答案了，是一名大驪王朝的白衣少年，看著不過十五、六歲，卻能夠一語道破天機，說那是「雷部天君親手刻就，天帝申飭蛟龍之辭」。哪怕老人見過了無數次春榮秋枯，那一刻內心仍是驚濤駭浪，只是臉上沒有流露出來而已。

老人收回視線，心情複雜，微微嘆息一聲。

樹欲靜而風不止。

被一葉扁舟壓著的大江水面之下，所有魚蝦蛇蟹龜等一切水族活物，幾乎全部匍匐在江底，瑟瑟發抖。

老人收起燈籠和書籍，人與舟一起沐浴在靜謐月色裡。他又變出一只酒壺，不急於馬上喝酒，而是環顧四周，唏噓道：「吹滅讀書燈，一身都是月。」

「古來聖賢皆寂寞，唯有飲者留其名。喝酒喝酒！」老人哈哈大笑，開始飲酒，一口接一口。小小酒壺瞧著不過一斤半的容量，但是老人已經喝了不下百口酒。

最後老人喝得酩酊大醉，腦袋晃晃悠悠，隨手將那酒壺丟入大江，便向後倒去，噗通一聲，直接躺在小舟之內呼呼大睡。

小舟繼續逆流而上。突然，小舟頭部微微上翹離開水面，然後整條小舟就這樣離開了大江，向高空飄蕩而去，越來越高。

小舟穿破了一層又一層雲海，大江早已變成了一根絲線，整個黃庭國變成了一粒黃豆，東寶瓶洲變成了一寸瓶。

當老人悠悠然醒來，已經不知小舟離開大地有多遠，距離天穹有多近。

小舟輕輕搖晃，又來到一條大河，只是不同於人間，這條大河彷彿沒有盡頭，群星璀璨，無比絢爛。

老人神色悲愴，嘴唇顫抖，喃喃道：「酒呢？」他重新躺下，閉上眼睛，像是記起了最不堪的回憶，滿臉痛苦，一遍一遍重複呢喃，「我的酒呢，我的酒呢，酒呢……」

醉後不知天在水，滿船清夢壓星河。

一名瀟灑儒士站在大江畔的石崖之上，等待那一葉扁舟的返回。

此人正是觀湖書院的崔明皇，作為東寶瓶洲最著名的兩大儒家君子之一，他曾經親身參與過驪珠洞天的收官。他在收到兩封密信後就趕來此地，要跟國師崔瀺和小鎮楊老頭一起，與這條老蛟做筆買賣。

因為大驪如今擁有世間最後的半條真龍。

這是最大的籌碼，其實也是唯一的籌碼。

老城隍舊址，秋蘆客棧。

井口和井底，站著兩名貌似年齡相近卻身分絕對懸殊的少年。

陳平安輕輕跨上井口邊沿，微微前傾，望向幽幽的水井底下，喊了一聲：「崔東山。」

崔東山雙手負後，仰起頭，笑咪咪道：「怎麼，終於想通了？」

陳平安繼續說道：「我們第一次見面，你自稱什麼來著？」

一瞬間，崔東山猛然警覺，頭皮發麻，心湖沸騰。

緊接著，一條雪白虹光從井口撞入井底！

劍氣如瀑布傾瀉，布滿整個水井。

這副皮囊正是血氣方剛的年紀，多少影響到崔瀺的一部分心性，加上古井之內，身體往下沉入水底的速度註定快不過劍氣臨頭，他早已退無可退，便也沒有半點退縮，一手在身前掐訣，一手掌心朝向井口，祭出了一份可謂壓箱底的保命符。

只見少年潔白如玉的掌心出現一面鏡子，鏡面僅比井口略小一圈，鏡面之上散發出一層淡黃的光暈。

有些白虹劍氣順著鏡面邊緣，流瀉而下，井水瞬間蒸發乾淨。

整個鏡面則擋住了絕大部分劍氣，一撞之下，鏡面綻放出絢爛的刺眼電光。

「砰」一聲，崔東山身形往下一墜，下落半丈有餘，整條手臂顫抖不已，然後被劍氣鎮壓得慢慢彎曲起來，最後手掌逐漸下降到與腦袋持平。

他的腦袋開始歪斜，轉為用肩頭扛起古鏡，同時用雙手使勁托住鏡子下方。

腦袋可以歪斜，可若是鏡子傾斜，被劍氣澆灌一身的話，那麼就不只是被燒掉一具價值連城的無垢身軀這麼簡單，而是自己這個「少年崔瀺」也要就此身死道消，世間只留下那個大驪國師崔瀺。

天然生就一具最上品「金枝玉葉」骨骼的身軀，所有關節都發出黃豆爆裂的沉悶聲響。崔東山臉龐猙獰，肩頭被鏡子底部磨出血痕來，臉色蒼白，井底的身形被一寸寸往下壓去，仍是嘶啞笑道：「老子也有今天？老秀才、齊靜春，你們兩個王八蛋害人不淺！一個害我從第十二境掉到第十境，一個害我從第十境掉到第五境！有本事就讓你們的徒弟和師弟乾脆讓我澈底淪為凡夫俗子！有本事就來啊！我不信一道二境武夫用出的劍氣就能打破這一口雷部司印鏡！」

陸地劍仙一劍使出，往往氣沖斗牛，起於大地，光耀天空。

陳平安這一劍，因為是往水井底下使出，相對不顯山露水，可是井底通往大江的水道已經遭了大殃，連累遠處江畔的大水府邸都開始氣運搖晃。

寒食江神本以為今夜遭遇是因禍得福，正在跟隋彬、攔江蛤蟆兩名心腹喝酒慶祝，結果天降橫禍，來了這麼一下，「大水府」匾額上三個金字已經開始龜裂出一絲絲縫隙，害得他趕緊掠空來到大門口，伸手扶住匾額兩端，以免金字就此崩碎，使得自己身上的一江氣運隨之流蕩離散。

井底，眉心有痣的俊美少年以肩抵鏡，滿臉痛苦道：「陳平安！你這次要是殺不掉我，我崔瀺就算拚著半條命不要，上去後也要親手宰掉你！將你的魂魄一點一點剝離開來，讓你生不如死一百年！」

在小鎮上，姓崔的偷過了宋集薪家牆上的春聯，陳平安之後到了楊家鋪子後院，曾經跟楊老頭說起過繡虎、師伯這些稱呼，但是老人並未說話，陳平安便沒有刨根問底，只當是楊老頭對此不熟悉，或者完全不感興趣。

因為眉心有痣的少年之前在牌坊樓下自報姓名的時候，說的是兩個字，還說第二字很晦澀生僻，所以陳平安從頭到尾只確定了一個「崔」字。

後來陳平安想起一件事，寧姚姑娘曾經無意間說起過，大驪有一個綽號「繡虎」的傢伙下棋很厲害，是唯一能夠讓大隋國手視為大敵的人物。

陳平安問過李寶瓶三人可曾聽說過「繡虎」，三個跟他一樣在小鎮長大的孩子俱是搖頭不知。陳平安後來還問過陰神這個問題，可是陰神分明知道答案，卻說自己有規矩要遵守，不能說，一旦違反那些約定，就會平地起陰雷，讓他魂飛魄散。陳平安當然不願強人所難，就將這個問題擱置起來。

陳平安看陰神對待崔姓少年的態度，從頭到尾，疏離而平靜，至少沒有把他當作敵人，就放心了一些，覺得崔東山也好，棋士繡虎也罷，不管貪圖自己什麼，終究是「兩人之間的捉對廝殺」，哪怕自己「下棋」輸了，大不了祭出劍氣來個玉石俱焚，一縷不夠，就再來一縷，萬一兩縷劍氣用光都殺不掉白衣少年，那就只能聽天由命了。

當陳平安看出地圖上那一條線後，心中的不安越來越強烈，很怕起始於其實比衙署還要更遠的源頭的這條線，有著自己無法想像的陰謀。比如好端端的齊先生突然逝世，之後學塾的馬夫子在帶領李寶瓶他們去往山崖書院的途中暴斃，而他陳平安最後反而成了小鎮最有錢的人，坐擁五座山頭！

姓崔的白衣少年今夜進入水井之前，在屋子裡，親口說起過一方「天下迎春」印章，而陳平安手裡剛好有一枚齊先生贈送的「靜心得意」。

一定與齊先生有關，一定與李寶瓶三人有關，說不定就是會死人的局面！

陳平安在小鎮已經親身經歷過修行之人的冷酷無情，他實在無法想像，一旦可愛的李寶瓶、膽小的李槐和聰明的林守一死在自己眼前，而自己又無能為力，到時候自己心中會有多少悔恨。

陳平安下棋下得又慢又不靈氣，這水準自認給林守一提鞋都不配。他雖然最後也沒有梳理出完整的來龍去脈，但既然已經想到最壞的結果，那麼就絕無可能讓下棋厲害至極的「繡虎」步步為營，否則在此人收網的時候，他哪怕身負兩縷劍氣，都無法改變結局。

如果只是謀劃他陳平安身上的東西，或是林守一所謂虛無縹緲的大道，陳平安不會有這麼大的決心——那麼就先下手為強！

此時此刻，陳平安使出這一縷劍氣之後，劍氣棲息的那座氣府便什麼都沒有了，於是身軀自己孕育的氣機乘隙瘋狂湧入其中。這一去一來，帶動附近竅穴的氣血一起出現劇烈動盪，讓陳平安心口出現一陣絞痛，痛得他跌坐在井口沿上，趕緊大口喘息。

由於受到古鏡的阻擋，劍氣虹光在水井內久久沒有散去。陳平安死死盯住水井底下，趕緊調整呼吸，試圖強提起一口氣——失敗——再次嘗試，如此反復。

少年兩眼通紅，兩耳嗡嗡作響，心臟有如擂鼓，體內所有經脈像是暴雨過後的一條條江河溪澗一同奔瀉起來。

只剩下一個念頭的少年搖搖晃晃站起身，在心中告訴自己：『再來，一定要再來一次，一定要讓最後這一縷劍氣做到在氣府內蓄勢待發，要不然一旦那人猶有餘力反撲，會害死所有人的！我答應過齊先生，他們一個都不能出事情，我一定要說到做到……』

意識模糊的草鞋少年憑藉著一股執念，一步跨上井口，緊接著是另外一隻腳。

不管上半身如何晃蕩，陳平安的兩隻腳如扎根在井口之上。

可惜這一幕，無人得見。

少年雙指併攏作劍，顫顫巍巍，指向水井底下。

東寶瓶洲西邊，一處大海之濱，有個窮酸秀才正打算離開東寶瓶洲，返回極其遙遠的中土神洲，臨時感知到某處的情況後，無奈道：「你這娃兒，真是年紀越小越作死啊。教不嚴，師之惰。罷了罷了，自己拉的屎自己擦屁股。

讓我看看在哪裡……黃庭國北邊，還沒到大隋……咦？

距離那條江很近嘛。很好很好，之前湊巧去過那打雷崖，可以省去很多時間。本事太大，本領太多，也不好啊，做選擇的時候就是麻煩。

容我想一想……嗯，就用道家縮地成寸好了。」

老秀才顛了顛背後行囊，唉聲嘆氣，伸出腳尖，在身前撮出一堆沙土，一番念念有詞之後，一腳將那個小沙堆踩平，與此同時，老秀才身形消失不見。

轉瞬之間，老秀才出現在了那座寫有「天帝申飭蛟龍之辭」的古蜀國遺址的大崖之上。前後腳輕輕踩在山頂，站穩後看了眼遠方，老秀才神色滿是自得，感慨道：「沒了這副皮囊當累贅，是要厲害一些。」

整座山崖轟隆隆搖晃起來，一條大江之水更是宛如一塊鋪在桌面上的綢緞被人一手扯住使勁抖了幾抖，附近江水每隔數十丈距離就湧起高達數層樓的大浪頭。

老秀才不願因此壞了兩岸風土，趕緊伸手往下壓了壓，如有惡蛟興風作浪的江水一瞬間就安靜了下來。

這個時候，老秀才才發現崖畔最邊緣的地方有一老一小兩個儒士模樣的遊客正瞪大眼睛望向自己，只得尷尬笑道：「月色不錯，月色不錯，我就不打攪你們欣賞風景了，你們就當我沒來過。」

老秀才隨即眺望遠方一眼，點點頭：「是那裡了，還好不遠。」

他一腳剛要跨出，神色突然凝重起來：「咦？」

以這座江畔大崖為圓心，約莫十里之外的圓線之上，一道道劍氣憑空出現，凝聚成一個驚世駭俗的巨大圓形劍陣。

觸及劍氣絲毫者，必成齏粉——這是觀湖書院崔明皇的第一感覺。

雷池絕對不可逾越——這是從星河之中返回人間的老人此時腦海裡的想法。

然後兩人面面相覷，面上都是苦笑和驚疑。

老秀才嘆了口氣，有些頭疼，嘀咕道：「這是弄啥咧？」

有女子嗤笑的嗓音響起，只聞其聲，不見其面：「怎麼，只准你們有幫手，就不許我家小平安也有啊？」

崔明皇此刻相當頭疼。在別處，他崔大君子怎麼都該是一等一的神仙，被尊為座上賓，阿諛之詞能夠聽得耳朵起繭子。可惜在今夜在此地，他卻淪為最不起眼的那隻螻蟻，甚至有可能連螻蟻都不如。這種糟糕的感覺，讓習慣了高高在上的他滿腹氣悶，不得不默念儒家經典，壓抑雜念。

他看了眼那個乘舟從天上星河返回人間的老人，老人如今檯面上的偽裝身分是黃庭國前任戶部侍郎，實際上是一條年紀大到嚇人的老蛟。

老蛟此時比崔明皇還要鎮靜許多，一手撚鬚，饒有興致地觀看那座劍氣牢籠，自言自語，嘖嘖稱奇。

崔明皇此行是奉國師之命悄然南下，要來跟此地蟄伏的老蛟商議祕事。大驪國師想要這位暫時化身為黃庭國前任戶部侍郎的老人出任建造在披雲山的新書院首任山長，而他崔明皇依舊是之前約定的副山長，再加上一位聲望足夠的大驪文壇宗主，三人共同執掌那座填補了山崖書院空缺的新書院。相信以大驪皇帝的野心和魄力，尚未命名的披雲山新書院一定會比齊靜春的山崖書院更加規模宏大、文氣鬱鬱。

至於原本答應他的觀湖書院新山長位置，據說大驪皇帝私下另有補償。

崔明皇在收到國師崔瀺的密信之前，根本不知道小小黃庭國的小池塘竟然還隱匿著這麼一條大蛟，以蛟龍之屬得天獨厚的堅韌身軀、天生掌握的水法神通，哪怕是十境修為，戰力也絕對不輸十一境錬氣士。

密信裡披露，自那場驚天地、泣鬼神的斬龍一役之後，以蛟龍眾多著稱於世的上古蜀國，山川江河之中，血流千萬里，處處是蛟龍的殘肢斷骸，慘不忍睹。

隨後在漫長的歲月長河裡，這條高齡至極的老蛟隱蔽得極好，一直不斷幻化相貌，當過將相公卿、販夫走卒、武將豪俠，可謂歷經人世百態，山河滄桑。

老蛟對於繁衍生息並不感興趣，子嗣極少，整個黃庭國周邊山水，不過是一女兩子而已。其中幼子正是大水府的寒食江神，長女則是秋蘆客棧劉嘉卉所在紫陽府的開山祖師，只不過她的真實身分，對外一直祕不示人，哪怕是紫陽府第一代嫡傳弟子，知道此事的人也寥寥無幾，如今隨著那些紫陽府老祖的逝世，真相早已湮滅。至於老蛟的長子，性情純良，異於蛟類，且自幼喜歡雲遊四方，如今杳無音信，還在不在東寶瓶洲都難說。

背著行囊的窮酸老秀才剛剛從海濱以道家縮地成寸的神通來到這裡的山頂，如何都沒有想到會被人攔阻，關鍵是麻煩還真不小，因為被沖天而起的劍氣城牆阻絕了天地氣機，哪怕是自己都暫時無法感應外邊，這讓老秀才越發愁眉苦臉。

他揉了揉下巴：「我的個乖乖，如今外邊的婆姨都這麼厲害啦？」

他又嘆了口氣，抬起手臂，屈指虛空一叩，輕聲道：「定。」

天地瞬間萬籟俱寂，再無江水滔滔聲，也無陣陣山風撞上劍壁的細微粉碎聲。

這十里山河之內，光陰不再流逝，儒聖氣象，浩浩蕩蕩。

崔明皇由驚懼變成狂喜，開始在心中大聲朗誦聖人教誨，以此增加自身的浩然之氣，這對一位志在成聖的儒家君子來說，是千載難逢的際遇。

這一刻，就連見多識廣的老蛟都給震驚到了，下意識後退數步，跟那個其貌不揚的老秀才拉開距離，哪怕這點距離根本無濟於事，為的就是表露出一個謙恭態度。

在上古蜀國時代，斬龍之前，老蛟尚且年幼，聽族中長輩說起，文廟神位僅僅在至聖先師之後的一位儒教聖人曾經跟四方龍王訂立了一條不成文的規矩：蛟龍在岸上陸地，需要見賢則避，遇聖則潛。

曾有僅次於四方龍王的湖澤大龍自恃身處大湖之中，當著遊歷岸邊的聖人的面興風作浪，故意將浪頭抬高到比岸邊城池良田還要高的天空，恫嚇沿岸的百姓，以此挑釁聖人。

此舉意思是：我不曾上岸，不曾違反規矩，你便是儒家聖人，能奈我何？

當時還年幼的老蛟剛剛覺得此舉大快人心，結果就聽長輩心有戚戚然說出了後邊的慘事。當時那位儒家聖人便伸出一根手指，說了一句類似今晚老秀才瞬間移動時的言語，以指點江山定風波的莫大神通，將那條真龍定身於空中，令湖水倒退數十里，於是真龍便等同於擅自上岸了，並且遇聖人而不潛，所以聖人將其剝皮抽筋，鎮壓於水底一塊大如山嶽的湖石之下，罰其蟄伏千年不得現世。

那一次，長輩語重心長地叮囑年幼晚輩，那些個儒家聖人，尤其是在文廟裡頭有神壇神像的，脾氣其實都不太好，要不然為什麼會有「道貌岸然」這個由褒到貶的說法？

老蛟當時疑惑詢問：「儒家聖人此等行徑，不是不守規矩嗎？」

長輩憤懣回答：「蠢貨，你忘了規矩是誰親手立的？」

此刻，崖頂的老蛟不知記起了什麼陳年往事，有些感傷，喃喃道：「龍蛟之流，替天行道，行雲布雨，貴不可言，幾乎可算是聽調不聽宣的割據藩王，最終淪落至此，幾乎絕種，怨不得聖人們，實在是野心使然，咎由自取。」

老秀才「咦」了一聲，轉頭望向古稀文士模樣的老蛟，微笑點頭道：「知過能改，善莫大焉。難怪上次途經此地，看過了大好風光，仍是覺得缺了點什麼，原來是你的緣故。嗯，還有位君子。君子啊，小齊當年……好吧，相逢是緣，可惜暫時顧不上你們。去。」

老秀才一番自言自語，然後手指輕輕向外一抹，老蛟和崔明皇便被強行搬出山崖之巔。一人一蛟落在遠處江面上，各自攤開手心低頭一看，然後幾乎同時手掌緊握，藏好了各自手心的那些個金色文字，不願公之於眾。

山崖劍陣之中的老秀才環顧四周，大笑道：「藏藏掖掖，可算不得英雄好漢！」他又很快察覺到自己這話說得沒道理，囁囁嚅嚅，一時間不知該如何給自己解圍。

山崖臨水那邊出現了一個身材高大的白衣女子，手裡撐著一枝大荷葉，權且可以視為一把荷花傘。不過荷葉、荷柄皆是雪白色，與白衣白鞋相得益彰，纖塵不染。

老秀才看到荷葉之後，皺了皺眉頭，迅速開始心算推衍，最後神色黯然，喟然一嘆，抬頭望向天空，久久不願收回視線，喃喃道：「最後一趟是去了那裡啊。想當年那個朝氣勃發的少年，口口聲聲『君子直道而行，寧折不彎，玉石俱焚』，到頭來……難為你了。」

老秀才望向那高大女子：「陳平安如果打死了少年崔瀺，不是好事。」

高大女子微笑道：「這樣啊，可我管不著，你有本事出了劍陣再說。道理什麼的，跟我講沒有用，你去跟我家小平安說，可能還有點用處。」她言語一頓，冷笑，「可前提還是你先要走出去。那兩個傢伙能被你順利送出去，是我懶得攔而已。」

老秀才無奈道：「我在世的時候，本來就不擅長打架，如今就更不濟事了，妳何必強人所難。再說了，陳平安和少年崔瀺，如今一個是我……半個弟子吧，一個是半個徒孫，妳說我更幫誰？我這趟去那邊，雖說是幫崔瀺活命，可歸根結底，還不是為了陳平安好？」

高大女子點頭道：「道理是很有道理。」隨即又搖頭：「可我這趟出來，根本就不是為了跟人講道理的啊。」

老秀才越發無奈：「看在妳家小平安的分上，給我一個例外唄？我就是一個教書匠，妳不聽道理，我就是空有一身本事，也沒了用武之地。而妳又是四個天下最會打架的幾個人……幾把劍之一……說劍也不全對，算了算了，不糾結這個稱呼，總之這樣對我很不公平啊！」

高大女子手持古怪大傘，臉色漠然：「破陣吧。」

老秀才萬般無奈，只得小心翼翼問道：「妳知道我是誰嗎？」

高大女子嘴角翹起：「知道啊，文聖嘛。」

老秀才愕然，心想敢情是知道自己底細的，還這麼不給面子，這就有點過分了啊。

如今的浩然天下，儒教教主這位老人家是天底下所有儒家門生尊奉的至聖先師，坐在文廟最高、最正中處，接下去就是分列左右的儒教第二代教主禮聖和為整個儒家文脈繼往開來的亞聖。

禮聖獲得至聖先師最多的讚譽和嘉獎，被儒家視為道德楷模、禮儀之師，制定了儒教最嚴謹、繁密的一整套規矩。亞聖公認學問之深廣最接近至聖先師，而且別開生面，讓儒家得以真正成為天底下唯一的「帝王師學」。

再接著，便是眼前這位居文廟第四高位的文聖。當然，這已是陳年往事，如今這個位置已經空懸很久，因為神像一次次被降低位置，最後連文廟都待不下去了，被搬了出去。堂堂第四聖人，從儒家道統裡捲舖蓋滾蛋，這也就罷了，最後連神像都沒能保全，被一撥性子極端執拗並以衛道士自居的儒家門生打得粉碎。

老秀才伸手繞到身後，拍了拍行囊，行囊消失不見。

他又耐著性子問道：「不然咱們有話好好說，不打行不行？」

高大女子略作思量，點頭道：「那我就客氣一點？」

老秀才欣喜點頭，笑呵呵道：「如此最好。」

一瞬間，那座劍陣的劍氣越發濃烈磅礡，那股不可匹敵的劍勢簡直擁有割裂天地大道的氣勢。

相傳，上古劍仙眾多，豪傑輩出，敢不向三教祖師低頭，肆意縱橫各大天下，以止境劍術、至境劍道、無敵劍靈仗劍人間。

高大女子扯了扯嘴角：「請文聖破陣！這麼說，是不是客氣一些了？」

老秀才一跺腳，氣呼呼道：「唯小人與女子難養也，古人誠不欺我！」

高大女子擰轉那枝不知何處摘來的雪白荷葉，殺機重重。雖然她臉上笑意猶在，可怎麼看都寒意森森：「打不過就罵人，你找削？」

原先遍布於十里之外的圓形劍陣瞬間收攏，變成只圍困住河畔山崖這點地方。與此同時，劍氣越發凌厲驚人，劍氣凝聚而成的劍陣牆壁讓天地間無形流轉的虛無大道都被迫顯現出來，黑白兩色激烈碰撞，火光四濺，最終一起歸於混沌虛無。

老秀才縮了縮脖子，靈光乍現，立即有了底氣，大聲道：「打架可以，但是咱倆能不能換一個打法？妳放心，我這個要求能夠順帶捎上陳平安，保證合情合理，合妳心願！」

高大女子沉默不語，突然看到老秀才在可勁兒給自己使眼色。

她猶豫片刻，點頭道：「可以。」

客棧內，井口上，陳平安雙指併攏作劍，指向井底。

第一縷劍氣造就的虹光在老水井內漸漸淡去大半，不再是那般讓人完全無法直視的耀眼刺目。借著光亮，陳平安依稀可見這一縷「極小」的劍氣在離開氣府竅穴後凝聚實質，如同一場暴雨，瘋狂砸在一塊「地面」上，而這塊承受暴雨撞擊轟砸的地面好像是一塊圓鏡的鏡面。

陳平安當然不會知道，那叫雷部司印鏡，來歷不凡，大有淵源！

在上古一位職掌雷法的天帝隕落後，雷部諸神隨之趁勢而起，瓜分掉了萬法之祖的雷霆權勢，各自掌握一部分雷霆威勢。再往後，就更加處境不堪，除了司職報春的那位雷部神祇之外，其餘眾多神靈早已淪為山水河神之類的存在，要麼受三教聖人約束敕令，不得跨出「雷池」，要麼經常被類似風雪廟、真武山之流的兵家勢力，或是一些道家宗門，以雷法符籙、請神之術將其呼之即來、揮之即去。

而這面雷部司印鏡的主人曾是雷部正神之一，雖然屢遭劫難，從鏡面到內裡早已破敗不堪，裡頭的雷電光華幾乎消磨殆盡，但絕不是中五境修士能夠打破的。

古井內的白衣少年，身形已經被鎮壓向下一丈多，仍是用雙手和肩膀死死抵住鏡子底部。被劍氣衝撞，鏡面震動不已，不斷崩開碎裂，但是很快又被鏡子內蘊含的殘餘雷電自動修復為完整原貌。

劍氣攻伐如鐵騎鑿陣，鏡面抵御如步卒死守。

兩者相互消磨，就看誰更早氣勢衰竭。

崔東山咬緊牙關，滿臉鮮血，模糊了那張俊美容顏。此時已經沒有多餘力氣撂狠話，他只能在心中默念：『熬過這一場劍氣暴雨，我上去後一定百倍奉還！一定可以的，劍雨氣勢由盛轉衰，我只要再堅持一會兒，陳平安你等著！』

雖然井底少年心氣不減，可這般渾身浴血的模樣，實在是淒涼了一些。

哪怕是叛出師門的慘澹歲月，一路遊歷，離開中土神洲，去往南邊那個大洲，最終選擇落腳於疆域最小的東寶瓶洲，昔年的文聖首徒崔瀺，遠遊不知幾個千萬里了，一路上何嘗不是逍遙自在，妖魔鬼怪、魑魅魍魎，有誰能讓他如此狼狽？

要知道，成為大驪國師之前的游士崔瀺，曾經有句難登大雅之堂的口頭禪，只憑喜好斬妖除魔一番之後，就會來一句：「彈指間灰飛煙滅，真是螻蟻都不如。」

扛著鏡子的崔東山身形繼續下墜，只是幅度逐漸變小。

鏡子還能支撐下去，可是鏡子周邊不斷有劍氣流瀉直下。被持續不斷的劍氣浸透，少年的身軀已經搖搖欲墜，他只得心念一動，從袖中滑出一張壓箱底的保命符籙。此符珍藏多年，此時用出，少年心疼到臉龐都有些猙獰。

金色符籙先是黏在白衣袖口之上，然後瞬間融化。很快，那一襲白衣的表面就流淌滿金色符文，細聽之下，竟有佛門梵音嫋嫋響起，白衣如水紋滾動，襯托得他寶相莊嚴。

若說金粉、朱砂是畫符最主要的材料，那麼，另一些可遇不可求的材料一旦製成符籙，符籙蘊含的種種效果就會妙不可言。比如崔東山這一張，就是以一位西方佛國金身羅漢的金色鮮血作為最主要的畫符材料，而且這位得道高僧差點就成了菩薩果位，因此血液呈現出金色，澆注在金粉之中，在符籙之上書寫《金剛經》經文，即可化為一張佛法無窮的金剛護身符，便是陸地劍仙的傾力一擊都能夠抵擋下來。

這讓崔東山如何能夠不心疼？

祭出這張價值連城的保命符之後，少年心中略作計算，便輕鬆算出劍氣至多讓鏡面崩碎，而鏡子本身不會損壞，以後只要每逢雷雨之夜去往電閃雷鳴的雲海之中接引雷電進入鏡面，過不了幾年，這面雷部司印鏡就可以恢復如初。

如此一來，崔東山心中大定，略微歪斜手臂，胡亂擦拭了一下臉上鮮血：「奇恥大辱，差點壞了我這副身軀金枝玉葉的根本！」

他閉上眼睛，開始默默蓄勢。

這道劍氣將散未散的某個關鍵瞬間，就是他殺上井口的時機。

他當然不會等待劍氣全部散盡，一旦被上面的陳平安發現自己沒死，那泥瓶巷的泥腿子說不定還真有後續的陰險招。

畢竟，此時的自己，無論是修為還是身軀，都經不起任何一點意外「推敲」了。

真是大道泥濘，崎嶇難行！

少年心中大恨。

當初小鎮之行，是國師崔瀺自認為的收官之戰，因為涉及證道契機，他不惜神魂對半剝離，寄居於另外一副身軀，以少年形象大大方方離開大驪京城。

原來以為，哪怕斷不掉文聖先生、師弟齊靜春這一脈文運，也能夠以泥瓶巷少年作為觀想對象，借他山之石可以攻玉，砥礪心性，補齊最欠缺的心境，從而幫助自己一鼓作氣破開十境，便有望重新返回十二境巔峰修為，甚至可借助大驪推廣自己的學識，只要自己的事功學問能夠遍及半洲版圖，甚至一洲之地的儒家門生皆是我崔瀺之弟子，裨益之豐，無法想像。

在當時看來，不管如何計算，崔瀺都能夠立於不敗之地，無非是獲利大小的區別。

崔瀺如何都沒有想到，齊靜春真正選中的嫡傳弟子，不是送出春字印的趙繇，不是送出僅剩書籍的宋集薪，甚至不是林守一這些少年讀書種子，而是那個名叫李寶瓶的小姑娘，是一個女子！女子如何繼承文脈？女先生，女夫子？就不怕淪為天下人的笑柄？不怕被儒家學宮書院裡的那些老人視為頭號異端？

更沒有想到，齊靜春代師收徒，將他崔瀺和齊靜春兩人的恩師——文聖的遺物，轉贈給了少年陳平安。

如此一來，不但文脈沒有斷絕，薪火相傳到了李寶瓶這一代，而且使得原本欺師滅祖、叛出師門的崔瀺，重新因為陳平安，再次與文聖綁在一起。

這使得誤以為勝券在握的崔瀺心境瞬間澈底破碎，加上無形中的文運牽引，一跌就跌到了第五境修為。所幸之後跟楊老頭達成盟約，習得一門失傳已久的神道祕術，補全了崔瀺本身鑽研的一樁祕術漏洞，得以快速溫養魂魄，修為才如枯木逢春，開始回流上漲。但這種祕法存在一個致命缺點：積攢而成的修為是「假象」，用完一次就會被打回原形，除非一口氣突破十境，躋身上五境之後，就可以「假作真時真亦假」。虛實不定，真假混淆，便是另外一番天地。

到達秋蘆客棧的時候，崔東山的「假象」境界其實已經重新臨近第九境，這才有機會以兵家「請神」的手段請出一尊儒家聖人的金身法相，讓寒食江神嚇得肝膽欲裂。境界是假的，手段是真的，否則以寒食江神統率北地水運數百年的閱歷和城府，怎麼可能被崔東山馴服得像條溪澗小鯰？

井底處，從井口倒下來的暴雨劍氣猶然咄咄逼人，劍光被鏡面撞得四處飛濺。

崔東山雙腳幾乎踩在井底水道的底部，井水與大江相通的城中地下水早已被劍氣蒸發殆盡。

崔東山在心中開始倒數。

他不想殺陳平安，千真萬確，至少暫時是如此。

因為他更像是在拔河，希望將少年拉扯到自己的大道之上。至少短期之內，他不但不會禍害陳平安，反而會盡可能幫助陳平安增長修為，最多就是悄然改變陳平安的心性，春風化雨，潛移默化，最終讓他成為自己的同道中人。萬一陳平安運氣不錯，將來有希望繼承自己的衣缽，自己也不會拒絕。

崔東山是真的想殺李寶瓶。因為這個小女孩以後一旦成長起來，遭受的罵名、排擠越多，他的大道修為就會越受到影響，畢竟他與陳平安猶有牽連。這不論是對追求盡善盡美的國師崔瀺還是崔東山而言，都是絕對無法忍受的事情。

崔東山覺得這根本就是一場無妄之災。

『我哪怕再像一個居心叵測的壞人，可若是要殺你陳平安，何苦來哉一路裝孫子？分明於你是無害的。

你陳平安憑什麼因為一點猜測，就要對我痛下殺手？憑什麼你自己覺得我會對三個孩子包藏禍心，就可以出手殺人，絲毫不拖泥帶水？那齊靜春一向推崇君子，為何被齊靜春看重的你偏偏如此不講道理？你小子算什麼正人君子？老頭子又憑什麼讓我跟你學做人？我崔瀺曾是文聖首徒，曾經傳授齊靜春學問，論在儒家道統之中的地位，我崔瀺高出賢人君子何止一籌？而你陳平安如此憑心做事，老頭子的眼光真是一如既往的糟糕啊。

齊靜春幫你挑來挑去，還不是等於幫你挑了第二個我？』

雙腳觸及石板的崔東山繼續在心中倒數，伺機而動，心胸間同時湧起一陣快意——

『哈哈，如此更好，這意味著我脫離困境後，慢慢折磨你之餘，至少會讓你陳平安留著一條性命，這樣你以後跟隨我走那條大道，會走得更加自然順暢。這麼說來，你小子的運氣不算太差。

再者，那個死老頭子在我身上種下的文字禁錮，只針對你陳平安一人，不許我對你有任何歹念，否則就要受那鞭笞誅心之苦。除此之外，倒是不曾約束其他行徑。這與老頭子的學問勉強算是一脈相承的，講究事事追本溯源。正本清源之後，方可在道德文章、為人處世上開枝散葉。

將來我崔瀺要你親眼看著齊靜春的嫡傳，那個叫李寶瓶的小姑娘是如何死在你面前的，並且要你曉得何謂大道之爭，她又是為何而死的！』

時機已到！

崔東山抵住鏡子的雙臂早已血肉模糊，深可見骨，只是毫不在意：「劍氣如虹是吧？瀑布倒掛是吧？給老子起開！」

可是就在崔東山自以為得逞的前一刻，就只有這麼一點毫釐之差，雙腳扎根，穩穩站在井口上的草鞋少年終於蓄勢完畢，但其神魂搖盪，五臟六腑無一處不痛入骨髓，所以只能輕輕顫聲道：「走。」

第二道瀑布傾瀉而下。

你大爺的陳平安，老子就被你害死在這裡了。

這是崔東山當時唯一的念頭。

陳平安在井口搖搖欲墜。

在這之前。

陳平安今夜第二次坐在涼亭裡，當時他和做噩夢驚醒的李寶瓶在涼亭對坐，有一縷無緣無故的清風吹拂小涼亭。

他記起一事，有些心酸，同時跟李寶瓶一起閉上眼睛，仔細聆聽簷下鐵馬風鈴聲，在心中默默告訴自己：『齊先生，如果簷下風鈴的聲響是偶數，這事就放一放，忍著那個姓崔的；可如果是奇數，我就出手了。』

叮咚，叮咚，叮叮咚。

第七聲之後，再無聲響。

於是在李寶瓶離開涼亭後，少年站到了井口邊沿上。

更早的時候，在陳平安離開小鎮之前。

那次在楊老頭的提醒下，陳平安拿著雨傘離開楊家鋪子，去追那位登門拜訪楊老頭並送給他兩方山浮水印的學塾先生。

一大一小走在小街上。

「君子可欺之以方。這句話，你可以說給楊老前輩他們聽。以後遇事不決，可問春風。嗯，這句話，你只要留在心頭就好了，以後說不定用得著，但是我希望用不著。」

說完這句話後，雙鬢霜白的讀書人難得不像在學塾傳授學問時那麼古板嚴肅，眨了眨眼，望向少年，和煦笑著。

在陳平安帶著李寶瓶一起離開小鎮時。

某位青衫儒士的最後一點魂魄在去過了天外天某座大洞天之後回到人間，與草鞋少年和紅棉襖小姑娘並肩而行了一段距離便停下了腳步，望著那位師弟和自己弟子的背影，不再相送。

讀書人最後默默揮手作別之時，隨著他輕輕揮袖，有一股春風縈繞少年四周，悄無聲息，久久不散。

井中。

連同那面雷部司印鏡一起，崔東山被狠狠砸回井底，整個人蜷縮在一起，躺在乾燥至極的青石地板上，盡量躲在鏡面底下。

雖然竭盡全力在作最後的垂死掙扎，可其實他心底已經萬念俱灰了。

鏡子劇震不已，帶給下面的白衣少年巨大的衝撞力，劍氣流淌過鏡面後的劍氣「水流」帶給少年身軀的巨大灼燒感，都讓他開始意識模糊。

就在閉眼的瞬間，老秀才烙印在他神魂之上的禁錮竟然消失不見了。

白衣少年精神一振，如樹木久旱逢甘霖後煥發出了勃勃生機。崔東山哪裡還敢留有餘力，此時不拚命更待何時：「哈哈，天助我也！老頭子，你竟然也會出現這種紕漏！老不死的你也會有弄巧成拙的一天，真真正正是天助我崔瀺，天無絕人之路！」

只見一個個充滿浩然正氣的金色大字被滿臉痛苦扭曲的崔東山一點點從神魂之中剝離而出，這種讓人意念無處可躲的痛楚，可比千刀萬剮還要來得恐怖。

可是崔東山頭腦越發清明，「聖人教誨，以文載道」，他駕馭那些暫時無主的金字去撞擊那道劍氣瀑布。

金字與劍氣相互撞擊，竟然沒有半點聲勢可言，但越是如此沉默，越是讓人驚駭窒息。不再是任何氣力、威勢之爭的範疇了，而只是另一種形式的大道之爭。

這條瀑布，終究是一縷「極小」劍氣罷了；那些金字，也只是被人臨時借用而已。

兩者僵持不下，最後竟然像是要湊巧打出一個勢均力敵的局面，好似兩軍對壘，落得一個兩敗俱傷，皆是全軍覆沒。

崔東山在察覺到機遇之後，不再束手待斃，而是開始小心翼翼坐起身，然後一點一點蹲起，最後總算是彎腰站立起來了。

他向一側挪步，鏡面瞬間歪斜，將最後的劍氣全部倒向井口內壁另一側，之後乾脆隨手丟了那面古鏡，雙腳點地，整個人沖天而起，然後身形瞬間消失不見，只有憤恨至極的陰沉嗓音不斷迴蕩在古井之內：「你現在就算有第三道劍氣也來不及了！」

陳平安站在井口，雙手劍爐立樁，在最後一道劍氣離去之後，就準備以拳法迎敵。

那部《撼山譜》，曾在開篇序文裡頭清清楚楚開宗明義：「後世習我撼山拳之人，哪怕迎敵三教祖師，切記，我輩拳法可以弱，爭勝之勢可以輸，唯獨一身拳意絕不可退！」

與此同時，雅靜小院內，李寶瓶在屋內再度驚醒，不是做噩夢，而是被一把槐木劍給拍醒的。

迷迷糊糊的李寶瓶驀然瞪大眼睛，之前破窗而入的木劍在空中迅速刻畫了一個「齊」字，然後嗖一下飛掠向門口。

李寶瓶以迅雷不及掩耳之勢跳下床，靴子也不穿了，赤腳奔跑，打開屋門後，跟著木劍來到小師叔住的屋子。因為陳平安尚未回來，所以門沒有門，被飛劍一下子撞開了，李寶瓶跟著飛劍衝入其中，看到它指了指那只背簍。

李寶瓶在飛劍的指點之下，從背簍裡掏出一塊印章，打開後發現是那方小師叔只給她偷偷看過一次的「靜心得意」印。

飛劍這才使勁「點頭」，迅猛飛向屋外。

李寶瓶握緊這方先生送給她小師叔的靜字印，跟著當初莫名其妙出現在背簍裡的槐木劍一路飛奔到涼亭，隨後躍出涼亭，跑向小師叔所站的井口。

剎那之間，李寶瓶手中的印章掙脫她的掌心，迅猛掠向井口，高過她小師叔的腦袋，然後沉悶至極地啪一下。

井口上方，有人歇斯底里：「又來?齊靜春你大爺!陰魂不散，你他娘的有完沒完？」就看到一個莫名其妙出現在井口上空的白衣少年，額頭上被一方印章重重砸中，整個人倒飛出去，摔在地面上。

一身修為點滴不剩的崔東山，在昏死過去的前一刻，喃喃道：「齊靜春，算你狠，我認輸。」

陳平安瞪大眼睛，只見那塊「靜心得意」印在砸中白衣少年的額頭之後，先是一個反彈，然後在空中凝滯不動，最後像是被人牽線一般給扯了回去。只不過那邊扯線之人的力氣小了點，靜字印在空中晃晃悠悠，高高低低，速度不快。

陳平安追尋著它的軌跡，看到自己和李寶瓶之間懸停著那柄槐木劍，有一個身高跟尾指差不多的金衣女童四肢趴開躲在飛劍下邊，手腳死死箍住木劍。

那模樣玲瓏可愛的金衣女童好不容易爬起來站到了劍身上。她暈頭轉向，腳步跟醉漢似的晃來晃去，看來這趟御劍飛行的經歷，對於她來說算不得如何美好。

那方靜字印落在木劍上，有些沉，一下壓得劍尾翹起，金衣女童整個人滑向印章，手忙腳亂。

李寶瓶同樣沒有察覺到金衣女童的存在，此時見著了，只覺得有趣，便腳步歡快地飛奔過去，雙膝微蹲，雙手托住槐木劍首尾兩端，近距離凝視著那個試圖躲避的小傢伙。

金衣女童愣了愣，似乎天性十分羞赧，伸手搗住臉龐後，雙腳併攏，筆直蹦跳起來，落地後身形竟然沒入了槐木劍，就此消逝不見。

陳平安不明就裡，不願在這件事上糾纏不休，沙啞提醒道：「寶瓶，木劍丟給我，印章妳先收好。」

李寶瓶立即收起好奇心，知道當務之急是收拾那個姓崔的傢伙，便抓住印章，輕喝一聲，向小師叔使勁丟出槐木劍。

只是小姑娘的力道有些掌握不準，槐木劍有些偏離陳平安所站位置。

「轉過身去！」陳平安跟李寶瓶吩咐一句，隨即腳尖一點，一步跨向老水井的左側井口，踩在邊沿上，精準握住木劍後，繼續向前一大步，落地後，對著白衣少年心口就是一劍刺下。

就在此時，陳平安手中的槐木劍露出金衣女童的上半截身子，泫然欲泣，充滿了後悔愧疚，對他使勁搖頭擺手，彷彿是要阻止陳平安殺人。

可是陳平安從接劍到出劍極其果決，一氣呵成，等到金衣女童現身的那一刻，木劍劍尖已經抵住白衣少年的心口。陳平安因為常年燒瓷拉坏的緣故，對於力道的掌控堪稱精微，哪怕有心收手，可是從體內氣機運轉、手臂肌肉伸縮到木劍攜帶的慣性衝勁，都容不得陳平安改變結局。

背負棉布行囊的老秀才突然橫空出世：「還好還好，真是差點就給人陰了一把。」隨著他出現，崔東山像是被人拎住脖子往後一拉，瞬間站定。雖然仍是暈厥狀態，卻腰杆挺直，站如青松，順勢躲過了陳平安的穿心一劍。

迅速後退的陳平安一手橫劍在身前，一手將李寶瓶護在身後。

老秀才看著少年握劍的手法，感到生疏而彆扭，大概就像是看山野樵夫握毛筆吧，怎麼看怎麼不對勁。

老秀才感慨道：「就是你啊。」

陳平安如臨大敵，絲毫不敢掉以輕心，輕聲道：「寶瓶，妳等一下一有機會就跑，不用管我。」他發現李寶瓶扯了扯自己的袖子，三番兩次，心中有些驚奇，側身低頭望去，「怎麼了？」

李寶瓶臉色僵硬，抬起手臂，指了指陳平安身後，張了張嘴，口型像是在說兩個字：「有鬼。」

腹背受敵？陳平安心弦緊繃，等他望去，瞬間滿臉呆滯。

眨了眨眼睛，又眨了眨，確定自己沒認錯後，背對著老秀才和白衣少年，既不敢明著說什麼，以免給人偷聽了去，反而害了這位神仙姐姐；可又實在著急，欲言又止，像是熱鍋上的螞蟻。

李寶瓶偷偷握住小師叔的袖子，看了眼那個和顏悅色的老秀才，又轉頭看了眼那個神出鬼沒的女鬼。

與上次見著的嫁衣女鬼不同，今夜這個身穿白衣白鞋，手裡提著一枝雪白色的……大荷葉？李寶瓶有些犯嘀咕，外邊世道的女鬼都這麼清新脫俗嗎？想當年，大哥曾經被自己脅迫，不得已說了好些個鮮血淋漓的鬼故事，那裡面的紅粉骷髏、水鬼河妖等精怪鬼魅，可都是動輒剖人心肝、吃人血肉，模樣和作態都是極其駭人恐怖的。

哪裡會像眼前這位啊，比先前那個嫁衣女鬼還要美麗動人。

她身材高大，卻依舊苗條，滿頭瀑布似的黑亮青絲從身後繞至胸前，用金色絲巾挽了一個結，顯得尤為嫻靜端莊。

李寶瓶只覺得眼前的高大女子真是又高又好看，讓她十分羨慕。

小姑娘悄悄踮起腳尖，很快又灰心洩氣地踩回地面。

高大女子的眼中彷彿只有陳平安，她笑咪咪道：「等下我們要跟人打架，不用怕那個老頭子，只會一點挨打功夫而已。」

「妳放心，這位姐姐不是壞人，是我們自己人！」陳平安先安慰身邊的李寶瓶，重新抬頭之後，終於忍不住小聲問道：「不是說不能離開小鎮嗎？萬一被各方聖人察覺，妳怎麼辦？」

高大女子抖了抖手腕，手中那枝荷葉輕輕晃蕩，語氣溫和緩慢，有一股讓人心安的氣度：「你知道有個地方，叫蓮花洞天嗎？」

陳平安猛然記起寧姚，點頭道：「以前有人跟我說起過，那裡是道教祖師爺散心的地方，雖然只是三十六小洞天之一，但是那裡的荷葉，哪怕最小的一張，荷葉葉面都要比咱們大驪京城還要大。」

高大女子莞爾笑道：「沒那麼誇張，像我手裡這枝荷葉，若是現出它的本相，就是差不多方圓十里多一些的大小。當然，那裡最大的荷葉肯定比大驪京城要大許多。這些荷葉能夠遮蔽天機，簡單說來，就是讓三教聖人和百家宗師都沒辦法發現我的動向。」

她看到陳平安滿臉疑惑，微笑解釋道：「我們見面那次，當時我手裡還沒有這件好東西，是齊靜春離開人間之前去了趟天外天，找到道祖，跟那個老不死的一番討價還價，才幫我討要了這把荷葉傘。至於齊靜春付出了什麼，我不清楚，畢竟『靜』這個本命字犯了忌諱，在道教的道統內部有很多人對此心懷不滿，所以可以肯定，齊靜春那趟蓮花洞天之行，代價不會小。」

說到這裡，便是高大女子的眼神也出現一抹恍惚，有些由衷佩服那名儒家門生。

在齊靜春從天外天返回人間後，他們有過最後一場閒聊。

『這張荷葉？』

『是我去了趟天外天，從那座蓮花洞天摘下來的，能夠幫助妳離開此地，同時不會驚擾天地大道，不用擔心聖人探詢。』

『好事是好事，但是你就不怕陳平安有了我在身邊，變得肆無忌憚，以至於變成你齊靜春不喜歡的那種人？』

『陳平安什麼心性，我齊靜春心知肚明，所以從不擔心陳平安仗勢欺人，就算妳從頭到尾都護在他身邊，我齊靜春都不擔心。』

『你就這麼看好陳平安？』

『妳說呢，他可是我的小師弟啊。』

『你跟陳平安是平輩，然後我認他做主人，所以你齊靜春的言下之意是？』

『哈哈，不敢！』

想到這些，高大女子在心中微微嘆息。

可惜天地之間少了個齊靜春。

天不怕、地不怕的李寶瓶破天荒地怯生生說話：「姐姐，妳生得真好看。」

高大女子點頭笑道：「是的，比妳好看多了。」

不但毫不客氣，言語還傷人！

李寶瓶有些呆滯無言，陳平安滿頭冷汗。

在陳平安身後，同樣是一場重逢。

老秀才瞪著已經清醒過來的崔東山，少年回瞪過去，心想老子現在光腳的不怕穿鞋的，還怕你作甚？

老秀才先望向高大女子，後者點頭示意無妨。

老秀才這才望向崔東山，惱羞成怒道：「你崔瀺不是很聰明嗎？那現在咱倆來復盤好了。你有沒有想過，為何我會突然失去對那些文字的控制，讓你能夠從神魂之中剝離出來，又恰好跟那縷劍氣蘊含的道意打了個旗鼓相當，相互消磨殆盡，使得你當時衝出井底，有機會對陳平安使用殺招？你有沒有想過，到最後你可能會被陳平安一拳打死，陳平安同時又被你重傷？」

崔東山臉色陰晴不定，最後賭氣一般撇撇嘴，故作無所謂道：「無非是儒家某一脈的聖人出手，有什麼稀奇的。就連齊靜春都心甘情願自己走進那個死局，落得一個束手待斃，我崔瀺被算計一次又怎麼了。」他越說越火大，伸手指向老秀才，「老頭子你還好意思說這些？你最寄予希望的齊靜春死了，心性最不堅定的蠢貨馬瞻也死了，還有那個姓左的就乾脆澈底消失了，我崔瀺一樣淪落至此，歸根結底，還不是因為你？天底下就你文章寫得最好，立意最深，濟世最久，行了吧？人家亞聖，聽好嘍，是亞聖，文廟第三高的那一位，他提倡『民為貴，君為輕，社稷次之』！你厲害啊，偏要說天地君親師。亞聖說人性本善，好嘛，你又說人性本惡！你大爺的，亞聖怎麼招你惹你了？」

崔東山氣得跺腳，這個習慣性動作其實與老秀才是一脈相承的。他的手指幾乎就要指著老秀才的鼻子了：「更過分的是，人家亞聖年紀比你大不了多少，人家說不定還待在人間好好活著呢，老頭子你怎麼就這麼一根筋呢？你逮著至聖先師或是禮聖老爺去罵架啊，指不定亞聖還會幫著你。你非要跟亞聖唱對臺戲，我服氣！」

老秀才默不作聲，只是輕輕擦拭少年噴他一臉的唾沫。

自家人打擂臺，唱反調，小門小戶的話，關起門來，吵架紅臉根本不算什麼。可要知道，一位亞聖，一位文聖，這場驚動整座儒門和所有學宮書院的「三四之爭」太過驚濤駭浪了。兩大聖人，尤其是在文廟前兩位早已不現世的前提下，幾乎可以說，就代表著整個儒家，那個為浩然天下訂立規矩的儒家。雖說談不上出現分崩離析的跡象，但是那幾個隔壁鄰居的當家人，見微知著，洞見萬里，能不偷著樂？

之後，儒家內部出現了一場隱蔽至極的賭約：失敗者，願賭服輸，自囚於功德林。

老秀才輸了，於是就待在那裡等死，任由自己立於文廟的神像被一次次挪窩，最後粉身碎骨。

當最得意的那名弟子遠去別洲，力扛天道，身死道消，老秀才為了破開誓言，不得不跟所有聖人，而不單單是儒家聖人做了一個誰都想不到的約定。畢竟聖人誓約若是可以輕易反悔，那麼這座規矩森嚴的天地恐怕早就面目全非了。

他主動放棄那一副身軀，放棄儒教聖人的諸多神通，只以神魂遊走天地間。

老秀才等到崔東山雙手叉腰，低著頭氣喘吁吁，問道：「罵完了？是不是該我說說道理了？」

崔東山憑著一口惡氣直抒胸臆後，想起這個老傢伙當年的種種事蹟，便有些心虛膽怯了，開始一言不發。

老秀才嘆氣道：「齊靜春的棋術是誰教的？」

崔東山立即昂首挺胸：「老子！」

老秀才面無表情，緩緩道：「我曾經跟你們所有人說過，跟人講理之時，哪怕是吵架甚至是大道辯論，都要心平氣和。」

崔東山立即噤若寒蟬，低聲道：「是我……他齊靜春下棋沒悟性，輸給我幾次就不肯再下了。」

老秀才又問：「那你的棋術是誰教的？」

崔東山不願說出答案，老秀才昂首挺胸道：「老子！」

崔東山一肚子委屈，恨得牙癢癢——老頭子你懂不懂什麼叫以身作則？

老秀才緩了緩口氣：「你在教齊靜春下棋的時候，棋力跟我相比，誰高誰低？」

崔東山勉強道：「我不如你。」

老秀才問道：「那你知不知道齊靜春學會了下棋，很快就贏過了我？」

崔東山愕然，倒是不懷疑老秀才這番言語的真假。

老秀才再問道：「知道齊靜春私底下是怎麼說的嗎？他對我說：『師兄是真喜歡下棋，勝負心又有點重，我又不願下棋的時候騙人，如果師兄總輸給我，那他以後就要失去一件高興事了。』」

崔東山梗著脖子說道：「就算是這樣，又如何？」

老秀才哀其不幸、怒其不爭，訓斥道：「你就是死鴨子嘴硬。從來知錯極快，認錯極慢！至於改正，哼哼！」

崔東山怒道：「還不是你教出來的！」

老秀才瞪了他一眼，沉默片刻，惋惜道：「馬瞻的背叛，可能比你崔瀺的謀劃更加讓小齊失望吧。」

崔東山嗤笑道：「馬瞻這種人，我都不稀罕說他，心比天高，命比紙薄。如果說我好歹是為了大道契機，為了香火文脈，那他呢？就為了什麼書院山長、學宮之主這麼點虛頭名利，就捨得同窗之誼，甘心做別人的棋子，也真是該死。老頭子，當初你給了齊靜春一句臨別贈言：『學不可以已。青，取之於藍，而青於藍。』這句話廣為流傳，我是知道的，但是你給了馬瞻什麼？」

老秀才淡然道：「天地生君子，君子理天地。可惜了。」

不知是可惜了這句話，還是可惜了馬瞻這個人。

崔東山譏諷道：「馬瞻帶著那些孩子離開小鎮後，起先與我的一枚棋子相談甚歡，頗為坦誠相見，就提到關於離開驪珠洞天還是繼續留下一事，他與齊靜春出現過一場爭執，齊靜春最後對他說了一句很奇怪的話，讓馬瞻有些驚嚇。那句話是：『君子時詘則詘，時伸則伸也。』馬瞻這個蠢貨，在齊靜春天翻地覆、慷慨赴死之後，還順著私心，做著一院山長的春秋大夢，只有到自己快要死的時候才開了竅，總算確定齊靜春當時在學塾，其實早就知道他的所作所為了，只是一直不願揭穿而已，仍是希望他馬瞻能夠好好照顧那些孩子。馬瞻真是後知後覺，兩次被拖延、敷衍後，終於知道萬事皆休，他這輩子總算唯一一次激起了那麼些男兒血性，以失去來生來世作為代價傷了我那枚棋子，才使得那些孩子能夠返回小鎮，最終多出這麼多事情來……」說到最後，白衣少年越來越有氣無力。

老秀才唏噓不已。

驪珠洞天諸多人和事，尤其是齊靜春坐鎮的最近一甲子，天機被隔絕得更加嚴密。齊靜春、楊老頭，以及一些幕後人物紛紛暗中出手，使得這座小洞天變得撲朔迷離，變數極多，就算是老秀才都極難演算推衍，不敢說推演出來的真相就一定是真相。

高大女子的溫和嗓音輕輕響起：「聊完了？」

老秀才臉色有點難看，重重嘆氣，眼角餘光瞥見那女子正望向自己，只得磨磨嘰嘰地摘下背後行囊，掏出一幅卷軸，輕輕解開綁縛卷軸的線繩。

陳平安一頭霧水。

高大女子走到他身邊，笑道：「等下你可以出劍三次。」

她瞇起眼，望向荷葉外的天空，緩緩道：「等下我會恢復真身，你不用奇怪。」

最後她好像記起一事，歉意道：「忘了說兩個字。」

陳平安抬起頭。

高大女子收斂起笑意，畢恭畢敬稱呼道：「主人。」

第二章　去開山

李寶瓶雖然出現了短暫的氣餒，可很快就鬥志昂揚，不動聲色地挪開腳步，偷偷摸摸從高大女子的左手邊位置繞到她的身後，再走到她右手邊，看看她的衣裳，瞅瞅她的大荷葉。她覺得還是好看，真是美。

聽過了崔東山的罵娘和老秀才的訓斥，陳平安琢磨出一些意味來，可仍是不敢置信，咽了咽口水，小聲問高大女子：「這位老先生是齊先生的先生，那個什麼文聖？儒家的大聖人？」

難怪這一路走得如此跌宕起伏，會遇上戴斗笠的阿良和風雪廟的陸地劍仙魏晉。當然，還有這個姓崔的。

高大女子點頭笑道：「是的。」

女子真身是石拱橋底下所懸的老劍條孕育而出的劍靈，在近萬年的漫長等待中，她曾經親眼見證了最後一條真龍的隕落。那場可歌可泣的落幕之戰，三教和諸子百家的大鍊氣士連袂出手仍是死傷無數，戰死之人的屍體如雨落大地，魂魄凝聚不散，連同真龍死後的氣運混淆在一起，最後造就了驪珠洞天，卻被她視為稚童打架。

她從頭到尾都在冷眼旁觀，偶爾眼前一亮，就偷偷拾取幾件漂亮好看的物件，神不知、鬼不覺。她本以為自己的餘生，要麼就是睡覺，要麼就是打著哈欠觀想那些氣勢恢弘的遠古遺址，在其中飄來蕩去，比孤魂野鬼還不如，就這麼一點點在光陰長河裡隨波逐流，等待靈氣渙散殆盡的那一天。

在驪珠洞天破碎之際，她挑中了陳平安作為第二任主人，不是天生大劍仙胚子的寧姚，不是來歷不俗的馬苦玄，更不是什麼謝實、曹曦這些土生土長的小鎮天才。

這一切，齊靜春功莫大焉。

先是那一夜，齊靜春獨自一人枯坐廊橋到天明，就在那塊「風生水起」的匾額下邊，為的就是說服她睜眼看一看泥瓶巷少年，哪怕一眼都好。

其實她的第一眼感覺，是沒有感覺。

她實在是見過太多太多驚奇了，所以她無動於衷。

對她而言，驪珠洞天破碎下墜也好，天道反撲百姓遭殃也罷，對她沒有任何影響。可她確實有一點好奇，齊靜春這麼一個被譽為有望立教稱祖的讀書人，為何偏偏選中一個連書都沒讀過的孩子？所以她在那天之後，多看了少年幾眼，仍是沒覺得如何。

後來她實在無聊，終於記起在齊靜春離去之時，憑藉小鎮聖人的身分，以大神通撈起了驪珠洞天最近十多年光陰長河之中的「一捧水」，放在了廊橋底下。

於是有一天，她閒來無事，便現出真身，懸停在廊橋底下的水面上，一邊梳理頭髮，一邊觀水，裡面記錄著那個泥瓶巷少年的點點滴滴。

有伏線千里的幕後謀劃，有市井巷弄的雞毛蒜皮，有包藏禍心的善舉，有無心之舉的禍事，有家長裡短，有悲歡離合，有傷心、有誠心，有人生、有人死。

她覺得挺有意思，比看一群孩子打打殺殺或者圍毆一條小蟲有意思多了。

比如屁大一個孩子，背著差不多有他半人高的背簍，說是要上山採藥，結果還沒上山就哭得那叫一個驚天動地；又比如孩子站在小板凳上，手拿鍋鏟碎碎念：「今晚一定要燒一頓好吃的，不鹹不淡剛剛好。」

還比如那個跑著離開糖葫蘆攤的孩子，一邊跑一邊流口水，只能努力想像著小時候嘗過的滋味；最後那個孩子為了活下去，大中午都在溪水深處釣魚，全然不知神仙難釣中午魚的道理，曬得比黑炭還黑。

劍靈知道這些皆是苦難，但是她又從來不覺得這是什麼難熬的苦難。

劍靈曾經跟隨她的主人征戰四方，屍山血海，那些滿地神祇的殘骸能夠堆積成山；那些大妖的妖丹能夠一次穿成糖葫蘆，吃起來嘎嘣脆；那些化外天魔的身影遮天蔽日，一劍摧破，所以齊靜春再次找到她後，她仍是不願點頭。這麼會說道理的聖賢齊靜春無計可施，只得收回了那一捧光陰水，在廊橋上輕輕倒入龍鬚溪。

那些畫面緩緩流淌，從為了送信身形匆匆的少年陳平安，回到在神仙墳裡祈求娘親身體平安的孩子陳平安。

齊靜春不再嘗試說服劍靈，開始走向廊橋一端。恰恰是他大失所望的最後關頭，有一句無心之語總算略微打動了鐵石心腸的劍靈：「我們都對這個世界很失望啊。」

劍靈不動聲色，那捧水即將全部融入溪水，最後一幕是孩子在泥瓶巷與父親告別：

『爹，我五虛歲了，是大人啦！』

劍靈望向那個背影，說道：「讓他走一趟廊橋，如果他能夠堅持前行，我可以考慮。」

齊靜春震驚轉頭，隨即開懷大笑，使勁點頭：「我相信陳平安，請妳相信齊靜春！」

他大步走下廊橋臺階，兩只大袖子晃得厲害，彷彿裡頭裝滿了他的少年時光。

劍靈被陳平安一句問話打斷思緒。

他小心翼翼問道：「既然是齊先生的老師，那我們能不能不打？」

劍靈鬆開手中的雪白荷葉，它先是飄向高空，然後一瞬間變得巨大，足足撐起了方圓十里的廣闊天幕。

她搖頭道：「為了齊先生，你必須要打這一架。」

陳平安撓撓頭道：「雖然不知道為什麼，但是既然跟齊先生有關，妳又這麼說了，我相信妳……」他停頓片刻，眼神堅毅，凝視著高大女子，咧嘴笑，「打就打！」

高大女子會心一笑，轉移視線，望向那個還在拖延的老頭子。為了解開綁縛卷軸的那個繩結就花了大半天工夫，他這會兒還在嘀嘀咕咕呢。

「我曾經只知道躲在書齋裡做學問，錯過了很多。走出功德林後，就想要嘗試一下以前不敢想像的生活，比如痛快喝酒、跟人粗脖子吵架、吃辛辣的食物、光膀子下水游泳……就這麼一路走過了很多地方，見識過很多名山大川……」

高大女子打趣道：「文聖老爺，還沒完呢？脖子橫豎挨一刀，嗯，是一劍，你這麼拖著毫無意義。」

老秀才悻悻然道：「我這不是等著你們倆改變主意嘛。」
高大女子瞇眼冷聲道：「老傢伙，別得了便宜還賣乖！」
老秀才呵呵一笑：「老傢伙？」
高大女子笑容越發溫柔：「我記下了。」
老秀才話中是破罐子破摔的意思：「打就打，誰怕誰？真以為我打架不行啊，那只是相對於我吵架的本事而言。」
老秀才總算解開繩結，手腕一抖，那幅畫卷「啪」一聲橫向鋪展開來，斜斜墜向地面，瞬間鋪滿了水井四周的地面。
陳平安想要挪步，被高大女子按住肩膀，讓他不用動。
膽大包天的李寶瓶乾脆就蹲在地上仔細觀摩起來，不忘伸手這裡戳戳、那裡點點。
站在老秀才身後的崔東山，此時正幫他捧著行囊。
老秀才輕喝道：「收！」
李寶瓶驀然驚醒——鋪在地上的畫卷沒了！而且小師叔和那個脾氣不太好的女鬼姐姐以及先生的先生，她該稱呼為師祖的老秀才，一起消失不見了。
她抬起頭望去，那幅畫恢復成了一支卷軸，安安靜靜懸停在空中。
崔東山對此並不覺奇怪，站在原地乖乖捧著行囊，一臉憤懣。
李寶瓶猛然站起身，高高舉起那方印章，大聲問道：「姓崔的，我小師叔呢？你不說我拍你啊！我出手揍人從來沒輕沒重的，不小心拍死你我不負責的啊！」

崔東山看了眼小姑娘，臉色漠然，點頭道：「妳拍死我算了。」

挑釁是吧？李寶瓶愣了愣，然後大怒，二話不說就一陣撒腿飛奔，繞過畫卷後，一個身形敏捷的跳躍，手中印章「啪」一聲重重砸在崔東山腦門上。

崔東山滿臉匪夷所思，眼神癡癡，伸手摸了摸更加紅腫的額頭，突然就丟了行囊，蹲在地上，抱頭喊道：「這日子沒法過了，誰都能欺負老子啊！」

李寶瓶沒來由有些愧疚，握住印章的手繞到身後，將作案工具悄悄藏了起來，然後就開始去研究那畫軸，希望能夠把小師叔找出來。

陳平安環顧四周，有點類似當初被劍靈第一次扯入「水底」之時，四周皆是茫茫虛無，因此襯托得某些「實物」格外「實在」。比如眼前遠方有一堵高牆，不管陳平安怎麼伸長脖子，都看不到牆壁的盡頭。

站在他身邊的高大女子伸手握住那把被金色絲結綰在一起的青絲，笑道：「這既是在山河卷裡，也是在文聖的意識之中。說起來比較複雜麻煩，你只要知道在這裡出劍，你我都可以沒有後顧之憂就行了。這也是我為什麼要答應老頭子的一個原因，要不然當時就在河畔大崖上開打了。」她另外一隻手突然按住陳平安的肩頭，「現在這裡太近了，所以你看不到真身面貌，我帶你後退一些，先退個八百里好了。」

陳平安感覺整個人都在風馳電掣，倒退出去不知道多遠。最終站定後，少年顧不得身體的不適和氣府的沸騰，張大嘴巴，望向「那座山」。

八百里之外遙遙遠望的一座山，還能如此巨大？披雲山跟它比起來，應該就像是一個小小的土堆？

高大女子臉色肅穆：「還有一個更重要的原因，就是文聖答應在這裡打架的話，可以給你一點額外的待遇。」

陳平安已經被震驚得無以復加，有些口乾舌燥：「啥？」

高大女子凝視著少年的那雙眼眸：「在這裡，你出劍之時，會擁有類似十境鍊氣士的修為。當然，這是假象，但卻是極其真實的假象。我希望你置身其中後，能夠仔細體會，這對你將來的修行……沒什麼用處。」她被自己逗樂了，忍俊不禁，「好吧，我只是想要讓你知道一件事，就是別光顧著練拳，尤其你老是覺得練拳就是為了活命，那也太沒出息了，志向怎麼可能只有這麼點大？你想啊，你是誰？」

陳平安呆呆回答：「陳平安？」

答非所問就算了，關鍵是，你不是陳平安還能是別人？

高大女子彎下腰，揉了揉少年的腦袋：「除了是陳平安，還是我的主人啊。」

陳平安有些難為情。

大山之巔，老秀才憤憤道：「好嘛，之前著急得很，現在不急啦？」

高大女子深吸一口氣，指了指那座山嶽：「那是中土神洲最大的一座山。」

陳平安點點頭。

高大女子望向遠方山嶽，眼神炙熱：「那麼如果山嶽擋住你的大道，你該怎麼做？」

陳平安輕聲道：「爬過去。」

高大女子嘴角翹起，並不惱火，又問道：「但是當你手中有劍呢？」

陳平安想起自己手持柴刀開路的場景，問道：「開山而行？」

高大女子大笑道：「對！」

她大踏步向前，站在陳平安面前，伸出併攏的手指，在身前由左到右緩緩抹過。

一點極小極小的光亮在最左邊驟然爆開，如日當空，一直蔓延向右邊。

刺眼至極的光亮每多綻放一寸，高大女子的身影就黯淡消逝一分。

最終，陳平安看到前方懸停著一把無鞘長劍，像是等人握劍已經等了千萬年。

光線已經散去，陳平安緩緩前行，握住了長劍的劍柄。

一瞬間，他只覺得天翻地覆，所有氣府竅穴都在震動，身體四周氣流紊亂，吹拂得他幾乎睜不開眼睛。

陳平安閉上眼睛，心有靈犀道：「同行！」

長劍瘋狂顫鳴，如秋蟬在最高枝頭，對天地放聲！

老秀才站在山頂一塊巨石上，山風吹拂，雙袖飄蕩，獵獵作響。

此時迎風高立的白髮老人，哪裡還有半點寒酸氣？

老秀才望向八百里開外驟然亮起的那一點光芒，哪怕隔著這麼遠的距離，仍是感到有些刺眼。老秀才微微點頭道：「這麼多年過去了，雖然劍鋒比起傳聞中要鈍了許多，但內裡蘊含的銳氣衰減得不算多。厲害，真是厲害，悠悠然萬年時光，滄海桑田，還能夠擁有如此分量的精氣神。但是……」他很快就笑了，「我會憑藉此山讓你們知難而退的。打架這種事情，終究是能少打就少打，傷和氣嘛。」

老秀才腳下的這座被他觀想入畫的山嶽，名頭大到不能再大。

九大洲裡版圖最廣的中土神洲，有大嶽名為穗山，山勢磅礡，可謂拔地通天。山巔有至聖先師手書碑文「天下獨尊」，有禮聖崖刻「五嶽之祖」，有道祖座下首徒留下的「罡風徐來」，有兵家聖人以手指刻就的「唯我武當」四字。僅是各大洲歷朝歷代的帝王來此封禪告天的祭文石刻就多達一百八十餘塊，草篆隸楷皆有，這些充滿玄機的文字和崖壁一直從穗山之巔的登天臺往下延伸到半山腰，名勝古蹟幾乎隨處可見。

老秀才眺望那抹璀璨劍光，有些訝異。先前第一次出現在老井口，看到過陳平安的握劍手勢，實在是不堪入目，連他這麼對武學不講究的人都看不下去。

這一刻，看到少年橫劍在身前的握劍姿態，他只有一個感覺——穩。

少年握劍的手很穩，心很靜、很定，所以整個人的神魂意氣更穩。

高大女子將所有劍意灌注入「老劍條」之後，下一刻，以更加虛無縹緲的身姿和玄之又玄的氣象直接出現在了陳平安的心湖之上，金眸，赤足。

當她腳尖輕輕點在湖面上，泛起陣陣漣漪時，少年心頭就響起了一陣心聲。

「不用著急出手，先適應十境鍊氣士的感覺。

所謂的劍術招式，不過是那麼幾種，變不出太多花樣來，這就是後世江湖與山上仙家的區別所在。鍊氣士鍊氣，養鍊合一，孕育出來的劍意有千千萬，有深有淺，有高有低。若別人是水井溪澗，你是那湖澤江河，自然勝別人千倍百倍。

劍氣長短則取決於體魄氣府的開拓境況，氣府洞開越多，潛力挖掘得越深，別人只有一塊下等福地，你卻擁有了全部的洞天福地，兩者之差，天壤之別！經脈如道路，別人是獨木橋、羊腸路，你堅韌寬闊是那通天大道，別人如何能夠跟你爭勝？

高大女子環顧四周，看到少年那些心境景象之後，滿臉笑容，輕聲道：「聽懂了嗎？」

陳平安正在艱難適應十境修為的感覺，加上身體四周氣流紊亂至極，連眼睛都睜不開，更別提開口說話了，好在高大女子說只需要心中默念就行。

陳平安老老實實告訴她：『聽得懂，但是不知道如何去做。』

她竟是半點也不意外，哈哈大笑起來。

陳平安不明就裡，繼續去竭力適應十境鍊氣士的自己。

那種古怪感覺，說不清、道不明。就像餓腸轆轆之人突然肚子裡填滿了大魚大肉，半點縫隙都沒有留下，所有氣府都被撐開了。

那股原本彷彿是一條遊走火龍的本元氣機一下子從針線搖身一變，成長為體形誇張的泥鰍大小，在全身經脈迅猛游弋，橫衝直撞，暢通無阻，中途不斷裹挾各座氣府竅穴的氣機，滾雪球一般，那架勢，感覺不變成一條名副其實的蛟龍就不甘休。

體內澄澈如琉璃，軀幹經絡伸展舒張如金枝玉葉。

真氣無垢，返璞歸真，長視久生。

一個個林守一曾經提及過的說法依次浮現在陳平安心頭。

少年心湖之上，高大女子輕聲道：「還差一點意思。劍修到底不是尋常的鍊氣士。」

她仰起頭望向遠方，透過這座陳平安的丹室心境直接望向了那座山巔的巨石，笑問道：「你說呢？要不然你厚著臉皮搬出這座穗山來禦敵，未免太過勝之不武。」

「要你們輸得心服口服便是。」

老秀才心領神會，爽朗大笑，稍作猶豫，微微收斂視線，眼光在整座山嶽上游移，最後視線凝聚在一座崖壁之上。上邊有遠古劍仙以充沛劍氣寫就的一幅奇怪「字帖」，正是在中土神洲引來無數劍修觀摩，甚至不惜在崖下築廬感悟劍道的「飛劍帖」。

「拿去便是，能拿多少就看你的本事。左小子當初與你一般，尚未正式學劍，無意間登山看崖觀字，這一看，便拿住了六個字。習劍的天賦資質如何，立竿見影。劍修之中，天才輩出，可天才也分大小，五字必成陸地劍仙。陳平安，且看你根骨如何！」

只見老秀才一揮袖，山崖石壁上的七個古樸大字飛出崖壁，掠向八百里外，轉瞬即至陳平安身邊。已經變成巴掌大小的古篆金光絢爛，熠熠生輝，一個個字圍繞在陳平安四周飛快旋轉。只是到最後，竟是沒有一個字願靠近陳平安，兩者之間的距離越拉越遠，終於乾脆掉頭，飛掠返回。

老秀才看到這一幕後，既尷尬又愧疚，喃喃道：「弄巧成拙了。小平安，對不住啊，我哪裡想到這些字如此不給面子……」

踩在陳平安心湖上的高大女子冷哼一聲。

老秀才訕笑道：「棘手，真棘手，這可如何是好？無妨無妨，我再換一個更省心省力的法子便是，難不倒我的。我與穗山山神那可是老交情了，他有什麼家底，我最是清楚不過了。實在不行，我就……」

「那七個字看不上我，我不奇怪。」就在此時，陳平安眼眸睜開一條縫隙，不再以心聲與高大女子對話，而是直接說出了口，「而且其實我也不想要它們，真的！」

高大女子心頭一震。

少年加重力道，握住手中長劍，緩緩道：「我練拳的時候，一直有種感覺，就是練到最後，出拳會很快，甚至覺得是最快。現在有妳在我身邊，我覺得足夠了，根本不需要什麼字。接下來這一劍會很快！相信我，一定會很快！」

高大女子點點頭。

老秀才亦是愣了愣，嘖嘖道：「這口氣，真像小齊少年時候。」

他眼中有笑意，卻故意扯開嗓子冷哼道：「我倒要看看，這一劍能夠讓你小子的十境修為發揮出十一境還是十二境的實力！陳平安，可別拖後腿啊，別到最後只展露出七、八境的實力。來來來，這一劍再不遞出來，黃花菜都要涼啦！」

老秀才調侃完後便盤腿而坐，呢喃道：「詩家有言：『十年磨一劍，霜刃未曾試。今日把示君，誰有不平事。』可天下有這麼多不平事，劍卻只有一把啊。」

他哂然一笑，不再有這些傷春悲秋的情緒，幸災樂禍道：「再說了，別人是十年磨一劍，陳平安你手裡那把劍啊，得有一萬年嘍。」

陳平安幾乎和高大女子一起沉聲道：「走！」

他開始向前狂奔，竟是拖劍而走。

將這一切收入眼底的老秀才只是笑著搖頭。

少年高高躍起，一劍劈砍而下。

萬籟俱寂。

沒有照耀天地的驚人劍光，沒有氣貫長虹的劍氣。

這一瞬間，山巔巨石上，原本坐北朝南的老人側過身而坐。

心湖水面上，高大女子突然就那麼墜入湖底，閉上眼睛緩緩道：「一萬年了。」

與此同時，秋蘆客棧水井邊，一直在研究畫軸的李寶瓶突然瞪大眼睛，驚訝喊道：「畫軸怎麼突然多出一條裂縫啦？」

一直坐在地上發呆的崔東山斜瞥一眼小姑娘和畫軸，沒好氣道：「就算天塌下來，這幅畫卷也不會有絲毫折損。知道什麼叫天塌下來嗎？中土神洲曾經有個無名氏，一劍就將天河捅穿了，直接將黃河洞天的無窮水流引下來，遠遠看去，就像天幕破開一個大洞，水嘩嘩往下掉，這才造就出天下十景之一的『黃河之水天上來』以及位於彩雲間的白帝城。

白帝城的城主那可了不得，是少數幾個膽敢以魔教道統自居的梟雄，風流得很。我曾經有幸與之手談，就在白帝城外的彩雲河之中，被譽為彩雲十局。我輸多勝少，不過雖敗猶榮，畢竟那杆寫有『奉饒天下棋先』的旗幟已經在白帝城城頭樹立六百多年了，有資格跟城主對弈的棋手，屈指可數……」

李寶瓶不愛聽這些有的沒的，氣惱道：「你說這麼多顯擺什麼呢，我說畫軸破了就是破了！如果我贏了，讓我用印章在你腦門上再蓋個章。敢不敢賭？」

賭博？崔東山立即來了興致，頹喪的神色一掃而空，猛然站起身，拍了拍屁股，笑問道：「我贏了如何？」

李寶瓶大方道：「你要是贏了，如果小師叔從畫卷裡出來還是要堅持殺你，那我回頭幫你收屍！你說吧，要葬在什麼地方？我家小鎮神仙墳那邊如何？我經常去，那裡路比較熟，能省去我許多麻煩……」

崔東山齜牙咧嘴，伸手道：「打住打住。如果我贏了，妳幫我說服陳平安，不但不可以殺我，還要收我做弟子。」

之前離開老井的瞬間，他被齊靜春的「靜心得意」印重重砸中額頭，徹底打散了這副皮囊最後的「一點浩然氣」，從五境修士真真正正跌落為凡夫俗子。果然如齊靜春當初在小鎮袁氏老宅所說，一旦不知悔改，自有手段讓他崔瀺吃苦頭。

東寶瓶洲大勢如此，大驪南下，箭在弦上，不得不發，況且崔瀺自身所走的大道沒有回頭路，容不得退縮半步，哪怕當時就確定齊靜春留有後手，崔瀺還是該如何做就如何做，至多就是行事說話更加小心一些。

不管如何，少年崔東山也好，身在京城的國師崔瀺也罷，不管如何性情奸詐、嗜血成性、城府厚黑，願賭服輸這點氣量，他從來不缺。這一點，從拜師入門的求學生涯開始，到淪落為一個小小東寶瓶洲北方蠻夷的國師，他沒有改變過。

李寶瓶搖頭道：「哪怕我是必贏的，也不會答應你這種事情。」

崔東山眨眨眼：「這種買賣都不做，以後怎麼成為山崖書院的小夫子、女先生？」

李寶瓶一臉鄙夷地看著這個昔年的「師伯」，揚起手臂，晃了晃手裡那方瑩白印章：「怕不怕？」

崔東山呵呵笑道：「山野長大的小丫頭片子，我不跟妳一般見識。」

李寶瓶緩緩收回手臂，朝印章篆文輕輕呵了一口氣。

崔東山咽了咽唾沫：「李寶瓶，別這樣，有話好好說。大家都是儒家門生，君子動口不動手，我們可是有同門之誼的。再說了，妳就不怕妳小師叔看妳這麼驕橫，半點沒有大家閨秀的賢淑雅靜，以後不喜歡妳？」

李寶瓶開心笑道：「小師叔會不喜歡我？天底下小師叔最喜歡的人就是我了！」

崔東山嘆了口氣：「可是總有一天，妳的小師叔會有最喜歡的姑娘的。」

李寶瓶毫不猶豫道：「那就第二喜歡我唄，還是很值得高興的事情啊。」

崔東山一臉看神仙鬼怪的表情：「這也行？」

李寶瓶突然露出一模一樣的表情，望向崔東山身後。

崔東山轉過頭去，以為是出了什麼意外，當下他這副身軀可經不起半點折騰了。但是一瞬間，崔東山就心知不妙——身後空無一物，並無異樣，等他惱火地轉過頭，一方印章以迅雷不及掩耳之勢拍在了他額頭，打得他當場後仰倒去。

倒地過程中，崔東山悲憤欲絕——這是第三次了！

他怒道：「李寶瓶，妳再敢拿印章偷襲我，打一次，妳就要從第二喜歡掉到第三，以此類推，妳自己掂量著辦！我崔瀺好歹當過儒家聖人，說話怎麼都該剩下點分量，勿謂言之不預！」

這些當然是色厲內荏的騙人話，儒家聖人確實有口含天憲的神通，可對於所傳承文脈、文運的要求，以及自身浩然氣的溫養，極為苛刻。

如今崔東山除了那個方寸物裡頭儲藏的身外物，以及一副金枝玉葉的皮囊，就兩手空空了。雪上加霜的是，方寸物就像是天地間最狹小的洞天，對於鍊氣士的境界是有要求的，哪怕是神意與方寸物相通的主人。崔東山身上的那個，就需要本人最低有五境修為，至於其他人要強行破開的話，則需要十境，比如兵家劍修之流；而十一境修士，打開就很容易了。道理很簡單，方寸物是自己家，但是家門上了鎖，一樣需要開鎖進門，五境修為就是主人手裡的那把鑰匙。

如果是盜匪、毛賊想要破門而入，不是做不到，但難度很大。

當下的崔東山體魄極為孱弱，神魂、身軀都是如此，連尋常的文弱少年都不如，將來如果調理得當，才有可能恢復正常人的氣力。至於修行一事，就真要聽天由命了，得靠大機緣和大福運。崔東山覺得以自己這一路的遭遇來看，能活著當上陳平安的徒弟，就已經很是心滿意足了。

十二境的儒家聖人跌到十境修士，再跌到五境，最後跌到不能再跌的凡夫俗子。

崔東山覺得自己的人生真是大起大落落落落。

還敢威脅我？這傢伙不記打啊，連李槐都不如。

李寶瓶氣得飛奔過去，蹲下身後，對著崔東山的腦袋就是一頓迅猛蓋章。

雷厲風行，疾風驟雨，讓人措手不及啊。

就連崔東山這般心性堅韌的人物，在這一刻都覺得生無可戀。

畢竟對手只是一個小姑娘，而不是老頭子、齊靜春這些傢伙啊。

山河畫卷之中，掄起手臂一劍劈砍下去的少年，落地的時候就失去了意識，被恢復真身的高大女子抱在懷中。

她小心扶著陳平安一起席地而坐，雙手輕輕摟住身形消瘦的少年，因為金絲結綰住的青絲垂在胸前，遮擋住了少年的臉龐，她便伸手把青絲甩到背後，低頭凝視著臉龐黝黑的陳平安。

突然，她又抬起頭，神色有些訝異。

屬於一方聖人禁制地界的畫卷內，出現了一道極其高大的金色身影，屹立於穗山之巔，像是在跟老秀才對話，便是見慣了天大地大的女子也覺得這名不速之客委實不容小覷。

老秀才大概是不願意對話洩露，隔絕了感應。

她對此不以為意，重新低頭，看著酣睡的少年，微笑道：「若是以後成了鍊氣士，皮膚白回來，其實也是翩翩少年郎，雖算不得俊美，可一個『端正靈秀』是跑不掉的。」

大嶽山頂，原本高達千丈法相的金色神人落在山頂後便縮為一丈高的魁梧男子，身披一副威嚴莊重的金色甲冑，金甲表面篆刻有不計其數的符籙，有些是早已失傳的古老符文，散發出質樸荒涼的氣息，不知道傳承了幾千、幾萬年；有些雖歷經千年依舊嶄新如昨日，散發出神聖的光芒。一個個符籙鑲嵌於甲冑之中，字裡行間像是一條條金色的河流，那些文字則如同一座座金色的山嶽。

老秀才有些理虧，縮著脖子，故意左右張望。

男子面部覆甲，嗓音沉悶道：「自我擔任穗山正神以來，已經滿六千年整，這是第一次有人膽敢仗劍挑釁我穗山。秀才，你就沒有什麼要解釋的？」

老秀才一臉茫然：「說啥咧？」

對於老秀才的脾性，穗山山神知根知底，懶得多說什麼，轉頭望向陳平安那邊，皺了皺眉頭：「她身上的氣息很有淵源，是何方神聖？就是她親自出手劈砍穗山？」

老秀才小聲道：「我勸你別惹她，這個老姑娘的脾氣不太好。」

穗山山神淡然道：「我脾氣就好？」

老秀才翻白眼道：「對對對，你們脾氣都不好，就我脾氣好，行了吧？你們啊，一個個就喜歡跟講道理的人不講道理。氣死老子了！」

穗山山神不知想起了什麼，原本劍拔弩張的氣氛頓時煙消雲散。

老秀才嘆了口氣：「這件事情的經過我就不說了，反正跟小齊有關係，你就高抬貴手一回？」

穗山山神默不作聲。

老秀才笑哈哈道：「就當你默認了。唉，你這傢伙啥都不錯，就是臉皮薄了點，喜歡端架子。你說咱倆什麼交情？當年咱們可是一起去偷窺過那位山神娘娘真容的。沒想到她當時正在沐浴更衣，是我仗義，獨力承擔那位娘娘的滔天怒火，跟她講了三天三夜的聖賢道理，最終以理服人，好不容易才讓她既往不咎，要不然，你這張老臉，往哪裡擱喲……」

穗山山神悶悶道：「閉嘴！」

老秀才知道事情成了，不再得寸進尺。穗山山神的規矩，說是金科玉律都不過分，能夠讓這傻大個睜一隻眼、閉一隻眼，老秀才覺得自己還是很厲害的，人便有些飄，指向遠處道：「對了，瞧見沒，那個少年是小齊幫我收的關門弟子，你覺得如何？是不是很不錯？哈哈，我反正是喜歡的，性子像極了我當年，喜歡跟人講道理，實在講不通再動手，動手的風範又像當年的小齊。嘖嘖，你身上有沒有酒？」

穗山山神審視的視線在少年身上一掃而過：「不是齊靜春瘋了，就是你瞎了。」

老秀才不生氣，樂呵呵道：「讀書人的事情，你們大老粗懂個屁。」

穗山山神應該算是浩然天下地位最高、勢力最大的五嶽正神，只不過實力越強，並不意味著越能夠順心如意。因為越是他們這類戰力卓絕、地位超然的神靈，在浩然天下遭受的規矩約束往往就越大。老秀才曾經有一段時間，在神像被擺入文廟之前，就負責盯著包括穗山在內的五座大山嶽，這既可以說是清水衙門裡的冷板凳，有些時候也可以說是了不得的壯舉。

比如老秀才最著名的三次出手之一，就是以本命字將一整座中土神洲大型五嶽鎮壓得大半陷入地下。那位靠山極大的五嶽正神當場金身粉碎，道祖二徒為此大為震怒，差點就要破開天幕，從天外天硬闖浩然天下。

當時還不算太老的秀才非但沒有躲回儒家學宮，反而單槍匹馬直奔天上，在兩天交界處跟氣勢洶洶的道祖二徒當面對峙，伸長脖子說：「來來來，往這裡砍。」

那一趟天上之行，他混不吝得很。

就這也能算好脾氣？真要是好脾氣的先生，能教出齊靜春、姓左的、崔瀺這樣的學生？一個有可能立教稱祖，一個離經叛道，一個欺師滅祖。

穗山山神突然問道：「為了一個必死無疑的齊靜春，違背誓言離開功德林，連大道根本都不要了，圖什麼？」

賢人違規，君子悖理，各有各的慘澹結局。在儒家道統內，自會有聖人夫子按照規矩教訓，但是聖人違心，下場最淒慘。

老秀才為了一個必死無疑的齊靜春，也真是名副其實地拚去了一條老命。

幾乎無人能夠理解。

明知大局已定，再去作意氣之爭，毫無意義，所以這尊金甲神人哪怕見慣了山河變色，仍是覺得匪夷所思。

老秀才摸了摸腦袋，順了順頭髮，微笑道：「我曾經有一問，讓齊靜春去答。既然齊靜春給出他的答案了，我這個當老師的，當然不能連弟子都不如。」

穗山山神冷笑道：「少跟我來這些雲遮霧繞的。青出於藍而勝於藍，這句話不就是你說的嗎？既然弟子不必不如師，你這套說辭講不通。」

老秀才伸手點了點他：「你啊，死讀書。盡信書不如無書，曉得不？」

穗山山神氣笑道：「懶得跟你廢話。走了，自己保重吧。」他猶豫了一下，「實在不行，就來穗山。」

老秀才擺手道：「穗山那地兒，拉個屎都像是在褻瀆聖賢，我才不去。再說了，如今我確實是失去了證道契機，沒了先前的能耐，可要說誰想對付我，嘿嘿，只管放馬過來。可惜嘍，如果我當年就有這份際遇，遇上那個牛鼻子老二的時候，非要抱住他的大腿砍我腦袋，不砍我還不讓他走了，哪裡會事後嚇得兩腿打擺子。」

穗山山神搖搖頭，是真的沒了說話的興致。他可不願意跟這個讀書人嘮叨陳年舊事，反正自打認識老秀才，感覺次次遇見這傢伙都必然掃興，可次次掃興過後，又難免期待下一次相逢，奇了怪哉。

老秀才突然喊道：「先別走、先別走，有事相求。芝麻綠豆大小的事兒，你別怕。」

穗山山神二話不說，一道金光拔地而起，就要離開這處地界。

但是下一刻，他就現出原形，懸停在空中。

原來老秀才死皮賴臉地伸手拽住了他的腳踝，跟著他一起懸掛在空中，他只得重新落地，看著站在一旁笑嘻嘻拍手的老秀才，惱火道：「有辱斯文！有屁快放！」

老秀才搓了搓手：「我這不是剛收了個關門弟子嘛，給人家的第一印象估計不太好，就想著彌補彌補，給個見面禮什麼的，畢竟很快就要道別了，實在是沒機會教他讀書，我這心裡愧疚啊。」

穗山山神嗤笑道：「幫你準備一份見面禮？可以啊，這簡單，我穗山有那把失去劍靈的鎮嶽劍，要不要送給你弟子？夠不夠分量？」

老秀才一臉毫無誠意的羞赧神色：「這怎麼行？禮物太重了，我哪裡好意思收……當然，話說回來，好歹是你這個當長輩的一份心意，你要是強塞給我的話，我可以讓陳平安過個一百年再去取，說不定到時候就提得起來……」

穗山山神深吸一口氣，熟悉他的人都知道，這是出手的前兆了。

老秀才立即一本正經道：「揠苗助長怎麼行，你這個人真是的，有心就好了，就不曉得欲速則不達的道理？我這個小弟子是要負笈仗劍遊學的，你隨便給一塊無主的劍胚就行了，要求就一點，拿來就能用的那種，可別是什麼十境修士才有資格碰的。咋樣？你這個當長輩的，意思意思？」

穗山山神譏笑道：「我要是不給，你是不是就不讓我走了？」

老秀才默默挪動腳步靠近他，握住他的手臂，正氣凜然道：「怎麼可能，我是那種人嗎？」

穗山山神無奈搖頭：「為了這些個弟子，你真是命也不要，臉皮也不要了。行行行，我拿我拿！」他手腕一抖，一顆拳頭大小、銀塊模樣的東西就懸浮在了兩人身前。

老秀才臉色凝重起來，沒有急於接手，問道：「你這趟前來，是不是有所圖謀？要不然這東西怎麼可能隨隨便便就帶在身上？雖然不是什麼誇張的寶貝，可是對你而言意義非凡，你要是不說清楚，我是不會收下的。」

穗山山神雙臂環胸，望向南邊：「你以為我是怎麼循著蛛絲馬跡追過來的？」

老秀才皺眉：「不是你道行高，又與穗山氣運相連，我這邊動靜稍微大了點，露出了破綻，才讓你有機可乘？」

穗山山神轉過頭，問道：「你是真不知道，還是裝糊塗？」

老秀才疑惑道：「你這大老粗什麼時候開始學會賣關子了？我這兒的假象穗山雖說被人一劍劈開了，可對你那邊又不會有什麼實質性影響。」

性情剛猛的穗山山神終於忍不住破口大罵道：「他娘的！那一劍直接劈砍到老子的穗山去了！你現在跟我裝什麼事情都沒有發生？雖然在外人看來那一劍出現的時候已經是強弩之末，可是老子穗山的護山大陣何等森嚴，全天下有幾人能夠只憑一劍就闖入大陣之內？現在整個中土神洲都在議論紛紛，猜測是不是你所謂的牛鼻子老二那邊在暗示什麼，或是劍氣長城那幾個老不死的來討要公道了。」

老秀才目瞪口呆：「這麼猛？」

這句話，給穗山山神的傷口上又撒了一把鹽。

「滾蛋！」他氣得一臂橫掃，直接將老秀才的「身軀」給砸飛出去數百里，狠狠跌落在穗山後山的江水之中。

他冷哼一聲，一掌拍中那顆不起眼的銀塊，掠向老秀才落水的地方。之後，一道粗如山峰的金光轟然衝開山河畫卷的天幕，返回位於中土神洲的穗山。

穗山後山的江河裡，老秀才一路優哉游哉狗刨回岸上，肩膀一抖，原本浸透的儒衫瞬間乾燥清爽。

他攤開手心，看著那塊銀錠，愁眉苦臉道：「燙手啊。」

機緣一事，先生給學生也好，師父給徒弟也罷，講究一個循序漸進，從來不是給得越大越好，而是剛好讓人拿得住、扛得起、吃得下為佳。

要不然，那些個山上仙家的千年豪閥，積攢了那麼多雄厚家底，代代相傳，開枝散葉，今天這個兒子剛剛成為錬氣士就丟給他一件鋒芒無匹的神兵利器，明天那個孫子根骨不錯就送他一件動輒斷山屠城的法器，如此一來，早就要嗷嗷造反了，憑什麼浩然天下都要聽你們這些學宮、書院維護的規矩？

再者，因果糾纏最煩人，所以老秀才當時才會偷偷收走那根玉簪子。

事實上，阿良只是沒有看出它的真正門道。老秀才將其交給齊靜春，自然大有深意，為的就是應付最壞的結果，一旦齊靜春真的有一天八面樹敵了，好歹能有一個安身之地。

只可惜齊靜春到最後都選擇不用它，除了不希望牽扯到功德林的恩師之外，恐怕亦是保護陳平安的後手之一了。

逼得老秀才必須親自跑一趟東寶瓶洲，見一見齊靜春幫他收取的小師弟。

而那個時候，他齊靜春已經死了，哪怕自己先生千里迢迢趕來，對這個閉門弟子不滿意，可看在他齊靜春的面子上，以老秀才的性子，多半是捏著鼻子都會認下的，以後若是陳平安當真有跨不過的坎，老秀才即便自囚於功德林，捎一、兩句話出去還是可以的。

但是齊靜春算錯了一點，就是沒有料到自家先生這麼快就離開了功德林——

正是為了他，一如他為了陳平安。

恐怕這才是真正的同道中人和一脈相承。

老秀才一步跨出就來到了山頂，感慨道：「小齊啊，護短這件事，你可比先生強太多了。嗯，陳平安這個關門弟子，先生我很滿意。我也是在功德林才想通一件事，我正是欠缺這麼一個學生啊……」他驀然瞪大眼睛，「人呢？」老秀才急得直跺腳，突然又安靜下來，一臉壞笑道：「哎呀，真是的，我這個弟子歲數還小。哦哦，好像已經十四、五歲了，不小了，外面好些地方的人這麼大都已經結婚生子了……」

天空某處，有女子微笑道：「兩次。」

老秀才裝模作樣地側過腦袋豎起耳朵：「啥，說啥？我聽不清楚啊，我這個人不但耳背，口齒還不清楚，說話總是讓人誤會……」

這人難怪能教出崔瀺這麼個大徒弟。

只是在聲音消失後，老秀才轉頭望向某塊巨石，上頭刻著「直達天庭」四個大字。

他收回視線，望向山下：「我還是想要好好看著這大好河山，一千年太短，一萬年不長。」

當陳平安醒過來的時候，發現自己再次坐在了那座金黃色拱橋的欄杆上。拱橋還是像上次那麼長，看不到頭，看不到尾，四周全是雲海滔滔，讓人茫然失措。

無法想像一旦失足跌落，會是怎樣的下場。會不會粉身碎骨？會不會一直下墜到無盡深淵？會不會因為距離地面的路途太過遙遠，自己摔死的時候已經十五歲了？

陳平安其實一直會想些稀奇古怪的事，只不過因為沒有讀過書，顯得十分土氣罷了。

高大女子跟陳平安並肩而坐，柔聲道：「這裡曾經是一處戰場，大戰落幕的時候，打得只剩下這座拱橋。你看，以前有一扇東天門矗立在那邊的，挺大的，當時在那裡負責守門的傢伙是個色瞇瞇的漢子，身披一掛名為『大霜』的銀色寶甲，人倒是不壞，就是嘴賤了點。我的第一任主人跟他的頂頭上司打了一架，贏了，當時後者有幾個幫手在遠處觀戰，可是沒有人敢露面幫忙。」

陳平安順著她的手指，看到一處空蕩蕩的地方，偶爾有流光溢彩一閃而逝。

她輕聲道：「如今什麼都沒啦。」

陳平安有些神往，感慨道：「這樣啊。」

她輕輕晃動雙腳，雙手撐在欄杆上，笑道：「修道修行，辛苦修建長生橋，為的就是修得一個留住，不要變成光陰長河裡的一粒塵埃，所以人人都喜歡自稱逆流而上。」

陳平安「嗯」了一聲，這句話還是聽得懂的。好好活著嘛，誰不喜歡。

高大女子轉頭笑問道：「走了這麼遠的路，累不累？」

陳平安認真想了想：「累倒是不累，比起小時候進山採藥、燒炭其實還要輕鬆一些，就是遇到太過奇奇怪怪的人和事，總是睡不踏實。」

他又轉頭開心笑道：「不過剛才那一覺睡得就很踏實。以前在小鎮，我雖然窮，但是每天倒頭就能睡著，如今陪著寶瓶他們一起遠遊可不敢這樣，就害怕出現什麼意外。」

高大女子繼續問道：「就沒有怨言？」

陳平安想了想，學著身邊的神仙姐姐，雙手撐欄杆，晃動雙腳，望向遠方，輕聲道：「有啊，比如一個叫朱鹿的女孩子，怎麼可以那麼不善良。一個身穿嫁衣的女鬼，只因為覺得自己心愛的男人不愛她了，就害死很多過路的書生。如果當時不是寶瓶他們在身邊，我早就使出一縷劍氣殺掉她了。

其他的事情，不好說是怨言吧，談不上，可還是會有些心煩。比如李槐讀書總是不用功，怎麼勸也不聽，真不知道當初齊先生怎麼能忍著不揍他。吃過了好吃的山珍海味，這些傢伙就一個個不愛吃我煮的飯菜了，我其實挺鬱悶的，油鹽很貴啊。還有，我去河邊釣魚，又不能挑時候，經常釣不著幾條，每次回去看到他們滿臉失望，我就會特別委屈。如果不是想著不耽誤他們的遊學路程，給我一、兩天時間去打下窩子，守著夜好好釣，多大的魚我都能釣起來。

最近的，就是林守一生氣那次。其實我很心虛的，雖說主要是為了他好好修行，可我是有私心的，因為有人告訴我我的長生橋斷了，這輩子可能都無法修行了，但是我不願意就這麼放棄。一來是答應過神仙姐姐妳以後要成為飛來飛去的仙人，二來是我自己也很羨慕阿良他們。就像李槐說的那樣，踩著一把劍，嗖嗖嗖飛來飛去，想去哪裡就去哪裡，多帥氣、多威風，我當然想啊。」

高大女子安靜聽完少年的心事，打趣道：「喲，你也會替自己考慮事情啊。」

陳平安瞇起眼，盡量望向遠方，笑道：「當然。我爹娘去世後，我一直就在為自己考慮，想為別人考慮都很難。其實是遇到你們之後，我才變成這樣的。跟人打架啊，買下山頭和店鋪啊，讀書識字啊，做小書箱啊，走樁練拳啊，花錢買書啊，挑選路線啊，磨刀餵馬啊，每天都忙得很，可是我可不後悔，我很開心！」

陳平安喃喃道：「就是有些想念他們，不知道他們過得好不好。」

高大女子同樣感慨了少年說過的那句話：「這樣啊。」

陳平安突然轉頭低聲道：「神仙姐姐，我現在有錢，很有錢！」

高大女子啞然失笑。只是記起少年的成長歲月，便很快釋然。

光是大年三十一定要張貼春聯這麼點大的事情，就能讓少年碎碎念叨這麼多年，那麼有了錢，當然是頂開心的事情。

陳平安突然眼神堅定地道：「神仙姐姐，妳放心，我答應過妳的事情，一定會努力做到的。」

高大女子側過身，伸手放在陳平安的腦袋上，溫柔道：「能夠遇見你，我就已經很開心了。」她似乎覺得意猶未盡，乾脆彎腰俯身，用額頭抵住少年的額頭。

單純的少年只是有些天然害羞，想撓頭又不敢。

她笑著收起姿勢。

最終，劍靈和少年一個光腳，一個穿草鞋，就這麼一起望著遠方，搖晃雙腿。

時光流逝，渾然不覺。

假若以今日作為光陰長河的一處渡口，往上逆流而去兩萬年，若論劍靈殺力之大、殺氣之盛，唯她獨尊，高出天外！

老秀才腳尖一點，一步掠過八百里山河，飄然落在陳平安遞劍的地方，開始漫步。他抬起手臂，手指彎曲，看似隨意地敲敲打打，像是在叩響門扉，只是沒有得到任何回應。

老秀才收起手，無奈道：「不講究啊，此等行徑，無異於在別人家裡搭帳篷。罷了罷了，我等著便是了。」

老秀才開始耐心等待劍靈現身。

漫長的過程中，他站在原地，思考一個難題，並不顯得焦躁。

空中浮現一陣細微漣漪，只見高大女子一手抓著陳平安的肩膀，從縹緲虛空之中一步跨出。

老秀才回過神，第一句話就是：「我認輸，不打了，反正其餘兩劍出不出，已經不重要了，對吧？」

高大女子似笑非笑：「那麼你的兩次挑釁呢，怎麼算？」

老秀才哈哈笑道：「事不過三嘛。」

高大女子舉目望向穗山方向：「是新一任穗山大神？擔任這尊神位多久了？」

老秀才答道：「六千年整，之前三千多年你方唱罷我登場，亂成一團，威嚴盡失。穗山這座東嶽換了三個主人，最亂的時候曾經被視為魔教道統的一脈勢力鳩占鵲巢了，真正是禮崩樂壞的混亂局勢。現任穗山大神能夠坐穩六千年，雖說有運氣成分，但更多還是憑藉他個人的恐怖戰力，拳頭夠硬，又是光腳的不怕穿鞋的，誰不忌憚幾分。」

高大女子譏笑道：「禮崩樂壞？是你們三教分贓不均，還是浩然天下內部出現了正邪對峙？那位禮聖呢，以他的脾氣，怎麼可能袖手旁觀？」

老秀才嘆息道：「一言難盡，不提也罷。」

高大女子雙手負後，鄙夷神色更甚：「大局已定，自然就要內訌。哈哈，好一個大道之爭，百家爭鳴，熱鬧是熱鬧了，結果如何？世道果真變得更好了？」

老秀才瞥了眼她，極為硬氣地直截了當道：「儒家道統內部自然算不得清澈見底，並非皆是仁人君子，可我儒家先賢為此付出了無數心血，說是嘔心瀝血也不過分，故而始終本正源清，妳絕不可一言否決。」

高大女子玩味道：「這算不算第三次？」

先前頗為不正經的老秀才在這一刻竟是半點不退讓，淡然道：「在這件事上，妳要是覺得不對，我可以跟妳講百年、千年的道理，妳用劍講妳的道理也無妨。」

高大女子仔細打量著身材並不高大的清瘦老人：「你當真散盡了聖人氣運，只餘下魂魄，將浩然天下的人間當作寄生之所？」

老秀才沉默片刻：「對。」

高大女子收起油然而生的那股殺心，眼神複雜：「這麼多年，就只有你們兩個做到了。但是我很好奇，你是推崇那個傢伙的選擇，還是不得已而為之？前者可能性極小，涉及你們的大道了，我估計儒教道統內的老頭子絕不會讓你成功，哪怕這不是什麼美差使。」

老秀才平靜道：「見賢思齊，天經地義。」

高大女子思量片刻，轉頭看了眼陳平安，笑道：「不但初衷已經達成，還遠遠超乎預期，看在你做出這個選擇的分上，當然最主要還是看在我家主人的分上，餘下兩劍就先餘著？以後哪天我又突然看你不順眼的話，新帳、舊帳一起算。」

一直臉色緊繃的老秀才霎時間破功，一拍大腿，笑道：「餘著餘著，餘著好啊，老百姓大年三十的時候都興這個，碗裡剩下一點飯菜，故意餘著留給明年，兆頭好，寓意好。」

他怎麼看都像是一副劫後餘生的歡快模樣。

高大女子對此不以為意，冷聲道：「開門。」

老秀才一拂袖，率先大步走去，朗聲道：「仰天大笑出門去。」

陳平安記起一事，小聲問道：「我當時那一劍是不是很差勁？那座大山好像動也沒動。老前輩之前說練劍天資好壞就看能收到幾個字，雖然我本來就不願意接受它們，可它們也不樂意靠近我啊，這是不是說明我練劍的天賦跟練拳一樣很普通？」

陳平安越說越難過：「老前輩還說如果我拖後腿的話，當時哪怕擁有十境修為，那一劍劈砍出去，也只有七、八境的效果。」

豪言壯語可以張口就說，可天底下的難事，難就難在需要一步一步走。

泥瓶巷的泥腿子陳平安，實在太理解這個道理了。

高大女子伸手捏了捏少年的臉頰，笑咪咪道：「以後你就知道了。」

陳平安漲紅著臉，欲言又止。

高大女子早已經與陳平安心有靈犀，拉起他的手，緩緩走向那扇山河畫卷的大門，柔聲道：「主人，知道啦，以後當著某位姑娘的面，我肯定不會這麼放肆的，省得她冤枉了你，把你當作見異思遷的浪蕩子。」

陳平安燦爛而笑，既有如釋重負的輕鬆，也有跟她成為交心朋友的開心。

高大女子突然轉頭，有些幽怨：「可你就不怕你的神仙姐姐感到委屈嗎？」

陳平安想了想，認真道：「我會跟妳說對不起，但是有些事情，我覺得就該是那個樣子的。」

高大女子愁容滿面，竟有了幾分泫然欲泣的模樣。

陳平安雖然有些手足無措，但是眼神堅定，緊抿起嘴唇，不願意因此就改變初衷。

高大女子驀然開懷而笑，朝少年伸出大拇指，稱讚道：「帥氣！」

陳平安怯生生問道：「真不生氣？」

高大女子牽著他的手，停下腳步，站在大門口，突然彎腰一把抱住他，滿臉洋溢著暖洋洋的笑容，像是一個最喜歡睡懶覺的傢伙在大冬天躲在溫暖被窩裡呼呼大睡，那種幸福的感覺真是無法言說。

她才不管陳平安是什麼感受，歡快道：「呀呀呀，我家小平安真是可愛死了！」

陳平安瞬間如遭雷擊，一動不動，腦子裡一片空白，什麼都沒有想。

神仙姐姐……神仙只是第一感覺，其實姐姐才是陳平安心底的感覺。

高大女子總算放開了陳平安，站直身體後轉頭望去，有個神出鬼沒的老傢伙背對著兩人咳嗽道：「非禮勿視。放心，我什麼都沒看到，什麼都沒聽到，先前只是忘記了一樣東西，不得不反身取回。」

心情大好的高大女子才懶得計較這些。

禮法、道德、因果？這些極廣、極高、極遠的東西，從來不曾束縛住她。

大道之上，曾經有人，身無別物，唯有仗劍直行。

但凡有物阻攔，一劍開道。

但凡有不平事，一劍而平。

她沉寂萬年之後，終於找到了另外一個人。

兩個人，天壤之別，但是她沒覺得失望。

如果說，一開始是因為相信齊靜春，選擇了相信一線機會，賭一個可能性極小的「萬一」，那麼如今哪怕齊靜春活過來，說他錯了，她不該選擇那個少年，任他說破天的大道理，她也不會聽。

高大女子鬆開手，示意陳平安先行。

人皆有心境，鍊氣士稱呼為丹室，世俗人稱作心扉，心湖只是其中之一。

當時她站在少年的心湖之上，環顧四周，白茫茫一片，乾乾淨淨。然後她看到了一處終於不那麼單調的景象，找到了少年自己都不曾意識到的「心境本相」。

那是一個四、五歲大的孤單孩子，蜷縮在地，雙手抱膝，孤零零一個人，腳邊放著一雙小草鞋，就這麼坐著發呆。

在這個孩子身旁，是一座沒有墓碑的小墳頭。

小墳頭附近，又有兩座更小的「小土堆」，形勢如同山峰。

每當孩子休息夠了，就會穿上小草鞋，跑去很遠的地方，將一座小山搬回墳旁。他搬得很吃力，每次只能搬動一小段距離。

跑去搬山的時候，孩子腰間繫掛著一方小印章，戴起那頂小斗笠。

小印章會跟著孩子的腳步一起晃晃蕩蕩。

奇怪的是，沒有那棟泥瓶巷祖宅的心境倒象。大概在孩子的內心深處，爹娘去世後，家就沒有了吧，所以始終堅持守著那座小墳頭。

孩子臉色倔強，習慣性皺著眉頭，抿起嘴唇，但是偶爾也會笑一笑，應該是有真正值得開心的事情了。比如他悄悄告訴小墳頭，嘴唇微動，並無嗓音響起於心境，但是與他心有靈犀的劍靈自然知曉無聲言語的內容。

「娘親，我認識了一位神仙姐姐。她笑起來的時候，跟妳可像了。」

除了搬山「回家」，孩子幾乎不會離開小墳頭附近，只是時不時會往南邊走一段，像是牽著一個小姑娘的小手，每走一段距離，就會悄悄望向墳頭，顯得戀戀不捨。

可唯有一種情況，孩子會撒腿飛奔出去很遠很遠，一直高高揚起小腦袋，專注地望著高空，像是在追逐著空中離他遠去的某個人。

山水畫卷內，老秀才神色肅穆。

「青出於藍而勝於藍，未必沒有這個機會。」

老秀才點頭道：「大善。」

之後他沉默許久，發現整個天地開始微微顫抖，無奈道：「對那小子如此有耐心，就不能對我也有點耐心？哦，對了，如今竟然還會笑了。若是上古劍仙流傳下來的傳聞屬實，妳如今這副模樣，當初那些被妳砍得半死的大佬如果親眼看到，還不得硬生生把眼珠子瞪出來？」

老秀才望向這座小天地的天空，彷彿視線穿過了重重天幕，突然自嘲道：「天行健，君子以自強不息。說得真是太好了，哪怕再過萬萬年都不會有錯。難怪當初咱們儒家老祖宗要跟您老人家請教學問，看來道理一事，咱們讀書人不但講得晚了一些，也遠遠沒有講完講透啊。」

老秀才再次走出山水畫卷的時候，看到崔東山仍然躺在地上裝死，冷哼道：「成何體統。」

崔東山直愣愣望向天幕：「活著沒半點盼頭，死了拉倒。」

老秀才走過去就是一腳：「少在這裡裝可憐，就不想知道為何小齊只是要你跌境，而沒有除之後快？」

崔東山眼神恍惚，喃喃道：「當初你被趕出文廟，齊靜春非但沒有被你牽連，反而繼續境界高漲，本就能說明很多問題了。他齊靜春早就有資格自立門戶，跟你文聖一脈早已貌合神離，所以他自覺沒有資格殺我，希望將來由你來清理門戶。」

老秀才怒其不爭，又是一腳：「以小人之心度君子之腹，說的就是你這種人！我數三聲，如果還不起來，你就這麼躺著等死算了，大道別再奢望！三！二！二！二……」

崔東山打定主意不起身，把老秀才給尷尬得一塌糊塗，只得轉身朝陳平安使眼色，讓他幫忙解圍。

陳平安點點頭，從李寶瓶手中接過槐木劍，大步前行，來到崔東山身邊，面無表情地說了個「一」字後，對著白衣少年的脖子就是一劍刺下。

勢大力沉，劍尖精準，可能陳平安自己都沒有察覺到，在畫卷內領略到心穩的意境之後，雙手終於跟得上心思流轉，所以這一劍刺得毫無煙火氣，反而越發凌厲狠辣，殺機重重，嚇得崔東山連滾帶爬趕忙起身。

陳平安收起劍，對老秀才點點頭，意思是說：老先生，您的燃眉之急已經解決。

老秀才嘆了口氣，望向陳平安和不遠處的高大女子：「找個地方，說些事情。」又轉頭對崔東山瞪眼道：「跟上！涉及你的大道契機，你再裝模作樣，乾脆讓陳平安一劍砍死算數。」

一行人走向院子，老秀才環顧四周，瞥了眼由那枝雪白荷葉支撐起來的「小天幕」，手指掐訣，猶豫片刻：「找間屋子進去聊。陳平安，有沒有合適的地兒，能說話就行，有沒有凳子、椅子無所謂。」

陳平安瞥了眼林守一的正屋，裡面已經熄燈。可能林守一在涼亭修行太久，筋疲力盡，已經休息了，只得放棄這間最大的屋子，對老人點頭道：「去我屋子那邊好了，只有一個叫李槐的孩子在睡覺，吵醒他問題不大。林守一是修行中人，應該會有很多講究，我們就不要打攪了。」

高大女子坐在院子石凳上，笑道：「你們聊，我不愛聽那些。」

最後，老秀才、陳平安、崔東山、李寶瓶四人圍桌而坐。

李槐躺在床上沉沉熟睡，就算睡相不好，腦袋垂在床沿外，依然能睡得很香。

陳平安熟門熟路地幫他把身體扳正、手腳都放入被褥，輕輕掖好被角，好讓被褥裡頭的熱氣不易流失，最後李槐就像是被包了的粽子似的。

陳平安做完這些似乎天經地義的事情，坐回凳子上，李寶瓶小聲問道：「小師叔，你是不是每晚也幫我掖被角啊？」

陳平安笑道：「妳不用，妳睡相比李槐好太多了，倒頭就睡，然後一覺到天亮。」

李寶瓶唉聲嘆氣，用拳頭擊打手心，遺憾道：「早知道從小就應該睡相不好，都怪我大哥，騙我睡相好就能做美夢。」

陳平安笑道：「以後回到家鄉，我要好好感謝妳大哥。」

一路行來，李寶瓶說起最多的家人，就是這個大哥，所以陳平安對這個喜歡躲在書齋裡讀書的讀書人印象很好。

老秀才望向李寶瓶，笑問道：「你大哥是不是住在福祿街上的李希聖？」

李寶瓶點點頭，疑惑道：「咋了？」

老秀才笑呵呵道：「這個名字取得有點大啊。」

崔東山聽到這裡忍不住翻了個白眼。

李寶瓶有些擔憂：「名字太大，是不是不好？」

老秀才更樂了，搖頭道：「取得大，只要壓得住，就是好。」

李寶瓶是個最喜歡鑽牛角尖的小姑娘：「老先生，怎麼才算壓得住呢？」

崔東山又翻白眼：『完蛋嘍，這下子正中下懷，好為人師的老頭子肯定要開始傳道授業解惑了。』

果不其然，老秀才瞄了一下四周，沒看到可以下酒的碎嘴吃食，有些遺憾，緩緩道：「本性純善，學問很大，道德很高，行萬里路，就都壓得住。」

李寶瓶先將那方印章放在桌上，搖晃身體，踹掉小草鞋，盤腿坐在椅子上，雙臂環胸地愁眉苦臉道：「可是我大哥沒老先生說的那麼了不起啊，不然我寄信回家，讓他改個名字？」

崔東山不得不出聲提醒道：「老頭子，咱們能不能聊正事？大道，大道！」

李寶瓶默默拿起印章，朝印章底面的四個篆字呵了口氣。

崔東山趕緊閉嘴。

哪怕老頭子修為通天，到底是喜歡講道理的，死皮賴臉那一套行得通。

可陳平安和李寶瓶這兩個被齊靜春相中的傢伙，一個是根本沒讀過書的泥腿子，一個讀書讀歪了十萬八千里，他崔瀺如今是龍游淺灘被魚戲，對上這一大一小，再英雄豪傑都沒用，除了挨打受辱不會有其他結果，越是硬骨頭越遭罪。

老秀才變出一壺酒來，仰頭小抿了一口，瞥了一眼李寶瓶重新放回桌子的印章，有些傷感。

崔東山覺得今晚怪事頗多，老頭子以前雖然也有真情流露的時候，可絕大多數時候都是一個古板迂腐的傢伙，坐在哪裡都像是端坐於神壇上的金身神像，尤其是在學問最受朝野推崇的那段歲月，老頭子每逢開課講授經義疑難，危坐下方、豎耳聆聽的「學生」何止千人？帝王將相、山上神仙、君子賢人，浩浩蕩蕩，就連叛出師門的他都不會否認，那時候的老頭子真是光彩奪目，如日月懸空，光輝不分晝夜，壓得整條星河失色。

可老頭子如今竟然還會踹他兩腳？要說大道的時候，竟然還會喝酒？

崔東山看似漫不經心，實則心情沉重。

說到底，他對身邊這個老頭子的感情極其複雜，既崇拜又痛恨，既畏懼又緬懷。他崔瀺這個昔年的文聖首徒，對於自家先生，何嘗不是哀其不幸、怒其不爭？

床鋪上，李槐說著夢話：「阿良阿良，我要吃肉！小氣鬼阿良，就給我喝一口小葫蘆裡的酒唄……」

李寶瓶眼睛一亮，李槐這個糗事，能當好幾天茶餘飯後的談資了。

崔東山聽到「阿良」這個名字，悄悄斜瞥了一眼老秀才。

老秀才咳嗽一聲，掃了眼在座三人：「好了，說正題。陳平安、李寶瓶，你們應該已經知道我就是齊靜春的先生了。而崔瀺呢，曾經是我的首徒，齊靜春的大師兄。當時因為我忙著做學問，所以齊靜春讀書、下棋等，確實都是他幫我這個先生傳授的。最後他叛出師門，做出欺師滅祖的種種勾當，以至於齊靜春在驪珠洞天去世。要說他是殺害他師弟的凶手，半點不過分，作為我記名弟子之一的馬瞻亦是如此，只不過馬瞻並非下棋之人，但他是幕後元凶在先手棋局裡很關鍵的一記無理手。在我到達你們家鄉小鎮之前，真正的崔瀺是你們大驪王朝的國師，是一個瞧著不比我年輕的老傢伙了，現在崔瀺這副身軀只是他寄居借住的地方。」

李寶瓶滿臉怒容，氣得眼眶通紅，死死盯住崔東山。

反觀陳平安，更讓崔東山心驚膽戰——他眉眼看不清表情。

咬人的野狗不露齒。崔東山實在是太熟悉陳平安的性格了，畢竟他比楊老頭更加關心泥瓶巷少年的成長經歷。

他盡量保持鎮定，但是心中默念：『死定了死定了，老頭子你害人不淺。』

老秀才轉換話題，望向陳平安：「有件事先跟你打聲招呼，你若是答應，我再做。我想在你身上截取一段光陰水來作為今夜聊天的開場。放心，不涉及太多隱私，你願意不願意？」

陳平安點頭道：「可以。」

老秀才伸出一隻手掌，對著相對而坐的陳平安，抖腕捲袖。很快，陳平安四周就浮現出絲絲縷縷的水霧，緩緩流淌向老秀才的手心，最終變成一只晶瑩剔透的幽綠水球。

老秀才手掌一翻，手心朝下，在水球上輕柔一抹，那些水流便往低處流向桌面，一幅幅生動活潑的畫面由此在桌上顯現。

李寶瓶瞪大眼睛，滿臉震驚，趕緊趴在桌上：「哇，小師叔，這是咱們遇見嫁衣女鬼的那條山路，還有我呢！哈哈，還是我的小書箱最漂亮，果然比林守一和李槐的都要好看，他們背著書箱的樣子蠢蠢的……」

從楚夫人撐著油紙傘出現在泥濘小路、盞盞燈籠依次亮起、山野之間出現一條壯觀的火龍，到林守一祭出符籙仍是鬼打牆，非但沒有離開女鬼地界，反而被拐騙到那座懸掛「秀水高風」的府邸之前。最後，風雪廟劍仙魏晉一劍破萬法，瀟灑而至，打破僵局，成功帶著一行人離開。

老秀才往桌上一抓，那一段光陰溪流重新彙聚成團，往陳平安身上一推，再度渙散重歸天地。這一手涉及到大道本源的無上神通，不依靠聖人小天地，不依靠玄妙法器，老秀才就這麼信手拈來。

李寶瓶只覺得神奇有趣，崔東山卻是識貨的，心中越發驚訝：『老頭子到底是怎麼回事，一身聖人修為明明全沒了，為何還能夠如此神通廣大？』

老秀才輕聲道：「這女鬼可不可恨？濫殺無辜，罪行累累，當然可恨。可不可憐？也有幾分可憐。身為鬼魅，原先本性向善，於朝廷有鎮壓氣運之功，於地方也多有善行善舉，更與讀書人相親相愛，本是一樁美談才對，最後兩兩淪落得這般境地，神憎鬼厭，皆為大道排擠，一身因果糾纏，渾身拖泥帶水，幾輩子都償還不了這筆糊塗債。」

老秀才嘆了口氣：「所以說可恨之人必有可憐之處，是不是？」

崔東山如臨大敵，不敢點頭也不敢搖頭。

李寶瓶很快進入「上山打死攔路虎」的模式，認真思考片刻，道：「可恨更多。」

老秀才對她點頭笑道：「那麼可恨、可憐，可恨多出多少？可憐又占多少？」

李寶瓶又用心想了想：「合情、合理、合法，倒退回去，仔細算一算？」

老秀才又笑咪咪問道：「李寶瓶，合法合法，當然不壞，可問題又來了，妳如何確定世間的律法是善法還是惡法？」

李寶瓶愕然，似乎從來沒有想過這個問題，倒是不怯場，對老秀才說道：「老先生，等我一會兒啊，這個問題跟上次小師叔那個一樣，還是有點大，我得認真想想！」

老秀才笑容和藹，點頭稱讚道：「善。」

崔東山看著老人熟悉的笑容，看著聚精會神板著臉的小姑娘，冷哼一聲：『不愧是齊靜春的先生和齊靜春的得意弟子，薪火相傳，一脈相承，就連授業的氛圍都一個樣！』

老秀才難住了李寶瓶後，轉頭望向眼神清澈的陳平安：「我以往做學問、想難題，喜歡先往壞處設想，今天也不例外。可恨之人必有可憐之處，這句話本身沒有太大問題，但是世間許多自作聰明之人喜歡擺出眾人皆醉我獨醒的姿態，只談可憐之處，故意略過了可恨之處。有些人則純粹是濫施慈悲心和惻隱之心，加上『可恨之處』並未施加於自身，故而沒有那麼多切膚之痛，反而喜歡指手畫腳，袖手旁觀，要人一味寬容。陳平安，你覺得問題的根源出在哪裡？要知道，我所說的這些人，很多讀過書，學問不小，說不定還有人是清談高手。陳平安，你有什麼想法嗎？隨便說，想到什麼就說什麼。」

陳平安欲言又止，最後說道：「沒什麼想說的。」

崔東山已經顧不上陳平安怎麼回答，開始默默推演，思考為何老頭子要說這些。

老秀才左右看了眼李寶瓶和崔東山，緩緩道：「是非功過有人心，善惡斤兩問閻王。

為何有此說？因為每個人的道德修養、成長經歷、眼界閱歷都會不同，人心起伏不定，有幾人敢自稱自己的良心最為中正平和？於是法家就取了一個捷徑門路，將道德禮儀拉到最低的一條線，在這裡，只有這麼高，不能再低了。」

老秀才說到這裡，伸出一隻手，在桌面以下劃出一條線來。

「當然這些律法，如我先前所說，存在著『惡法』的可能性。在這裡，我不做衍生、開展，否則三天三夜都很難講完。所以歸根結底，律法是死的，人心是活的，律法無人執行，更是死得不能再死，故而仍是要往上去求解。」

說到這裡，老秀才又伸出手，往屋頂指了指，轉頭望向崔東山：「知道為什麼當時你提出那個問題，我回答得那麼快嗎？」

哪壺不開提哪壺。崔東山憤憤道：「因為你更喜歡也更器重齊靜春，覺得我崔瀺的學問都是垃圾簍裡的廢紙團，要你這位文聖大人揉開攤平了都嫌手髒！」

老秀才搖頭道：「因為你那個問題，我在你問之前就已經思考了很多年。當時不管我如何推演，只有一個結論：千里之堤毀於蟻穴，洪水氾濫，到頭來一發不可收拾。因為不但治標不治本，而且你在學問地基不夠堅實的前提下，這門初衷極好的學問反而會有大問題。如一棟高樓大廈，你建造得越高大越華美，一旦地基不穩，大風一吹便坍塌，傷人害人更多。」

崔東山愣在當場，可仍然有些不服氣。

老秀才嘆了一口氣，無奈道：「你們要知道，我們儒家道統是有病症的，並非盡善盡美。那麼多規矩，隨著世間的推移，並非能夠一勞永逸，萬世不易。這也正常，若道理都是最早之人說得最對、最好，後人怎麼辦？求學為什麼？

至聖先師給出的法子，最籠統也最純正，所以溫和且裨益，是百利而無一害的食補。但是食補的前提，是建立在所有人都吃『儒家』這份糧食上，對不對？

但是有些時候，就像一個人，隨著身體機能的衰減，或是風吹日曬的關係，就會有生病的時候，食補既無法立竿見影，又無法救命治人，這就需要藥補，可是用藥三分毒，需要慎之又慎。

遠古聖人尚且只敢在嘗百草之後才說哪些草木是藥，哪些是毒，你崔瀺這種急性子，當真願意花這份心思？你的師弟齊靜春早就提醒過你很多次，你崔瀺太聰明了，心比天高，從來不喜歡在低處做功夫，這怎麼行？你要是孩子打鬧，只想做個書院山長、學宮大祭酒，那麼你開鑿出來的河道，哪怕堤壩千瘡百孔，到最後洪水決堤，有人救得了。但是你的學問，一旦在儒家道統成為主流，出了問題，誰來救？是我還是禮聖、至聖先師？就算這幾位出手相救，可你崔瀺又如何確定，到時候釋、道兩教的聖人不添亂？不將浩然天下變成推廣他們兩教教義的天下？」

崔東山猶然不願服輸。

老秀才有些疲憊：「你這門事功學問，雖是我更早想到的，但是你潛心其中，之後比我想得更遠一些。最後我也有所意動，覺得是不是可以試一試，所以那場躲在檯面下的真正『三四之爭』，是中土神洲的兩大王朝各自推廣『禮樂』與『事功』，然後看六十年之後各自的勝負優劣。當然，結局如何，天下皆知，我輸了，所以不得不自囚於功德林。」

崔東山滿臉匪夷所思，突然站起身：「你騙人！」

老秀才淡然道：「又忘了？與人辯論，自己的心態要中正平和，不可意氣用事。」

崔東山失魂落魄地坐回凳子，喃喃道：「你怎麼可能會賭這個，我怎麼可能會輸⋯⋯」

老秀才轉頭望向院子那邊：「注意啊，千萬千萬別不當回事啊。」

高大女子慵懶回答：「知道啦。」

老秀才這才喝了一大口酒，自嘲道：「借酒澆愁也是，酒壯慫人膽更是啊。」他放下酒壺，正了正衣襟，緩緩道：「禮聖在我們這天下寫滿了兩個字。崔瀺，作何解？」

崔東山根本就是下意識回答道：「秩序！」脫口而出之後，又無比懊惱。

老秀才神情肅穆莊重，點頭沉聲道：「對，禮儀規矩，即是秩序。我儒家道統之內的第二聖人，禮聖，他追求的是一個秩序，世間萬物井然有序，規規矩矩。這些規矩都是禮聖千辛萬苦從大道那邊一橫一豎一條條『搶回來』的，這才搭建起一棟他老人家自嘲的『破茅廬』，為蒼生百姓遮擋風雨。茅廬很大，大到幾乎所有人窮其一生都撞不到牆壁，大到所有修行之人的修為再高都碰不到屋頂，所以這就是眾生的自由和安穩。」

崔東山冷笑道：「那齊靜春呢？他的學問就碰到了屋頂。阿良呢？他的修為就撞到了牆壁。這個時候該如何是好？這些人該怎麼辦？這些人間的天之驕子憑什麼不可以走出自己的道路，打開那扇禮聖老爺打造的屋門，去往別處另外建造一棟嶄新的茅廬？」說到這裡，他下意識伸手指向這間屋子的房門，滿臉鋒芒，氣勢逼人。

由此可見，崔東山已經不由自主地全身心投入其中，甚至有可能不單單是少年崔瀺的想法，同樣帶著神魂深處最完整的崔瀺的潛意識。

老秀才笑道：「追求你們心中的絕對自由？可以啊，但是你有什麼把握，可以確保你們最後走的是那扇門，而不是一拳打爛了牆壁，一頭撞破了屋頂？使得原本幫你們遮蔽風雨，讓你們成長到最後那個高度的這棟茅廬一下子變得風雨飄搖，四面漏風？」

崔東山大笑道：「老頭子你自己都說是絕對的自由了，還管這些作甚？你又憑什麼認定我們打破舊茅屋後建造起來的新屋子不會比之前更廣大、更穩固？」

老秀才笑了笑：「哦？豈不是回到了我的大道原點？你崔瀺連我的窠臼都不曾打破，還想打破禮聖的秩序？」

崔東山怒道：「這如何就是人性本惡了？老頭子你胡說八道！」

老秀才淡然道：「這問題你別問我，我對你網開一面，藉此神魂完整、千載難逢的機會，問你自己本心去。」

崔東山呆若木雞。

最後，彷彿天地之間只剩下老秀才和陳平安兩個人，一老一小相對而坐。

老秀才微笑道：「禮聖要秩序，希望所有人都懂規矩，所有人都講規矩，之後游士散播學問，當游士成為世族，就有了帝王師學，後來又有了科舉，廣收寒庶，有教無類，提供了鯉魚跳龍門的可能性，寒門不再無貴子。規矩啊，面面俱到，勞心勞力，而且越往後，人心浮動，越吃力不討好。人性本惡嘛，吃飽肚子就放下筷子罵娘的人，人世間何其多哉。」他抬頭望向少年，「所以我呢，如今在找兩個字——順序。」

「我只想將世間萬事萬物捋清楚一個順序。比如那可恨、可憐的問題癥結在何處？就在於禮聖已經教會世人足夠多『可恨』、『可憐』的判定標準，但是世人卻不夠懂得一個『先後之分』。你連『可恨』都沒有捋清楚，就跑去關心『可憐』了，怎麼行？對吧？」

陳平安點了點頭。

老秀才笑問道：「單單聽上去的話，『順序』二字，是不是比『秩序』這個說法差遠了？」

陳平安眉頭緊皺。

老秀才哈哈大笑，也不管少年能想通多少，自得其樂，喝了口酒，道：「如果這兩個字放在禮聖的破茅屋之內，當然就只能算是縫縫補補，我撐死了就是個道德禮樂的縫補匠罷了。如果將這兩個字放入更遠大寬廣的地方，那可就了不得嘍。」

陳平安問道：「哪裡？」

老秀才將酒壺提起，放在桌子中央，然後攤開手掌，在桌上重重一抹：「如此看來，酒壺這棟破茅屋，不過是光陰長河畔的一個歇腳地方而已。但是……」他略作停頓，微笑道，「這條光陰長河是何等形勢，關鍵得看河床。雖說兩者相輔相成，但是同時又的的確確存在著『有為法』。世間有諸多說法，順流而下，順勢而為，所以我想要試試看。」

陳平安問道：「禮聖是要人在規矩之內安安穩穩而活，有些時候，不得不犧牲一小部分人的……絕對自由？而老先生您是希望所有人都按照您的順序，在您畫出的大道之上往前走？」

老秀才笑著補充道：「別覺得我是在指手畫腳，我的順序，是不會過猶不及的，只是在大道源頭之上付出功力，之後水流分岔，各自入海，或是在中途匯合，成為湖泊也好，繼續流淌也罷，皆是各自的自由。」

老秀才身體前傾，拿出酒壺，喝了一口酒，笑問道：「陳平安，你覺得如何？願不願意按照齊靜春的安排，當我的弟子？」

陳平安第二次出現欲言又止的模樣。

老秀才神色微笑，和藹可親，又一次重複道：「只需要說你想到的，不用管錯對，這裡沒有外人。」

陳平安深吸一口氣，挺直腰杆，雙拳撐在膝蓋上，一板一眼道：「因為我沒真正讀過書，禮聖老爺的『秩序』到底是什麼，我不清楚；老先生您的『順序』，我更是領會不到其中的精髓。」

老秀才微笑道：「繼續，大膽說便是。我生前見過天底下很壞的人，很糟糕的事情，脾氣已經被磨礪得很好啦。」

陳平安眼神越發明亮：「在小鎮上，我為了自己殺蔡金簡，我為了朋友劉羨陽去跟搬山猿拚命，後來答應齊先生，護送李寶瓶他們去求學，再後來，答應神仙姐姐要成為鍊氣士。這些事情，我做得很安心，點頭了，去做就行了，根本不需要多想什麼。

之前老先生您說了很多，我一直在認真聽，有些想過了之後，覺得很有道理。比如可恨、可憐那個地方，我就覺得很對，順序不能錯，所以當時我就想說，那個嫁衣女鬼我當下就很想殺，現在更想殺，以後一定會殺。我想告訴她，就算有再大的委屈，也不是將痛苦轉嫁給無辜之人的理由。我想親口告訴她，她有她的可憐之處，但是她該死！」

這個一向給人感覺性情溫和的泥瓶巷少年，此時此刻，銳氣無匹。

陳平安語氣越發堅定，緩緩道：「可那些我想不明白的事情，甚至可能一輩子都想不到那麼遠的事情，我就不會答應去做。如果連我自己都覺得做不到，為什麼還要答應別人？就因為不好意思嗎？因為不答應讓別人失望嗎？可問題的答案很簡單啊，你答應了卻做不到，別人不是更加失望嗎？」

老秀才收斂笑意，滿臉正色，思量片刻後微微失神，習慣性伸出兩根手指，像是從菜碟裡撚起一粒花生米。

小院內，高大女子眯眼而笑。

先前她故意擺出幽怨傷心的姿態，少年不一樣義正詞嚴地拒絕自己？

若是換作馬苦玄或是謝實、曹曦之流……為了一個已經遠在天邊、相識不過一月的少女就去冒險惹惱一位存活萬年、以後需要相依為命的劍靈？

這是小事嗎？

是小事，但又絕對不是小事。

大道之爭，歲月漫長，有些細微處的捫心而問太恐怖了，這才是最不可預測的險惡之地。每當一名鍊氣士的修為越高，距離天幕越近，他心境之上的瑕疵就會被無限放大。打個比方，若是道祖的一點瑕疵，不過芥子大小，一旦轉為實象，恐怕比黃河洞天被一劍戳破的缺口還要巨大。

比如在那段看似雞毛蒜皮的光陰長河之中，若是那個泥瓶巷的孩子當初在攤販的「善意」邀請下，選擇了那串不要錢的糖葫蘆，然後蹦蹦跳跳回到泥瓶巷祖宅，把糖葫蘆吃得乾乾淨淨，把竹籤隨手一丟，看似什麼都沒有發生，但真的什麼都沒有發生嗎？

少年陳平安還能有今天的際遇嗎？

屋內，陳平安望著老秀才：「哪怕是齊先生想要我做的，但只要我覺得做不到，我還是不會答應。就像有些事情，我認真想過了，覺得還是錯的，那麼哪怕有人拿著刀子架在我脖子上，不管他是誰，我一樣會告訴他，這就是錯的。」

少年的語氣很平穩。他最後道：「我根本就不是那種能夠把一門學問做到很遠的人。讀書識字對我來說，很簡單，就是為了能夠自己寫春聯貼在家門口，還有以後可以給我爹娘寫墓碑，最多就是讀出一些做人的道理，除此之外，絕對沒有太多的想法。所以，老先生，我不會做您的弟子。」

崔東山聽得臉色蒼白，汗流浹背。

就連李寶瓶都覺得事情不妙，偷偷摸摸從桌面拿起那方印章，準備拿它拍人了。至於是壞蛋崔東山，還是先生的先生，她才不管，天底下小師叔最大。

老秀才只是和顏悅色問道：「這是你現在的想法對不對？如果以後你覺得以前是錯的，會不會改變主意，反過來求我收你做弟子？」

陳平安毫不猶豫道：「當然！但是如果到時候您不願意收我做學生，我也不會強求的。後悔，大概會有，但肯定不多。」

老秀才一臉奇怪：「我堂堂文聖想要收你做關門弟子，這是你多大的福氣。好東西大機緣突然砸在你頭上，難道不是趕緊收起來，先落袋為安才對嗎？萬一有問題，反正有自家先生頂在前邊，你怕什麼？怎麼看都是有百利而無一害的好事。」

陳平安突然說了一句話：「有些違心的事情，一步都不要走出去。」

老秀才喟然長嘆：「既然時機未到，我就不強人所難了。」他轉而一笑，「做不成師徒，我這個老傢伙很失望，不過想必齊靜春是一點也不失望。這樣的陳平安，強得很，像極了齊靜春少年時，恐怕這才是他當初在小巷裡願意對你作揖還禮的原因吧。」

陳平安聽得莫名其妙。

老秀才已經緩緩起身，看著三個孩子：「坐而論道，是很好的事情。但是別忘了，起而行之更重要，否則一切道德文章就沒了立身之處。」

老秀才驀然開始自得其樂，笑顏逐開，雙手負後，搖頭晃腦地走出屋子，嘖嘖道：「老先生坐而論道，少年郎起而行之。善，大善！」

李寶瓶怒道：「只有少年郎，我呢？」

老秀才打開屋門，爽朗笑道：「對對對，還有東寶瓶洲的小姑娘李寶瓶！」

陳平安心想：『坐而論道，起而行之。這個道理說得好，我得記下來。』

崔東山呆呆地坐在原地，突然打了個激靈，回過神後猛然起身作揖，對陳平安說道：

「先生！」

陳平安無奈道：「你怎麼還來？」

崔東山嬉皮笑臉地打趣道：「先生之前想殺我，是不是存心不想還錢啊？好幾千兩銀子呢。」

陳平安心平氣和道：「如果你今夜被我殺了，我陳平安以後只要有了銀子，就肯定會幫你建造一座價值兩千兩銀子的墳墓。」

崔東山臉色尷尬，最後只憋出一句話來：「我謝謝你啊。」

第三章 肩挑草長鶯飛

李槐睡了一個大懶覺，大太陽曬到屁股了也不願起床。實在是這床鋪太舒服了，就像睡在棉花團裡。他迷迷糊糊睜開眼，坐起身，環顧四周，一時間沒有轉過彎來，好不容易才記起來，這既不是家裡的硬板床，也不是荒郊野嶺的風餐露宿，於是他第一個感覺是有錢真好，第二個念頭是難怪陳平安要當財迷。

李槐其實是還想睡一個回籠覺的，只是因為陳平安沒有出現在自己視線當中，便有些慌張。他手腳利索地穿上衣服、靴子，拎了彩繪木偶就衝出屋子，看到林守一正在和一個窮酸老人下棋，就連天生坐不定的李寶瓶都老老實實坐在石凳上，仔細關注棋局，于祿和謝謝都站在林守一身邊，一起幫著出謀劃策。

陳平安坐在李寶瓶對面，看到李槐後招招手，等到他跑到身邊，就把位置讓給他。

李槐剛要落座，就發現一直站在陳平安身後的崔東山正皮笑肉不笑地盯著自己。

李槐想了想，默默地把彩繪木偶放在石凳上，他自己就不坐了，撅著屁股趴在桌邊。

崔東山轉頭望向于祿和謝謝，晦暗眼神如溪水，在兩人臉龐上流轉不定。

謝謝敏銳察覺到他的視線，沒有抬頭，只是心中疑惑：『往常這位大驪國師的陰沉視線一旦投注在自己身上，她的肌膚就會泛起一陣雞皮疙瘩。但是今天不一樣，就只是凡夫俗子的視線而已，不再有先前的那種壓迫感，是秋日陽光和煦的緣故？』

于祿坦然抬起頭，對這位「自家公子」微微一笑。

崔東山先伸出手指勾了勾：「于祿、謝謝，你們兩個過來。」然後對陳平安笑道：「能不能去止步亭那邊聊聊，有些事情需要開誠布公談一談。」

陳平安點點頭，四個人一起去往涼亭。

離開之前，陳平安拍了拍李槐的腦袋，打趣道：「這下可以放心坐著了。」

到了涼亭，崔東山瞥了眼簷下鐵馬風鈴，對于祿、謝謝說道：「你們自己介紹一下真實身分，不用藏藏掖掖。放心，沒什麼陰謀詭計，哪怕不相信我，總該相信陳平安吧？」

于祿和謝謝面面相覷，誰都沒有急於開口出聲。

出關以來，穿著樸素的高大少年于祿一路擔任馬夫，任勞任怨，是隊伍中幫陳平安最多的一個人，縫縫補補的針線活，他都做得格外精細。他有潔癖，熱衷於清洗衣衫、洗刷草鞋一事。見到誰的衣物、草鞋沾了泥土，或是行走山路被刺出破洞，他就渾身不自在，甚至無意間看到李槐那只書箱裡歪七倒八的擺放格局，他都會滿臉揪心表情。只要在水源旁停下，馬車就會被他清洗得一塵不染。

對此，哪怕是陳平安都自嘆不如。天底下還有這麼不消停的人？

至於面容黝黑古板、身材苗條的少女謝謝，李寶瓶破天荒有些孩子心性，對她深惡痛絕，視為仇寇；林守一對她印象平平，算不得多好多壞，最多就是閒暇時手談幾局的交情；李槐倒是跟她很熱絡，兩人熱衷於排兵布陣的遊戲。

崔東山沒好氣道：「你們敞開了聊，回頭我來收尾。」

俊美少年大步走出涼亭，四處散步，彎腰撿取地上的小石子，不一會兒就撿了一大捧，百無聊賴地坐在老水井邊，往底下砸石子聽水聲。

一想到自己竟然真的如此無聊，崔東山眼神迷離，有些恍若隔世。

他看了眼黑黝黝的水井，想到如今自己是貨真價實的肉眼凡胎，再也無法看穿下邊的景象，這一刻，他差點就想要一個歪身，投井自盡算了。

涼亭內，于祿率先開口：「我是前盧氏王朝的太子，之前藏身於盧氏遺民的開山隊伍當中。其實我還有另外的化名——余士祿。反過來念的話，寓意為我是盧氏的餘孽，別人每稱呼我一聲，就能夠幫我自省一次——過去的已經過去了。」

謝謝勃然大怒，猛然起身，指著于祿的鼻子怒斥道：「過去了？太子殿下說得倒是輕巧，雲淡風輕得很哪，真是比我們山上修士還要清心寡欲。可我師門上上下下數百條性命為盧氏拋頭顱、灑熱血，殉國而死！怎麼個過去法？」

謝謝淚流滿面，顫聲道：「你自己摸著良心，天底下有幾個證道長生的鍊氣士願意為一國國祚力戰而亡？只有我們！東寶瓶洲自從有邦國、王朝以來，歷史上就只有我們一門不退不降，拚著人人長生橋盡斷，只為了證明你們盧氏的王朝正朔！」

于祿神色平靜：「那妳要我如何？我是盧氏太子不假，可我父皇一向獨斷專行，不過是害怕那些空穴來風的讖語民謠，擔心東宮坐大，就要把我趕去敵國大驪的書院求學。我既從未掌權執政，也從未跟廟堂江湖有任何牽連，一心唯讀聖賢書而已。謝謝，妳說，妳要我如何？」

謝謝被于祿的冷淡姿態刺激得更加失態，氣得渾身顫抖，咬牙切齒道：「我姓謝，但我不叫謝謝，我叫謝靈越，是你們盧氏王朝最早破開五境瓶頸的鍊氣士！是風神謝氏子弟！我恨你們盧氏皇室的昏聵庸碌，但是我更恨你這個太子的隨波逐流，給大驪國師這個大仇人當僕役，竟然還有臉皮甘之如飴！若是你們盧氏先祖泉下有知……」

于祿臉色如常，依然是平緩的語調，打斷了謝謝的指責：「妳謝靈越若是有風神謝氏子弟的骨氣，怎麼不去死？如果覺得自殺不夠英雄氣概，可以光明正大刺殺國師崔瀺，死得轟轟烈烈，多好。」

于祿轉頭望向不遠處冷眼旁觀的草鞋少年，笑問道：「陳平安，我可以跟你借一百兩銀子嗎？我好給謝女俠、謝仙子建一座大墳，以表我心中敬佩之情。」

陳平安看了眼高大少年，又看了眼修長少女：「如果還想要好好活著，為什麼不好好活著呢？」他想了想，繼續道，「我隨便說一點自己的感受啊，可能沒有道理，你們聽聽就好。如果有些帳暫時算不清楚，那就先放一放，只要別忘記就行了，將來總有一天能夠說清楚、做明白的。」

看著兩個身分尊貴的盧氏遺民，一個是差點坐上龍椅的太子殿下，一個是王朝內最天才的山上神仙，陳平安知道自己的勸架理由，他們可能半點也聽不進去。這不奇怪，憑什麼要聽一個在泥瓶巷長大的土鱉傢伙的？

此刻看著真情流露的兩個人，謝謝不再那麼冷漠疏離，會氣得哭鼻子；于祿不再那麼和和氣氣，會拿言語刺人。陳平安雖然不是幸災樂禍，但確實才覺得站在自己身前的這兩個傢伙，有了些自己熟悉的人氣。

覺得自己最不擅長講道理的陳平安，使勁搜腸刮肚，勉為其難地說：「你們比我學問大多了，我不知道你們是怎麼想事情的，但是就拿我自己來說，最怕的事情，就是當我有一點本事，能夠決定別人命運的時候，尤其怕自己覺得有道理的事情，其實沒有道理。不到萬不得已的時候，比如生死關頭，什麼都沒得選擇了，那是沒法子，該出手就出手，但是在其他情況下，千萬千萬別只跟著當下的心思走，被『我覺得是如何如何』牽著鼻子走。阿良說過，什麼事情都要多想一個『為什麼』，我覺得很對。

其實我知道，我跟李寶瓶、林守一討教學問，或是跟李槐一起在地上練字的時候，你們打心眼裡看不起我。所以我要讀書，要從書上學道理，我要看更多的人，去更多的地方，就像阿良那樣，敢拍著胸脯說，我看過的大江大河比你們吃過的鹽還多，只有這樣，我以後……我只是說如果、萬一啊，真有那麼一天，我有了風雪廟魏晉這位陸地劍仙一般大小的本事，那我出劍殺人也好，救人也罷，一定快得很！或者我練劍沒出息，練拳還湊合的話，那一拳揮出去……」說到這裡，陳平安滿臉光彩，像是想到了自己的「那一天」。

酣暢淋漓出劍，痛痛快快出拳！

曾經有個戴斗笠的漢子總是打趣陳平安：『你是翩翩少年郎啊，每天有點笑臉行不行？心思這麼重多不好。』

陳平安其實次次都很鬱悶，很想大聲告訴那個傢伙：『我也想啊，可我現在做不到。』

于祿始終坐在原地，謝謝氣勢洶洶坐回原位，不過沒了先前要跟于祿拚命的架勢。

于祿看著心平氣和的陳平安，笑著好奇問道：「陳平安，你不是挺會說嘛，怎麼跟李寶瓶、李槐他們從不講這些？」

陳平安回答道：「我跟他們熟，不用講什麼道理。」

言下之意，自然是我陳平安跟你們不熟，所以才需要說這些有的沒的。

于祿頓時吃癟。

謝謝臉色冷漠，可是嘴角微微勾起，又被她強行壓平那點弧度。

謝謝小心翼翼地瞥了一眼坐在井口發呆的崔東山，猶豫片刻，緩緩道：「我本來是中五境之中，第七境觀海境的鍊氣士，只差半步就可以躋身第八境龍門境。只是淪為遺民之後，一個心腸歹毒的宮中娘娘派遣你們大驪一個著名劍修，使用祕法在我幾處竅穴釘入了困龍釘，害我只要驅使真氣就會痛不欲生。哪怕拚著後患無窮，也只能發揮出四、五境的實力。」

謝謝說完這些事關命運的重大祕密之後，死死盯住一旁裝啞巴的于祿，後者問道：「幹嘛？」

謝謝冷笑道：「你少在這裡裝蒜，人家陳平安能釣上魚，是靠日積月累的經驗，靠笨鳥先飛……」說到這裡，謝謝微微停頓，眼角餘光發現被自己戳了一刀的少年非但沒有生氣，反而有些傻樂呵，這才鬆了口氣，繼續道，「可你于祿如果不是因為武道修為才釣起那些游魚的話，我跟你姓！」

于祿微笑道：「哦，妳是說這個啊，我以為這點伎倆，你們誰都看不上的。武夫江湖什麼的，哪裡值得拿出來說。我當年在東宮，因為太子身分，註定不得修行長生之法，所以就只好跑去翻看那些宮中祕藏的武學祕笈。我之前說過，我父皇忌憚的是那些歌謠，而不是一個吃飽了撐得去熟悉武道的兒子。」

于祿收起笑意，由衷自嘲道：「何況江湖和武夫的境況如何，別人不清楚，妳謝靈越會不知道？山腳的一片池塘罷了，裡頭的魚再大，能大到哪裡去？不說別處，只說我們曾經的盧氏王朝，九境修士不多，可也不少吧？但是九境武夫呢？一個都沒有，所以我當初習武，純粹是鬧著玩的。你們可能會覺得我是站著說話不腰疼，可我還是要說一句，在沉悶無趣的東宮裡頭，若是有位講學先生不小心放了個屁，那都是值得說道說道的稀罕事。」

謝謝冷笑道：「哦？聽你的語氣，武道境界還不低嘛。」

于祿嘆了口氣，眼神真誠，搖頭道：「不高，才第六境。」

謝謝眼神中露出一絲震驚，臉色微微僵硬。

武夫境界的攀登最講究一步一個腳印，往往是厚積薄發，多是大器晚成之宗師，像大驪藩王宋長鏡這樣的怪胎，遍觀整個東寶瓶洲的歷史，將其形容為百年一遇，毫不誇張。所以年紀輕輕的高境界修士，旁人會羨慕其天賦、機緣等等，稱之為天才，然後就覺得天經地義了，因為「天才」二字足夠解釋一切，但是武道不一樣。

十四、五歲的六境武夫，是貨真價實的怪物！

別忘了，盧氏太子于祿，在東宮養尊處優，極有可能從未有過生死之戰。

看書看出一個武道第六境？

于祿看到謝謝的眼神和臉色後，把到嘴邊的一句話默默咽回肚子。

『差不多就要躋身七境了，最多三、五年吧。』

一想到跟一個六境武夫距離這麼近，謝謝就渾身不自在，總覺得會被于祿暴起行凶，然後一拳打爛自己的頭顱。

六境的錬氣士水分可以很大，但是面對世間的純粹武夫，最好不要有此念頭。

陳平安站起身，先是望向黝黑少女，開心道：「謝謝姑娘，雖說妳如今修為受限，但是眼界還在。林守一也是錬氣士，以後麻煩妳多跟他聊聊修行上的事情。嗯，林守一性子有點冷，妳多擔待一點。對了，林守一是吃軟不吃硬的，臉皮子薄，經不起好話勸說，謝謝姑娘多磨磨他，比如借著下棋閒聊修行之事，我看就很好。」

然後陳平安望向高大少年：「于祿，你既然是六境高手，以後洗衣服、刷草鞋之類的瑣碎事情，我就不用擔心累著你了，只管開口，衣服管夠！」

最後，陳平安跟遠處崔東山喊了一句：「我跟他們兩個聊完了，你可以回來了。嗯，用讀書人的話說……就是相談甚歡！」

陳平安笑著離開涼亭，腳步輕快，顯然是真的高興。

涼亭內，少年、少女面面相覷，總覺得哪裡不對勁，又想不出一個所以然來。

崔東山回到止步亭，在亭子外站著不動。由於秋蘆客棧不希望有人擅自探究水井，所以亭子只有西邊一條進出通道。站在東邊的崔東山有些發愣，怔怔出神，最後咬咬牙，雙手攀住涼亭欄杆，使出吃奶的勁頭才爬上去，翻入亭內長椅，躺在上邊大口喘氣。

于祿和謝謝有些警惕，只當是大驪國師在耍詐找樂子，必須小心，以免掉入陷阱。說句難聽的，就算崔東山拿把刀交給這對少年、少女，站著不動讓他們往身上剁，兩人都不敢動手，連刀都不會接。

在謝謝看來，陳平安之所以能夠對崔東山不以為意，是無知使然，因為他根本就沒有領略過真正的山上風光，不知道沙場廝殺、廟堂捭闔、證道長生這些說法的含義。

昔年文聖首徒、十二境巔峰的鍊氣士、大驪國師，隨便哪個身分單獨拎出來都是一座巍峨山嶽，能夠壓得人喘不過氣來。

如今體魄脆弱不堪的崔東山躺在長椅上，累得像一條狗，伸手抹去額頭汗水：「如你們所見，我這會兒不但慘遭橫禍，害得修為盡失，變得手無縛雞之力，還連累我連方寸物都用不上，成了手無寸鐵的窮光蛋。你們兩個若是對我心懷怨懟，現在動手，是千載難逢的好機會，過了這村沒這店。」說到這裡，他轉頭朝著千山萬水之外的大驪版圖有氣無力地罵娘道：「福你享，鍋我背，你大爺的大驪國師，哦，還是我自己大爺……」

崔東山自顧自嘀嘀咕咕，罵罵咧咧。不管如何，一路行來，雖然未曾成功拜師學藝，但是跟李槐相處久了，罵起人來確實順溜了許多，這不，連自己都罵上了。

于祿和謝謝習慣了他的神神道道，非但沒有覺得他腦子壞了，反而越發如履薄冰。

崔東山坐起身，背靠圍欄，雙手橫放在欄杆上，于祿和謝謝剛好一左一右在他身旁。

他嘆了口氣：「你們覺得陳平安不知山有多高、水有多深，所以對我一點都不害怕，這是……」他稍作停頓，哈哈笑道，「對的，無知者無畏嘛。但是呢，你們只想到一半。不過你們比不上陳平安的地方，是身正不怕影子斜。你們兩個，一個莫名其妙讀書讀出來的第六境武夫，山河破碎，忍辱負重；一個是驚才絕豔卻身負血海深仇的鍊氣士，總覺得未來還很長，所以陳平安敢說殺我就殺我，你們呢，猶猶豫豫，忐忐忑忑。我這麼說有點站著說話不腰疼的嫌疑，畢竟我是崔瀺，你們能夠活著都得謝我。」

崔東山揉了揉腰，愁眉苦臉道：「其實我腰疼得很。」

他看著于祿：「你們以後就死心塌地跟著我混吧，咋樣？」

于祿微笑道：「從刑徒遺民隊伍裡走出來，我就跟著國師大人混了，而且感覺不錯。這一路遠遊求學也很精彩，比起在東宮假裝書呆子，每天聽那些之乎者也有趣多了。如果國師大人有空的時候能夠給我講解一些經義難題，我會覺得人生很圓滿。」

崔東山伸出手指點了點他：「人家陳平安謹小慎微和不苟言笑，是井底之蛙突然跳出了水井，看見什麼都要擔驚受怕；你于祿真的是城府深沉，一臉奸人相貌，我有些時候真想一拳打扁你的這張笑臉。」

于祿無奈道：「我跟陳平安相比，好到哪裡去了？不一樣是井底之蛙嗎？」

崔東山隨口道：「富貴燒身火，磨難清涼散。這句聖人的警世名言白送給你了，拿去好好琢磨。」

早早就熟讀萬卷書的于祿好奇道：「是文廟哪位聖賢的教誨？」

崔東山指了指自己：「我啊。」

于祿更加無奈。

崔東山從袖子裡掏出一粒石子，輕輕砸向簷下鐵馬，一次不中，兩次不中，三次仍是不中。他瞥了眼謝謝，扯了扯嘴角，道：「真想把妳丟出去，鈴鐺肯定能響。」

謝謝像一尊泥菩薩杵在那邊，面無表情。

崔東山笑道：「妳呢，是真想殺我，但覺得機會只有一次，一定要有個萬全之策，捨不得白白死掉。于祿呢，比妳聰明，覺得殺不殺我，意義都不大。」

他嘆了口氣：「陳平安、李寶瓶、李槐、林守一四個人，于祿你心中的好感程度，從好到壞，應該是林守一、李寶瓶、陳平安、李槐；至於謝謝姑娘啊，應該是李寶瓶、李槐、陳平安、林守一。」

崔東山最後伸出拇指指向自己：「我呢，則是李槐、李寶瓶、林守一、陳平安。我最喜歡傻人有傻福的李槐，因為對我最沒有威脅。李寶瓶這樣陽光燦爛的靈氣小姑娘，尤其像我這種一肚子壞水的傢伙，怎麼可能討厭她？看著她就暖洋洋的，心裡頭舒服。林守一不是不好，只是這類天才我實在見過太多，提不起興致了。

于祿最不喜歡李槐，是因為厭惡那種混吃等死的性格，覺得天底下怎麼可以有這種得過且過的懶鬼。當然了，還有邋遢、不愛乾淨；最喜歡林守一，是因為你潛意識裡還把自己當作盧氏王朝的太子殿下，一個國家的興盛就需要林守一這樣積極向上的棟梁之材。謝謝呢，看似與林守一很熟，經常下棋，但其實都快嫉妒得發狂了。同樣是修道的天才，為何人家林守一順風順水，自己卻要遭此劫難，極有可能就此大道阻絕，無望長生？」

于祿默不作聲，謝謝臉色難堪至極。

崔東山大笑道，「那麼，為什麼我們都不喜歡陳平安呢？李寶瓶他們三個初出茅廬的孩子跟我們三隻心智成熟的大小狐狸恰恰相反，最喜歡陳平安，這是為何？是不是很有嚼頭？于祿、謝謝，你們誰給出我心目中的正確答案，我就給你們一件用得著的好東西。」

謝謝緩緩道：「因為他們三人覺得陳平安做事情最公道，而且願意付出，所以每當遇到坎坷和抉擇的時候，都會下意識看向他。而陳平安對我們三人來說，拋開國師大人您的私人謀求不說，這種看似容易相處、願意與人為善的凡夫俗子，實在不值一提。」

于祿搖頭道：「陳平安，沒那麼好相處。」

崔東山嘖嘖道：「你們兩個半斤八兩，真是愚蠢得可愛啊。不然我乾脆讓你們兩個婚配算了，郎才女貌……哦，不對，暫時是郎貌女才，如何？」

于祿和謝謝都沒有搭話，因為都知道這就是個笑話。

崔東山雙指撫摸著腰間的一枚玉墜：「你們根本就不知道，陳平安是一面鏡子，會讓身邊的人比平時更清楚看到自己的不好。所以跟他朝夕相處的話，只要本身心境有問題的人，就會出現問題。曾經，就有一個叫朱鹿的蠢丫頭給活活逼上了絕路。說她蠢，是因為她蠢而不自知，做了壞事，心裡還迷糊，這就叫又蠢又壞了。同樣是女子，比起我們大驪那位娘娘，差了太遠。咱們那位娘娘啊，最聰明的地方就在於，『你以為我做了什麼壞事，我自己心裡沒數嗎』，當年正是這句無心之語，讓我決定跟她合作。」

崔東山指向自己：「按照道家某位大真人的隱蔽說法，人皆有兩根心弦，一善一惡，就懸掛在我們心頭。就像陳平安所認為的那樣，有些事情，對的，它就是對的，而錯的就是錯的，任是誰來做，誰來幫忙辯解，都改變不了。有意思的是，世事之艱難，就在於為了做成一個大的好事，難免要做許多小的錯事。

儒家門生不願違心，可能連官場都待不住，甚至連學宮書院都未必爬得高，到最後就只好躲在書齋裡研究學問，閉門造車，對於外邊一直在滾滾前行的世道是極少裨益的。有些傢伙在書齋裡待久了，一身迂腐氣息，見不得別人有任何道德瑕疵，動輒指摘貶斥，對於那些壞得徹底的廟堂人物反而束手無策，到最後，就只能是世風日下、禮崩樂壞了。」

崔東山不去看那兩個若有所思的傢伙，伸出一隻手掌在身前一抹，換了一隻手掌在低處又一抹：「上為善、下為惡，人心兩根線。我崔瀺的善線極高，幾乎等天，所以我眼中看不到幾個好人；我崔瀺的惡線極低，所以對我而言，任何人皆可交往和利用，沒有任何心理負擔。你們兩個，比不得我這麼懸殊，但是兩根線之間的距離，同樣不會小。」

崔東山收起左手，右手拇指和食指之間留出一小段空隙，低頭瞇眼看著那兩根手指：「陳平安的善線很低，所以做好事對他而言是自然而然的事情，這就是他被當作濫好人的根源。但是你們要知道，善線低，可不代表他就是真的好說話啊。因為陳平安的惡線距離善線很近，所以他認定了一件事情，決定要去做的時候，會極其果決，比如……殺我。其實你們兩個很清楚，不管你們如何看不起陳平安，你們，當然還有我，這輩子都做不成陳平安的朋友。」

于祿突然說道：「我可以嘗試一下。」

謝謝聽到這話，嘴角泛起冷笑。而當她一想到自己在横山的大樹枝頭被崔東山脅迫，不得不去主動找到陳平安，為他粗淺講解武道門路，就有些臊得慌。

緊接著，她就又想到那個屹立枝頭的消瘦身影，山間清風徐徐。

她突然有些莫名的傷感——自己也曾是這般心境無垢的，視線永遠望向遠方。

「我說了這麼多，浪費了一大缸口水，到底是想表達什麼呢？」

崔東山開始蓋棺論定了，站起身，笑呵呵道：「意思就是說啊，以後你們兩個蠢貨笨蛋，對我崔瀺的先生，發自肺腑地放尊重一點，知道嗎？」

這是于祿和謝謝今天第二次面面相覷了。

「兩個不知好歹、不知天高地厚的可憐雜碎！」

崔東山無緣無故就勃然大怒，臉色陰沉似水，大踏步向前，對著于祿的面門就是使勁一拳：「一個淪為刑徒，差點要在臉上刻字的破太子，知道我大驪宰掉的皇帝、皇子有多少嗎？還嘗試，你這個如今連姓氏都背叛祖宗的混帳，有這個資格嗎？」

于祿措手不及，硬生生挨了一拳，不敢有任何還手的動作，只是有些懵。

崔東山轉過身，走向謝謝，對著她就是一巴掌甩過去：「一個山門都給人砸爛的小娘兒們，知道我親手做掉的陸地神仙有幾個嗎？」

生性驕傲的少女下意識伸出手抓住白衣少年的手腕，不讓他的耳光打在自己臉頰上，但是下一刻她就後悔了。果不其然，崔東山整個人都散發出恐怖的猙獰氣息，死死盯住少女，嚇得她立即鬆開手。

崔東山低頭看了眼通紅微腫的手腕，狠狠一巴掌甩在少女臉上，厲色道：「你們兩個也敢橫豎看不起陳平安？他是我崔瀺的先生！」

崔東山接連甩了四、五個耳光在謝謝臉上，謝謝甚至不敢憑仗鍊氣士的修為來卸去勁道，很快就被打得臉頰紅腫，嘴角滲出血絲。

滿身殺氣的崔東山似乎打得猶不解氣，就想要找點什麼東西來當凶器。就在此時，他轉頭望見一個快步跑來的熟悉身影，頓時愣在當場。

那個不速之客剛喊出一個字：「吃……」就看到崔東山動手打人的一幕，趕緊咽下那個「飯」字，開始狂奔，殺向崔東山。

少年身上那股子氣勢恐怕更像殺氣，嚇得崔東山二話不說，連爬帶滾翻過涼亭欄杆，跑向老水井，一邊跑一邊扭頭喊道：「陳平安，你幹嘛？我教訓自家丫鬟、僕役，關你屁事……唉，有話好好說，我認錯還不行嗎？咱們都停下來，好好講道理，行不行？」

陳平安跑入涼亭之後，腳尖一點，高高躍出，身形如飛雀快速越過欄杆，落在涼亭外，繼續奔向崔東山。

崔東山心知難逃一劫，乾脆破罐子破摔，站在老水井口上，悲愴顫聲道：「陳平安，你要是今天真要打死我，我就投井自殺算了！信不信由你！」

陳平安繼續前衝，眼見崔東山就要跳入水井，皺了皺眉頭，猛然停下身形。

崔東山一腳踏出，在千鈞一髮之際，好不容易才收回腳，身形搖搖晃晃，命懸一線。以他如今的體魄，摔入水井底部後，因為下邊還有劍氣殘餘，哪怕不被凍死、淹死，恐怕也要傷及根本，去掉大半條命，由此可見，他是真怕了陳平安。

陳平安仔細看著崔東山，良久之後，說道：「吃飯。」

崔東山小心翼翼跳下井口，仍然不敢上前，站在原地悲憤解釋道：「我剛才是為你出口氣！他們兩個打心眼裡看不起你，我打抱不平，要他們以後對你客氣一點，也有錯？你這叫好心當作驢肝肺！」

陳平安冷笑道：「你少拿我當幌子，你就是狗改不了吃屎！」

說完之後，陳平安轉身離去，繞過涼亭的時候，語氣和緩地對那對少年、少女說：「林守一他們已經下完一盤棋，吃飯了。」

崔東山不怒反笑，遠遠跟在陳平安後頭，跑得一搖一擺，兩只大袖子飛來飛去，顯得狗腿得很：「不愧是我家先生，比那兩個蠢貨真是聰明太多太多。」

過了涼亭，崔東山面對兩人，立即換上一副嘴臉，訓斥道：「愣著幹什麼？吃飯！」

于祿微笑如常，走出涼亭。走下臺階後，轉身問道：「妳沒事吧？」

謝謝眼眶濕潤，搖搖頭。

于祿指了指自己的嘴角，謝謝回過神後，轉過頭去，將嘴角血跡擦拭乾淨。

一行人吃過了秋蘆客棧準備的豐盛早餐，李槐吃得肚子滾圓，這個沒心沒肺的小兔崽子完全沒有意識到餐桌上的詭異氛圍。

老秀才對陳平安笑道：「走，帶你去逛逛這座郡城的書鋪。咱們隨便聊聊，如果可以的話，請我喝酒。」

老秀才望向躍躍欲試的李寶瓶，笑道：「一起？」

李寶瓶使勁點頭：「我回去背小書箱！」

林守一留在客棧，繼續以《雲上琅琅書》記載的祕法修習吐納；李槐是實在懶得動，沒有逛街的欲望，只是叮囑陳平安一定要給他帶好吃的回來。崔東山說自己有點私事，要去找客棧老闆，看能不能把房錢算便宜一點；于祿和謝謝各自回屋。

最後就是一老、一大、一小三人離開秋蘆客棧，走過那條行雲流水巷，在老秀才的帶領下去尋找書鋪。

李寶瓶一直跟老秀才顯擺自己的書箱，在他身邊繞圈跑。

陳平安醞釀很久，終於忍不住問道：「文聖老爺，您有沒有生我的氣？」

老秀才都快把李寶瓶的小書箱誇出一朵花來了，聞言後笑道：「你是說拒絕當我關門弟子的事情嗎？沒有沒有，我不生氣。失望是有一些的，但是回頭想想，這樣反而很好。齊靜春的初衷，以及阿良之後的跟隨，不是一定要給你陳平安什麼。我上次偷偷取走你的玉簪，說到底……」說到這裡，他做了一個手掌橫抹的姿勢，「是為了讓你陳平安就只是陳平安而已，沒有太多的牽扯。你就是驪珠洞天泥瓶巷裡的少年，姓陳名平安，帶著李寶瓶他們遠遊求學，就這麼簡單。阿良這個吊兒郎當的憊懶貨難得正經了一回，是他讓大驪王朝這些世俗存在不給你和孩子們帶來額外的負擔，之前齊靜春已經做到了讓上面的……傢伙們不來指手畫腳。因為我的到來，害得你那位好脾氣的神仙姐姐露面了，於是又有一點小麻煩。但是不用怕，我這個老不死的，這點本事還是有的，絕不給你們添麻煩，跟讀書人講道理嘛，我擅長。」老秀才拍了拍少年的肩膀，「以後就安安心心求學吧。」

說著，他又自顧自笑起來：「少年的肩膀，就該這樣才對嘛，什麼家國仇恨、浩然正氣的，都不要急，先挑起清風明月、楊柳依依和草長鶯飛。少年郎的肩頭，本就應當滿是美好的事物啊。」

李寶瓶眼睛一亮，對老秀才豎起大拇指，稱讚道：「文聖老爺，您這話說得漂亮。」

老秀才哈哈大笑，手掌輕拍肚子：「可不是，裝著一肚子學問呢。」

陳平安看著相互逗樂的兩人，深吸一口氣。肩頭有什麼，他感覺不到，心裡倒是已經暖洋洋的了。

黃庭國北方這座繁華郡城，在無憂無慮的李寶瓶看來，就是熱鬧，是好多好多個家鄉小鎮加在一起都比不上的。

但是看遍山海的老秀才當然會看得更遠、更虛，可能早早就看到了以後鐵騎南下、硝煙四起的慘澹光景，那些熙熙攘攘的歡聲笑語就會成為以後撕心裂肺的根源；反而是那些衣衫襤褸的路邊乞兒，將來遭受的痛苦磨難會更淺淡一些，至於那些個地痞流氓，更有可能在亂世中一躍而起，說不定還會成為黃庭國的官場新貴、行伍將領。

只不過老秀才歷經滄桑，自然不會將這種情緒表現在臉上，以免壞了少年和小姑娘逛街的好興致。他帶著他們一路七拐八彎，找到一家老字號書鋪，自己掏錢給兩人買了幾本書。店鋪主人是個科舉不如意的落第老書生，平日裡見誰都不當回事，碰到口若懸河的窮酸老秀才，那算是英雄相惜了。加上被老秀才的學問道德所折服，小二十兩銀子的書錢愣是十兩銀子就算數了。

老秀才出門後，看著滿臉欽佩的陳平安和李寶瓶，笑道：「怎麼樣，讀書還是有用的吧？今兒就幫我們省了八兩多銀子。所以說啊，書中自有黃金屋……」說到此處，老秀才放低嗓音，神祕兮兮道，「還真別說，南邊有個地兒，當然不是你們東寶瓶洲的南邊，而是醇儒陳氏家族，有個跟我最不對付的老古板，他年輕的時候，日日讀書、夜夜讀書，大概幾十年後，約莫是精誠所至，有一天還真給他從書裡讀出了一座黃金屋和一位顏如玉。」

陳平安瞪大眼睛，咽了咽唾沫：「那座黃金屋有多大？」

李寶瓶則好奇問道：「那位顏如玉有多漂亮？」

老秀才哈哈大笑，伸手指了指這倆孩子：「以後有機會，自己親眼去瞧瞧，我可不告訴你們。耳聽為虛，眼見為實嘛。好山、好水、好風景，書上是有描寫，可比不得自己收入眼底啊。」

李寶瓶突然問道：「文聖老爺，您為什麼要給我小師叔買那幾本書籍啊？真的很粗淺啊，就連我和林守一都能教的，不是浪費錢嗎？」

老秀才收斂笑意，一本正經道：「不一樣，很不一樣。天底下最有學問的書籍，一定是最深入淺出、最適合教化蒼生的。知道這些書本為何反而賣得最便宜嗎？比如道祖他老人家的那部《五千文》，賣得多廉價啊，只要想看，誰都買得著；只要願意讀，誰都能從中學到東西。」

李寶瓶懵懵懂懂道：「印刷得多，加上買的人多唄，所以便宜。」

老秀才點頭笑道：「對了一半。書如果太貴了，誰樂意掏錢買？幹嘛不去買吃的，還能填飽肚子呢。剩下一半，則是那些高高在上的道德聖人如果想要更廣泛地傳授自己的學問，成為一州、一國甚至是一洲、整個天下的正統學問，自己親自傳授弟子，能出幾個？還不如來一個廣撒網，把自己的學問道理都印刻在書上，門檻低了，走進去的人就多了。」

陳平安輕輕嘆了口氣。

老秀才憂心問道：「咋了，覺得很沒意思？這可不行，書還是要讀的。」

陳平安搖頭道：「我就是覺得這挺像老百姓開店鋪搶生意。在我家鄉騎龍巷那邊，我有兩間朋友幫忙照看的鋪子，不知道如今是虧了還是賺了。」

老秀才似乎想起了一點陳芝麻舊事，有些唏噓，大手一揮：「走，喝酒去！陳平安，你如果實在嘴饞，可以喝一點。寶瓶年紀太小，還不可以喝酒。」

時辰還早，許多酒樓尚未開張，老秀才在一條街的拐角處找到一家油漬邋遢的酒肆，好在三人都不講究這個。如果是崔東山、于祿、謝謝三人在場，恐怕就要皺眉頭了。一個眼界高，一個有潔癖，一個自幼養尊處優，估計這輩子都不會在這種場合喝酒。

老秀才點了一斤散酒和一碟鹽水花生。陳平安依然堅持習武之人不可喝酒的原則，李寶瓶其實有點想喝，但是有小師叔在身邊，她哪裡敢提這個要求，便只是有些眼饞地盯著老秀才喝酒。

跟陳平安相處這麼久，從李寶瓶到林守一再到李槐，一路上耳濡目染，對於什麼可以做，什麼不可以做，大抵上都心知肚明。李寶瓶有些時候其實也會覺得小師叔太嚴肅了，但是看一看漂漂亮亮的小書箱和厚實柔軟的小草鞋，就不再多說什麼了。

林守一對於陳平安並非沒有看法，因為成了山上神仙，志向高遠，覺得眼皮子底下的這點雞毛蒜皮不值得他分心，所以從來不說什麼。至於李槐，他是最願意有什麼說什麼的，只可惜大多是無理取鬧，不等陳平安說什麼，就已經被李寶瓶打壓了。

所以這一路求學，四人從未出現過不可調和的分歧，維持著一種微妙的平衡。之後朱河、朱鹿父女離開，在野夫關外，崔東山帶著于祿和謝謝闖入隊伍，讓之前的四人越發同仇敵愾，關係反而變得更加緊密。

老秀才喝著酒，才半斤就有些上頭，大概是觸景生情，又沒有刻意運用神通，難得如此放鬆，就由著自己喝酒澆愁了。老秀才環顧四周，輕聲道：「我有一個從小就認識的朋友，家裡窮，中途退學，後來去開了一間酒肆，差不多就這麼大的小鋪子。他從十八歲娶妻生子，到六十五歲壽終正寢，開了將近四十年的酒肆，賣了將近四十年的酒。

我只要兜裡一有閒錢，只要想喝酒了，就喜歡去他那裡買酒喝，不管隔著多遠，一定會去。但是有一天，鋪子關門了，找街坊鄰居一打聽，才知道我那個朋友死了。既然原先的鋪子關了，我只好去別處買酒，才知道他賣我的那種酒，賣得比其他人都貴。」

李寶瓶氣憤道：「文聖老爺，您把人家當朋友，可人家好像沒有把您當朋友啊。」

陳平安沒有說什麼。

老秀才喝了口酒：「可又過了很多年，我才知道，他賣給我的酒，是他親自上山採藥釀造出來的酒，不計成本，全都用了最好的東西，賣得虧了。」

李寶瓶張大嘴巴，心裡頭頓時愧疚滿滿。

老秀才拈起一粒花生米，放入嘴中慢慢嚼著：「四十年裡，我從一個寒酸書生，好不容易考上了秀才功名，之後……也有了些本事和名氣。那個朋友每次見到我，就只會勸我喝酒這麼一件事情，從來不提他子女求學的事情，不提他妻子家族的雞飛狗跳，就是勸我喝酒。每次他都坐在我對面，就小寶瓶妳現在坐的位置，離我最遠的位置，但是一抬頭就能看到我，每次都傻乎乎笑著。」

李寶瓶想了想，默默離開原位，坐在陳平安的對面，咧嘴一笑。

陳平安對她做了個鬼臉。

老秀才緩緩說道：「又後來，我才知道他的子女要麼當上了當地朝廷的黃紫公卿，禍國殃民；要麼年紀輕輕當上了誥命夫人，動輒打殺妾婢。他媳婦的家族驟然富貴，成了郡望大族，一家上下壞得很，什麼壞事都做得出來，害了很多無辜百姓。」

老秀才直愣愣望著對面那個空位：「可你硬是在那個小酒肆裡，守著個破爛鋪子，年復一年釀著酒，直到老死為止。」

李寶瓶又張大嘴巴，滿臉不可思議。

老秀才收回視線，就著劣酒，吃著鹽水花生，對陳平安說道：「以後好好習武練劍，不要事事都講道理，尤其不要都按照書上的道理去做，要懂得變通，要不然你會很累的，可能到最後身邊就只有你一個人，半個朋友都沒有了。自古聖賢，神位越高，因為要以身作則，不合情理的事情做得還少嗎？」他伸出手指在桌上滑出一條線，最後拉直手臂，似乎想要在桌面以外都劃出一條道路來，「你想啊，有些道路，你獨自一人走上一年，可以。十年呢？百年、千年呢？但是問題來了，有些人就是死腦筋，非要走下去，怎麼辦？那就一定要在適當的歲月做合適的事情，莫要太過老氣橫秋了。什麼都經歷過了，以後大道獨行的時候，就不會覺得後悔，反而會覺得……」

老秀才是真的喝高了，伸出拇指，指向自己：「我真他娘的牛啊！」

說完這句豪氣縱橫的話後，「砰」一聲，老秀才腦袋往前一倒，重重磕在桌面上。

陳平安跟掌櫃結過帳，背著老秀才往外走。

李寶瓶偷著樂呵：『原來文聖老爺也會醉酒啊，而且還醉話連篇。』

「陳平安！人不風流枉少年，一定要喝酒哇，喝酒好！小寶瓶，千萬記住嘍，一定要珍惜陳平安這個傻好人，不要因為他做得太好、太對就覺得他不近人情，反而與他越行越遠，不然遲早有一天妳會後悔的，陳平安也會變成第二個小齊，最後出事的時候，要麼根本沒人知道，要麼知道了都沒膽子出手幫忙，那得有多慘……小平安，我們講道理，不是為了讓自己委屈，而是慢慢攢著，如果有哪天，突然覺得整個天下都不講道理的時候，你有那份底氣和心氣去大聲跟這個世界說：『你們都是錯的！』」

老秀才酒氣沖天地使勁拍打陳平安的腦袋。

背著老秀才的陳平安苦著臉，只得拚命點頭。

老秀才打著酒嗝，直起脖子，似乎在尋找李寶瓶。

李寶瓶趕緊蹦躂了一下：「我在這兒呢！」

老秀才又是狠狠一巴掌拍在陳平安腦袋上：「小平安，我問你，你將來讀書越多，覺得書上的道理越來越有道理，但是如果有一天，整個……或者說半個浩然天下的讀書人都開始指責小寶瓶，罵她不知羞恥，竟然喜歡自己的小師叔，你咋辦？」

李寶瓶根本沒當回事，氣呼呼道：「我喜歡小師叔還有錯啊，這些人怎麼讀的書！」

陳平安自幼就在市井底層為了活下去而艱難活著，所以要想得更遠更多，也知道更多的齷齪事。他毫不猶豫道：「如果真有那麼一天，他們要罵寶瓶的話，得先問過我陳平安的拳頭。」他轉頭對李寶瓶笑道：「小師叔除了拳頭，以後還有劍，所以如果真有那麼一天，一定要告訴小師叔，小師叔就算遠在天邊，也會趕來護著妳！」

老秀才醉醺醺道：「那如果小姑娘覺得你怎麼都打不過那些人，怕你受傷，故意不喊你，你事後才知道可憐兮兮的結局，該怎麼辦？事已至此，難不成你逮著那些讀書人，亂殺一通？」

陳平安停下腳步，望向李寶瓶：「寶瓶，妳是想著小師叔事後為了妳大開殺戒，被人罵死、打死，還是事先就堂堂正正跟人對峙，我們一起面對那些壞蛋，就算死也死得理直氣壯，而且一點都沒留下遺憾？」

李寶瓶有些慌張：「小師叔，聽上去好像還是後邊的選擇稍微好點？」

老秀才哈哈大笑：「沒你們想的那麼淒慘，讀書人還是要點臉皮的，分生死還不至於，就是會有點坎坷罷了。」

老秀才最後嘖嘖道：「順序一說，小子這麼快就用上了，學以致用，厲害厲害。」

陳平安笑道：「老先生，您嚇唬我們就算了，為了賴帳裝醉，是不是有點過分了？」

老秀才腦袋瞬間一歪，鼾聲如雷。

李寶瓶還有些心有餘悸，抓住陳平安的袖子。

陳平安開玩笑道：「怕什麼，以後妳好好讀書，爭取講道理就贏過他們，如果這還不行的話，小師叔從今天起就會更加努力練拳、練劍，到時候御劍飛行，咻一下從萬里之外來到妳身邊，所有人都仰著頭，瞪大眼睛看著妳的小師叔，就像當時我們看到風雪廟魏晉差不多。妳就跟人說，這是妳的小師叔，問他們帥不帥氣，厲不厲害。」

李寶瓶使勁點頭，開懷大笑，蹦跳起來：「哇，帥氣帥氣！」

她非但沒有畏懼，反而充滿了稚氣的期待，等著小師叔踩著飛劍，咻一下從天涯海角那麼遠的地方落在她身邊，告訴所有人，他是自己的小師叔。至於那一天蘊藏的殺機和危險，李寶瓶想得不多，畢竟小姑娘再早慧也想不到那些書上不曾描繪的人心險惡，想不出那些暗流湧動及藏在高冠博帶之後的冷酷殺機。

涉世未深的小姑娘，只是單純地選擇全心全意信賴一個人。

趴在陳平安後背酣暢大睡的老秀才之所以洩露天機，正是珍惜這份殊為不易的嬌憨。

李寶瓶輕聲提醒道：「小師叔，如果到時候你吵不過別人，又打不過別人，咱們可以跑路的。」

陳平安笑道：「那當然，只要妳別嫌棄丟人就行。」

之後陳平安帶著李寶瓶逛了幾家雜貨鋪子，給三個孩子都買了嶄新的靴子。陳平安自己沒買，倒不是摳門到這份上，實在是穿不習慣，試穿的時候渾身不自在，簡直連走路都不會了。除此之外，他還給三人各自買了兩套新衣服。

花錢如流水，陳平安說不心疼肯定是假，可錢該花總得花。

李寶瓶還是挑選大紅色的衣裳，不單單是瞧著喜氣的緣故，陳平安很早就聽小姑娘抱怨過，好像是小時候有一位雲遊道人經過福祿街，給李家三兄妹測過命數，其中給李寶瓶算八字的時候，提到了她以後最好穿紅色衣衫，可避邪祟。李家這些年不管如何寵溺這個小閨女，在這件事上沒得商量，李寶瓶雖然越長大越鬱悶，可還是照做。上次在紅燭鎮驛站收到家裡人的三封書信，無一例外，從父親到李希聖、李寶箴兩個哥哥，全都提醒過小姑娘，千萬別圖新鮮就換了其他顏色的衣衫。

小姑娘經常私下跟陳平安說，以後見著了那個臭道士，一定要揍他一頓。

逛鋪子的時候，老秀才還在酩酊大睡，陳平安就只能始終背著，好在不沉，估摸著還不到一百斤。真不知道這麼個老先生，怎麼肚子裡就裝得下那麼多的學問？

回秋蘆客棧的路上，李寶瓶的書箱裝得滿滿當當。不過這一路數千里走下來，小姑娘看著越發黝黑消瘦，可長得結結實實，氣力和精氣神都很好，陳平安倒是不擔心這點重量會傷了李寶瓶的身子骨。

到了那條行雲流水巷，依舊是雲霧蒸騰的玄妙場景，陳平安看了多次，仍是覺得匪夷所思。玄谷子臨別贈送的〈搜山圖〉上頭畫的神神怪怪雖然也很讓人驚奇怪異，可還是不如當下置身其中來得震撼人心。

到了刻有兩尊高大彩繪門神的客棧門口，老秀才突然醒來，雙腳落地的瞬間，背後就多出了那只行囊，手裡握著一塊銀錠。

老秀才看著兩個滿臉茫然的傢伙，笑道：「天下沒有不散的筵席，我還要去很多地方，需要一直往西邊去，不能再在這裡耽擱下去了。陳平安，那半個崔瀺呢，善惡已分，雖然不澈底，但是大致分明，以後就交給你了。言傳身教，其中身教重於言傳，這也是我把他放在你身邊的原因。」

李寶瓶皺眉道：「那傢伙是個大壞蛋，文聖老爺您怎麼總護著他啊？」

「沒有辦法啊。」老秀才有些無奈，笑著耐心解釋，「我已經撤去他身上的禁制，如果下一次妳覺得他還是該殺，那就不用管我這個糟老頭子怎麼想的，該如何就如何。我之所以如此偏袒護短，一是他走錯道路，大半在於我當年的教導有誤，不該那麼斬釘截鐵、全盤否定，給他造成一種我很武斷下了結論的誤會。」

老秀才神情疲憊，語氣低沉：「我當時委實是分不開心，有一場架是必須要贏的，所以根本來不及跟他好好講解緣由，幫他一點一點向後推演。所以後邊的事情就是那樣了，這小子一氣之下，乾脆就叛出師門，留下好大一個爛攤子，馬瞻就是其中之一。再者，他挑選的那條新路，如果每一步都能夠走得踏實，確實有望恩澤世道百年、千年，說不定能夠為我們儒家道統再添上一炷香火……這些既千秋大業又狗屁倒灶的糊塗帳，當你們以後有機會登高望遠，說不定也會碰上的。到時候別學我，要多想一想，不要急著做決定，要有耐心，尤其是對身邊人，莫要燈下黑，要不然會很傷心的。」說到這裡，老人摸了摸陳平安的腦袋，又揉了揉李寶瓶的腦袋，「你們啊，不要總想著快點長大。真要是長大了，身不由己的事情會越來越多，而朋友會越來越少。衣服、靴子這些是越新越好，朋友卻是越老越好，可老了老了，就會有老死的那天啊。」

李寶瓶問道：「林守一說鍊氣士那樣的山上神仙，若是修道有成，能活一百年甚至是一千年呢！」

老秀才笑問道：「那一百年後，一千年後呢？」

李寶瓶試探性問道：「那我先走？」

老秀才被小姑娘的童真童趣給逗樂了，啞然失笑道：「那麼反過來說，小寶瓶妳這樣頂呱呱的好姑娘，若是有天不在人間了，那妳的朋友得多傷心啊。反正我這個老頭子會傷心得哇哇大哭，到時候一定連酒都喝不下了。」

李寶瓶恍然大悟，小雞啄米點頭道：「對對對，誰都不能死！」

老秀才伸手遞出那塊銀錠，陳平安看著它問道：「不會是蟲銀吧？崔東山就有一塊。」

老秀才搖頭笑道：「那小玩意兒也就小時候的崔瀺會稀罕，覺得有趣，換成老崔瀺，懶得多看一眼。這塊看著像銀錠的東西，是一塊沒了主人的劍胚，比起崔瀺藏在方寸物裡頭的那一塊，品秩要高出許多。關鍵是淵源很深，以後你要是有機會去往中土神洲，一定要帶著它去趟穗山，說不定還能喝上某個傢伙的一頓美酒。穗山的花果釀，世間一絕，神仙也要醉倒！」

陳平安接過銀錠。

老秀才打趣道：「喲，之前不樂意做我的弟子，我磨破嘴皮子都不肯點頭答應，現在怎麼收下了？」

陳平安尷尬道：「覺得要是再拒絕好意，就傷感情了。」

李寶瓶小聲道：「文聖老爺，是因為這東西像銀子啊，小師叔能不喜歡？」

陳平安一記栗子敲過去，李寶瓶抱著腦袋，不敢再說什麼。

老秀才哈哈笑道：「小寶瓶，下次見面，可別喊我什麼文聖老爺了。妳是齊靜春的弟子，我是齊靜春的先生，妳該喊我什麼？」

李寶瓶愣了愣：「師祖？師公？」

老秀才笑咪咪點頭道：「這才對嘛，兩個稱呼都行，隨妳喜歡。」

李寶瓶連忙作揖行禮，彎了一個大腰，只是忘了自己還背著一只略顯沉重的書箱，身體重心不穩，差點摔了個狗吃屎，陳平安趕緊幫忙提了提小書箱。

老秀才挺直腰杆，一動不動，坦然接受這份拜禮。他顛了顛身後的行囊，嘆了口氣：

「劍胚名為『小酆都』，只管放心收下。它上頭的因果緣分早已被切斷得一乾二淨，至於怎麼駕馭使用，很簡單，只要用心，船到橋頭自然直，它就會自動認主；如果不用心，你就算捧著它一萬年，它都不會醒過來，比一塊破銅爛鐵還不如。」

陳平安將它小心收起。

老秀才點頭，轉身離去：「走嘍。」

李寶瓶疑惑出聲道：「師公？」

老秀才轉頭笑問道：「咋了？」

李寶瓶指了指天上：「師公，您不是要走遠路嗎？怎麼不嗖一下，然後就消失啦？」

老秀才忍俊不禁，點頭笑了笑，果真嗖一下就不見了身影。

陳平安和李寶瓶不約而同地抬起腦袋，望向天空。

其實在靠近街道的行雲流水巷口，有個老秀才，轉頭望了望秋蘆客棧門口，而後緩緩離去。

回到院子，高大女子坐在石凳上，正在仰頭望向天幕，嘴角噙著柔和笑意。

同一個院子，近在咫尺，于祿和謝謝卻從頭到尾都不知道這位劍靈的存在，因為每當出現的時候，她就會在雙方之間隔絕氣機，使得少年、少女完全無法感知到她。

李寶瓶打過招呼就去屋內放東西，陳平安過來坐在高大女子身邊。

高大女子伸手橫抹，手中多出那根懸掛橋底無數年的老劍條，開門見山道：「事情既然有了變化，我也就適當做出改變好了。原本我們訂了一個百年之約，現在仍是不變，但是我接下來會加快磨礪劍條的步伐，爭取在一甲子之內將其打磨得恢復最初相貌的七七八八，這就意味著你那塊斬龍臺會不夠，很不夠。」

陳平安一頭霧水。那塊突然出現在自家院子裡的小斬龍臺，被自己背去鐵匠鋪子那邊了才對。

高大女子微笑道：「還記不記得你有一次坐在橋上做夢，連人帶背簍一起跌入溪水？那一次，其實我就拿走了那塊斬龍臺，之後你以為是斬龍臺的石頭，不過是我用了障眼法的普通石頭。嗯，說是普通也不太準確，應該是一塊質地最好的蛇膽石，足夠讓一條小爬蟲變成一條……大爬蟲。為了從一百年變成六十年，付出的代價，就是我至少需要用掉深山裡頭的那座大型斬龍臺，也許用不掉整片石崖，但是一大半肯定跑不掉。不過你不用擔心，我自有法子來瞞天過海，實在不行，丟給風雪廟、真武山的兵家修士們幾本祕笈就是了，他們非但不會覺得這筆買賣不划算，說不定還會喜極而泣。」

陳平安聽天書一般，怔怔無言。

高大女子向天空伸出手，手心多出那枝亭亭玉立的雪白荷葉：「因為酸秀才的緣故，加上你那一劍有些不同尋常，所以荷葉支撐不了太多時間了，這也是我著急趕回去的原因之一。再就是秀才答應我，不會因為崔瀺的事情牽連到你，他會先去一趟潁陰陳氏，跟人說完道理再去西邊。所以接下來，如他所說，你安安心心帶著那幫孩子求學便是，有崔瀺這麼個壞蛋，還有那個武道第六境的于祿在一旁護駕，我相信哪怕你沒了劍氣，便是有些坎坷，也一樣能夠逢凶化吉。」她眉宇之間有些愁緒，「但是到了大隋書院之後，接下來的這六十年內，我需要畫地為牢，不可輕易離開，否則就有可能功虧一簣。你既要保證自己別死，又要保證境界持續增長，會有點麻煩啊。」

陳平安說道：「阿良曾經無意間說過，不管是武夫還是錬氣士，到了三境修為，就可以試著獨自遊歷一國，只要自己不找死，多半沒有太大問題；五、六境的話，就可以把半洲版圖走下來，前提是不要胡亂湊熱鬧，不要往那些出了名的湖澤險地走，再就是別熱血上頭，遇上什麼事情都覺得可以行俠仗義，或是斬妖除魔，那麼就可以大體上安然無恙了。如果說遇上飛來橫禍，因此死翹翹，那就只能怪命不好。這麼糟糕的命數，待在家裡一樣不安穩，所以出門不出門，結果大致是一樣的。」

高大女子點頭欣慰道：「你能這麼想最好，是該如此。要是畏手畏腳，縮頭縮腦，一輩子都別想修行出結果。」

她突然瞇眼玩味問道：「為什麼到現在，我快要離開了，你還是不問我怎麼幫你續命，解決後患？既然我們休戚與共，你就不好奇我為何不幫你修復長生橋，讓你順利走上修行之路？於情於理，這都不是什麼非分請求吧？」

陳平安坦誠道：「昨晚睡覺前我就想起床問這些問題，但是後來忍住了。」

高大女子問道：「為何？」

陳平安滿臉認真道：「不是我不好意思開口，為了活命這麼大的事，我臉皮再薄也不會難為情。是我一直很信姚老頭，就是我當時燒瓷的半個師父，相信他說過的一句話……」

高大女子打斷陳平安的言語，點頭道：「我知道，在那捧光陰水展現出來的景象之中，我看到也聽到了。很有意思的一句話。」她隨即有些惱火，撐著荷葉傘站起身，「知道為何你們人間有個『破相』的說法嗎？確實是真事，但是凡夫俗子的破相一事本就是在命理之中，哪怕是改名字，都在大的規矩之內，所以不礙事。但如果涉及長生橋，體內諸多氣府竅穴的改變就是一樁大事了。

修行本就是逆流而上的舉動，說難聽點，就是悖逆天道。鍊氣士所謂的證道，實則是證明自己的大道能夠讓天道低頭，老天要我生老病死，我偏要修成無垢金身、福壽綿延、永享自由，要老天爺捏著鼻子承認自己的長生久視。你想想看，這何其艱難。

若是能夠輕而易舉搭建長生橋，那些山上的仙家門閥，只要老祖宗動動手，豈不是輕輕鬆鬆就滿門子孫皆神仙了？因為人之經脈、氣府和血統本就是天底下最玄之又玄的存在。要知道，道家推崇的『內外大小兩天地』，這小天地說的就是人之身軀體魄，寓意自身是天然的洞天福地。而長生橋就是勾連兩方天地的橋梁，故而搭建長生橋當真是難如登天。不是沒有人能做到，但是付出的代價會很大，對於修路建橋之人的境界要求極高，而且僅限於陰陽家、醫家這些流派的大鍊氣士，這也是這些學說流派不擅殺伐，卻依然屹立不倒的緣由之一。」

看到陳平安雖然眼底有些失落，可並不沮喪，高大女子便放下心來，促狹笑道：「現在不管如何，你先淬鍊體魄，打好基礎，肯定是好事。要不然以後，等我磨礪好了劍條，你要是連劍都提不起來，那就太丟人了。可別以為提劍一事很簡單，在酸秀才的山河畫卷裡頭你能提起來，那是他給了你十境修士的『假象』。尋常九境修士的體魄可能比不得五、六境純粹武夫，可是志在打破門檻的十境修士，就沒有一個敢小覷淬體一事的蠢貨，絕大多數都會在這一層境界裡靠著實打實的水磨功夫，變得比純粹武夫還勤懇，一點一滴打磨身軀和神魂，容不得有半點瑕疵漏洞，所以才造就了世間十境鍊氣士全是水底老王八的有趣格局。」

陳平安把這些話全部牢牢記在心頭。

高大女子站在院子裡，笑道：「小平安，一定要等我六十年啊。還有，到時候可別變成一個白髮蒼蒼的老頭子了，實在是大煞風景，小心我不認你這個主人。」

陳平安站起身，剛要說話，她已經向他走來，伸出手掌，似乎要擊掌為誓。

陳平安連忙高高抬起手。

只是兩人的手掌，最終在空中交錯而過。

原來高大女子已經消散不見，就此離去。

陳平安坐回原位，突然一拍腦袋想起忘了詢問她和文聖老先生躲在那把槐木劍中的金衣女童到底是什麼了！

崔東山在秋蘆客棧的一間密室喝著茶，客棧的二當家劉嘉卉——在郡城高層大名鼎鼎的劉夫人，就像一名卑微婢女，小心翼翼察言觀色，謹慎打量著這名表露身分的大驪國師。

她所在的紫陽府本就是被大驪拉攏過去的黃庭國棋子，這樁盟約，是極少露面的開山祖師親自點頭許可的，紫陽府上上下下自然不敢有絲毫掉以輕心。尤其像劉嘉卉這種自認大道無望的外門子弟，對於朝廷、官府這類世俗權勢的象徵會格外上心。

雖說黃庭國洪氏皇帝歷來奉行祖制優待仙家，只可惜一個小小的黃庭國，能夠讓牽連極深的靈韻派死心塌地，卻沒辦法讓紫陽府這類門派勢力效忠，因為池塘太小了，水底下的蛟龍希望擁有更加寬廣的地盤。

紫陽府比起那個只想要一個「宮」字的伏龍觀，野心更大。

當眉心有痣的俊秀少年自報家門，劉嘉卉選擇相信的理由只有一個，就是站在少年身邊的那個青袍男子表現得比她更像一個下人。

她想不出黃庭國有誰能夠讓這位心狠手辣的寒食江神心甘情願地擔任奴僕。

崔東山隨口問過了紫陽府內部的情況後，突然笑問道：「魏禮這個郡守大人是劉夫人的情郎吧？他以後多半會成為大驪的攔路石，如果我要妳今天親手殺了他，夫人捨不捨得動手啊？」

劉嘉卉頭腦一片空白，身體緊繃。

崔東山樂呵呵道：「瞧把妳嚇得，我是那種棒打鴛鴦的人嗎？」

劉嘉卉微微抬頭，只見那個白衣少年自顧自點頭笑道：「對啊，我就是這種人。」

劉嘉卉欲哭無淚，臉色慘白。

崔東山擺擺手，「善解人意」道：「但是要妳親手殺人，太殘忍了。況且紫陽府如今跟大驪結盟，我不會讓兢兢業業操持這份家業的劉夫人妳為難。我身後這位水神老爺，本就跟那魏大人關係一般，由他來殺好了。」

劉嘉卉竭力忍住即將奪眶而出的淚水，低下頭，顫聲道：「國師大人，魏禮如果真的要死，我來殺便是！無須水神老爺動手。」

崔東山好似悲天憫人般嘆息一聲，自言自語道：「這樣的話，劉夫人一定對我和大驪懷恨在心。不如這樣，妳殺了情郎之後，我再讓水神老爺宰掉妳，妳跟魏禮至少可以做一對亡命鴛鴦……」

風情萬種的婦人抬起頭，那雙勾人心魄的桃花眸子充滿了想要玉石俱焚的濃重殺機。

寒食江神向前踏出一步，輕輕發出一聲嗤笑。

劉嘉卉之流，在他眼中無異於自不量力的螻蟻。

婦人猛然驚醒，後退數步。

盤腿坐在椅子上的崔東山拈住杯蓋，輕輕搧動茶水霧氣，清香撲鼻，有些陶醉地閉上眼睛嗅了嗅，然後緩緩睜開眼睛，盯著正在心中天人交戰的劉嘉卉，展顏一笑，嘖嘖道：「眾生皆苦，有情為最。看在這杯好茶的分上，我就放過魏禮好了。真的，不騙妳。」

劉嘉卉身子一軟，差點摔倒，鼓起最後僅剩的膽氣，怯生生哽咽問道：「國師大人，真的不騙奴婢？」

崔東山忍俊不禁道：「騙妳有多大意思啊？」

劉嘉卉當然不敢信以為真，原本極為精明的一個婦人，頓時失魂落魄。

崔東山沒好氣道：「行了，出去吧，以後記得盯緊魏禮，別讓他做出什麼不可救藥的蠢事。將來妳能不能當大驪的誥命夫人，魏禮能不能在大驪官場飛黃騰達，全看妳劉嘉卉的本事了。」

這麼說，劉嘉卉就聽得明白了，要不然大驪國師那種天馬行空的想法，她是真的追不上，畏懼的感覺已經滲透到了她的骨子裡。她不單單是怕一個心思難測、貌似孱弱的少年，而是怕那所向披靡的大驪大軍，怕一人之下、萬人之上的大驪國師。

一想到和和睦睦的初次見面，婦人只覺得是一個天大的笑話，還心安理得地收了他兩千兩銀子，那恐怕是天底下最燙手的銀子了。

崔東山見她還愣在當場，冷聲道：「滾出去。」

劉嘉卉連忙告辭離去。

等到她離開密室，寒食江神問道：「國師大人，當真不殺魏禮？」

崔東山一臉壞笑：「你猜？」

寒食江神有些頭大，苦笑：「實在猜不出國師大人的想法，反正我只管聽命行事。」

崔東山喝了一大口茶水，然後蓋上茶杯，放在桌上，緩緩給出真相：「不殺。魏禮跟你手底下的隋彬是我大驪以後願意大用的人才。」

寒食江神這次是真的有點措手不及。重用魏禮？這是為何？一個沒有家世的黃庭國四品地方官，能入得了大驪國師的法眼？

崔東山不理會他的疑惑，一根手指輕輕敲擊桌面說道：「接下來不是快要秋收了嘛，你們大水府熟能生巧，讓這個郡冒出一些民不聊生的慘事來，在快要民怨沸騰的時候，給劉嘉卉一個機會，捎話給魏禮，就說你這位水神老爺答應幫他擺平那些狀況。嗯，魏禮肯定會生出疑心，沒關係，你就假裝跟他要錢嘛，要他去跟禮部討要匾額。這麼一來，他哪怕依舊心存疑慮，為了轄境內的老百姓，一樣會戰戰兢兢地點頭答應。之後一直到大驪大軍快要南下，你就始終這麼逗弄魏禮。等到大驪兵臨城下，在魏禮心存死志，要死守郡城的關鍵時刻，你就可以放出風聲，說魏禮為了名望口碑故意勾結你們大水府，才一步步走到今天這個高位。到時候我倒要看看一座郡城小二十萬百姓，有幾個不大罵他魏禮豬狗不如，身邊有幾個親近人還敢相信他。」

寒食江神小心問道：「這是？」

崔東山翻白眼道：「這還看不出來？我是要讓魏禮生不如死啊。不是我說你啊，你比劉嘉卉真聰明不到哪裡去。」

堂堂寒食江正神，如同蒙學稚童，虛心求教道：「懇請國師大人指點。」

崔東山懶洋洋縮在椅子裡：「真正的讀書人，知道他們最受不了什麼嗎？不是當了官卻碰到一個王八蛋昏君，不得不為社稷蒼生仗義執言，不惜死諫君王，然後被咔嚓一下砍了頭，因為這樣是無愧良知的，說不得還會留名青史。不是山河破碎，卻沒辦法力挽狂瀾，眼睜睜看著家國皆無，因為哪怕這樣，也可以逃禪出世，或者可以國家不幸詩家幸，寫點悲憤詩來著。真正無法接受的事情，是魏禮這些個真正的讀書人，身為儒家門生，為了一個所謂的天下太平毅然入世，在官場摸爬滾打，滿身傷痕，對這個世界付出了最大的心血、最多的善意，可是到最後，得到的卻不是同等的善意，甚至反而會是撲面而來的惡意。他真正想要的，一丁點兒都沒有得到，看似他辜負了國家百姓不說，事實上所有人也都辜負了他。嗯，我就是想要讓魏禮嘗一嘗這個滋味。」

寒食江神感慨道：「設身處地想一想，確實生不如死。」

他很快記起那個用情頗深的婦人，唏噓道：「假使魏禮知道有今天密室的內幕，他一定希望劉嘉卉今天答應親手殺了他。」

崔東山伸手覆蓋住茶杯，面無表情道：「魏禮澈底絕望之後，在一個適當的時機，我會讓他知道的。因為那個時候，劉嘉卉會選擇『自殺』，寫下一封遺書，原原本本告訴他所有的真相，說她其實是大水府的座上賓，是大驪的諜子，說她很愧疚，說她對不起他，最後……大概還會說她很愛他。」

寒食江神在這一刻，身為山水正神，竟然幾乎汗毛倒豎，心頭寒氣直冒。

「魏禮是棵好苗子，說不定將來就是我的得意門生之一，所以你可別光顧著看笑話，到時候他如果真鐵了心自殺，你一定要攔下來。」崔東山笑著站起身，轉頭望向臉色僵硬的寒食江神，打趣，「你怕個什麼，你有個好爹。」

聽到這句話後，寒食江神心情複雜至極。

崔東山踮起腳尖，伸手拍了拍他的肩膀，微笑「安慰」道：「你內心深處是有殺機的，你可能自己都不曉得。不過沒關係，你和你爹對我崔瀺而言，就是大一些的螻蟻，你們的悲歡離合、仇恨敬意，我心情好的時候，會幫著安撫一下；心情不好的時候……要知道上古蜀國有一種罕見蛟龍，生性喜好同類相食，我就……」

俊美少年的眼眸毫無徵兆地出現一抹詭譎金色，他用極其輕微低沉的嗓音，滿臉天真無邪地補充：「吃掉你們。」

寒食江神呆若木雞，但是喉結微動，這次是真的汗流浹背了。

崔東山踮起的腳重新落回地面，笑道：「看把你嚇得。回你的大水府，以後你跟魏禮一樣，都是我們大驪的座上賓，頭等新貴，別怕啊。」

寒食江神打死都不敢挪步，也不說話，就是打定主意站在原地。

先前劉嘉卉被這個傢伙打賞了一句「瞧把妳嚇得」，看似有驚無險的結果，其實呢？那自己現在聽到這麼一句「看把你嚇得」，不過是一字之差而已，有什麼不同？

崔東山故作恍然，歉意道：「你這次是真的想多了。」

寒食江神只是抬起手臂，擦去額頭的冷汗。

崔東山想了想，轉身去拿起茶杯，喝完最後一點茶水，思索片刻，放下茶杯輕聲道：「你以後要是在我和你爹的幫助下成功吃掉『那半個』，與大驪國祚緊密捆綁在一起，你就可以澈底放寬心了，到時候你才有資格真正跟我平起平坐。你應該也清楚，在這件幾乎比大道還要大的事情上，你爹反而不如你有天然優勢，我也一樣。」

寒食江神愣在當場，之後低頭抱拳，眼神炙熱，一言不發，因為一切盡在不言中。

崔東山揮手趕人：「滾吧。」

寒食江神如獲大赦，還有些喜出望外，整個人化身一團淡青色水霧呼嘯離去。

崔東山雙手負後，閉上眼睛，在寬敞豪奢的密室內一圈圈重複踱步，最後抬起頭，直勾勾望向一堵牆壁，彷彿要看到很遠的地方：「老傢伙，總算走了啊。」

他眯眼笑了起來，大步走出密室。

當他躡手躡腳走回院子的時候，眉宇之間還有些志得意滿。

沒了修為又如何，不一樣將那些蠢貨玩弄於股掌之中？

院內，陳平安正在向李寶瓶請教富貴人家的墳墓建造有哪些講究。

因為陳平安一直就想著以後自己有錢了，要將連塊墓碑都沒有的小墳頭修建得盡可能好一些。既然如今距離大隋不遠了，這就意味著很快就能踏上歸程。他打算回到家鄉之後，第一件事就是做這個。

雖說陳平安每次進山出山都會攜帶一抔土壤，做那為爹娘墳頭添土的「厚土」之事，可這個老一輩燒瓷人傳下來的老規矩，終究不如修建一座好一些的墳墓來得更加讓人安心。這趟出門遠遊，陳平安知道了許多以前不知道的事情，比如「事死如生」，這個說法越發讓陳平安愧疚。

李寶瓶知道的不多，大略說了些，然後就說回頭寄信給她大哥問問看。

陳平安也就點到為止，反正只要兜裡有了錢，以前的天大問題就都不算什麼了。

陳平安無意間記起一事，就問李寶瓶崔瀺的那個「瀺」字到底怎麼寫來著。

李寶瓶知道啊，就在石桌上用手指一筆一畫寫了出來。

陳平安就隨便感嘆了一句：「這麼難寫的字啊。」

他身後不遠處，這次輪到崔東山汗如雨下了，只覺得自己才剛剛做了點小壞事，報應是不是來得太快了點？老秀才不是才剛剛滾蛋嗎？陳平安這個比自己更心狠手辣的王八蛋就要著手準備給自己花錢造墳寫墓碑啦？

陳平安轉過頭，看到呆若木雞的白衣少年杵在那裡。

崔東山嚇得轉身就跑，火急火燎地找到了膽戰心驚的劉嘉卉，拉著她到了一個僻靜地方，盡量和顏悅色道：「劉夫人啊，我剛才想明白了一個道理，要與人為善啊。只要妳對我大驪忠心耿耿，我以後保證妳和魏禮和和美美，子孫滿堂！」

崔東山這才心滿意足地轉身離去，伸出手揮了揮，不去看那個嚇得噗通跪下的婦人，罵罵咧咧道：「信不信由妳！他娘的，假話聽得歡天喜地，真話反而不信了？反正妳和魏禮這次算是撞了大運，以後可勁兒恩愛纏綿去吧！老子祝你們倆白頭偕老啊！」

崔東山鬼鬼祟祟回到院子，看到陳平安這個心腸歹毒的傢伙獨自坐在石凳上，正在用斬龍臺磨礪那柄祥符的刀鋒。

他臉色發白，怔怔道：「怎麼，還要我饒過大水府才甘休？不至於吧。不行，隨手為之的事情可以看心情，涉及大驪霸業的事情，怎麼可能改變初衷和布局……」

陳平安轉頭皺眉問道：「你已經兩次在外邊偷偷摸摸了，做什麼？」

崔東山指了指陳平安手裡的狹刀：「這是做什麼啊？磨刀霍霍的，多瘮人。」

陳平安沒好氣道：「接下來你只要安分守己，我們井水不犯河水。」

這種話，若是像自己這種人說出口，崔東山打死不信；可要是從陳平安嘴裡說出來，他就深信不疑。他趕緊向陳平安奔去，只是起先腳步還有些飄忽，不過越走越快，越走越輕鬆，最後小跑到石桌旁，趴在桌面上，壓低嗓音道：「先生，我剛才做了件成人之美的好事，千真萬確！您信不信？」

陳平安抬起頭，認真看著這傢伙的眼睛，最後點了點頭。

崔東山在這一刻，竟然差點感動得熱淚盈眶。

可想而知，這趟出關之行，對於少年崔瀺而言，是如何多災多難。

崔東山諂媚笑道：「先生，不然我幫您磨刀？做弟子的，總是這麼遊手好閒，不務正業，寢食難安啊。」

陳平安瞥了他一眼：「滾。」

崔東山裝模作樣地重重嘆了口氣，直腰起身，畢恭畢敬作揖行禮後，這才轉身，大搖大擺走回自己屋子，吹著口哨，心情大好。

陳平安看著那傢伙的瀟灑背影，有些莫名其妙。

是不是之前在水井底下待久了，腦子也進水了？

第四章　少年已知愁滋味

在秋蘆客棧住了三天，最後是林守一說再住下去意義不大，已經吸收不到太多靈氣，尤其是不知為何，每次在亭子裡吐納久了，會感受到一股好像是利器散發出來的銳氣，體魄神魂竟然有些受不住。林守一難得開玩笑，讓陳平安去井底看看有沒有寶貝。

陳平安大致猜出真相，一定是自己跟崔東山那次交手，那兩縷離開氣府的劍氣傷到了這處老城隍遺址的山水氣運。由於涉及劍靈，陳平安不能多說什麼，只好在離開客棧的時候多瞧了崔東山幾眼。後者本來這兩天心情大佳，走路帶風，被陳平安看了兩眼後，立即就老實了許多，開始反省自己到底是哪件壞事遭了報應。

一行人離開客棧的時候，剛好有人準備下榻秋蘆客棧。崔東山目不斜視，但是李寶瓶三個孩子都倍感驚奇。原來是之前那位黃庭國老侍郎帶著家眷僕役一路遊玩來到了郡城，客棧外邊的巷子裡停著三輛馬車。

他鄉遇故知，老侍郎開懷大笑，尤其是看到李寶瓶、李槐幾個孩子都將草鞋換成了靴子，穿了嶄新衣裳，朝氣勃勃，老人越發欣慰，一定要送他們出城。

老侍郎的家眷裡頭，一名衣著素雅、氣態雍容的女子和一名器宇軒昂的青袍男子最是引人注目。老人介紹說是他的長女和幼子，讀書都沒出息，自己想要靠子女光耀門楣是奢望了。聽著父親當著外人的面抱怨，青袍男子一直面無表情，那雍容女子笑望向那些少年、少女，最後定睛望向于祿，笑意更濃了，像是無意間找到了一道最美味的山珍野味，連忙側身低頭，抬起袖子遮住猩紅嘴唇，乾咳兩聲。

寬大袖口內，真實的景象，是女子偷偷咽了咽唾沫，伸出舌頭舔了舔嘴角。

陳平安皺了皺眉頭。

于祿微笑如常，轉頭望向崔東山：「公子，我們何時動身？」

崔東山漠然道：「現在。」

老侍郎哈哈笑道：「我這副老身子骨，之前偶染風寒，實在是經不起風吹日曬嘍，與崔公子同坐一車好了，剛好向崔公子討教崖刻一事。」又轉對他的長女和幼子道：「你們兩個在後邊跟著，若是不願步行出城，乘不乘坐馬車隨你們自己。」

兩輛馬車駛出行雲流水巷，前面的車廂內，崔東山和老侍郎相對而坐，氣氛沉重。

老蛟化身的老侍郎抱拳道：「這趟老朽不請自來，希望國師大人恕罪。」

崔東山雙指摩挲著腰間玉佩，很不客氣地凝視著他，言語更是冒犯：「是你家那個小雜種唆使你來一探究竟的？想要看看我到底有沒有能耐打殺你們父子？」

老蛟並不動怒，神色和藹道：「國師大人，我那幼子本事不大，小心思卻不少，這次委實是又怕又喜，沒了定力，才通知於我，希望我幫著他出謀劃策，應該如何配合國師和大驪。這如何能算試探？國師大人誤會了，也高看了我那幼子。」

崔東山搖頭道：「我行事從不管你們怎麼想，只管你們如何做，以及最後的結果。既然那個小雜種壞了我的規矩在先，我自有教訓他的手段在後，你這個當爹的老爬蟲若是不服氣，打算撕毀盟約，不去當那個披雲山新書院的山長，那我們不妨慢慢算計，只看誰道高一尺，誰魔高一丈了。」

老蛟臉色陰沉：「國師大人何必如此咄咄逼人，我家幼子如此行事，便是有些許過界，可對手握大權的國師大人而言，難道不是要以大局為重嗎？難道我這點面子都沒有，不值得國師大人網開一面，通融通融？」

「你們這些將爾虞我詐當作家常便飯的傢伙，可能會覺得這種試探才是正常的，我以前也是如此，但是現在情況不太一樣。」崔東山瞇起眼睛，「我家先生剛剛教會我一個道理：有些時候，你一步都不能走出去，否則是要挨打的。」他身體前傾，望向那張陰晴不定的滄桑臉龐，譏諷冷笑，「你真以為自己有資格跟我同乘一輛馬車？那你知不知道，你的真身，伏龍觀那方硯臺上的老瘦小蛟，如今已經落在我手上了？」

老蛟苦笑道：「國師大人，何至於此？盟友之間，便是有些小爭執，也不需要動大道根本吧？」他收斂表情，眼眸透出殘酷本性的冰冷意味，「本來一樁天大好事，國師大人就不怕魚死網破，雙方皆是竹籃打水一場空？」

崔東山死死盯著老人那雙尚未撤去障眼法的眼眸，措辭氣勢越發凌人，但是語氣反而極其平緩，如同世間最寬廣浩瀚的江水，功力全在水面之下：「你不配跟我講你們那套道理，你得用心揣摩我崔瀺的道理，懂嗎？接下來，我會用上古雷霆之法擊打那方硯臺上的酣睡老龍，也就是你的真身，直到差不多打散你三百年道行為止。所以你看看，我根本不用親自理會你家小雜種，到最後你自然而然就會遷怒於他。」

老蛟視線之中殺機重重，低喝道：「崔瀺！你不要欺人太甚！」

崔東山大笑道：「欺人太甚？你這條老爬蟲是人嗎？你們一家都不是人啊。看看你這副德行，再看看你那個雜種幼子，還光耀門楣？尤其是外邊那位紫陽府的開山鼻祖，見著了身負濃郁龍氣的于祿，連路都走不動了吧？就你這麼一家子，我就算敢把你們扶持到很高的地方，可你們坐得穩、站得住嗎？」

他伸出手，併攏雙指，在自己身前晃了晃：「你們不行的。」

不等老蛟說話，崔東山又將雙指指向窗外：「出去，看著你髒我眼睛。三天之內，如果沒有收到一個滿意的答案，我就不會給你任何回覆了，到時候你儘管來殺我。」

老蛟沉默許久，終於彎腰作揖，倒退出去。

從頭到尾，崔東山的心湖之間幾乎沒有泛起任何漣漪，色厲內荏更是談不上。

當馬車略作停歇後繼續向前時，崔東山閉上眼睛，意氣風發。

他嘴角翹起，喃喃道：「三。」

車廂內，毫無徵兆地清風拂動，少年身上一襲大袖白衣，表面如溪水緩緩流淌。

道路旁，老蛟下了馬車後，與孩子們言笑幾句，便獨自留下，目送一行人離開。

後面馬車走下青袍男子和雍容女子，有些疑惑不解。

老蛟一直望著那輛馬車，到最後，頹然收回視線，非但沒有找出任何破綻，反而看到了匪夷所思的恐怖一幕——跳境界！

他轉頭望向一兒一女，笑咪咪道：「只少了一個，算是一家小團圓，為父很開心。」

身為紫陽府開山祖師的雍容女子顯然要更加直覺敏銳——蛟龍之屬，對於其他種類的心湖動靜，大概是沾了「湖」這個字眼的光，本就天生擁有一種窺探神通——她已經意識到老蛟的心境不太對勁，毫不猶豫拔地而起，化作一道虹光就要逃離郡城，但是她忘記了自己與這位父親的差距，不止輩分而已。

老蛟顯然已經怒火滔天，根本不管郡城方面是否會被波及。再者，別說是一座小小郡城，就是整個黃庭國，又有什麼資格談臥虎藏龍？小貓、小蛇倒是真有一些，可哪裡能夠讓老蛟刮目相看。如今大驪鐵騎南下已成定勢，他原本就已經無須太過隱匿身形，但這是建立在他跟大驪穩固盟約的基礎之上。

這次之所以多此一舉，惹惱了國師崔瀺，使得節外生枝，其實說到底，的確是他太過驚悚，心境起伏過大，失了分寸，比起身為寒食江神的幼子好不到哪裡去。這完全是因為他和觀湖書院的崔明皇在崖刻之巔親眼見識過那座雷池，和那位一揮袖就讓他們離開雷池的老秀才，事後掌心更是多出了一串金色文字。

寒食江神寄出的那封大水府密信之中，跟父親說到了少年相貌的大驪國師，詳細講述了崔東山的種種所作所為，還說他如今境界全無，修為半點不剩。寒食江神的言語之中其實並無半點歹意，只是希望父親來幫著試探一二，看能否幫著大水府撈取更多利益。畢竟，一座大水府哪敢跟大驪的國師比拚？便是打殺了崔東山，有何好處？大驪南下之際，豈不是大水府覆滅之時？

寒食江神顫聲問道：「父親，這是為何？可是大姐做了錯事？」

老蛟伸出一隻乾枯手掌，五指成鉤，一點一點向下劃拉，臉色冷漠道：「跟你姐關係不大，主要是因為你的畫蛇添足，害我白白少去三百年修為，害得接下來多出諸多波折，為父心情不太好，這個理由夠不夠？」

老蛟五指之間綻放出一朵朵猩紅血花，看著小巧可愛，可事實上絕不溫情可人，因為高空之中如出一轍，女子身上被劃出五條巨大血槽，簡直比砧板上的豬肉還淒慘。不但如此，本來已經轉瞬逃出百丈距離的女子被迅速拉回郡城。

不過由於慘況發生在無聲無息的高空，郡城百姓並無察覺，除了寥寥無幾恰好抬頭望天的人一個個目瞪口呆之外，其餘並未掀起太大波瀾。

最終，女子砰然摔回地面，一襲原本品相極好的符籙法衣破敗不堪，衣不遮體。

她蜷縮在地上，渾身血肉模糊，痛苦哀號，向老蛟苦苦哀求。

堂堂紫陽府府主，黃庭國屈指可數的鍊氣士，有望躋身十境修為的大神仙，就這麼痛得滿地打滾。

老蛟隨手一揮，女子整個身軀橫著摔向道路旁的鋪子，撞斷了一根梁柱後，爛泥似的癱軟在牆腳。

寒食江神臉色發白：「是那國師生氣了？這點微不足道的試探，便是兒子確實錯了，可值得他這般興師動眾嗎？難道就不怕我們乾脆倒向大隋？」

老蛟盯著這個滿臉惶恐的幼子，嘆了口氣，拂袖離去，竟是沒有出手教訓，只撂下兩個字：「廢物。」

寒食江神抱起奄奄一息的姐姐，返回馬車，車夫正是大水府軍師隋彬。

寒食江神掀起簾子的時候，背對著他，有些悔恨道：「隋彬，你是對的，我不該如此莽撞。」

隋彬揮動馬鞭，緩緩駕動馬車返回秋蘆客棧，輕聲道：「福禍相依，也不全是壞事，知道了那位國師的底線，以後打交道就會容易一些。現在吃些小虧，總好過以後老爺你得意忘形，給人宰了都不知緣由。」

寒食江神將姐姐放在車廂內，坐在隋彬身後，惱羞成怒道：「小虧？我爹少了三百年修為，就他那臭脾氣，接下來我有罪受了！別人不知道，你隋彬還不知道我那七、八個兄弟姐妹是怎麼死的嗎？」

隋彬淡然笑道：「死了好，死得只剩下三個，活著的就不用死了。換成以往，我就需要幫老爺你收屍了。嗯，說不定還需要拼湊屍體，東撿一塊，西拾一塊，有些麻煩。」

如果隋彬這個幕後軍師一個勁出言安慰，寒食江神可能會越來越惴惴不安，連郡城都待不住，說不定連大水府都不敢逗留，要先跑出去幾千里避避風頭。可如今聽著隋彬的刺耳風涼話，寒食江神反倒是心安幾分，瞥了一眼隋彬的背影，心想，難怪會和郡守魏禮一樣，被那少年國師器重。

「你別一口一個老爺的，我不習慣。這麼多年，我對你青眼相加，你對我也從不卑躬屈膝，挺好的，可別共患難而不能同富貴。」

寒食江神最後憤然感慨道：「隋彬，你說我爹讀了那麼多年書，不比儒家聖人少了，私家書樓藏書之豐更是冠絕黃庭國，怎麼脾氣還是這麼差啊。」

隋彬笑道：「你爹對那些小小年紀的讀書人不就好得很嘛，而且還是真的好。」

寒食江神對此無可奈何。

隋彬猶豫了一下：「其實你爹之所以如此火大，恐怕還是涉及大道契機的關係。雖然你刻意隱瞞了這個，可那位大驪國師料定你爹是知情的。他看得到那麼遠的事情，未必沒有以此離間你們父子關係的想法。」

寒食江神心中悚然。

車廂內，傳出一個意料之外的滄桑嗓音：「隋彬，你這麼聰明，未必是好事啊。」

隋彬哈哈笑道：「老先生，我也曾是讀書人，嗯，如今淪為讀書鬼了。既然我不畏死，奈何以死懼之？」

神出鬼沒的老蛟微笑道：「這個草包有你的輔佐，我就放心了。」

寒食江神微微窒息。良禽擇木而棲啊，如果說以前是爹看不起隋彬這種小小河伯，或者說小心蟄伏，根本不需要外人，那麼從今以後就要開始「打江山」了，手底下的「文臣武將」豈不是多多益善？

隋彬似乎看穿了寒食江神的心思，微微一笑，打趣道：「放心，我可不會變節，哪怕當了鬼，這點骨氣還是有的。」

坐在車廂內的老蛟冷冷瞥了眼蜷縮在角落裡的女兒，轉頭望向車簾子那邊，便換上了發自肺腑的和煦笑容：「你那個女兒的事情我聽說過，要不要我出點力，幫她成為横山的山神？」

隋彬搖頭道：「那個豬狗不如的孽障，由著她自生自滅就好了。」

老蛟爽朗大笑：「這份脾氣像我。」

外面的青袍男子和車廂內的重傷女子同時滿心淒涼。

家家有本難念的經。寒食江神也好，紫陽府開山鼻祖也罷，距離十境修為只有一步之遙，在各自地界高高在上，生殺予奪，比世俗君王還要逍遙自在。

可是這又如何？

出了郡城，隊伍和馬車一路向西。

崔東山走下馬車，來到陳平安身邊，先對李槐笑道：「想不想去坐坐我那馬車？寬敞舒服，躺著睡覺都行。」

李槐躍躍欲試，但是不敢擅作主張。

陳平安會心笑道：「去吧。」

崔東山低聲道：「先生，學習您的為人處世果然對我有用，我受益匪淺。需要我怎麼感謝嗎？」

陳平安點點頭。

崔東山大喜：「先生怎麼說？我如今雖然打不開方寸物裡頭的寶庫，暫時取不出任何東西了，可是上次入城，跟那個敗家子買下了他的家當，其實是有兩件好物件的，比如那琉璃小人兒，其實暗藏玄機，只要向它灌輸靈氣、真氣，就會翩翩起舞，栩栩如生，它還能夠唱歌呢……」

陳平安對他說道：「消失。」

崔東山大悲，默默離開，跑去糾纏林守一和李寶瓶，結果都吃了閉門羹，最後只好悻悻然返回車廂。看到在車廂裡歡快打滾的李槐，崔東山蹲在一旁，打開一個包裹，掏出那個色澤晦暗的琉璃小人兒，對李槐晃了晃：「想不想要？」

李槐死死盯住那精美絕倫的琉璃女子，說著言不由衷的話：「一點都不想。」

崔東山微微加重力道，琉璃從內而外一點點散發出柔和光彩。崔東山又將它放在車廂地板上，很快，琉璃美人就發出了吱吱呀呀的響聲，片刻沉靜之後，驀然活了過來，竟然還舞動了起來，身姿婀娜，同時哼唱著一支不知名的古老歌謠，歌詞並非大驪或大隋的官話，也不是東寶瓶洲的正統雅言。

李槐聽不懂她在唱什麼，但是這一幕實在賞心悅目，他忍不住趴在地上，癡癡望著琉璃美人的曼妙舞姿。

等到流溢在琉璃體內的光芒褪盡，琉璃美人重歸平靜，恢復成僵硬不動的死物姿態，崔東山便循循善誘：「白送給你都不要？你怕什麼，你跟陳平安是朋友，我是陳平安的學生，關係這麼近，我圖你什麼？再說了，你身上有什麼值得我貪圖的，對不對？」

李槐收回視線，看著崔東山氣憤道：「放你的屁，我身上寶貝多得很！你有蟲銀嗎？會變成螞蚱、蜻蜓哦！」

崔東山哭笑不得：「那是我送給你的吧？」

李槐點頭道：「對啊，現在是我的了，所以你沒有啊。」

崔東山靠著車壁坐下，捧腹大笑：「果然驪珠洞天的小兔崽子，尤其是你們這些個靠自己的運氣和福緣，最後成為齊靜春僅剩的一撥親傳弟子的傢伙，就沒一個是省油的燈。石春嘉和董水井兩個就差了一些，比于祿、謝謝好不到哪裡去。」

崔東山仰起頭，望向自己頭頂上方，嘖嘖道：「好一個冥冥之中自有天意啊。」

他收回視線，看著躺在地板上發呆的孩子，好奇問道：「真不要？」

李槐「嗯」了一聲：「不要了，昨晚睡覺前陳平安跟我說了，以後到了大隋書院，不可以隨便接受別人的好處。」

崔東山打趣道：「可這距離大隋邊境還有好幾百里路呢。哪怕進入大隋版圖，到達新山崖書院，一樣還有七、八百里路程，加在一起就是至少千里路途。李槐，你急什麼？」

李槐望著天花板：「陳平安說他不會留在書院求學讀書，送我們到了之後，他就會回家了。」

崔東山笑道：「這不是你們一開始就知道的事情嗎？」

李槐雙手疊放當作枕頭，輕聲道：「走著走著，我就忘了啊。」

崔東山愣了愣，幸災樂禍地笑道：「沒事，我不待在書院，到時候陪陳平安一起回小鎮。李槐，羨慕不羨慕？」

李槐愕然轉頭，崔東山滿臉得意。

李槐猛然起身，掀開車簾子，滿臉委屈，扯開嗓子吼道：「陳平安，崔東山這傢伙想騙我錢！」

崔東山趕緊手忙腳亂地抱住他，不讓他繼續血口噴人，同時哀號：「冤枉啊！」片刻之後，殺向車廂的陳平安帶著李槐一起離開馬車。

李槐小心翼翼道：「陳平安，我騙你的。」

陳平安低聲道：「我知道，就是看那傢伙不順眼。」

車廂內，鼻青臉腫的白衣少年橫躺著，非但沒有頹喪神色，反而有些笑意。

黃庭國西北邊境一條江邊，在參觀過了規模遠遠遜色於寒食江的水神廟後，一行人又走出二十餘里，開始整頓休憩，準備午飯。

如今生火做飯有于祿，謝謝也不再那麼萬事不做，有他們搭手幫忙，陳平安就安心去江邊釣魚。「春釣埂，夏釣深，秋釣蔭，冬釣陽」，這是小鎮流傳下來的諺語。

深秋時節，陳平安一路小跑，專程找了個不大的江水回風灣，這才開始垂釣。

一刻鐘後，陳平安成功釣上一尾一尺多長的青色江魚，但光是將魚拖上岸，由於怕釣竿折斷或是大魚脫鉤，就又花了將近一刻鐘。崔東山一直蹲在旁邊目不轉睛地看著，回去的時候，一定要幫忙提著魚。結果這頓晚餐多了一鍋豐盛美味的燉魚，自認功勞卓著的崔東山下筷如飛，跟李槐爭搶得面紅耳赤。

吃過飯，和于祿一起收拾殘局，空閒下來後，陳平安就開始沿著江水練習走樁，于祿則借了釣竿，自己去找地方釣魚。林守一和謝謝下棋，李寶瓶看書看得入神，李槐的書箱裡多出了一個琉璃美人，是他跟崔東山打賭贏來的。這還真不是崔東山放水，李槐是靠猜圍棋黑白子的多寡贏的。公平起見，由背對著兩人的于祿來抓棋子，結果崔東山兩勝三負，輸掉了琉璃美人，李槐不但保住了那顆蟲銀，麾下又多出「一員猛將」。

陳平安一路走樁，走出去很遠，最後獨自坐在江畔石崖上，迎著江風，配合十八停的呼吸法門，嘗試著以最慢的速度練習走樁。

動靜之間，氣定神閒。

離開水路後沒多久，在一座遠離人煙的山頭，他們碰到了一夥不堪一擊的山賊。林守一顯露了一手剛剛入門的雷法，歹人就嚇得屁滾尿流。

陳平安一次夜釣，釣起了一條半人長的大青魚，下了水才成功抓獲那尾稀罕大魚。他高興地回到篝火旁後，看到守夜的于祿就咧嘴大笑。

于祿望向這個滿身濕漉漉的傢伙，伸出大拇指。

之後途經一處布滿戾氣的亂葬崗，鬼魂圍攻，雷法漸成的林守一大顯威風，每次出手，隱約之間有雷聲，尤其是滿臉熠熠生輝，依稀有淺淡的紫氣繚繞全身，宛如一尊雷部神將。陰魂鬼魅被雷法鎮殺數十之後，亂葬崗深處有燈火亮起，伴隨著瘆人的呼喝聲，一抬四角懸掛燈籠的極大轎子陰氣森森地飄然而來。

在陳平安和謝謝共同護在身邊的形勢下，林守一以並不嫻熟的雷法獨力支撐片刻，仍是敵不過轎子裡那個亂葬崗的地頭蛇——一個修行百年凝聚出真靈的鬼物。

從未出手的于祿驀然向前掠去，輕輕鬆鬆一拳就打散了鬼物的全部靈氣，打得它煙消雲散。在那之後，林守一便越發頻繁地翻閱起了《雲上琅琅書》。

就這樣，眾人終於來到了大隋關內，順利過了那座並不雄偉高大的關隘城門。

李槐念叨著「這地兒真心不如大驪的野夫關，差太遠了」，但是下一刻，關隘內的街道上馬蹄陣陣，從遠及近，越來越震撼人心。

陳平安讓所有人都待在路旁別動，讓出道路。

只見二十餘精騎風馳電掣而至，以銀甲持槍的魁梧武將為首，除此之外，還有一個仙風道骨的老道人，背負著一把桃木劍；一個肌膚白皙的無鬚老人，雙手攏袖安然坐在馬背上。這兩個世外高人模樣的老神仙一左一右護著一個面如冠玉的少年郎。

陳平安看到那個少年後，心頭一震。

怕什麼來什麼。

那個曾經出現在小鎮的錦衣少年瞧見陳平安一行人後，大笑著一馬當先衝出隊伍，在距離陳平安他們還有十數步的時候就早早勒韁而停，動作嫻熟地翻身下馬，大步前行，掃視了一圈，最後對陳平安笑道：「咱們又見面了！」

少年手握馬鞭，敲打手心，自顧自說道：「你知不知道因為那條金色鯉魚，還有那個我事後才知道叫『龍王簍』的寶貝，害我差點死在大驪邊境？」他猛然大笑起來，「但是我還是很感謝你！哪怕我當時給了你一袋子金精銅錢，現在看來，仍是我占了你天大的便宜。我發過誓，下次見面，一定要給你更多的報酬……」少年一拍腦袋，有些不好意思，自我介紹道：「我是大隋弋陽郡高氏子弟，你可以直接喊我高煊。」

那名同樣見過陳平安的無鬚老人正要說話，名為高煊的少年擺擺手：「無妨，名字而已，本來就是讓人喊的。」

高煊望向他們，笑道：「我是親自來接你們去往我大隋山崖書院的。」

從這一天起，高煊帶來的三十餘騎御林軍，又加上兩百多騎邊軍精銳，最後發展為一千多人的護駕隊伍，浩浩蕩蕩穿過兩州七郡的版圖，快速趕往大隋京城。

這支遊學隊伍終於不用再一步步跋山涉水，哪怕是李槐，都堂而皇之地坐上了馬車。馬車兩側和前後皆是兵強馬壯的大隋精騎，四周偶爾有一些投向馬車的視線，都充滿了李槐看不懂的敬畏和羨慕。

接下來一路，直到可以看到大隋京城的城牆輪廓，李槐都覺得自己像是被當成了菩薩供奉起來。

一開始他覺得很新鮮、很好玩，可是越來越臨近目的地，他就越來越不自在。

李寶瓶越發沉默，每天都黏在陳平安身邊。

林守一對什麼都置若罔聞，每天獨自一人躲在車廂內安心修行。

依舊給崔東山駕車的于祿看不出心情變化，崔東山百無聊賴，每天不是睡懶覺就是打哈欠，無精打采，只好把謝謝喊到車廂一起手談。

最後，只有百餘騎軍得以駛入京城。李槐駭然發現那條寬闊至極的御道之上站滿了大隋百姓，這座京城彷彿已經萬人空巷，吃飽了撐的全來看他們的熱鬧了。

林守一睜開眼睛，不再潛心修行，掀起簾子一角，望著窗外人頭攢動的景象，嘆息一聲。原來作為齊先生的親傳弟子，是這麼不同尋常。

搬遷到大隋的新山崖書院，建立在大隋京城最風光秀麗的東華山。書院沿山而建，漸次增高，規模遠勝當年大驪書院時代。

據說高氏皇帝不但請來了大隋最有學問的大儒，還向所有與大隋交好的王朝邦國派遣出以左侍郎為首的半個禮部衙門，親自去向各地大名鼎鼎的文人發出一份份隆重邀請，最終請來了三十餘位文壇宗主、夫子碩儒來到東華山擔任新書院的授業先生。

但是，從大隋皇帝到平民百姓，都知道沒了齊靜春，山崖書院也就不是之前的那座山崖書院了。那麼，有無齊靜春的嫡傳弟子「坐鎮」書院就成了重中之重，否則就會名不正、言不順，完全難以服眾。

現在，他們來了，雪中送炭一般，所以大隋皇帝覺得禮儀如何隆重都不過分。

雖然只有林守一、李槐、李寶瓶三個孩子，但是足夠了！除此之外，于祿和謝謝這兩個並非親傳的學生，分量自然要遠遠不如前三人，不過也算是錦上添花。

通往東華山的街道早已清空，不准許任何人擅自行走，所以哪怕是豪閥子弟都只敢在兩側高樓之上遠遠看著那支意義非凡的車隊。

大隋高氏皇帝身穿最正式的正黃色坐龍朝服，站在山腳的書院門外，笑容和善地望著那五個分別從兩輛馬車上走下的孩子。

他的身後，是大隋最有權勢的一小撮人。

整座東華山氣象森嚴，光是原本早已與世無爭的十境錬氣士，東華山附近就有六位之多，全部隱藏在暗處，以防不測。

李寶瓶問道：「小師叔呢？」

連同于祿在內，所有人都面面相覷。

於是這些孩子，就這麼把大隋皇帝晾在了一邊。

京城的某條街上，一個豐神俊朗的白衣少年倒退而行，望著那個背著背簍的同齡人，好奇地問道：「你都換上衣服、穿上靴子、別上簪子了，為什麼不跟他們一起進書院呢？」

終於不再穿草鞋的少年默不作聲，只是回頭望去。

對於那些孩子的失禮，大隋從皇帝陛下到身後的將相公卿沒有誰覺得不妥，反而一個個面帶笑意，覺得頗為有趣。大隋的文風鼎盛，可見一斑。

只見那撥遠道而來的孩子圍在一起竊竊私語，三只綠竹小書箱顯得格外扎眼。有個紅棉襖小姑娘最是引人注目，一副很著急的模樣；個頭最小的那個孩子，不知是人生地不熟還是害怕大隋皇帝擺出的這個陣仗，當場嗚咽哭泣起來。

大隋皇帝非但沒有流露出絲毫煩躁，還轉過頭去，跟白髮蒼蒼的禮部尚書閒聊起來，而千里迢迢趕來大隋京城的遠遊學子，同時轉身望向街道盡頭，遲遲不願覲見皇帝陛下。

雖說大隋皇帝不催促、不著急，可總這麼拖著終究不是個事，新山崖書院三位副山長之一的一名大儒——大隋王朝的文壇名宿，不得不跟陛下告罪一聲，獨自走出隊伍，去提醒那些孩子應該進入書院。

好在之後沒有任何波折意外，孩子們雖然不知朝廷禮儀，但是勝在單純可愛，儒家門生的作揖行禮有模有樣，這就已經很讓大隋皇帝龍顏大悅了。

皇帝親手賞賜五個孩子人手一塊「正氣」玉佩和一盒金龍墨錠，進入書院之後，除去必須要祭拜至聖先師的掛圖之外，其餘本該折騰半天的繁文縟節一切從簡，這讓如臨大敵的李寶瓶三人如釋重負，至於謝謝和于祿則相對習以為常，沒有任何緊張。

最後，副山長親自領著他們去往各自的學舍，交代以後的授課事宜。五人被分在了不同的學舍，由於書院占地極大，除去依山而建、鱗次櫛比的建築之外，其實整座東華山都被大隋劃歸山崖書院所有，所以許多學舍之間相隔並不算太近。

這座被大隋寄予厚望的書院只有不到兩百個學生，卻擁有三十位德高望重、學問艱深的夫子先生。大隋禮部尚書親自兼任山長，但是屬於遙領，掛個名而已，執掌具體學務的首席副山長，是原山崖書院的教書先生、昔年文聖的記名弟子之一，名為茅小冬，有個酒糟鼻子，九十高齡，不過氣色好，看著只有五、六十歲。

他這次並未露面迎接，理由是要在學堂授業，不可耽誤學生的正常功課，大隋皇帝自然沒有異議。

相傳，這位副山長腰間別著一支紅木戒尺，刻著「規矩」二字。聽說，有人親眼看到過，戒尺上那個「矩」字之前，不知是誰刻上了「不逾」兩個小篆。

這次大隋成功接納山崖書院的殘留香火，出乎意料。首先，大驪皇帝願意放行，這至關重要，否則一切都免談，不管那位雄才偉略的皇帝對齊靜春心懷愧疚，還是另有謀劃；其次，大隋朝野上下都認為接手書院是一樁美事，不過山崖書院的先生、學生最初總計四十餘人，最終能夠順順利利離開大驪版圖，茅小冬厥功至偉。

如果說之前的新山崖書院在大隋投入那麼多人力、物力、財力之後，仍然因為書院創始人齊靜春的缺失，以及沒有足夠「正統」的人物存在，顯得萬事俱備只欠東風。

那麼，從今天起，隨著五個遠遊學生的到來，可謂東風已入東華山。

東華山半山腰有一座文正堂，正中懸掛著儒家至聖先師圖像，左邊是一個故意隱去名諱的肅穆老人，右邊則是齊靜春掛像。堂內，茅小冬畢恭畢敬地向三位聖賢敬了三炷香，持香時，老人低頭默默道：「文以載道，薪火相傳。」

齊靜春坐鎮的舊山崖書院，有條規矩是管住不管飯。因此，許多得以躋身書院求學的北地寒門子弟就會幫著書院抄寫經書，以此賺取伙食費。

如今的新山崖書院，這條規矩沒有廢除，但是多出了許多迴旋餘地。一來，由於如今書院人數最多的大隋本地學子是第一撥，大隋朝廷選擇就近取才，所以幾乎清一色全是大隋世族子弟，這些人不缺錢；二來，新書院優待學子，書籍筆墨、儒衫衣物在內的必需品皆由書院贈送，這就是一筆驚人的支出。

李槐在隊伍裡年紀最小，到了學舍住處後，由於舍友還在上課，尚未返回，才在山腳哭過一次的他，一個人站在空蕩蕩的屋子裡，又蹲在地上抽泣起來，只覺得自己沒了爹娘又沒了朋友，怎麼這麼可憐？更可憐的是身上新衣裳被一把鼻涕、一把淚糊了又糊。最後，李槐哭著打開書箱，換上那雙草鞋才安心一些，可是又害怕穿草鞋會讓人瞧不起，又換回新靴子，如此反復。孤苦無依的孩子哭了又哭，把那個自己打定主意卻最終來不及喊出一聲「小師叔」的同鄉少年陳平安所有的好想了一遍又一遍。

林守一放好書箱後就獨自出門散步，臉色冷漠的清秀少年腳步堅定，最後找到了一座高聳的藏書樓。由於是新建而成，藏書樓還散發著淡淡的木香。

一路行來，總能聽到熟悉的琅琅讀書聲，比起當初在小鎮學塾，讀書聲要多很多。

林守一深吸一口氣，走向書樓。聽說在這裡，看一萬卷書都不用花一枚銅錢。他突然有些傷感。如果那個財迷跟他們一起留下來的話，一定會拚命看書吧，畢竟那就等於掙錢啊。

李寶瓶坐在冷清的學舍裡，打開書箱後，找到了那封小師叔寫給她的信。

信上說了很多，說他要回家了，會幫她跟家裡報個平安，一定跟她大哥說她這一路很聽話、很吃苦；那枚金精銅錢被他打了孔用紅線穿起來了，讓她以後一定要掛在脖子上別丟了，萬一著急需要用大錢的時候，可以拿它去換銀子；還說他給她還有林守一、李槐每人都準備了一支玉簪子，算是離別贈禮，分別刻有「寶瓶」、「守一」、「槐蔭」。這一路上，他就沒怎麼幫過大忙，這就算一點心意，別嫌棄，如果覺得不好看，藏起來就是了。

『李槐膽子小，以後多找他玩，別讓他在書院被人欺負；林守一性子冷，也要多找他聊聊，關係也別就這麼遠了；于祿拳法很厲害，謝謝其實也是山上神仙，真有了衝突，寶瓶妳千萬別急匆匆一個人衝到最前頭，可以找他們兩個幫忙，不用難為情，哪怕欠了他們人情，以後小師叔幫妳還就是了。

那塊名叫斬龍臺的磨刀石，小師叔給妳留在書箱裡頭了，但是記住，以後磨刀的時候，找個人少的地方，別嚇到同窗們。還有就是，記得收好那只銀白色小葫蘆……

小師叔不告而別，沒有跟你們一起進書院，要跟你們說一聲對不起。走了這麼遠的路，卻沒能善始善終，是小師叔沒當好。以後你們都要好好的，好好讀書，等有了出息，小師叔好跟人吹牛，說自己認識李寶瓶，認識李槐，認識林守一，都認識。』

信上寫了那麼多零零碎碎的內容，但是每一個字都寫得一絲不苟，一板一眼，既不靈動也不飄逸，就像那個泥瓶巷少年的為人和心性。

對的就是對的，錯的就是錯的。好的就要珍惜，怎麼珍惜都不為過。

讀著讀著，李寶瓶的眼淚就啪嗒啪嗒往下掉在信紙上，像是下了一場離愁的秋雨，不大不小，可就是傷心。

倔強的小姑娘還不斷告訴自己：「不哭不哭，小師叔如果看到，要傷心死了。」

大隋京城的寬闊大街上，崔東山喋喋不休地笑問道：「既然這麼不捨得，怎麼就這麼偷偷走了？」明擺著是在傷口上撒鹽。

陳平安在那次長久回望之後就不再繼續，板著臉一直往回走。

崔東山問道：「你這個當小師叔的，就不怕他們在書院給人欺負啊？到時候可沒誰幫他們撐腰了。」

陳平安始終不說話。

大隋京城實在太大，兩人好不容易才趕在夜禁之前走出城門。

崔東山手裡多了一壺酒，邊走邊喝，每次只抿一小口，出了城都尚未見底。

一隊精騎勢如奔雷地衝出城門，追上官道上的兩人，為首之人正是大隋皇子高煊。

這一次他身邊沒有宗師、神仙護駕，下馬後，來到陳平安身邊，氣笑道：「連報酬也不要了，你這不是陷我於不仁不義嗎？」

陳平安笑道：「如果可以的話，幫我照顧一下他們，就當是你的報酬了。」

高煊搖頭道：「兩回事。書院那邊，我就不跟你打腫臉充胖子了，哪怕是我，都沒辦法摻和，所以我不會答應你。你只管放心，父皇肯定會在百忙之中抽出時間，時不時關注書院的動靜，所以我答應給你的報酬必須要給，你要是不收，也得接過去再扔。」

他故意凶神惡煞道：「陳平安，我可是正兒八經的大隋皇子，總得有些顏面吧？」

陳平安點頭，伸出手道：「拿來。」

高煊哈哈大笑，伸出一拳，突然鬆開，在陳平安手掌上重重一拍：「從現在起，你就是我高煊的朋友了！以後再來大隋京城，直接找我。」

陳平安有些發愣，收回手後，還是點了點頭：「好的。」

高煊不再拖泥帶水，重新翻身上馬，由於居高臨下，他彎下腰，笑容燦爛道：「路途遙遠，我幫你們準備了一輛馬車，很快就會趕到。如果實在喜歡步行，賣了換錢也無妨。但可別賤賣，七、八百兩銀子肯定值得。」

高煊來也匆匆，去也匆匆，帶著那隊精騎迅速回城，引來官道上許多過客的側目。

陳平安和崔東山繼續前行。

崔東山問道：「是不是想不通一個皇子為什麼對你陳平安如此客氣熱情？」

陳平安答道：「是想不明白，就不多想了。」

崔東山不願就此甘休，自顧自幫著解釋道：「其實不複雜，因為高煊的身分特殊，近水樓臺，黃庭國又是大隋的藩屬，加上大驪境內肯定也有他們的諜子，不難知曉你們這趟遊學的大致經歷。再者，寶瓶他們的身分比你們自己想像的更重要，所以他樂得對你付出一點友善。放長線釣大魚嘛，哪怕到頭來釣不著，反正也不虧。

如果大驪皇帝換成任何一個王朝的君主或者山崖書院山長換成齊靜春之外的任何一個人，書院都會如同一根被雷劈過的朽木，老老實實爛死在原地。當然了，大隋有膽量接下山崖書院，確實值得佩服，大驪皇帝對此亦是心情複雜。說出來你可能不信，于祿、謝謝所在的盧氏王朝雖然在覆滅之前是公認的東寶瓶洲北方第一強國，可是大驪皇帝心目中的敵人只有三個，盧氏皇帝並不在此列，反而國力略遜一籌的大隋高氏皇帝占據一席之地。」

在崔東山洩露這些天機的時刻，陳平安正忙著換上草鞋，這讓媚眼拋給瞎子看的崔東山有些挫敗。

他試探性問道：「先生，回頭也給我編織一雙草鞋唄，小書箱也可以有的。」

陳平安小心收起靴子，重新背起大竹簍上路，沒好氣道：「穿草鞋不是為了好玩。」

崔東山笑咪咪道：「我覺得挺好玩的。」

陳平安沿著官道一側向前走去，直視前方，問道：「讀書好玩嗎？」

崔東山破天荒猶豫起來，最後將酒壺繫掛在腰間，跟那枚玉佩捆綁在一起，雙手抱住後腦勺：「讀書啊，從小就覺得不好玩。」

走出去很遠，黃昏裡，借著最後一點光線，陳平安回望大隋京城的巍峨城牆。

沉默一路的崔東山驟然大笑起來：「哈哈，我就知道你會忍不住！」

陳平安沒有理睬他的挖苦，認真問道：「我是不是應該在書院留幾天，好歹親眼看過寶瓶他們讀書再走？」

崔東山被這個突如其來的問題問得有點措手不及，想了想：「早走晚走都一樣。」

他說完，發現陳平安瞥了自己一眼，一臉「我問了白問，你說了白說」的嫌棄表情，著實有些鬱悶，滿臉委屈道：「我好心好意替先生排憂解難，先生這樣不好吧？」

陳平安看了一眼崔東山腰間繫掛的酒壺，快速收回視線，嘆了口氣，然後加快步子前行，埋頭趕路。

崔東山臉色不變，只是一肚子震驚——怎麼，陳平安也有想喝酒的時候？

哦，原來少年已知愁滋味。

高煊贈送的那輛馬車姍姍來遲，在很晚的暮色中才趕到陳平安這邊。馬夫是那個面白無鬚的老者，曾經跟隨高煊一起去往驪珠洞天，與陳平安有過兩面之緣。只是比起高煊的熱絡殷勤，老人神色冷淡，交過馬車後，便徒步返回京城。

臨走前，老人回頭多看了眼崔東山。崔東山忙著打量那匹駿馬的丰姿，嘖嘖稱奇，渾然不覺老人的審視目光。

他跳上馬車，主動擔負起車夫的職責，對陳平安招手道：「先生，馬車沒動手腳，咱倆安心上路。」

他又給了自己一耳光：「什麼上路，太晦氣了，趕路趕路。」

陳平安環顧四周，天色昏暗，因為京城夜禁的緣故，白天川流不息的官道顯得十分冷清。他搖頭道：「我剛好練習走樁，你駕車就是了，只要別太快，我都跟得上。」

崔瀺知道陳平安的執拗性格，便不再浪費口水，緩緩駕車前行，喝了口酒，悠悠然高聲道：「百事忙千事憂，到頭來萬事休，天涼好個秋呀好個秋！」

陳平安默默跟在馬車後頭，不斷重複《撼山譜》的六步走樁。

走樁、立樁兩事，他早已爛熟於心。

大半夜的，崔東山一直胡言亂語，儒家經典也讀，詩詞歌賦也念，五花八門，嘴巴就沒有閒著，最後連「我有一頭老毛驢，從來也不騎」也給念叨上了。

聽到這裡，堅持了將近一個時辰的陳平安吐出一口濁氣，停下走樁，出聲道：「我上車休息會兒。」

上了車，將背簍放在車廂，陳平安這才發現角落放著堆積成小山的瓶瓶罐罐，只是光線昏暗，看不清為何物。

駕車的崔東山笑道：「有幾罈子好酒，有道家鍊氣、療傷的丹藥，連胭脂水粉都有，這個高煊也是夠好玩的。說實話，不談敵我陣營，同樣是皇子，高煊比你朋友宋集薪的親弟弟，也就是我曾經的弟子，要更……禮賢下士。」

陳平安側身坐在崔東山身後，雙腿掛在外邊搖頭道：「宋集薪從來就不是我的朋友。」

崔東山拆臺道：「那他可就要傷心嘍。在離開泥瓶巷之前，齊靜春送給他六本書，其中有三本雜書，分別是術算《精微》、棋譜《桃李》、散文集《山海策》，另外三本是齊靜春挑選出來的蒙學書籍《禮樂》、《觀止》、《小學》。宋集薪大概為了求一個心安，走的時候在屋子裡的桌上留下了後面三本書，本意是送給你，但人心複雜就在於，他其實心知肚明，哪怕你拿到了丟在你家院子裡的房門鑰匙，也絕對不會私自拿走書籍，但這卻不耽誤他宋集薪良心上過去一個小坎。先生，這個傢伙是不是很聰明？」

崔東山說了一大通不為人知的祕密，但是有一件事他沒說出口。他的猜測，其實是齊靜春早早料定的——宋集薪會瞧不上那三本蒙學書籍，會選擇留下來送給陳平安。下棋、布局、算心這類事，崔東山以前自認遠勝齊靜春，如今回頭再看，當然是大錯特錯。

陳平安低聲道：「宋集薪一直很聰明。」

崔東山好奇問道：「你跟他關係那麼僵，是因為他騙你違背誓言？」

陳平安不說話。

崔東山笑道：「別怪我多嘴，也不是故意要為宋集薪開脫，我只跟你說個事實，不論對錯，宋集薪在這件事上，是有其根源的。其實道理很簡單，宋集薪吃得好、穿得好、住得好，樣樣都比你強，後來還有了個婢女伺候起居，讀書、下棋、書法樣樣精通，但是越是這樣，他的某個心結就會越大。」

陳平安終於開口：「當時他被誤會成是窯務督造官的私生子，從小就被街坊鄰居戳脊梁骨，很多人背後罵得很難聽。」

崔東山點頭道：「所以啊，宋集薪每天看著你這個傢伙，就會想：『憑什麼你陳平安這麼個差點餓死的窮酸泥腿子都能有爹娘，而我宋集薪卻沒有？甚至連娘親的姓氏名字都不知道？』」崔東山晃了晃腦袋，「最讓宋集薪受不了的一件事，是你身世如此淒慘，卻活得比他還要快活，吃飽了倒頭大睡，睡飽了起床做事，這簡直讓他抓心撓肝，渾身不痛快。所以啊，他不痛快就想著要你也不痛快。他知道你最在乎什麼，就要你失去什麼。」

陳平安記起那個泥瓶巷的大雨夜，那是他第一次想殺人，當時宋集薪差點就被他掐死了。跟著他一起從窯廠偷跑出來的劉羨陽可能躲在遠處不小心看到了那一幕場景，所以之後一個月，劉羨陽都沒怎麼敢跟他說話，讓陳平安鬱悶了很久。

崔東山自顧自感慨道：「有些孩子的心性牽扯出來的事情，既可怕可笑，又可恨可憐。因為不是只有孩子才有孩子心性，許多位高權重的大人物一樣會在某些大事情上幼稚得不可理喻。」

陳平安雙手攏出劍爐樁，並未練習，純粹是自然而然為之，臉色平靜道：「這件事情，我當然恨死了宋集薪，但是真正讓我不喜歡他的事情，不是這個。」

崔東山大奇，忍不住轉頭問道：「怎麼說？」

陳平安緩緩道：「劉羨陽差點被打死那次，宋集薪竟然會蹲在牆頭上煽風點火，恨不得劉羡陽被人活活打死，這樣的人，很……可怕。」

崔東山默然。

陳平安抬起頭，望向遠方：「我們老家有句方言，叫『看挑擔的不累』，我覺得這沒什麼，但如果僅因為覺得好玩就壞到往別人的擔子上加石頭，這種人，怎麼做朋友？」

崔東山打趣道：「宋集薪又沒往你肩膀的擔子上加石頭，事實上，可能宋集薪內心深處很希望跟你成為朋友的，因為他足夠聰明，無比清楚應該跟什麼人做朋友。比如他打心眼裡瞧不起不如自己聰明的趙繇，可一樣會拉關係、套近乎。」

陳平安搖頭道：「我不喜歡這樣的人。」

崔東山沒來由地說了一句真心話：「你這樣的人，以後也會有很多人不喜歡。」

陳平安笑道：「我要那麼多人喜歡我幹什麼，一人吃飽、全家不餓的，我又不圖別人什麼。」

崔東山轉身朝陳平安伸出大拇指：「先生您這叫壁立千仞，無欲則剛！學生我佩服，佩服！」

陳平安輕聲道：「我知道你套我話，是想探究一些我不知道的東西。不過沒關係，說了這些，我心裡好受多了。」

崔東山嘿嘿笑道：「先生您是大智若愚，學生我是大愚若智，咱倆相互切磋學問，以後聯手，一定無敵於天下。」

陳平安突然問道：「你認識阿良吧？老毛驢那段，阿良以前就哼唱過。」

崔東山臉色微變，「嗯」了一聲：「很早就認識了，比齊靜春認識得還要早一些，比馬瞻、茅小冬之流就更早了。我陪老頭子喝悶酒的時候，他們指不定還在哪兒玩泥巴呢。」

月明星稀，清風拂面。

眉心有痣的白衣少年那張俊美無瑕的臉龐上泛起淡淡的愁緒，苦笑道：「我離開家鄉後，也是像你們這般遠遊求學，只是比你走得要遠太多了。由於心高氣傲，終於狠狠丟了次臉，最後一氣之下，拜在了老頭子門下。當時老頭子名聲不顯，學問也有被視為異端的苗頭，所以我是他的第一個弟子。

後來，姓左的、齊靜春，這些人陸陸續續進入老頭子門下。他的入室弟子其實不多，因為他是個事無巨細都想要說清楚的人，簡簡單單一個道理，三言兩語能夠講解清楚的，他能說上一整天，實在沒有精力收取太多貼身跟隨的弟子。記名弟子相對多一些，至於不惜自稱文聖門下走狗的那些，可就浩浩蕩蕩如過江之鯽了。

阿良呢，又比我更早認識老頭子。一開始阿良是上門要打老頭子的。老頭子是誰啊，那張嘴皮子厲害得很。每一甲子一屆的儒釋道三教辯論知道吧？天底下最凶險的事情，沒有之一！有多少佛子道胎因此墮入旁門左道，淪為各自道統內的可憐異端，之前之風光，之後之淒慘，慘絕人寰。我叛出師門之前，信心滿滿地提出自己的那個見解，何嘗不是想要幫著……不說這個，好漢不提當年勇。事實上，也就老頭子一個人在歷史上接連參加了兩次辯論，關鍵是都還給他吵贏了。算了算了，你暫時不需要知道這個。

反正那會兒的老頭子，嘖嘖，說是天底下獨一份都不為過，那種被譽為『一家之學，明月當空』的絕世風采，不是讀書人是絕對無法領略的。要不然，你以為老頭子憑那可憐兮兮的秀才功名就能夠給人請進文廟供著，還一個勁往前往上挪位置？老頭子所在的那個小國後來都快恨不得把他封為『狀元祖宗』了，他偏不要，可勁憋著壞呢。你以為？

總之，老頭子一來二去，就把阿良給說迷糊了，兩個仇家反而成了最好的酒友。老頭子的地位越來越高，阿良的修為也越來越高，兩人相得益彰，關係一直很好。阿良跟我、齊靜春，還有姓左的關係最好，他為了我們三個沒少折騰，尤其為了齊靜春和姓左的，打得那叫一個天翻地覆，蕩氣迴腸！」

說到這裡，崔東山會心笑道：「每次阿良回到我們跟前就要開始吹噓了，什麼『給你們三個兔崽子擦屁股都這麼猛，我阿良是真猛啊』，什麼『你們是不知道，我今兒去大殺四方的宗門裡頭，那些個仙子一個個只恨修為不夠高，否則一定要生吞活剝了我阿良。唉，最難消受美人恩，你們年紀小，不會懂』。」

他喝了口酒：「阿良有一點很好，說話從不吹牛，不像我們讀書人。」

崔東山一口氣說了這麼多，最後背對著陳平安笑道：「好了，跟你一樣，我心裡也痛快多了。」

陳平安早已閉上眼睛，默默練習劍爐立樁，但是顯而易見，所有話語，少年都仔細聽著，一字不漏。

崔東山臉色平淡：「敞開了聊過，不耽誤之後我還是壞人，你還是好人。」

陳平安睜開眼：「我下去繼續練習走樁。」

崔東山大笑道：「好嘞。」

陳平安跳下馬車後，崔東山一點點收斂笑意，騰出手來喝完酒壺裡最後一口酒，破天荒有些失神，喃喃道：「陳平安，你以為你這種人就不可怕嗎？」

馬車後邊有個嗓音響起：「我聽到了。」

崔東山哈哈大笑：「先生好耳力，不愧是千載難逢、百年難遇的習武奇才，以後一統江湖，天下無敵，指日可待！」

陳平安沒好氣地還給他一句話：「我謝謝你啊。」

返鄉的路上，依然是走過山又走過水。

那輛馬車已經連車帶馬一起賣出去了，崔東山賣出了一千五百兩的高價，然後給自己添置了一個精美書箱，把原本車廂裡的值錢東西都給裝了進去。

相較之前的求學遠遊，陳平安可以有更多的閒暇時間來練習撼山拳，以及用水磨功夫去砥礪十八停的運氣法門。只要不是大雨天氣，每天早晚都會來兩次。他的走樁很慢，就像是仍然帶著李寶瓶、李槐他們一起練拳。每到這時，他的身邊就會站著一名白衣少年跟著他一起打拳，打得比他更加行雲流水，更加有神仙手姿。

每逢高山和大水，崔東山就會大聲朗誦聖賢典籍，陳平安雖然不出聲，但是會下意識跟著在心中默念。兩人不再像那夜在大隋京城外的官道那樣說著真正的心裡話，更多時候是一天到晚兩兩無言。崔東山偶爾會悄然離開陳平安的視野，回來的時候心情有好有壞，陳平安也從不追究。

就這樣，在不急不緩的車軲轆聲裡，名義上的師徒二人，平淡無奇地從秋天走到了冬天。路線跟來時大不相同，是崔東山挑選的，陳平安沒有異議。

兩人也湊巧見識過一些光怪陸離的趣聞軼事，或遠遠旁觀或身臨其境，這讓曾經從大驪走到大隋的陳平安依然會感到匪夷所思。

在大隋東邊的一片大湖，兩人夜行趕路，月色下，遠遠看到一夥御風凌空的飄逸仙人，分別手持一根巨大鐵鍊，從湖底提起了一塊巨石，大如山峰，湖水大震，掀起陣陣滔天巨浪。他們就這麼硬生生從湖中拔起巨石，懸空搬去了自家門派。

崔東山解釋說，山水之間皆有靈秀之氣的薈萃之物，山上的仙家勢力一旦發現，素來喜歡運用神通將其攫取，搬回宗門幫派，用以幫助鎮壓山水氣運。崔東山還笑說那股仙家勢力還算有點良心的了，選擇夜間行事，而且捨得下本錢，高價購置了精鐵鎖鏈，若是一般仙家，哪裡管這些，隨便購買大量的便宜鐵鍊便是，至於山峰是否中途墜地讓凡人遭殃，當地官府哪敢計較，除非是砸在大城之中實在無法隱瞞，最後多半也是仙家勢力象徵性賠錢了事。

在大隋和黃庭國交界處的崇山峻嶺之間，陳平安又看到一大群鯽魚模樣的魚類，竟然沿著山路浩浩蕩蕩遷徙，渾身泥濘也不礙事。

崔東山說那些是過山鯽，能夠出水半月而不死。牠們對於湖澤水質要求極高，一旦舊有的棲息地水質變壞便無法存活，會立即主動搬家。靈氣越是充沛的水源，過山鯽的繁衍生息越好，而且每萬尾之中會誕生一條通體金黃的靈物，故而一般山上勢力都願意豢養此物，用以見微知著，精準判定宗門府邸的靈氣流散情況。

還有，在黃庭國一座繁華州城的鬧市之中，有兩名年輕劍修竟然駕馭飛劍，離地不過半丈，在人群之間飛快穿梭，好像是在比拚誰的御劍水準更高，全然不顧街上行人的雞飛狗跳。一些避之不及的老百姓直接被鋒芒凌厲的飛劍刺傷，倒地呻吟不已。

劍修經過陳平安附近的時候，一名老嫗嚇得踉蹌摔倒，左右躲避了兩次，剛好與那改變路線的劍修撞了個正著。年紀輕輕的劍修不願輸給身後那個近在咫尺的同伴，眼見著若是急停就會被趕超，滿臉怒氣，乾脆就加速前掠。

若非陳平安將這名老嫗扯過，恐怕她就會當場被一劍刺死。

那劍修非但沒有感激，反而轉頭狠狠瞪了陳平安一眼。

高高在上的兩名劍修，一前一後，就這麼一閃而逝。

州城之內的老百姓對此雖然惶恐不已，但是沒有任何人有想要追究的意思，就連罵罵咧咧也都只敢壓低嗓音。

袖手旁觀的崔東山輕描淡寫地說了一句，如果是其他還沒躋身中五境的鍊氣士，是不太敢在一國州城內如此橫行跋扈的，因為世間鍊氣士以劍修最為金貴稀罕嘛。

陳平安在那名感恩戴德的老嫗慌亂離去後，轉身望向兩名劍修離去的方向，久久沒有收回視線。

崔東山淡然道：「管不過來的。再說了，又能如何管？追上去，打殺了那兩個劍修？人家可是從頭到尾都沒殺人。還是跟人家講道理，苦口婆心地告誡他們以後千萬別這麼胡鬧？退一萬步說，你拳頭夠硬，逼得人家嘴上答應你，等你離開，事後照舊，你又能如何？糟心不糟心？我看很糟心。」

陳平安搖頭道：「我本事就這麼點，不會追上去的。」

「我倒是希望先生湊這個熱鬧，我這個當學生的，一路混吃混喝，愧疚難當，好歹讓我為先生排憂解難嘛。」崔東山說著不中聽的風涼話，見自家先生不搭話，刨根問底地笑問道：「等到以後本事足夠呢？」

陳平安背著大竹簍繼續趕路：「那就等到那天再說。」

崔東山快步跟上，笑咪咪追問道：「先生，那天是哪天？」

陳平安回了一句：「反正不是明天。」

崔東山屁顛屁顛跟在後頭：「若是後天就好啦，學生我跟著臉面有光。」

陳平安抬頭看了眼天色，突然記起等到自己回到家鄉，也該差不多過年了，就想著是不是趁早買幾副春聯，他們大驪紅燭鎮那邊，好像這些東西不多。

就在此時，崔東山也抬頭，不過是望向一處高樓，「咦」了一聲，嘴角翹起：「喲呵，有點意思。」

順著崔東山的視線，陳平安看到了一座在城內宛如一枝獨秀的高聳樓閣，附近風雲晦暗，更高處的烏雲中，隱約亮起一道道電光，與別處晴朗風景大不相同，像是只在這一小塊地方下雨的樣子。

崔東山轉頭笑道：「先生，這個熱鬧咱們一定要湊！事先說好，先生若是不願意去，我自己去，先生在城門口等我便是。」

陳平安二話不說就往城門行去，撂下一句：「如果夜禁之前你還沒有出來，我就自己趕路了。」

崔東山臉色悲苦道：「先生真絕情啊。」又趕忙作揖，「先生慢行！」

陳平安走出城門外，在行人絡繹不絕的官道旁站著休息。不遠處就是一個茶水攤，陳平安猶豫了一下，去買了一碗茶水，坐著喝茶。

幾乎從未後悔什麼的少年，開始有些後悔自己太快離開大隋京城了。

就像崔東山所說，萬一寶瓶他們被人欺負了，他又不在身邊，怎麼辦？

陳平安可能眼界不寬，可是對於人心的好壞並不是沒有認知。因為自幼就活得不算輕鬆，曾經真的單純只是為了活下去，小小年紀就使出了渾身解數，所以陳平安反而比李寶瓶、李槐和林守一三個要更瞭解人生的不如意，以及人心醜陋的那一面。

尤其是與崔東山同行這一路，透過這個便宜學生的閒聊胡扯，陳平安越發明白一件事——不是官帽子大，人就聰明；也不是學問大，人就是好人。

陳平安喝著茶，望向城頭，默默下定決心。

東華山，山崖書院，一間懸掛「松濤」匾額的大堂，世俗喜歡稱之為夫子院或是先生宅。當下名義上的山長——大隋禮部尚書大人正在喝茶，難得偷閒，神色輕鬆。在座七、八人俱是書院教書先生，年紀大多都不小了。

三位副山長也都在場，其中一位國字臉的儒衫老者忍了忍，終於還是忍不住開口抱怨道：「這幾個孩子也太胡鬧了！」

「胡鬧」二字評語出口後，老夫子猶不解氣，再加上一句：「頑劣不堪！」

要知道，這位副山長不但是新書院專職負責大型講會的大儒，還是正兒八經的「君子」，名字早就在儒家一座學宮記錄在檔，所以他說出來的話，比起尋常所謂的文壇名宿、士林宗主要更有分量。

禮部尚書是個身材矮小的和藹老人，貌不驚人，若非那一身來不及脫去的官服，實在無法想像這是一個位列中樞的正二品高官。而且大隋崇文，大驪的天官頭銜劃給了吏部尚書，大隋則劃給了禮部。

此時，這位禮部尚書不覺得副山長的言語壞了心情，笑呵呵道：「說說看，到底是怎麼個頑劣法？」

副山長氣呼呼道：「林守一天資極好，經義底子也打得不錯，可就是那性格……唉，經常蹺課，去書樓翻看雜書。看就看了，可看的都不是儒家經典，反而是諸多旁門左道的道家祕笈，這麼點時日就借閱了二、三十本，成何體統？並非儒家門生便看不得道家書，只是小小年紀，哪裡有資格談什麼觸類旁通，若是誤入歧途，如何跟……原山長交代？」

禮部尚書微微點頭，喝茶速度明顯放慢。

副山長越說越氣：「還有那小丫頭李寶瓶更是無法無天，上課的時候經常神遊萬里，完全不知道尊師重道，不是看那本翻爛了的山水遊記，就是在書上畫小人兒。嘿，好嘛，還是那武夫蠻子的技擊架勢！」

禮部尚書忍住笑，不置可否，低下頭喝了口茶水。

副山長繼續道：「年紀最小的李槐……倒是老實本分，不蹺課，不搗蛋，先生交代下去的課業，次次都做，可這悟性實在是……怎麼感覺像是個不開竅的榆木疙瘩？上課的時候就在那兒打瞌睡，迷迷糊糊，滿桌子口水，哪裡有半點像是原山長的親傳弟子？唉，愁煞老夫了。」

一名年紀相對年輕的副山長打趣道：「尚書大人，咱們劉山長的鬍鬚可都揪斷好多根了。」

劉副山長一本正經糾正道：「只是副山長！」

禮部尚書爽朗大笑，側身放下茶杯後，問道：「就沒有點好消息？再這樣，下次我可不敢來了。」

劉副山長心情略微好轉，點頭道：「有！奇了怪了，倒是于祿和謝謝這兩人，出類拔萃，更像是咱們儒家純粹的讀書種子，待人接物都很正常，平時還算尊師重道。尤其是于祿，溫良恭儉，簡直就是咱們大隋頂尖豪閥裡的俊彥子弟，似乎更值得重點栽培。」

禮部尚書依然不急著下定論，笑咪咪望向某個一直偷偷打盹的高大老人：「茅老，怎麼說？」

茅小冬被點名後，打了個激靈，睜眼迷糊道：「啥？尚書大人這就要走啦？不多待會兒？」

禮部尚書仍是笑咪咪：「既然茅老盛情挽留，要求我多待會兒，那我就多待會兒？」

夫子院內頓時充滿笑聲。

禮部尚書耐著性子將剛才劉副山長的抱怨又簡明扼要地說了一通，茅小冬聽完之後，一臉恍然：「原來如此，那我倒是真有幾句話要說。」

禮部尚書玩笑道：「我等洗耳恭聽。」

茅小冬坐直身體，問道：「是齊靜春學問大，還是在座各位學問大？」

鴉雀無聲。這不是廢話嗎？

茅小冬又問：「那麼是齊靜春眼光好，還是諸位先生眼光好？」

得嘞，還是廢話。

劉副山長思量片刻，沒有直接反駁什麼，而是微微放低嗓音，問道：「茅老，那驪珠洞天，如今大驪的龍泉縣據說總共才五、六千人，適合蒙學的孩子肯定不多，齊先生會不會是在那裡實在沒有選擇的機會？」

當初大驪的山崖書院是茅小冬幫著齊靜春一點一點辦起來的，無論是修為、資歷輩分還是道德學問，他都是當之無愧的書院第一人，所以連同禮部尚書在內，任何人都願意尊稱他一聲「茅老」。

茅小冬聽到劉副山長的詢問後，笑道：「當然有可能，而且這不是什麼『可能』，就是千真萬確的事實！」

一群人全部傻眼。

茅小冬環顧四周：「是你們大隋需要這些個孩子最好個個是天才，大放異彩，還會爭取讓他們長大後主動選擇留在大隋廟堂，好為你們長臉，順便幫你們打一打大驪的臉。我又沒這些無聊想法……」

禮部尚書趕緊輕輕咳嗽兩聲，然後水到渠成地去拿起茶杯，低頭喝茶。

茅小冬可不在乎這些，依舊言談無忌：「換成是我啊，我就隨他們。該吃吃該喝喝，他們要是願意學就學，願意偷懶就偷懶，至於以後有沒有出息，我才懶得計較。我身為書院具體管事的副山長，手底下這麼多學生，以後每年只會更多，哪裡有時間和精力來聽你們牢騷這些個孩子爬樹、蹺課、畫小人兒？」

堂下諸位面面相覷。

坐在主位上的禮部尚書繼續安穩喝茶，其實茶杯裡已經沒茶水了。

茅小冬笑著起身：「我去看看崇文坊的刻書事宜，這事兒頂天大，得好生盯著才行，就不陪尚書大人喝茶啦。」

禮部尚書順勢起身，和顏悅色道：「那我也就不耽誤各位先生傳道授業了。」

茅小冬埋怨道：「尚書大人，茶喝完再走不遲嘛……」他微微踮起腳，瞥了眼茶杯，「哎呀，已經喝完了啊。大人您真是的，再喝一杯，再喝一杯，給咱們書院一點面子，中不中？傳出去還以為我們不待見大人呢，那多不好，萬一戶部為了天官大人打抱不平，故意剋扣書院崇文坊刻書所需的銀兩，我跟誰喊冤去？」

幾乎要比茅小冬矮一個腦袋的禮部尚書苦著臉拱手道：「茅老，就饒過我吧，就當您是山長，我是副山長，行不行？」

「不行！」茅小冬大笑著轉身離去。

禮部尚書一臉無可奈何，氣哼哼道：「原本是躲清靜來著，好嘛，到頭來還要挨訓。咱們可還是自家人，以後可不敢再來嘍。」

夫子院內響起一陣大笑，就連那劉副山長亦是忍俊不禁。

氣氛融洽。

東華山相比那些五嶽，其實半點不算巍峨，只是矮個子裡拔高個，才顯得格外挺拔秀氣。山頂有一株千年銀杏樹，有個紅棉襖小姑娘發完呆後，熟門熟路地抱著樹幹，一下子就滑了下來。

她看到一個守株待兔的老學究，身材真是高大，正眯眼賊笑著，看著不像是個好人。

茅小冬問道：「這個點，是又蹺課啦？」

李寶瓶倒是個實誠的：「嗯。我知道書院有規矩，我認罰。」

茅小冬笑問道：「怎麼，齊靜春以前教你們的時候，蹺課就要打板子？」

李寶瓶搖頭道：「蹺課可不打，先生從不管這些，但是如果先生在學塾課堂教過的東西，我們記錯了，第一次會提醒，第二次就會打。」

茅小冬「哦」了一聲，好奇問道：「在上面看什麼呢？」

李寶瓶愣了愣，看在老人年紀大的分上，回答道：「風景啊。」

茅小冬越發感興趣：「什麼風景這麼好看，我怎麼不知道？」

李寶瓶眨了眨眼睛：「老先生您自己爬上去看唄。」

「讀書人爬樹，有辱斯文。」茅小冬先是連忙擺手，隨即很快恍然，「喲，是想著咱們一起不守規矩，好讓我不告發妳吧？小丫頭，挺機靈啊。」

李寶瓶呵呵笑了笑，然後又搖頭。

茅小冬看懂了小姑娘的心思，問道：「咋了，我說有辱斯文，難道不對嗎？」

李寶瓶拍了拍衣服，解釋道：「以前我把風箏掛到樹枝上，還是先生爬樹幫我拿下來的呢。還有一次，我把李槐的褲衩丟了上去，然後自己跑回家，後來聽說還是先生幫著拿下來的。你們書院這兒的讀書人，怎麼總是在這種事情上瞎講究……」

茅小冬幫忙糾正：「不是『你們書院』，是『我們書院』。」他彎著腰，雙手負後，笑望向李寶瓶：「是不是覺得妳的先生，那個叫齊靜春的傢伙，比我們這兒的教書匠都要好啊？」

李寶瓶嘆了口氣，心想：『這老先生個子是高，可怎麼總問一些不高明的問題呢？』

茅小冬苦口婆心道：「小姑娘，我跟妳說啊，我們規矩多，除了學問沒有妳先生那麼多之外，也不是一無是處，是有苦衷的。『從心所欲，不逾矩』，這句話聽說過吧？前邊是什麼，知道嗎？」

李寶瓶點頭道：「是『而十七』，更前邊是『順耳而十六』。」

茅小冬硬是愣了半天，說不出話。老人學問之高，超乎想像，倒不是沒聽明白意思，只是想不通，小姑娘那顆小腦袋裡，怎麼就會蹦出這麼個古怪答案。

李寶瓶揮揮手，準備閃人：「老先生，我叫李寶瓶，是剛入學沒多久的學生。我可不會逃避懲罰，我已經先把所有規矩都瞭解一遍啦，知道三日之內要抄錄一篇文章，今晚我就去寫完，回頭自己交給洪先生。您要是不信，可以自己去問洪先生。」她拍拍胸脯，「放心，我寫字比跑步還快！」

茅小冬哭笑不得，趕緊喊住一身英雄氣概的小姑娘：「道理還沒講完呢，妳別急，聽過了我的道理，就當妳已經受罰了。」

李寶瓶雙手已經開始做出奔跑衝刺姿態，聞言後只得停下身形，瞪大眼睛道：「老先生您說，但是如果道理講得不好，我還是回去抄書算了。」

茅小冬被這丫頭的話語噎得不行：「妳想啊，至聖先師到了這個歲數才敢這麼做，如果一般人光顧著自己開心，什麼都不講規矩，是不是不太好？」

李寶瓶點頭道：「當然不好。」

茅小冬開懷大笑：「行吧，我道理講完了，妳也不用抄書了。」

這次輪到李寶瓶愣住了：「這就完啦？」她重重嘆了口氣，看了眼這位老先生，欲言又止，最後作揖，開始準備飛奔下山。

茅小冬給氣笑了：「小姑娘，妳剛才那眼神是啥意思，是覺得我年紀比妳家先生齊靜春更大，反而懂的道理還不如他多，對不對？」

李寶瓶緩緩點頭，堅決不騙人。既然老先生看穿了，她當然不會否認。

茅小冬笑道：「那妳知不知道，我只是顯老，齊靜春是顯年輕，其實他年紀比我還大！所以他學問比我更大一點點，不稀奇。」

李寶瓶滿臉懷疑。

茅小冬像是有些惱羞成怒：「騙妳一個小姑娘幹什麼！」

李寶瓶不急著下山了，雙臂環胸，向左走了幾步，再向右移動幾步，揚起腦袋看著茅小冬，問了一個莫名其妙的問題：「就算你年紀比我先生小，所以學問小，那為什麼我的小師叔年紀比你更小，學問還是比你大呢？」

茅小冬嘖嘖道：「學問比我大？那我可真不信。」

李寶瓶有些急，認真想了想，小心翼翼環顧四周之後，伸出一隻小手掌放在嘴邊，低聲道：「我跟您講，您別告訴別人。」然後她伸手在自己腦袋上比劃了一下，「如果我先生的學問有這麼高的話，那我小師叔的學問至少有這麼高。」她再伸手在自己肩頭比劃了一下，最後移到自己耳邊，「等到小師叔在回家的路上多認識一些字，學問很快就有這麼高了！」

茅小冬目瞪口呆，最後只能附和道：「那妳小師叔可了不得，了不得！」

李寶瓶使勁點頭：「可不是！我的小師叔厲害得不得了！」

茅小冬突然感慨道：「厲害好，厲害好啊，厲害了，將來就能保護好我們的小寶瓶。」

李寶瓶有些神色黯然，擠出笑臉，咻一下就衝出去老遠，一邊跑一邊轉頭揮手告別：「我走了啊，我覺得老先生您學問其實也不錯，有這麼高……」

小姑娘想要伸手比劃一下，可跑得太急，一個不穩，就那麼結結實實摔在地上，然後以迅雷不及掩耳之勢飛快起身，以更快的速度跑下山去。

茅小冬拍了拍腰間，「規矩」戒尺隨之現出原形。

遙望著越來越小的那抹紅色身影，他嘆了一口氣：「靜春，早知道應該見一見那少年的。」

東華山有一片小湖，湖水清澈見底，其內種有滿滿的荷花，只是入冬時節，此處皆已是枯葉，顯得尤為蕭索。有個高大少年手持一竿綠竹釣竿，坐在岸邊垂釣，不時有人指指點點，但就是沒人靠近搭訕。

終於，一個其貌不揚的黝黑少女來到少年身邊站定：「釣魚有意思？」

于祿點頭笑道：「有意思啊。」

謝謝問道：「有趣在什麼地方？」

于祿笑著給出答案：「魚上鉤了會開心，哪怕最後魚跑了，還是會開心。」

謝謝隱約有些怒氣。

于祿凝視著湖面，忍住笑，一語道破天機：「好好好，我說實話，我是在習武呢。且不說持竿，只說我這坐姿就是有講究的，要靜如山嶽、動如江河。之後魚兒真正咬鉤的那一刻，我整個人的動靜轉換只在一瞬間，契合道家陰陽顛倒一線間的玄機。有本武學祕笈上說，『一靜則無有不靜，一動百骸皆相隨』，所以我這麼釣魚，能夠濡筋骨，充元氣。」

謝謝將信將疑。

于祿從頭到尾都沒有去看她：「妳要說我從不曾練武，沒有錯，我從來沒有練習過拳樁架勢；但妳要說我一直在習武，也沒有錯，我吃飯的時候、睡覺的時候、走路的時候，還有現在釣魚的時候，都在想那些武術祕笈裡的東西。出身好有個好處，家裡的祕笈哪怕品秩不會太高，可錯誤的地方絕對不多，而且拳法、劍經裡，許多看似自相矛盾的地方，其實學問最大，格外讓人癡迷。」

謝謝坐在地上，望向那根纖細修長的釣竿：「你不去山上修行，太可惜了。」

于祿委屈道：「喂喂喂，謝姑娘，沒妳這麼揭人傷疤的啊。」

謝謝沉默片刻，說道：「終於過上了太平日子，心裡頭反而不安穩了。你呢？」

少女自問自答：「你于祿肯定在哪裡都無所謂，這一點，我的確遠不如你。」

于祿毫無徵兆地轉過頭，搖頭道：「我喜歡一個人對著火堆守夜的時候。」

謝謝疑惑道：「為什麼？」

于祿重新轉回頭，盯著湖面：「不知道啊，就是喜歡。」

謝謝笑道：「那你喜不喜歡她，那個差點成為太子妃的女子？」

于祿先是面無表情，很快便展顏一笑，答非所問道：「謝姑娘，在這裡，我們要謹言慎行。」

謝謝皮笑肉不笑道：「李槐之前找過我，顯擺他的那支玉簪子，你竟然沒有？」

于祿微笑道：「妳不也沒有？我沒有不奇怪啊，可妳沒有就不對了，這麼漂亮的一個大姑娘。」

謝謝黑著臉道：「請慎言！」

于祿猛然一抖手腕，釣竿彎出一個漂亮至極的弧度。

他哈哈笑道：「上鉤！」

謝謝起身離去：「男人就沒一個好東西！」

于祿一邊小心翼翼遛魚，一邊望向少女背影：「我是不是個好東西不好說，可某人是真的很好，嗯，就是稍稍有點偏心，書箱沒有，簪子沒有，就只有誰都有的草鞋。唉，著實讓人有些失落。」

謝謝轉過身，大踏步走向于祿。

于祿趕緊亡羊補牢：「我沒別的意思，咱們都一樣，不患寡而患不均而已，妳別誤會……」

謝謝沒有停步的意思，于祿丟了釣竿，連上鉤的魚都顧不上了，撒腿就跑。

謝謝拿起岸邊那根尚未被魚拖遠的釣竿，使勁丟向湖中央，這才拍拍手離去。

于祿目瞪口呆，這次是真的有些火冒三丈，低聲憤憤道：「換成是陳平安的釣竿，妳試試看。妳要是還敢這麼潑辣，我跟妳姓！」

第五章 近朱者赤

林守一髮髻上別著一支質地平平的黃玉簪子，膚色微黑，但是難掩俊朗面容。雖然在山崖書院給人印象是性情冷峻、不苟言笑，可仍然很受女子歡迎。大隋女子雖然無法考取功名，但這不耽誤她們求學，嫁人之前，都可以待在各大書院。

林守一像往常那樣，遇到不喜歡的課程，就去藏書樓看書。一路行去，極為醒目。

新山崖書院的第一撥學生中，土生土長的大隋學子非富即貴。林守一的出現，彷彿一股來自山澗的泉水清流，讓很多女子癡迷不已，而他的拒人於千里之外，越發激起了她們的鬥志，看他做什麼都覺得特立獨行。比如少年穿著樸素，衣食起居簡單至極，與身邊的權貴王孫有天壤之別，那麼這就是林守一的醇儒風采。

如果說女子們因為這些緣由而親近林守一只是膚淺的認知，那麼有些看似無人注意的細節，則是加深這種好感的巨大動力。

例如，林守一深受大儒董靜的器重。董靜這位享譽大隋朝野的老者，公認兼通儒道兩門學問，經常把林守一叫去他的簡陋茅舍，單獨傳授學問。

每逢雷雨天氣，董靜就會親自帶著林守一去往大隋京城內最高的鐵樹山，至於其中緣由，書院外人除了看熱鬧，也試圖看到門道。天底下沒有不漏風的牆，董靜的一位至交好友是出了名的酒瘋子，幾頓好酒下去，就吐露出一些蛛絲馬跡——那林守一是百年難遇的修行天才，一旦養育出浩然氣，輔以五雷正法，必然是中五境起步的神仙人物，而且有望在二十五歲之前躋身第六境。

說簡單一點，這意味著林守一這個修道天才有資格衝刺一下第十境，這已經大大超出了尋常天才的範疇。

突然，一個氣喘吁吁的孩子一路跑到林守一面前，是李槐。看到林守一後，他立即哭得傷心欲絕，哽咽道：「林守一，我的彩繪木偶不見了，有人偷走它了！」

林守一問道：「不是丟了？」

李槐死命搖頭：「不可能！」

「你學舍那邊住著幾個人？」

「加我一起四個。」

「有沒有懷疑對象？」

李槐還是搖頭。

林守一皺緊眉頭，帶著李槐返回自己學舍，從書箱底下拿出幾張銀票遞給他。這些錢是林守一的家族當初寄到紅燭鎮枕頭驛的，那天林守一收到家書後的臉色可謂難看至極。

李槐慌張道：「幹啥？我只要彩繪木偶，我又不要錢！」

林守一說道：「你回到學舍後，就跟舍友說，你把彩繪木偶丟在了……總之你隨便說個地方，誰能幫你撿回來，你就給他這些錢。」

李槐茫然道：「這都能行？」

林守一無奈道：「先這麼試試看。」

第二天，李槐歡天喜地找到了林守一：「那法子還真行！」

林守一沒好氣道：「以後鎖好箱子，別總顯擺你的那些小破爛兒。」

李槐怒道：「感謝歸感謝，以後我肯定會還你錢，但是不許你這麼說它們！」

林守一伸手一巴掌拍在這兔崽子的腦袋上：「少煩我，我要去書樓。」

「小心變成書呆子！」李槐朝林守一做了個鬼臉，一溜煙跑了。

過不了幾天，李槐又哭喪著臉找到林守一，耷拉著腦袋，怯生生不敢開口說話。

被堵在書樓門口的林守一嘆了口氣：「怎麼回事？彩繪木偶又被偷了？」

李槐病懨懨道：「沒，這次是那套小泥人兒……」

「箱子鎖好了？」

「鎖好了，我保證！兩把鎖呢！鑰匙我隨時隨地揣在懷裡的。」

林守一有些頭疼，伸手揉了揉眉心：「我去找董先生，看他有沒有辦法。總這樣也不是個事。」

李槐突然抬起頭，牽強笑道：「算了，我再找找看，說不定它們自己就跑回來啦。」

不等林守一挽留，李槐已經跑出去了，喊他也不回頭。

這天李槐跟李寶瓶剛好一起上課，下課後，李寶瓶找到故意躲著自己的李槐，發現他嘴角紅腫，忍不住問道：「咋了？」

李槐縮了縮脖子：「摔了一跤。」

李寶瓶瞪眼：「說！」

李槐噘起嘴，就要哭出聲，竭力忍住，越發可憐：「跟人吵架，打不過人家。」

「誰！」

「是我舍友……不過我是一個人打三個，沒給你們丟人！」

「走！」小姑娘那叫一個乾脆俐落，一句話最多兩個字。

她對李槐發號施令：「你去自己學舍等著我，趕緊的！我隨後就到！」

李槐忐忑不安地回到學舍，那三個年齡只比他稍大的舍友正在聊天，完全不理睬他，只是瞥向他的視線充滿了譏諷鄙夷。這個來自大驪的小土鱉，讀書不行，談吐粗俗，渾身上下都透著股土氣，破書箱還當個寶。關鍵是，書箱裡頭竟然還藏著草鞋，還不止一雙！

李槐默默走到學舍門檻外頭，蹲在那裡畫圈圈，沒過多久，就看見氣勢洶洶趕來的李寶瓶，手裡拎著那把名叫祥符的狹刀……李槐嚇得差點沒能站起身，好不容易站起，有些腿軟，咽了口唾沫，低聲道：「寶瓶，咱們打架需要帶刀嗎？」

李寶瓶怒目相向，一把推開李槐，獨自大步闖入學舍：「打架不需要，難道挨揍需要？讓開！」

李槐雖然嚇得直冒汗，仍是一咬牙，快步跟上她，喊道：「李寶瓶，妳等等我啊！」

李寶瓶看著那三個傢伙，舉起在鞘的狹刀，冷聲道：「誰偷了李槐的泥人，拿出來！」

三人起先有些傻眼，然後哄然大笑。

李寶瓶怒氣更盛：「誰打了李槐，站出來！」

三人相視一笑，然後猛翻白眼。

李寶瓶拎著狹刀，對那三個小王八蛋就是一頓飽揍。

別看李寶瓶個子不算高，可力氣那是從小實打實熬出來的，加上好歹跟著陳平安一路練拳，一起跋山涉水，對付幾個繡花枕頭都不如的同齡人，手到擒來。

李寶瓶第一招就足夠驚世駭俗，出手極快，刀鞘橫掃，狠狠拍中一個約莫十歲大男孩的臉頰，直接把他搧得原地打轉，然後一刀鞘當頭劈下，砸得第二個可憐蟲哇哇大哭；第三個哪裡敢還手，趕緊跑，被李寶瓶追上，飛起身來，一腳踹在後心，整個人撞向床鋪，又痛又怕，乾脆趴在那裡裝死了。

李寶瓶視線掃去，用刀鞘尾端指向他們：「今天就乖乖地把那套泥人拿回來，交給李槐！以後誰還敢欺負李槐，我打得他爹娘都不認識！我李寶瓶說到做到！」

一個傢伙悄悄抬頭望向李寶瓶，她揚起手臂就要一刀鞘砸過去，嚇得那傢伙趕緊後退。

李寶瓶冷笑連連，憤而轉身，結果看到站在門檻內的李槐，氣不打一處來：「李槐！就你這慫樣，以後別跟我一起喊小師叔，敢喊一次我打一次！」

好似被戳中了傷心處，李槐蹲在地上，抱著腦袋嗚咽起來。

斜瞥一眼李槐，李寶瓶像是比來的時候更加生氣，手持狹刀，就這麼氣呼呼離去。

屋內，一個腦袋腫起一個大包的男孩氣急敗壞道：「這事情沒完！我要妳這個小潑婦知道妳打了誰！」

兩天後，夫子院內，劉副山長一拍椅把手：「無法無天！豈有此理！大庭廣眾之下，從小的，到大的，竟敢公然鬥毆！一個都沒落下！這件事情誰都不要插手，我倒要看看，我們堂堂山崖書院，這些個大隋希望所在的讀書種子，到底能夠糟糕到何種地步！」

其餘人都望向破天荒沒瞇眼打盹的茅小冬，他想了想，點頭道：「那就這樣。」

有人壯起膽子小聲問道：「茅老，是哪樣啊？」

茅小冬臉色淡漠，彷彿在打啞謎：「就是這樣啊。」

他如此表態，便是那位擁有「君子」身分的劉副山長脖子裡都有些冒寒氣。

白衣飄飄的崔東山一路穿街過巷，終於找到了那棟樓閣所在的宅子，果然是大戶，兩尊石獅坐鎮，門檻極高，儀門緊閉。不過奇怪的地方是，這棟宅子懸掛著「芝蘭」二字，不是什麼「張府」、「錢府」之類。

之前崔東山看到異象的那棟樓閣，應該是這戶人家的私家藏書樓，高度幾乎不輸城內的文廟魁星閣，必然不是尋常富貴人家。

越是臨近這座「芝蘭」府邸，崔東山就越發清晰地感受到風雨欲來的氣勢，這種感覺就像暴雨之前的大陰天，讓人氣悶。

天地之間，除了儒家推崇的浩然正氣，還有諸多無形之氣，大抵上有清濁之分，前者靈秀，裨益修行；後者汙穢渾濁，損傷魂魄。亂葬崗、古代京觀、戰場遺址之類的地方，各有玄機，未必全是汙濁之氣。

世間有助於修行的洞天福地，就像是一座芝蘭之室，沁人心脾。

崔東山雙手負後，施施然走上臺階。一個中年門房由側門走出，眼見著白衣少年氣度不凡，不敢怠慢，恭恭敬敬詢問身分。

崔東山說他是依靠斬妖除魔積攢陰德的散仙，在城外就見到宅子不對勁，可能會有血光之災，故而特來相助。

要說世間到底有沒有精魅鬼怪，門房知道是有的，因為自家府上就豢養著許多無傷大雅的精魅。但要說有邪祟鬼魅膽敢在城內作亂，尤其是在他們「芝蘭」府搗亂，那真是天大的笑話。誰不知道府上父子四人皆是公認的神仙中人，尤其是幼子曹溪山，聽說去年剛剛成了一座山上仙家的掌門嫡傳，精通飛劍和雷法兩術。

被當作騙子的崔東山也不惱，繼續耐著性子解釋道：「你們家宅子藏風聚水做得不錯，書樓格局又是最好的，是陣眼所在，加上藏書裡頭有很多聖賢君子親手蓋過藏書章的孤本、善本，所以時間一久就容易彙聚靈氣，尋常妖物鬼魅不敢來此自投羅網，倒是一些生性怯懦溫善、喜好向人而居的小玩意兒會成長得很順利。」

門房神色有些不耐煩，讓崔東山趕緊走，說他沒有工夫聽個少年郎胡說八道。

崔東山伸手輕輕撥開門房推搡的手掌，微笑道：「但是這棟府邸的書樓確實有些古怪，裡頭盤踞了一條大蟒，可能是一開始就有，來歷不明，也有可能是後來讓人請神請進去的。如果我沒有猜錯的話，應該是條火蟒，最近這段時間，就是牠倒數第二次蛻皮，下一次蛻皮，就該走水而成，一旦成功，會成為一條大蛟。」

崔東山伸手指向城外：「不過，江水之中有條水蛇，境界相較火蟒更高，正在水底下伺機而動，絕不會輕易讓你們家這條近親死敵成功蛻皮。世間蛟龍蛇蟒之屬，一旦開竅出現靈智，不管之前性情如何，開竅後皆不喜同類靠近，所以你們府邸若是不早做準備，火蟒在蛻皮虛弱之際，水蛇必然離開江面直撲此處，試圖一擊致命，順勢搶奪火蟒體內的那顆半道火丹，轉化為自身修為，水火交融，大道近矣！」

那門房眼神複雜，驀然大怒，又伸手去推他：「滾滾滾，小小年紀，信口雌黃！」

崔東山嘆了口氣，自言自語道：「先生，你看看，道理講不通嘛，好麻煩的，還是按照我自己的法子來吧。」

他一揮袖，中年門房整個人被一股清風橫掃出去數丈，當場暈厥過去。

側門那邊很快擁出五、六個彪形大漢，崔東山大步前行，那些個初境、二境武夫的下場比門房還不如，還沒見著少年如何揮袖就自行倒飛出去，橫七豎八，倒地呻吟。

崔東山一路行去，又有眾多護院蜂擁而至，都沒能讓他停步些許。

當崔東山來到那座書樓外的廣場，打著哈欠的他終於有了點興致，望向並肩而立的父子模樣的三人。此處除了他們並無外人，估計是不願暴露出書樓真相，或者是不希望傷及無辜。

崔東山視線很快越過三人，望向書樓。書樓占地極大，高達六層，樓頂天空烏雲密布，雷聲轟隆隆作響，沉悶至極，電光交織閃爍。矗立在天地之間的這棟高樓有一條長達十數丈的巨大蟒蛇，身軀從樓閣底樓向外伸出，蜿蜒而上。大如水缸的頭顱正對著天空雷雲吐露蛇芯，充滿了天生的敬畏，又蘊藏著旺盛的鬥志。世間妖物出身，對於雷鳴，幾乎少有不怕的，這是銘刻在骨子裡的烙印，代代相傳，千萬年不絕。

相傳遠古時代，主掌雷霆的某位天神曾經攜帶一眾雷部神靈和諸多雨師巡狩遊歷各大天下，妖魔因此不知喪命了多少。

崔東山繼續前行，披掛一副古銅色甲冑的中年男子伸出手，攔下兩個想要教訓那個不速之客的兒子，用眼神示意他們少安毋躁，不可輕舉妄動。

他抱拳道：「在下曹虎山，不知貴客登門，有何指教？」

崔東山腳步不停，懶洋洋道：「我的好脾氣都在大門口用完了，現在我要登樓，如果你們鐵了心攔阻，別怪我醜話沒說在前頭。滅你們滿門……這種事情我現在是不會做了，但是宰掉你們父子三人，毀屍滅跡，還是會的。大不了回頭跟我家先生解釋，就說你們是死於蛇蟒之戰，我還是毫無心理負擔的，說不定到時候我在先生面前還要為你們掬一把同情淚。唉，誰讓我有這麼個古板的先生呢。」

曹虎山手握腰間長刀刀柄，身上甲冑流淌著一層土黃色的厚重光暈，厲色道：「真當我芝蘭曹氏是任人宰割的軟蛋？」

崔東山「呸」了一聲：「還敢自稱『芝蘭』？家裡分明珍藏有這麼多好書，不讓子孫好好學習聖人教誨，偏偏一個個舞槍弄棒。更可惡的是還敢與妖物勾結，不惜讓牠竊據書樓，汲取『書香之氣』。這也就罷了，明知道火蟒蛻皮之日就是江中水蛇拚死一搏之時，你們不提醒城內百姓趕緊離城躲避，反而故意使了障眼法，遮蔽了雷雲下降、火蟒攀樓的景象。你們知不知道，這場突如其來的水火之爭，少說會害死城內千餘人？」他說到這裡有些委屈，碎碎念著，「先生，這都怪你，我這好好說話的習慣都有些上癮了。」

一名高大青年手持銀槍獰笑道：「爹，少跟這傢伙廢話，由我殺了便是。膽敢壞我曹氏稱霸一州的百年大業，死有餘辜！」

崔東山哈哈大笑，伸手指向那高大青年：「你這暴脾氣，我喜歡……」

話音尚未落定，青年眉心處就出現一滴不易察覺的血珠子。他正要運用神通加持手中的法器銀槍，就只覺得眉心微微刺痛，剛要伸手去擦拭就癱軟在地，沒有什麼奄奄一息，沒有什麼痛苦哀號，直接死絕了。

曹虎山甲冑光芒更甚，整個人都像是籠罩在黃色雲霧之中。

他另外一個有些書卷氣的兒子口誦咒語，手指掐訣，腳踏罡步，忙得很。很快，年輕人身邊出現一串熠熠生輝的文字，白色雪亮，首尾銜接，串聯成一輪滿月，將他護在其中。不但如此，空中還浮現出一條通體纏繞火焰的小火蟒，繞著年輕人飛快旋轉，他頭上那頂古樸高冠也綻放出一股五彩光芒，然後如泉水噴灑，籠罩住年輕人四周。

裡裡外外，上上下下，層層防禦，手段迭出。

崔東山給那年輕人的保命手段逗樂了：「你小子倒是怕死得很。怕死好啊。」

依舊不見任何動靜，怕死的年輕人眉心同樣出現一粒「朱砂」，瞬間氣絕身亡。

崔東山笑咪咪道：「做了鬼，以後自然就不用怕死了，別謝我。」

曹虎山飛奔而逃，崔東山根本不屑追殺。

現在的他憊懶得很，以至於連趕盡殺絕都覺得麻煩。

他沒有著急走入書樓，而是在門外站定。

腰間的酒壺挺沉，其內裝滿了酒水。

他摘下酒壺痛飲了一大口，才向前走去，跨過門檻。

那條感知到威脅的火蟒已經縮回書樓，天空中閃電雷雲的氣勢便弱了幾分。

崔東山走向一樓的樓梯，嘆氣道：「少年不識愁滋味，愛上層樓，再上層樓，又上層樓，更上層樓。」

當他走到第五樓時就不再往上走，坐在樓梯上，神色鬱鬱。

四樓、五樓之間緩緩探出一顆猩紅色的碩大頭顱，雙眼漆黑如墨，小心翼翼地望向那個神通廣大卻心狠手辣的白衣少年。

崔東山轉頭望向那條火蟒，惋惜道：「當年我們家裡如果有你這樣的存在，能夠陪我說說話、解解悶，那麼我今天可能就不會是這個樣子了。」

火蟒把下頦輕輕搭在地板上，做出豎耳聆聽的謙卑姿態，很通人性，而且比起志向是「爭霸一州之地」的曹氏父子，顯然更加有眼力見。

崔東山笑問：「打斷了你的長生路，害你錯過這次天時、地利、人和，你不生氣？」

火蟒微微搖晃頭顱，整個五樓隨之震動，灰塵四起。

崔東山點頭道：「你是有慧根的，如果你執意蛻皮，江中水蛇成功的機會比你大很多，到時候你數百年苦苦修行，就要淪為為他人作嫁衣的下場嘍。」

在崔東山所坐位置更高的樓梯上，有一個六、七歲的青衣小童，瞳孔豎立，蹲在樓梯扶手上，望向崔東山的背影嘖嘖道：「哇，你這外鄉小子，不但出手狠辣、心腸歹毒，而且眼光還很不錯呀，還曉得本尊的厲害。」

火蟒大為驚駭，好不容易才忍住躲回樓下的衝動，整條身軀都在微微顫抖。

沒了曹氏父子的保衛不說，如今不得不強行斷去蛻皮過程，正是最為孱弱的階段，而那傢伙竟然還潛入了曹家，自己如何是他的對手？

崔東山轉頭笑道：「調皮。」

青衣小童一臉茫然，伸出指甲鋒利如小錐子的手指指向自己：「你小子說我？」

下一刻，青衣小童雙手摀住額頭，不斷有鮮血滲出指縫間，從樓梯欄杆上跌落到五樓，滿地打滾，整棟書樓都開始晃動起來。

崔東山從袖中掏出一物，沒好氣道：「行啦，別裝了，再這麼調皮，我就真讓你去見閻王爺了。」

那青衣小童驟然間停下滾動身形，起身後拍了拍衣袖，問道：「你到底想要如何？我可是與城外的那位江水正神關係莫逆，與他稱兄道弟兩百多年了，比這個連城隍爺都不敢見一面的小丫頭片子要強太多太多。你小子修為不錯，有資格當我府上的座上賓，如果今天幫我，讓我吃掉她，以後這州城內外千里，你想殺誰就殺誰……」

突然，青衣小童像是喉嚨被人掐住，半個字都說不出口，死死盯住白衣少年手中之物，嚇得失魂落魄，兩條腿開始打擺子。那條火蟒更是變成一個粉裙女童的模樣，蜷縮在樓梯口瑟瑟發抖。

崔東山手中拿著一方古老硯臺，其上盤踞一條長不過寸餘的蒼老瘦蛟，若是仔細聆聽，竟然能夠聽到貨真價實的輕微酣睡聲。

對於青衣小童和粉裙女童而言，那一聲聲凡夫俗子不覺得異樣的酣睡聲，落在他們耳中，簡直比天雷還可怕。

崔東山低著頭，雙指拈住一枚金光煥發的「繡花針」在古硯邊沿摩擦，帶起一連串電光石火，像是在用硯臺砥礪鋒芒。

他伸出硯臺，道：「乖乖進來吧。」

火蟒化身的粉裙女童背靠牆壁，艱難起身後，不敢挪步。

青衣小童問道：「有沒有好處？」

崔東山點頭笑道：「有啊，比如活下去。」

青衣小童沉聲說了一個「好」字，然後……就撞破五樓窗戶，飛掠出去。

之後則是一縷兩、三尺長的金光緊緊尾隨其後，透過窗戶一起向城東掠去。

片刻之後，城外東邊的大江之中掀起驚濤駭浪，時不時有血水四濺。

正在城門口喝茶的陳平安立即付錢結帳，飛奔趕往城內，結果發現「芝蘭」府邸連看門的人都沒有。陳平安一路暢通無阻，最後來到那棟高聳閣樓，剛好看到崔東山親手牽著一個粉裙女童走出來。大概是貪圖享受，崔東山將書箱轉給了她，自己兩手空空，只有腰間的酒壺。

崔東山一拍腦袋，讓背著書箱的女童去拿幾本靈氣最足的古書，然後坐在書樓門檻上，喝著酒，抬頭笑道：「先生，說吧，我聽著呢。」

陳平安問道：「知道為什麼讓你跟我一起回去嗎？」

崔東山用手背擦拭了一下嘴巴：「知道啊，怕我不長記性，還心懷叵測，會在大隋的新山崖書院鬧出么蛾子。你不放心李寶瓶他們三個，所以寧可自己的覺都睡不安生，也不願意那些孩子出現意外。」

陳平安看著他，他無奈道：「喂喂喂，猜出這種答案很難嗎？先生別用這種眼神看我好不好，哪怕只有一丁點的驚訝，都是對我崔瀺的侮辱啊。」

陳平安猶豫了一下，最後說道：「如果你願意誠心誠意保護他們，從今天起，我就答應你當我的學生。」

崔東山高高揚起酒壺：「一言為定！」

陳平安皺眉道：「還是算了。」

「就因為我答應得太快？」崔東山冷笑，「別急著反悔，我在跟你偷偷離開馬車的那一刻就已經猜到這一步了，我這根本不叫喜出望外，而是深思熟慮的結果，所以你別覺得我在敷衍你。說出來你可能不信，我留在大隋京城，本來就是我自個兒預定的一步棋，你以為我一路上自己跟自己下棋，好玩啊？說出來我怕嚇死你，那可是大驪在跟大隋下棋！這一局棋，關係著兩大王朝的國運走勢！」

崔東山嘆了口氣：「不過話說回來，以身涉險，在龍潭虎穴裡頭逞英雄本來不是我的風格，但是沒法子，說到底，妻子是我自己捅出來的，交由別人收拾爛攤子，我未必放心。」他苦著臉道，「先生，如果我真的在大隋京城死翹翹了……」

陳平安認真道：「我會爭取幫你建一座衣冠塚的。」

崔東山愕然，小聲嘀咕道：「他娘的，衣冠塚都知道了……這一路跟著李寶瓶、林守一，書真沒白讀！哈哈，不愧是我的先生，學得快。」

陳平安問道：「對了，墓碑上是寫崔瀺，還是寫崔東山？」

崔東山先是滿臉惶恐：「呸呸呸！」然後笑了，「知道先生會走出這一步，所以學生我連離別贈禮都準備好了。方才那女娃兒是火蟒出身，自幼就汲取書香氣長大，性子很溫順，以後給先生當個小書童是最合適不過的了。另外那個差不多的出身，性格暴戾一些。這一路返回龍泉，身邊就需要這麼個能打的嘛，能夠幫著先生逢山開路、遇水搭橋。驪珠洞天對他們而言，誘惑力還是很大的，將來等他們進了先生的地盤，就容不得他們不聽話了。不過需要先生稍等片刻，那條江中水蛇，很快就會自己跑到這裡來磕頭認錯的。」

陳平安心情有些複雜：「你是壞人，而且比我聰明太多，所以比我更知道應付壞人，我希望你回到書院後，真的能夠護住寶瓶他們。」他眼神誠懇，深吸一口氣，以江湖氣十足的抱拳姿態道，「如果你能做到，那我在這裡先謝你！」

「先生願意做此決定，就是真的認可了學生，哪怕只有一點點而已。先生要學生做什麼是天經地義的事情，何須言謝？」崔東山起先有些嬉皮笑臉，但是看到滿臉正經的陳平安之後，立即收斂笑意，抖了抖袖子，鄭重其事地作揖，大袖垂下，如鶴垂翼，瀟灑絕倫，「學生拜別先生！先生一路保重！」

粉裙女童抱著一大摞古書跑出閣樓，看到這一幕後，望向陳平安的眼神就有些懼意。

與此同時，從天空摔落一個青衣小童，衣衫襤褸，狼狽不堪。在他身邊有一抹金光流轉不定，像是押解犯人的凶狠兵丁。

青衣小童躺在地上氣喘吁吁，抹去臉上的血水，轉頭望向那條根腳不明的過江龍，眼眸之中戾氣難消。這也不奇怪，在城外大江中作威作福數百年，突然給人揍成一隻喪家犬，心胸之間自然憤恨難平。

崔東山打了個響指，那抹金光如燕歸巢，飛回他袖中。

看到陳平安有些疑惑，崔東山笑道：「先生可曾記得野夫關外，我跟先生吹噓拜師禮有多豐厚，就說到過這柄暫時無主的本命飛劍，名為『金秋』，品相不俗，無須太高境界就能駕馭，運轉如意。」他咧咧嘴，頗為得意，「飛劍的上任主人曾是一位中土神洲當之無愧的劍仙，是個棋癡，興許是腦子給門板夾到了，竟然想著改弦易轍，由劍修轉入棋道，奈何棋藝不精，與我賭命輸了一場，便輸給了我這把飛劍。不過說到底，他亦是想要破釜沉舟，不願與這飛劍有任何藕斷絲連。」

陳平安好奇問道：「那麼這把『金秋』，林守一能不能用？」

崔東山一陣牙疼的模樣：「先生，可沒你這般偏心的。林守一當然能用，可由他來煉化驅使，肯定是暴殄天物啊。學生我捨得給先生，不代表捨得給林守一這個外人。」

粉裙女童和青衣小童心有靈犀地對視一眼，都從對方眼中看出了震驚。

中土，劍仙，棋道，賭命。這些詞彙串在一起，足夠驚世駭俗了。

陳平安環顧四周，看不出異樣，準備離開，繼續趕路。

「先生稍等片刻，容我先把道理講透，也好讓先生接下來的返鄉之路，不會因此橫生枝節。」崔東山思量片刻，又拿出那方原是伏龍觀鎮山之寶的硯臺，對黃庭國這對火蟒、水蛇下令道：「速速將真身放入其中，我的耐心不太好，我的規矩是事不過二，如果再敢拖延，可別怪我……」

這還沒說幾個字，崔東山就殺心四起，只想著乾脆一巴掌拍死那青衣小童算了，來個眼不見、心不煩。畢竟按照龍泉的謀劃，能夠與那條老蛟搭上關係就已經足夠。眼前這兩個道行都不高，化蛟都未完成，遠遠比不得大水府的寒食江神。說到底，捕獲他們不過是錦上添花而已，一開始是想著如今方寸物裡的寶庫打不開，就給自家先生降伏兩個小傢伙，哪怕沒大用，以後養在身邊，幫忙看護山頭，加上驪珠洞天的特殊出身，勉強可行。

如今先生已經是先生，學生已經是學生，所以他還真不在乎他們的死活。崔東山無比清楚陳平安的性格，那是茅坑裡的石頭，又臭又硬。他不認可自己，就是給他一萬條火蟒、水蛇都沒用；如今認可了自己，沒了兩個無足輕重的小傢伙，根本不礙事。

想到這裡，崔東山有些百感交集。跟陳平安打交道，說累那是真的心累，感覺比搬動五嶽還吃力，但是當自己跨過某道無形的門檻後，就又有一種很奇怪的感覺，竟然會讓大驪國師如此老謀深算的人生出一絲……心安。

眼見著金光流瀉出白衣少年的袖口，那青衣小童趕忙起身，跪地磕頭：「懇請仙師饒命，小的願意給仙師赴湯蹈火，肝腦塗地，雖死不悔！」

一旁的粉裙女童有些恥與為伍的心思。她不是那種信口開河的妖怪，囁囁嚅嚅，有些不知所措。

崔東山懶得跟那水蛇小崽子廢話，抬起硯臺：「我數三聲。」

粉裙女童略作猶豫，從眉心處躥出一條細如絲線的火焰小蟒掠入硯臺，然後臉色雪白，身形搖搖欲墜。

青衣小童見狀，只得老氣橫秋地嘆了口氣，嘮叨著「罷了罷了，識時務者為俊傑」。只見他七竅生煙，最終凝聚為一條比火蟒略粗的烏青小蛇，飛入硯臺。

一蟒一蛇在硯臺內蜷縮起來，絲毫不敢動彈。畢竟硯臺邊沿，有條老蛟盤踞酣睡，那可是他們這一類妖物的老祖宗，說不定還是隔著十八代那麼遠的。

崔東山收起大驪死士半路送來的硯臺，冷笑道：「別不知好歹。不過是受了點約束，就能夠藉此砥礪境界，換成是別洲蛟龍之屬的妖物，若是有你們倆這份機緣擺在面前，早就苦苦哀求得把頭都磕破了。」

自幼就在書樓這方寸之地長大的粉裙女童作揖感謝。

從來就逍遙散漫、生性野慣了的青衣小童撇撇嘴，不以為然。

崔東山對此視而不見，玩味笑道：「大驪龍泉知道吧？驪珠洞天破碎下墜後的那個地方。我家先生是那裡的土財主，擁有五座山頭，還收藏了不少靈氣飽滿的蛇膽石。這玩意兒是世間最後一條真龍的靈血凝聚而成，它的價值，你們自己掂量掂量，所以這一路，好生伺候著我家先生。」

粉裙女孩眼前一亮，對著陳平安彎腰拜了一拜，滿臉喜氣：「奴婢願意追隨先生。」

青衣小童更加乾脆俐落，噗通一聲跪下磕頭，砰砰作響：「老爺，缺不缺暖被窩的美婦丫鬟啊？我認識好些，便是修行中人都有的。只要老爺點個頭，我這就給老爺擄……哦不，是給老爺用八抬大轎請過來。」

陳平安揉了揉額頭，瞥了眼崔東山。難道是物以類聚？這傢伙怎麼淨招惹這些個混不吝的怪胎。反觀自己身邊，寶瓶、李槐和林守一都很正經。

被老秀才斬斷神魂連結後，崔瀺如今雖然是少年皮囊，而且少年心性居多，但是眼界、眼光、城府都還在，對於陳平安的心思，透過這一瞥，便猜了個七七八八，有些無奈。李寶瓶這些孩子哪裡就正常了？退一萬步說，你陳平安就正常？一個破拳譜的破把式，天底下有幾個人一心想著先打它個一百萬次再來談其他？

青衣小童抬起頭：「老爺，芝蘭府曹虎山還有個幼子，先前在城外江畔負責盯我的梢，境界不高，道行還是不差的，天賦滿好，還有個仙家府邸做靠山，這會兒估摸著已經跟他爹會合，若是聽之任之，以後少不了麻煩，要不要我……」

他做了個張大嘴巴一口吃掉的動作。

崔東山笑道：「解決掉你們，我的道理才講一半，接下來你們陪著先生只管出城，我留下來收尾。」

陳平安點了點頭，叮囑道：「別濫殺。」

崔東山哈哈笑道：「先生發話，學生豈敢不聽。」

竹簍微動，陳平安轉頭望去，那把槐木劍一陣微微搖晃，那個袖珍可愛的金衣女童一路順著木劍和背簍來到陳平安肩頭，朝他招手。陳平安心領神會，側過腦袋，這個一直寄居於槐木劍之中的古怪精魅在他耳邊竊竊私語。

陳平安認真聽完之後，對崔東山說道：「她告訴我，你如果到了大隋書院，就跟茅小冬說兩句話，一句是『天人相分，化性起偽』，一句是『禮定倫，法至霸』。」

崔東山輕輕嘆息一聲，神色複雜。顯而易見，一句是老秀才給自己的臨別贈言，一句應該是齊靜春原本希望借陳平安之口轉贈給茅小冬的臨終遺言。

崔東山有些灰心喪氣，指了指陳平安肩頭的小人：「這是驪珠洞天碩果僅存的香火小人，已塑金身大半，很難得。先生的落魄山上有座山神廟，那尊山神還算值得信賴，將來可以把這香火小人放在那祠廟飼養，以香爐為廬、香火為食。」

站在陳平安肩頭的金衣女童猶豫不決，最後深吸一口氣，望向崔東山：「齊先生還留了句話，但是當時先生說你未必有機會。現在既然你認了陳平安做先生，雖然人還是壞人，但我覺得可以說給你聽聽看。」

崔東山愣在當場，心中有些激盪，緩緩正色道：「洗耳恭聽。」

金衣女童稚聲稚氣道：「學生問，『蟹六跪而二螯』作何解？可是筆誤？先生答曰，窮秀才囊中羞澀也。」

崔東山捧腹大笑，笑得眼淚都流出來了，所有人都覺得莫名其妙。

他獨自走向藏書樓，笑得停不下來，一邊走一邊擦拭眼角的眼淚，轉過頭笑道：「先生，我就不送啦。」

崔東山在藏書樓二樓窗口望向陳平安的背影，高聲喊道：「先生，若是遇到天大難事，可以折路去找那個戶部老侍郎，就說你是我的先生即可。若是能夠違心說你與老秀才是半個師生關係，就更好了！」

陳平安轉頭說道：「知道了，你自己小心。」

崔東山揮手，喃喃道：「起而行之，你我共勉。」

他一路登頂，來到六樓，登高遠眺。

之前之所以不願登上這一層，不是這裡有什麼玄機，而是少年心性又在作祟，想起了一些不愉快的往事。文聖首徒也好，大驪國師也罷，一樣是從年少歲月走來的。

崔東山向後倒去，隨手將那方古硯放在一旁，全然不顧灰塵沾染白衣。

他轉過頭，看著硯臺：「既然已經開始做了，不如一鼓作氣，將這上古蜀國的蛟龍孽種一網打盡，全部豢養其中？」

他望向樓頂的五彩藻井，那裡雕刻有威嚴團龍。

這兒跟記憶裡的自家書樓不太一樣，那邊光線昏暗，可沒這麼漂亮好看的風景。

崔東山閉上眼睛，有些犯睏。

還記得他在年幼時分，天資卓絕，只是心性不定，便被寄予厚望的爺爺狠心「關押」在書樓頂層的小閣樓上，搬走樓梯，三餐用繩索送去食盒，吃喝拉撒都在那麼點大的地方解決。馬桶自然還是有的，每天都會換。孩子為了反抗，表達自己的憤懣不滿，經常撕下書頁當廁紙，或是將紙折成小小的紙鳶飛鳥，從一扇小窗丟出樓外，乘風而飛，然後每次就會聽到爺爺拄著拐杖在閣樓下邊破口大罵。

那個時候，他做得最多的一件事，就是將閣樓所有書本壘起來，站在高高的書堆上頭，趴在窗戶眺望城外的江水，經常一看就是幾個時辰。

當年他還不叫崔瀺，更不叫崔東山，而叫崔瀺巉。瀺字解作水聲，巉字則解作崇山峻嶺。為他取名的爺爺那會兒當然是希望這個孫子長大之後道德品行、學問修養兼具名山大川之美，智仁兩全，山水皆靈秀，能夠成為讀書種子，躋身君子賢人之列。可是孩子不領情，好不容易走下閣樓後，很快就離開家鄉去遠遊，走出家國，走出一洲，最後一直走到了中土神洲，只恨走得還不夠遠，離那個倔老頭越遠越好，還故意把「巉」字給去掉了，只留下相對喜歡的「瀺」字，在以後漫長的歲月裡，始終對外自稱「崔瀺」。

哪怕後來重返東寶瓶洲，成為大驪國師，依舊沒有回過一次家鄉。

不想回去。

崔東山睜開眼睛，用袖子抹了把臉：「看什麼看，沒看過大老爺們傷心啊？」

頂樓出現了一個陰神出竅遠遊的儒衫老人，正是那條老蛟。老蛟盯著那方硯臺，臉色陰沉。

崔東山沒有起身，一揮袖子，將硯臺拂向老蛟：「你的三百年修為已經打掉，上次的事情就算兩清了。接下來你不用著急去往龍泉，而是幫著抓捕蛟龍之屬的殘餘孽種，不論老幼大小，一併關在硯臺內。我家先生留了許多品相最佳的蛇膽石，並沒帶出家鄉。也虧得他沒帶出來，不然以他的性子，天曉得會不會當散財童子，早早揮霍殆盡。現在正好，將來可以物盡其用。」

崔東山坐起身，漫不經心地抖了抖肩頭。

老蛟收起硯臺，清楚感知到少年的氣象變化，心中怒意瞬間煙消雲散，轉為無奈和欽佩：「國師不愧是國師。」

崔東山嘆了口氣：「從無到三，從三到五，不值得大驚小怪，在這小小東寶瓶洲算是罕見，可要是換成中土神洲，你在那邊都不用待一千年，短短一百年內，你就會發現無數驚才絕豔的天才迅猛崛起，然後瞬間隕落，甚至會讓你目不暇接。到最後，就會發現，唯有老而不死並且老而不朽，才是真正的厲害。」

老蛟搖頭笑道：「那裡就不是我們能待的地方，一經發現，十有八九會被那幾個大王朝抓去剝皮抽筋吧。」

崔東山依然坐在地上，臉色木然說道：「事情又有變化，大驪京城有人覺得你擔任披雲山新書院的山長不能服眾，雖然我反對，但是皇帝陛下已經決定，只讓你出任副山長，還未必能坐穩第二把交椅。這是我崔瀺失策在先，所以如果你反悔，我沒有意見。」

老蛟坦然笑道：「座位靠後的副山長？我看挺好，不用做出頭鳥。」

崔東山轉頭皺眉道：「現在跟我客氣，以後再反悔，我可就沒這麼好說話了。」

老蛟搖頭道：「並非客套話。」

崔東山的古怪性情又顯露出來，非但沒有如釋重負，反而譏諷道：「難怪你能活這麼久。」

老蛟對此不以為意，感慨道：「現在只希望可以活得更久一些。」

崔東山站起身，無須任何動作，所有灰塵便從白衣上抖落飄遠：「接下來，勞駕你送我去往大隋，之後你再回來這裡，把芝蘭府的事情做個了斷，可以順便策反城外的那位水神。」

老蛟臉色古怪，崔東山走到他身前，笑道：「咋了，給人騎在脖子上不習慣啊？這有啥不好意思的，遠古時代，神人乘龍，就跟今兒有錢人騎馬差不多，多正常的事情。」

老蛟泛起苦笑，認命道：「那我在樓外等你？」

崔東山點點頭，老蛟身影一閃而逝。

這座州城的城頭上空驟然之間風起雲湧，大雲下垂，幾乎要觸及書樓頂部。

城外那位江水正神化作人身，站在水畔，仰頭望去，充滿敬畏。

城隍閣和文武兩廟的三位神祇亦是如此。

崔東山腳尖一點，飄向頂樓窗外，穿過雲海，落在一條老蛟的頭頂，盤膝而坐。

老蛟尾巴一搖，御風前行。

一名眉心有痣的白衣少年，如傳說中的神靈騎乘天龍。

崔東山會心一笑，閉上眼睛，雙手掐訣，竟是百無聊賴地練習起了那劍爐立樁。

近朱者赤。

城門口，陳平安轉頭望去，天空雲海翻滾。

他身邊一左一右跟著書童模樣的兩個孩子。

那青衣小童一走出城門，就覺得自個兒是猛虎歸山、蛟龍入海了，大搖大擺道：「老爺，那傢伙可真是夠凶殘的。」

粉裙女童瞥了眼口無遮攔的死敵，抿緊嘴唇，打死不說話。

陳平安伸出一隻手掌，輕輕按在青衣小童的腦袋上：「他是我的學生。」

青衣小童嚇得趕緊跑開。

陳平安繼續前行。

這算不算近墨者黑？

一路上很熱鬧，熱鬧得耐心如陳平安這麼好的人，都覺得耳根沒個清淨。

這一切歸功於那個比崔東山還話癆的青衣小童。

一大兩小，初冬時分，已經結伴同行半旬時光。

三人緩緩行走在蕭索寒冷的官道旁，青衣小童又開始糾纏陳平安：「到了老爺家，能不能不要讓我做那掃地鋪床的雜役夥計啊？有些丟面子，若是不小心傳回州城這邊，能給那幫妖怪水鬼笑話幾百年，還怎麼給他們當大哥？老爺您是不知道，我在這兒要風得風、要雨得雨，提起我的大名，誰都要伸出大拇指，頂呱呱！」

陳平安假裝聽不見，因為他知道只要接話，那就是一場災難了。

青衣小童自顧自說道：「老爺若是不信，可以問那傻妞兒。便是州城內的達官顯貴，一樣對我奉若神明，也就那位藩邸在城裡的王爺架子大一些，對我只能算是客客氣氣，不夠熱絡。不過他跟我兄弟關係還不錯，經常一起快活。老爺您也真是的，為何不順道去我家坐坐？甚至還要我一聲招呼都不許打。要不然，不是我吹牛，定然給老爺您一個鑼鼓喧天、江水沸騰的隆重歡送儀式！」

透過私底下跟粉裙女童的閒聊，陳平安大致瞭解了這條江水大蛇的脾性。

做事情很衝動，經常被水神推出來擋災，好些個轟動黃庭國朝野的禍事，明明跟他不沾邊，水神用言語激將幾句，便都是他傻乎乎扛下來了，還自覺有英雄氣概。有一次被靈韻派的一位太上長老追殺，逃了兩千多里路。當時，靦腆的小丫頭聊到這裡，難得吐露心聲說，如果就這麼不回來，倒也好了。

陳平安見青衣小童又要吹噓當年的豐功偉績，實在忍不住開口插話：「你是真不知道那水神把你當作擋箭牌，還是知道了卻不在乎？」

粉裙女童深以為然，偷偷點頭。

青衣小童不敢跟陳平安說什麼，可是眼尖地發現那小蟒的動作，冷笑道：「妳一個小娘兒們，懂什麼兄弟義氣？」說到這裡，他使勁張大嘴巴，露出潔白森森的牙齒，對女童張牙舞爪道：「再嘰嘰歪歪，在老爺面前壞我形象，我就找個機會吃掉妳！然後把妳當屎拉出來……」

粉裙女童眼神幽怨，心想：『我分明什麼都沒有說啊，你就知道揀軟柿子捏！』

陳平安顛了顛背簍。雖然崔東山返回了大隋山崖書院，可他還是有些不放心，只不過除了擔心，自己也做不了什麼。

陳平安抬起雙手，呵了口氣，抬頭看了眼天色。

是冬天了。就是不知道今年什麼時候會下雪，爭取過年前回到小鎮。如果實在趕不及，就先放一放走樁，多練習劍爐立樁便是，可以讓那青衣小童變出水蛇真身，路線盡量揀選人跡罕至的荒郊野嶺。

那一小塊不知齊先生從何處切割下來的斬龍臺，陳平安留給了李寶瓶，又將玄谷子贈送的〈搜山圖〉送給了林守一。饒是如此，陳平安的家當仍是不少，只不過不占地方而已。如今不需要照顧那些孩子，背簍裡顯得有些空空蕩蕩，反而讓他不太適應。

阿良當時在棋墩山，將土地爺魏檗給打劫了一番，最後陳平安拿到一顆乾癟枯萎的金色蓮花種子，是所有人挑剩下的，至今不知有什麼用處。

槐木劍裡住著一個香火小人，在那座州城現身後，又躲起來不見人了。

給三人做過了綠竹書箱，還剩下一些零零碎碎的竹片，陳平安有事沒事就練習刻字，記錄下自己覺得有學問的那些個名言警句。

有幾本書，是文聖老先生當時親自挑選的。

一支自己雕琢文字的白玉簪子，陳平安在大隋京城曾經別上髮髻，如今又摘掉了，小心翼翼珍藏起來。崔東山說過，真正值錢的其實是那個木盒，不過陳平安當時連同三支簪子一起留給李寶瓶了，對此，陳平安當然不會覺得心疼。

一對山浮水印，還有那枚意義重大的「靜心得意」印。

陸道長寫有藥方的那幾張紙，為了練字，陳平安依然會時不時拿出來翻看。

至於那塊長得像是銀錠的小劍胚，據說跟中土神洲的穗山有關，異常雪亮，夜間光可照人。

不過，如今背簍裡，有些東西是陳平安沒有想到的。

除了崔東山不知何時寫好放入背簍的一封信外，還有兩副春聯和一個福字。崔東山在信上說這是他的一點心意，還望陳平安笑納，並讓他放心，字就只是字，沒有算計。由此可見，崔東山不但早就想好了要返回大隋京城，甚至連陳平安會下定決心收他為徒都已經算準。對此，陳平安是有些後怕的，只是一樣沒辦法說什麼。

除此之外，背簍裡還有兩幅字帖，一幅叫〈青山綠水帖〉，內容文縐縐的，寫得比較正兒八經，還有一幅就很符合崔東山的荒誕性格了，叫〈先生請多放點油鹽帖〉，全是在埋怨陳平安的摳門吝嗇。

帖上的字寫得……陳平安說不上門道，就是覺得確實好，賞心悅目，光是看著字帖，就像站在那條行雲流水巷中。

一路上，青衣小童繼續絮絮叨叨，完全不知疲倦。

粉裙女童就乖巧地跟在陳平安身後，還背著崔東山的那個書箱，不管陳平安怎麼勸說，小丫頭就是死活不敢將任何一樣東西放入他的背簍裡。

陳平安回頭一想，記起她是不知活了幾百年的火蟒，又不是李寶瓶，不會累的。

一想到這個，少年就恨不得轉頭走上一步就能直接走到新山崖書院的學塾，看著李寶瓶他們高高興興聽先生講課，沒有受人欺負，讓他知道哪怕自己不在他們身邊了，他們也能過得很好，甚至更好。

陳平安深吸一口氣，開始默默走樁。

新山崖書院如今成了大隋京城茶餘飯後的重要談資，幾乎所有世族豪閥都在議論此事，隔岸觀火，極有意思。當然，身處風波之中的那幾個家族絕對不會覺得有趣，比如楠溪楚家、京城上柱國韓氏，還有懷遠侯府，這些個家族的老人就都心情不太好，每天上朝的時候，一個個臉上烏雲密布。

大隋重文不抑武，可武人在朝野上下，到底還是不如文人雅士吃香。

大隋的朝堂上最近很熱鬧，御史臺和六科給事中們各抒己見，紛紛就書院學子打架一事各自站隊，言語措辭那是一點不客氣，既有為韓老上柱國、懷遠侯爺那幾位打抱不平的，說那些個外鄉學子出手狠辣，沒有半點文人風雅；也有抨擊這些黃紫公卿管教無方，那些從大驪龍泉遠道而來的孩子並無過錯，總不能讓人欺負了還不還手吧。前者又反駁說那不能叫欺負，讀書人之間的言語爭論再平常不過，怎麼會到「欺負」二字？為此引經據典，侃侃而談，舉例歷史上那些個著名辯論，少不得要順帶推崇幾句南澗國的清談之風，後者亦是不願服輸，針鋒相對，一一駁斥。

這樁引來無數人注目的京城風波起始於書院一間學舍內四個孩子間的爭執，後來，一個名叫李寶瓶的外鄉小姑娘手持利器打傷了人，其中被揍的一個孩子剛好是懷遠侯爺的寶貝兒子，而懷遠侯與楠溪楚家是親家，楚家的嫡長孫是這一屆書院的翹楚，十六歲，素有神童美譽，是大隋公認的君子之器。

這個長大後不負眾望的楚氏長孫聽說此事後並未第一時間露面，但是他的兩個書院同窗好友，韓老上柱國的幼孫以及大隋地方膏腴華族的一名年輕人去找了那個小姑娘麻煩，雖然沒有動手，但出言不遜是確有其事，湊巧被小姑娘的同鄉林守一撞見，一來二去，就捲起袖子大打了一架。

兩人哪裡是大儒董靜得意弟子的對手，被打得屁滾尿流，淒慘無比。這下子，同樣被視為「修道美玉」的楚氏長孫沒辦法坐視不理，找到林守一，又打了一架。這場架打得十分精彩，楚氏長孫拿上了祖傳法器雲雷琴，以大錬氣士搜集而來並用祕法煉製的閃電為琴弦，每當撫琴便雷聲滾滾，氣勢非凡；而已經在大隋京城聲名鵲起的外鄉少年林守一同樣表現不俗，一手浩然正大的五雷正法打得頗有章法，一鳴驚人。

據說這場意氣之爭的鬥法甚至驚動了大儒董靜和一幫聞訊趕去的老夫子，他們遠遠觀戰，既是湊熱鬧，又是防止出現意外。

最後的結果，是楚氏長孫崩斷了一根雷電琴弦，林守一受了滿身輕傷，雖不重，卻皮開肉綻，吃足了苦頭。

其實書院內部亦有陣營之分，皇帝陛下親臨書院的時候，雖然並未親見那麼大的陣仗，但是知道御賜了重物給那些外鄉人。之後書院夫子先生們明顯極為關注那些人的功課，這自然會讓大隋本土學子心中憋屈。而當初追隨副山長茅小冬從大驪舊書院遷徙而來的學生，估計是在異國他鄉的求學生涯中同樣受了不少氣，所以除去屈指可數的幾人，絕大多數義無反顧地站在了林守一、李寶瓶這邊。

如此一來，山崖書院便分成了兩大陣營，各自同仇敵愾，充滿了劍拔弩張的緊張氛圍。但是很奇怪，夫子先生們對此視而不見、聽而不聞，大多助長了這種氣氛的蔓延。

在這個關鍵時刻，又有人站了出來，火上澆油。

已故大將軍潘茂貞之子，原本一個跟誰都不打交道的孤僻少年，找到痊癒後的林守一，拚得被林守一一手雷法砸中，一拳打得林守一倒飛出去。這次是真的受了重傷的林守一嘔血不止，好不容易掙扎著起身，又被那潘姓少年一拳擊中頭顱，身體像斷線風箏似的摔落地面。末了，那少年還不忘朝林守一身上吐了口唾沫。

山崖書院的教書先生們這才開始出手介入，不許任何人私下鬥毆。

但是名字古怪的少女謝謝，那個貌不驚人、不苟言笑的黝黑姑娘沒有去探望林守一，當天就直接找到了潘姓少年，打得他七竅流血，只能撒腿逃命。若非一位夫子匆忙出手，阻止了少女的追擊，恐怕原本精通武道的潘姓少年就要變成一桿病秧子。

終於，這場越演越烈的鬧劇在一名書院學生的出現後，總算有了收官的跡象。

這名書院學生是一個傳奇人物，寒族出身，尚未及冠，就公認擁有了擔任書院助教的學識。他先前離開大隋，正是去往觀湖書院，通過九位享譽一洲的君子共同考核，獲得正式的儒家賢人頭銜，這次返回大隋，可謂滿載而歸，衣錦還鄉。

大隋朝廷專門派遣禮部右侍郎出城十里親自迎回這位年紀輕輕的儒家賢人，可更讓人豔羨不已的還在後頭：皇帝陛下讓宮內一位大貂寺給這位大隋未來的廟堂棟梁送去了一套價值連城的文房四寶，以示嘉勉，所以這個名叫李長英的書院學子，是帶著賢人身分和大隋皇帝的御賜之物步入東華山的。他登山入院的第一件事，就是找到李槐道歉，然後去探望臥病在床的林守一，最後站在少女謝謝面前，說雙方都不要再意氣用事，山崖書院終究是求學之地。

謝謝從頭到尾，一言不發。

大隋皇帝並不以勤政名動一洲，大抵說來，他名聲不顯，不如大驪皇帝那麼雄才偉略，不如南澗國君王那麼文采風流，甚至不如已經亡了國的盧氏皇帝那麼著名。不過東寶瓶洲一向是南方富饒、北方荒涼，大隋在北方算是獨樹一幟，就連南澗國權貴都願意與之往來，大隋高氏子弟也是觀湖書院的常客。

大隋皇帝幾乎很少在早朝之後喊上六部高官在內的大隋砥柱在養心齋召開小朝會，但今天是例外。包括禮部尚書在內的眾多將相公卿都心裡有數，看來是書院的那場風波，到了皇帝陛下必須親自過問的地步，所以兼任書院山長的禮部尚書便成了目光焦點。

這位六部衙門第一人的天官大人與廟堂好友連袂而行，臉上不見任何慌張神色，可是包括韓老上柱國在內的幾位「當事人」就沒什麼好臉色了。

小朝會開得不溫不火，甚至還不如屋內那對小火盆的炭火旺盛，不過是皇帝陛下拿出一些大朝會的未定事宜炒了炒冷飯而已。在座各位在官場修行大半輩子了，對於這類尋常朝政事務早已熟稔在心，很快就依次通過決議，相信不用多久就會迅速從京城中樞傳達到地方。

等到大事落定，大隋皇帝喝了口尚且溫熱的蓮子羹，所有人都精神一振，知道重頭戲總算要來了。

大隋皇帝放下杯盞，環顧四周，笑道：「怎麼，諸位愛卿，都在等著看寡人的笑話？」

韓老上柱國雖然已達古稀高齡，不過老當益壯，依舊精神矍鑠，端坐椅子上，不怒自威，但是此時也有些難堪。而立之年的懷遠侯爺更是坐立難安，像他這種世襲公侯爵位的功勳之後，一般都會淡出廟堂，除非有重大事項，否則極少主動參加早朝，這是約定俗成的官場規矩。但是今天，包括韓老上柱國在內的數位大佬都給他好心遞了個消息，要他最好參加今日早朝，省得到時候出了狀況卻沒機會辯解。

大隋皇帝看到幾個同時想要起身請罪的大臣，笑著伸手向下虛按數下：「不用起身，坐著說話便是。寡人今天不是興師問罪來的，只是想知道一些不那麼以訛傳訛的事情。你們是不知道，包括煊兒在內，所有人最近每天都在勸學房聊這個，課業一塌糊塗，害得他們的總師傅抱怨不已，氣得要他們乾脆去山崖書院讀書算了。」

禮部尚書緩緩起身，將大致經過捋了一遍，說得不偏不倚。

大隋皇帝笑問道：「是茅老親自開口，說不去管孩子們的打鬧的？」

禮部尚書點頭道：「確實如此。」

大隋皇帝「嗯」了一聲：「寡人知道了。」然後就陷入沉思。

在座的大隋重臣，沒有人幼稚到以為皇帝陛下當真什麼都不清楚，真當大隋諜報是吃素的？光是為了應付大驪死士、諜子的滲透，大隋戶部每年的祕密開銷如流水一般，就是沒個聲響罷了。

事實上，若是盧氏皇帝當時聽從大隋的勸告不那麼自負，相信大隋諜報提供的消息，早做準備，即便盧氏江山的覆滅結局無法改變，也絕對不會那麼快，快到整個大隋的儒雅文官都忍不住破口大罵盧氏朝堂之上全他娘的是酒囊飯袋。

文官尚且如此，更別提大隋的武將了。

大隋皇帝緩緩回過神，笑著對包括韓老上柱國在內的幾人說道：「那就這樣吧，到此為止。小孩子之間的打打鬧鬧，哪怕沒有什麼壞心，可也要有個分寸。」

大隋皇帝的前半句話，其實與當初夫子院茅小冬的言語如出一轍。

小朝會就這麼散去了，大隋皇帝單獨留下了禮部尚書。

禮部尚書看到這位君主站起身，到火盆邊蹲下，親自拿起鐵鉗撥動炭火，守在門外的宦官並沒有代勞。

大隋皇帝放下小鐵鉗，伸手放在炭火上方，輕聲道：「遍觀史書，壓力除了來自不死不休的鄰國強敵，也有內部打著忠君愛民旗號的自己人啊。」

禮部尚書喉結微動，額頭有汗水滲出。

大隋皇帝自嘲一笑，轉過身朝老人招了招手。

禮部尚書連忙小步跑去，有些尷尬地陪著皇帝一起蹲著。

大隋皇帝笑問：「大驪為何如此倉促南下？原本觀湖書院態度模糊，不願給句明白話的，如今反而比我們還著急。那個叫李長英的年輕人，他的賢人頭銜之前一直故意拖著不給，聽說後來觀湖書院內連直接給李長英『君子』身分的聲音都有了。你說好不好笑？」

這個問題，是打死都不能隨便回答的。禮部尚書越發侷促。

大隋皇帝問道：「如果換成馬尚書他們，隨便哪一個，都不會像你這麼戰戰兢兢，他們的腰杆都硬得很。那你知道為什麼最後是你，而不是他們遙領山崖書院的山長嗎？」

禮部尚書輕聲道：「因為臣最沒有文人氣，擔任新書院的山長，陛下不用擔心與茅小冬起了齟齬。」

大隋皇帝提醒道：「喊茅老。」

禮部尚書惶恐道：「對對對，是茅老。」

大隋皇帝點頭，自言自語道：「大驪能夠給予齊先生多少尊重，寡人甚至能夠給予茅老同等的敬重，這就是寡人和大驪那個宋氏蠻子的最大不同。」

禮部尚書正要說什麼，大隋皇帝已經笑著搖頭：「可是用處不大。」

這位禮部尚書已經完全慌了心神。

事實上，皇帝陛下一向很少跟臣子如此說話。

除去禮部尚書在十年前，出人意料地擔任大隋天官那一次，今天這是第二次。

大隋皇帝感慨道：「文人氣書生氣，你們讀書人當然都得有，可光是有文人風骨，只以道德治理朝政，未必對江山社稷有益啊。」

禮部尚書不敢繼續沉默下去，只得硬著頭皮，乾癟癟地回答道：「陛下英明。」

大隋皇帝轉頭笑道：「你啊，什麼都挺好，就是太謹小慎微了。以後別再做自汙名聲的事情了，你那幾個子女什麼品行，寡人會不知道？哪裡敢做出侵吞百姓良田的勾當。尤其是你那個幼子，多好的讀書種子，不說一甲三名是囊中之物，進士及第的科舉制藝肯定不缺，你為何一定要壓著他？」

禮部尚書嘴唇顫抖，最後一咬牙，站起身又跪下去，哽咽道：「臣只能以此拙劣手段為陛下分憂了！」

大隋皇帝將老人攙扶起身，溫聲道：「廟堂之上，很多人都說你只是個搗糨糊的好好先生，但是寡人覺得你這樣的臣子，才是大隋真正不可或缺的棟梁！」

禮部尚書頓時老淚縱橫，只覺得十數年來的委屈一掃而空，愣是再次跪倒下去：「臣何德何能，愧對陛下信任！」

大隋皇帝輕輕踹了老人一腳，氣笑道：「堂堂禮部尚書，還要賴上了？趕緊起來，不像話！」

禮部尚書這才起身，趕緊胡亂抹了把臉：「讓陛下見笑了。」

大隋皇帝坐回原位，揮揮手：「回吧。」

禮部尚書躬身告退。

大隋皇帝從一座小書堆裡抽出本儒家經典，一頁頁翻過，頭也不抬，隨口問道：「聽說世間有許多古怪的風，其中有一種名為翻書風？」

他的嗓音很低，但是門外的高大宦官依然回答道：「回稟陛下，確實如此。這股清風起於何處，無據可查，只知道它喜好翻閱書籍，書籍的新舊不定。此風幽微至極，尋常修士也不可探查。被人導引、吸納體內之後，此風就會在五臟六腑之間緩緩流蕩，若是經常翻書、讀書，便能夠延年益壽。」

大隋皇帝抬起頭，驚奇道：「這麼好？那咱們大隋有沒有？」

眉髮皆白的老宦官搖頭道：「翻書風一向為儒家學宮書院所獨有，別處並無，哪怕是道教宗門，或是風雪廟、真武山這類聖地，同樣找不到一絲一縷。」

大隋皇帝感嘆道：「天地造化，如此玄妙。只可惜寡人是個皇帝啊。」

老宦官微笑道：「這是陛下一人之不幸，卻是大隋百姓之萬幸。」

身穿龍袍的男人開懷大笑，龍顏大悅。

他放下書本，突然問門外的宦官道：「需不需要讓高煊去山崖書院求學？」

老宦官並無半點猶豫，搖頭道：「上次驪珠洞天之行，雖然凶險，可收穫極豐，殿下幾乎算是一人獨占兩份天大機緣，求學一事，已無必要。更何況殿下既然膽敢答應此事，跟隨老奴一起前往敵國大驪腹地，這本就是一份莫大的大道機緣。」

大隋皇帝點點頭，唏噓道：「如此說來，煊兒比寡人幸運啊。」他隨即又揉了揉太陽穴，頭疼道，「但是積兒就是白白遭受一場無妄之災了。他母后好不容易勸說他去就藩，挺喜慶的一件好事，結果高煊這傢伙在驪珠洞天自稱高積，害得那湊巧路過的仇家少女帶著數位別洲劍仙直接從天而降找到了積兒。雖說她事後發現認錯了人，便迅速道歉離去了，可是積兒自幼就性情懦弱，給嚇得不輕。」

「這是老奴的過錯。早知如此，當時在驪珠洞天的小巷內，不該那麼衝動。」老宦官微微躬身，滿臉愧疚。

大隋皇帝擺擺手道：「與你無關，不用多想。對了，那少女的真實身分，可曾查出？」

老宦官搖頭道：「還未。只知道是倒懸山那邊的人物，說不定跟劍氣長城有關係，著實棘手。」

大隋皇帝嘆氣道：「查不出來也實屬正常，畢竟跟那撥北地劍修不是一個大洲，一旦牽涉倒懸山和劍氣長城，就更諱莫如深了。那兩個地方，一向是我們浩然天下的大忌。」

他有些無奈，「天下何其大，關鍵還不止一個。」

林守一如今單獨住一間學舍，其餘大隋出身的舍友都已經搬往別處。

今天，原本冷冷清清的學舍變得有些熱鬧。

林守一靠在枕頭上閉目養神。

李寶瓶抱著狹刀祥符，黑著臉坐在床頭。

李槐站在稍遠的地方，一臉想哭又不敢哭的可憐模樣。他鼓起勇氣，向前走出幾步，說道：「要不我去跟那三個人道歉？書院都說那個李長英是儒家的賢人了，連大隋皇帝都很器重，而且還說他是中五境的神仙，我們打不過他的。」

李寶瓶像是被踩中尾巴的炸毛小野貓，轉頭死死盯住李槐，憤怒道：「道什麼歉？李槐你怎麼讀的書！如果先生和小師叔在這裡，要被你氣死！」

李槐嚇了一大跳，可這次沒有躲起來自己哭，而是梗著脖子嗚咽道：「都是因為我，才害得林守一受傷。我知道這件事情沒完，我不怕被人打死，可是李寶瓶妳怎麼辦？如果陳平安知道妳因為我受了傷，一定會恨死我的，肯定這輩子都不會理我了……」

李槐終於放聲大哭起來，不管怎麼伸手擦拭，都止不住眼淚。

李寶瓶看到李槐的傷心樣子，一些到了嘴邊的氣話被她咽回肚子，悶悶不樂道：「李槐，這事情你沒錯，就不要道歉。你放心，就算我吃了虧，小師叔也不會怪你的。」說到這裡，李寶瓶眼神堅毅地望向李槐，「如果小師叔在這裡，他一樣會跟你說：『李槐，你是對的！』」

一想到陳平安，李槐就更傷心了，蹲在地上號啕大哭，泣不成聲道：「書院都是壞人，陳平安在的話，一定不會讓林守一受傷的，也不讓李寶瓶妳被人罵……」

渾身草藥味的林守一輕輕嘆了口氣，沒有睜眼，只是露出苦笑。他知道，這件事情背後肯定有人在推波助瀾，他想不明白那些廟堂上的陽謀、家族幕後陰謀，但是如果陳平安真的留在書院，可能事情會鬧得更大……哪怕是那樣，至少屋子裡三個人絕不會這麼茫然，像是少了主心骨，做什麼好像都不對，因為做什麼都會覺得心裡沒底。

他們習慣了陳平安在身邊的日子。

這幾天，林守一躺在病床上，想了許多事情。直到現在，才明白那麼多個驚心動魄的抉擇，比如棋墩山，比如嫁衣女鬼，比如面對朱鹿的刺殺，陳平安肩膀上挑著什麼分量的擔子；也明白了那些個看似不痛不癢的決定，比如今天誰來生火做飯、誰來守夜、該怎麼挑選路線、哪些風景名勝必須要去瞧一瞧，等等等等，是何等煩瑣磨人。

一個調侃的嗓音在門口響起：「喲，咱們李槐李大將軍哭得這麼傷心啊。」

林守一睜眼望去，笑道：「妳來了啊。」

李寶瓶看到那個熟悉身影後，滿臉糾結。

李槐轉過頭，怔怔看著身材苗條的黝黑少女，抽了抽鼻子，繼續低下頭抽泣。

謝謝斜靠房門：「打不過就忍著唄，多大點事。」

李寶瓶欲言又止。

謝謝嘆了一口氣：「沒辦法，就算妳把祥符借給我，我也打不過那個叫李長英的偽君子。」

說到這裡，她有些無奈。若非那些陰險毒辣的困龍釘禁錮住了她的大部分修為，她謝靈越也不會如此束手束腳。

突然，謝謝轉過頭去，有些驚訝。

一個不速之客緩緩走來，雙手攏袖，笑咪咪站在門口，把身邊站著的謝謝、蹲著的李槐、坐著的李寶瓶、躺著的林守一都看了一遍，這才柔聲笑道：「別怪我姍姍來遲啊，之前我覺得你們能夠應付的。」

林守一重新閉上眼睛，顯然不太待見這個心思深沉的盧氏遺民。

于祿對此沒有惱火，不過收斂了笑意：「我這趟來，就是想問一個問題：如果陳平安在這裡，他會怎麼做？」

李槐沒來由想起繡花江渡船上的風波，低聲道：「陳平安會先好好講道理。」

李寶瓶神采飛揚：「講完了道理，如果對方還是看似講理其實根本不講理，小師叔就會再用拳頭講道理！」

林守一嘴角翹起，不露聲色。

于祿「哦」了一聲：「那我就懂了。」

他就這麼轉身離去，雲淡風輕。

謝謝皺眉問道：「你要做什麼？」

于祿背對著她，擺擺手，瀟灑離去：「來的路上，都是陳平安守前半夜，我負責守後半夜。以前是這樣，以後也該是這樣。」

李槐有些懵。

李寶瓶瞪大眼睛，望向林守一：「于祿不會是要去找那偽君子的麻煩吧？」

林守一半信半疑道：「不至於吧？」

謝謝納悶道：「可我覺著挺像是找碴去的啊。」

李長英喜歡讀書也擅長讀書，不但過目不忘，還能夠舉一反三，是真正的讀書種子，所以山崖書院的嶄新藏書樓，是他最喜歡待的地方。

書樓並無夜禁，這天深夜，李長英獨自秉燭夜讀，突然抬起頭笑道：「你是于祿吧？找我有事嗎？」

于祿雙手攏在袖中，習慣性微微彎腰，笑咪咪點頭：「有啊。」

一襲儒衫、玉樹臨風的李長英站起身，滿臉笑意：「請講。」

于祿從袖中伸出一隻手，高高拋給李長英一只袋子，其內裝滿了銀子。

李長英疑惑道：「這是？」

他驟然間身體緊繃，如臨大敵。

只見那個給人印象一直是彬彬有禮、人畜無害的高大少年緩緩前行，笑容燦爛：「你買藥的錢。如果不夠，容我先欠著啊。」

李長英內心充滿警惕，體內一股浩然氣油然而生，充沛雙袖，微微鼓蕩。

這位大隋最年輕的儒家賢人仍是和顏悅色道：「我知道你與李槐他們是一起遠遊的同鄉學子，你如果是為他們打抱不平，可以，但是能否說完道理再打？你若是說贏了我，我便是不還手，任你打上兩拳，也心甘情願。」

于祿依舊腳步不停，笑臉不變，不過說了一些讓李長英莫名其妙的話：「負笈遊學時的守夜，向來是我守後半夜，所以說道理這件事先放著，以後你若是有機會，遇見了李寶瓶的小師叔，自己問他。我今夜不跟你講這些。」

兩人之間僅有五步之隔。

于祿一步踩出，步伐稍大，同時笑道：「開打了，小心點，別給我輕輕鬆鬆一拳打得半死，到時候害我賒帳太多。跟某個傢伙借錢，想要不還，得是他很要好的朋友才行，我還不夠格。」

跋扈至極的話音剛落，隨著于祿第二步重重踏出，李長英感覺到地面傳來一聲沉悶聲響。由於勁道只往地底滲透，全然不在地面流散，所以顯得檯面上的氣勢並不驚人，但越是如此，李長英越是感到震撼。這一步，就看得出眼前高大少年的斤兩了，絕對是一名最低四境的純粹武夫，不容小覷。

雖然心思流轉，不耽誤李長英體內氣機如洪水決堤，迅猛傾瀉。鍊氣士養氣、鍊氣兩者合一，天生擁有武道內家拳的優勢，兼具修身養氣，故而遠比武夫長壽。尤其李長英自幼便有一樁大福緣，嶄露崢嶸後，很快得到一位大隋鍊氣士宗師的青睞，授以長生祕術，境界攀升一日千里，如今尚未及冠，已是第六境洞府境的卓然修為。如果說山崖學院內的林守一只是一塊尚待驗證、仍需雕琢的上好璞玉，那麼李長英就是一塊已經成形的玉璧，內外晶瑩。

鍊氣士的五六、九十之差，武夫的三四、六七之別，皆是巨大的鴻溝。

眼見著于祿殺至眼前，李長英先做了個隱蔽手勢，然後瀟灑後退數步，雙指併攏立於胸前，如劍修擺出立劍式，簡簡單單一個手勢，隱約之間已經有了幾分宗師風範，給人感覺正大光明。不但如此，書樓之內，絲絲縷縷的淡青之氣突然之間活了過來，如魚得水，瘋狂湧向李長英。

第六境洞府境，即是府門洞開，即開竅納氣，開始從天地間汲取靈氣。人體三百六十五個竅穴，就像三百六十五個天然而生的洞天福地，這也是為何說人是萬靈之長的原因。為何世間精魅妖怪個個削尖了腦袋先變幻人形，才繼續修行？根源在此。

除去人誕生之際就自然而然開啟的「七竅」，男子只需要再開九個竅穴就可以躋身下一個境界，女子卻需要開竅十二才能進階。很多女修士境界不會太高，中五境靠後的數量相對稀少，就因為很多人被擋在這裡。不過福禍相依，女子一旦在此境界開竅越多，在之後中五境的收益就越豐。

李長英輕聲道：「起陣。」

話畢，他的四周出現了一把把晶瑩剔透的無鞘長劍，環繞一圈，高低不同，十數道劍氣緩緩旋轉。這些「三尺青峰」由李長英的靈氣凝聚而成，雖然尚未凝為實質，但已是槍戟森然，令人望而生畏。

于祿的應對既簡單又霸道，拳走直線，如鐵騎鑿陣。

李長英一笑置之，雙指指向于祿，身前三道劍氣隨之傾斜，想要以劍尖抗衡。

于祿驟然加速，一步踩得地面磚塊崩碎，一拳破空，劍氣也瞬間崩碎。

三道劍氣還沒來得及列陣示威，就在「變化陣形」的途中給于祿三拳打爛。

李長英心中微動，橫向移去數步，依然不急不緩，挪步之間充滿了儒家書生的寫意風流，與此同時，剩餘劍氣列陣於身側。

于祿一記鞭腿橫掃而至，所有劍氣在李長英左側同時炸開，空氣中漣漪流蕩，使得李長英視線有些模糊，如同對著市井百姓家常所用的劣質銅鏡。

李長英有些惱火。這于祿何至於如此痛下殺手，咄咄逼人？

他冷哼一聲，在方寸之間腳踏罡步，在那記迅猛凶狠的鞭腿掃中肩頭之前就已經移形換位，來到了先前于祿起步的地方，兩人位置交換。

于祿氣海下沉，瞬間落地，腳尖一點，蜻蜓點水似的向前飛掠，悄無聲息。

他的速度快到超乎想像，以至於李長英想要向天地借取氣機都成了奢望，只得暫時以體內自身孕育的靈氣，不再避其鋒芒，雙拳轟向那個不依不饒的高大少年。雖是錬氣士，可此刻的李長英氣勢如虹，無論是殺伐氣勢還是體魄雄厚，完全不遜色四、五境純粹武夫的傾力一擊。

李長英先是以劍修手段防禦，又以道家縮地神通轉移，當下乾脆再以兵家技擊正面迎敵，讓人大開眼界。

走的路數，彷彿是集百家之長，熔鑄於一爐；野心很大，志向很高。

樸實無華的兩拳對撞，拳頭硬撞拳頭，空中只有一聲巨響。

于祿巋然不動，李長英倒退數步，雙臂下垂，臉色微白，滿臉匪夷所思。

于祿繼續欺身而近，根本沒有見好就收的跡象。

書樓內響起一聲蒼老嘆息，距離兩人交手的地方足足有二十餘丈距離，隔著許多書架，起始於一堵牆壁下。

之後，一道雪白劍光亮起。

三尺白光急速前行，繞過一排書架，在走道自飛之後，又繞過書架，風馳電掣地越過李長英身側，直撲于祿。

于祿腳步不停，在千鈞一髮之際整個人側身躲過那把白虹飛劍，以一種詭譎姿勢繼續前奔。

那個蒼老嗓音透出一絲怒意：「還不收手？」

與于祿擦肩而過的三尺虹光微微停滯，並不掉轉劍尖，就那麼以劍柄為劍尖，倒退而飛。顯而易見，那名身形隱匿於暗處的年邁劍修知道哪怕是他嫻熟如意的御劍神通，一旦掉轉飛劍，這些許時光的耽擱，依然極有可能會貽誤戰機，害得那個大隋的讀書種子真正受傷，所以顧不得講究什麼劍術風範，飛劍以更快速度掠向于祿後背。

于祿身形躍起，一腳踩在右手邊的書架上。

這一層書樓內，許多書架同時微微震動，零零散散，四面八方，所有記載有那句聖人教誨的古書之內全部飛出一串白色文字，或大或小，或楷或篆或行書，剎那之間，全部來到李長英身前，最終變成一條文字溪流緩緩流淌，熠熠生輝。

溪水雖小，卻散發出神聖浩大的氣息。

身形在空中迅猛墜落的于祿臉色如常，借勢向前，不但躲過了後方筆直而至的凌厲飛劍，對著李長英的腦袋就是一拳砸下。

打得溪水攔腰截斷，打得所有文字粉碎！

于祿一腳踹中李長英的腹部，李長英就這麼被踹飛出去數丈，摔在兩排書架間的過道上，落地後仍然倒滑出去一丈多，足可見這一腳的力道之大。

一名灰衣老者出現在李長英身側，那柄無功而返的飛劍在老者肩頭附近懸停，劍尖指向過道對面的凶手。老者蹲下身，臉色慌張，趕緊為李長英把脈，發現並無性命之憂，這才鬆了一口氣。這倒地不起的年輕賢人可是大隋中樞重臣都要以禮相待的後起之秀，將來更是毋庸置疑的大隋棟梁。

他忍不住怒目望向于祿：「年紀輕輕，怎的如此心腸歹毒！你知不知道……」但他很快就停下訓斥，因為那個高大少年依舊緩緩前行，哪怕傷了人，哪怕他已經現身，依舊沒有停手的意思。

于祿抖了抖手腕，袖子微微晃動，這才繼續雙手攏袖，就這麼閒庭信步於過道之中，微笑道：「道理啊，在於李槐尚未找到的泥人兒，在於李寶瓶聽入耳朵的那些辱罵，在於該道歉的人，一個屁都沒有放。」于祿略微停頓，看似步伐緩慢，實則以極快速度拉近距離，「而不在於洞府境李長英一句輕描淡寫的『莫要做意氣之爭』，當然更不在於觀海境老前輩您這把……總是姍姍來遲、慢上一步的飛劍。」

老者給于祿這些混帳話、挑釁話氣得鬚髮倒豎，趕緊給李長英餵下一顆丹藥，這才站起身，氣極反笑：「好好好，老夫倒要看看等下你小子躺在地上了還有沒有道理要講。」

于祿笑咪咪搖頭道：「我輸了，當然不會有任何廢話，到時候自然有別的傢伙來幫我講道理。嗯，可能就是會稍晚一點，誰讓他暫時不在這兒呢。」

隨著老者站起身，那把飛劍亦是緩緩攀高，繼續懸停在他的肩側。

不過他似乎還是不太放心李長英，低頭看了眼，充滿憂鬱。

少年拳法極其古怪，起先李長英看似沒有傷及筋骨元氣，就算是他都覺得不算重傷。可是當餵下那顆品相極高的丹藥後，才真正見到了玄機：李長英的氣海竟是依然沒有放緩速度，反而有越發洶湧不可控制的跡象。

海水倒灌，凶險至極！

鍊氣士的洞府境界，修成艱難，鞏固起來更難，因為一旦決定開竅，就意味著人體竅穴在接納體外靈氣的同時，也會形成一種「海水倒灌」的險峻局面——因為體外靈氣的攫取，必須從天地無數蕪雜氣機之中汲取，開竅就像是世俗世界的沙場，守城一方放棄僅有優勢，主動開門迎敵，很容易被強大敵人一擊而潰。一旦出現海水倒灌，人體竅穴和經脈就像城鎮和道路深陷水災，土地荒蕪，從此一蹶不振，所以洞府境界是修行路上真正意義上的第一道門檻，甚至比下五境破境躋身第六境還要來得不易，許多修士，尤其是野路子修士以及沒有靠山背景的小宗門鍊氣士，因為害怕洞府失敗後澈底喪失成仙的根骨，就一直滯留在下五境的最後一個境界裡。

修行一事，悖逆天道，逆流而上，尤其是「逆流」二字，當真是道盡了坎坷和辛酸。

老者作為大隋朝廷派遣給李長英的祕密貼身扈從，如果李長英境界受損，壞了大道前程，他第一個難辭其咎！

于祿笑問道：「老前輩是不是很為難？是先救李長英，還是先打趴我？」

老者氣得牙癢癢。于祿這個問題，如打蛇七寸，讓見慣風雨的他越發惱羞成怒。

他是第七境觀海境的鍊氣士，且是一名劍修。「觀海」二字，取自「我登樓觀百川，入海即入我懷」之意，天地靈氣開始擴大人體經脈，如同最終入海的江河，又如同人間擴充驛路官道，靈氣漸漸凝聚、昇華，開始反哺肉身，從而使得修士延年益壽。

觀海境的劍修，在東寶瓶洲一洲之內，已經當得起「劍道宗師」的美譽。

在大隋，哪怕六部侍郎這個品秩的廟堂高官有事離開京城，都未必會有這個境界的劍修保衛。

老者深吸一口氣，下定決心，務必速戰速決，三招之內分勝負。

「既然老前輩不知道如何選擇，我來幫前輩選擇就是了。」高大少年更加囂張蠻橫，依然是欠揍的微笑嗓音，蓄勢的三步踏出，一次比一次聲勢驚人，磚石被踩得發出崩開、龜裂聲響。

你不知道該不該打，我于祿逼著你不得不打，就這麼直截了當。

老者瞳孔微縮，心湖大動。只見于祿本就不弱的氣勢，百尺竿頭、更進一步，神魂之雄壯，彷彿有古代戰場殺神英靈坐鎮其中。

饒是老者臉上都露出一抹驚駭：「六境武夫？」

鍊氣士十五境，武道九境，鍊氣士與純粹武夫的「同境」之爭，除去劍修和兵家修士這兩種鍊氣士裡的怪胎、變態，若是再摒除鍊氣士一些逆天的法寶，那麼勝負幾乎毫無懸念，甚低一層武夫重傷或是活活打死高一層鍊氣士的事也是有的。

老者震驚歸震驚，畏懼倒也談不上。

因為他是積攢多年底蘊的老資歷劍修，是鍊氣士境界第七層的觀海境！

如果不留退路，執意殺人，即便面對一位六境武夫，也當真是一招而已。

老者冷笑道：「你要找死，我礙於書院規矩，不會真的讓你死了，但是讓你只剩下半條命，無妨！」

前衛的于祿看似殊死一搏，實則眼神玩味，在心中默念：『我求你厲害一些。』

第六章　弟子服其勞

捨了官道驛路，陳平安帶著倆孩子一起翻山越嶺。準確說來，是那青衣小童現出十數丈的龐大真身，馱著陳平安過山過水。意外之喜是陳平安發現在水蛇背脊之上一樣可以練習《撼山譜》走樁，一開始經常腳底打滑，走得不倫不類，久而久之，陳平安已經可以在水蛇故意晃動身軀的前提下依然如履平地。

粉裙女童可沒資格騎乘水蛇，只能背著書箱在一旁飛奔，為自家老爺拍手叫好。

這一天，陳平安尋了個山頂休憩，三人一起湊在篝火旁。

青衣小童又開始叨叨：「老爺，您年紀也不小了，想不想收幾房小妾美婢啊？」

陳平安雙手靠近火堆，搖頭道：「不想。」

青衣小童伸手探入火堆，抓取一縷火焰，然後一點一點掐滅，發出黃豆崩碎的清脆聲音：「為啥？老爺您放心，人家不但不收聘禮，還願意自己帶著豐厚嫁妝過來！這種買賣，老爺都不動心？」

陳平安笑道：「不動心。」

青衣小童一頭霧水，掐滅了一團火焰，又抓來一把：「到底為啥啊？」

陳平安笑著不說話。

青衣小童嘖嘖道：「原來老爺有心愛的姑娘了啊。」

陳平安瞪了他一眼。

青衣小童小聲嘀咕道：「老爺您喜歡姑娘又不丟人，喜歡爺們兒才讓人瘮得慌……」他突然滿臉異彩，矯揉做作，扭扭捏捏道，「老爺，您看我其實眉清目秀的……」

陳平安頭皮發麻，伸手一揮，發號施令道：「消失。」

青衣小童一邊跑向遠處一邊對粉裙女童凶神惡煞道：「傻妞兒，有沒有偷偷帶著胭脂水粉，借我用一用！」

陳平安伸手撫額，這日子有點難熬。

之後陳平安像往常一般，找到青衣小童切磋武道，用以砥礪體魄。

別看青衣小童言行舉止不著調，但是對付一個武道二境的陳平安綽綽有餘，哪怕陳平安的境界遠勝尋常武夫，可對於天生體魄堅韌的蛟龍之屬而言，陳平安打在青衣小童身上的雨點拳頭不痛不癢，倒是他的拳頭一旦打中陳平安，那就是山崩地裂的效果。起先青衣小童沒拿捏好力道，害得陳平安被一拳打飛出去老遠，直接撞斷了一棵大腿粗細的樹木，嚇得青衣小童以為自己必死無疑了。可是等到陳平安痊癒之後，依舊要青衣小童繼續餵拳。

今天，陳平安剛剛起了一個拳勢，尚未真正出拳，青衣小童就已經滿地打滾，一口氣滾出去幾十圈。

青衣小童站起身，拍打滿身灰塵，讚美道：「老爺好剛猛的拳罡，太嚇人了。」

粉裙女童蹲在遠處，看得目瞪口呆。只聽說這條御江地頭蛇性情暴戾，想法簡單，修為高深，沒聽說是這麼個臭不要臉的傢伙啊。

陳平安習以為常，嘆了口氣，認真道：「別鬧了。」

青衣小童立即做了個金雞獨立的姿勢，雙手亂揮，口裡發出咿咿呀呀的怪聲。

陳平安黑著臉，轉身坐回火堆。

青衣小童手忙腳亂地飛奔回他身邊，賠笑道：「老爺別生氣，等下我一定認真。」

陳平安擺擺手道：「跟你沒關係，我就是想到一些事情，心靜不下來。」

青衣小童「哦」了一聲：「那就等老爺心靜下來再說。」

深夜時分，東華山山腳，山崖書院，有一名白衣少年開始緩緩登山，不斷唉聲嘆氣。

有個嗓音在他心頭悄然響起：『你來做什麼？』

崔東山沒好氣道：『我家先生有事，弟子服其勞。』

一個腰間別著紅木戒尺的高大老人站在半山腰的文正堂，瞇眼打盹。

東華山在皇帝陛下那次御駕親臨之後，就已經撤去所有諜子密探，就連一位十境鍊氣士都只是在東華山近處隱藏，不可輕易踏足書院，這是大隋對山崖書院給予的尊重，或者說是大隋皇帝對老夫子茅小冬的信任。

崔東山在山腳書院門口遞交了通關文牒，一路走到文正堂，往大堂內探頭探腦一番，便打死不往裡走了。

他站在門檻外頭氣呼呼道：「茅小冬，你是成心噁心我還是想坑害我？你今兒撂下一句明白話，如果我不滿意，這就拍拍屁股走人，以後再也不來這山頭礙你的眼！」

茅小冬猶然閉著眼睛，滿臉淡漠，開口道：「你要麼進去敬香，要麼把事情講清楚，否則我只要看你一眼，我就是孫子。」

崔東山一屁股坐在門檻上：「你就算願意給我當孫子，那也得看我收不收啊。嘖嘖，也不知道當年是誰掛著兩條鼻涕蟲跟我學下棋，然後打了一萬年的譜，到最後就算我讓了兩子也依舊被我殺得臉色鐵青、雙手顫抖，恨不得舉棋不定，拖延個一百年。」

茅小冬淡然道：「圍棋只是小道。」

崔東山譏笑道：「『弈之為數，小數也』？喲呵，誰不知道你茅小冬在不成才的那撥記名弟子當中，學問做得稀拉，可最是尊師重道，侍奉老頭子比親爹還親爹，怎麼開始推崇別家聖人的道理了？尤其這位聖人還是老頭子的死對頭。怎麼，你圍棋學我，做人也要學我？」

始終閉目養神的茅小冬冷笑道：「我再跟你歪理半句，就是你兒子。」

崔東山眼珠子一轉：「我這趟來東華山就是無家可歸，暫住而已，你茅小冬如今貴為書院副山長，睜一隻眼、閉一隻眼就過去了。不想看我就別看嘛，你眼不見、心不煩，我也逍遙自在，皆大歡喜。」

茅小冬嗤笑道：「就你那無利不起早的性子，我怕過不了幾天，書院就要被你害得給大隋拆掉了。你要跟大隋較勁，我不攔著，但是你別想著在東華山這裡折騰。書院就是書院，是做道德學問的地方，不是你崔瀺可以隨便拉屎、撒尿還不擦屁股的地兒！」

崔東山皺眉道：「你沒有收到我的那封密信？就是裡頭有一顆棋子的那封。」

茅小冬點頭道：「收是收到了，但是沒拆開，趕緊丟火爐裡，然後跑去洗手了，要不然我都不敢拿起筷子吃飯。」

這話說得足夠難聽，只是崔東山半點不惱，站起身來到茅小冬身邊嬉皮笑臉道：「小冬啊，我這次來真不是為了啥謀劃來的，就是好好讀書，沒事曬曬太陽，陪你下下棋，順便照顧那幫驪珠洞天來的孩子。」

茅小冬呵呵笑道：「信你？那我就是你祖宗。」

崔東山這下子有些納悶，指了指自己鼻子：「做我祖宗咋了？壞事嗎？你占了多大便宜啊。」

茅小冬扯了扯嘴角：「是你祖宗的話，還不得氣得棺材板都蓋不住？我自然不願意當啊。」

崔東山怒道：「茅小冬！你差不多就可以了啊！」

茅小冬閉著眼睛搖頭道：「不可以。」

崔東山用手指點了點他：「想打架？」

茅小冬驀然睜開眼睛，氣勢驚人，如寺廟裡的一尊怒目金剛：「打架好啊，以前在大驪是打不過你，現在嘛，我讓你一隻手！」

崔東山眨了眨眼睛：「你現在是我孫子了，孫子打爺爺不合適吧？」

茅小冬伸手按住腰間戒尺：「打死你之後，給你燒香便是。」

崔東山趕緊伸出一隻手：「打住打住，老頭子和齊靜春都要我捎句話給你，你聽過再說。」

茅小冬瞇起眼，一身殺氣比起睜眼瞬間有增無減：「小心是你的遺言。」

崔東山嘴唇微動，茅小冬聽過心聲之後，緊緊盯住一身修為不過第五境的白衣少年，尤其是他的那雙眼眸。人之雙眼，之所以被譽為靈氣所鍾，就在於若說心境如湖，那麼眼眸就如深井的泉眼，身正則清，心邪則濁。

如果茅小冬是在大驪的舊山崖書院遇上大驪國師崔瀺，那麼根本不會多此一舉，因為兩人的境界差距擺在那裡，讓他看再久，也看不出名堂。可如今形勢顛倒，換成了他茅小冬在修為上居高臨下，當然就不同了。關鍵是他們曾經位於同一條聖人文脈，相對會看得更加清晰。

茅小冬收起視線，大踏步離去。

崔東山笑問道：「你幹啥去？不再聊聊？」

茅小冬冷哼道：「趕緊洗眼睛，要不然得瞎！」

崔東山伸手撣了撣衣襟，沾沾自喜道：「我這副少年皮囊，確實是傾國傾城。」

茅小冬停下腳步，就要轉身動手打人，畢竟他想打死這個欺師滅祖的王八蛋已經不是十年、二十年了。

崔東山袖中掠出一抹細微金光，蓄勢待發。

他震驚道：「你真要動手打人啊？咱們儒家聖人以德化人，君子以理服人，雖說你茅小冬被師門牽累，到如今還只是個賢人身分，可賢人也沒有捲起袖子幹架的說法啊。」

茅小冬大步離去。

崔東山快步跟上，雙手負後，飄逸非凡，糾纏不休道：「李寶瓶他們在這邊求學如何了？有沒有讓書院雞飛狗跳？」

茅小冬沒好氣道：「有。」

崔東山臉色陰沉：「該不會是有人想要殺雞儆猴吧？」

茅小冬冷笑道：「我還以為是國師你暗中作祟，試圖離間書院和大隋的關係，讓大隋皇帝下不來臺，好澈底斷了山崖書院的文脈香火。」

崔東山有些尷尬，抬起手臂撓撓頭，乾笑道：「京城老傢伙做得出來這種勾當，我可不會。我如今時時將心比心，事事與人為善，改正歸邪……哦不對，是改邪歸正很久了。」

茅小冬嘆了一口氣，仰頭望向東華山之巔的涼亭，嗓音不重，但是語氣堅定道：「崔瀺，你如果膽敢做出有害書院的事情，只要一次，我就出手殺你。」

崔東山渾然不放在心上：「隨你隨你，你開心就好。你先說說看到底怎麼回事，如今我比你慘，真不騙你，天底下誰敢跟我比慘？小冬你啥時候心情不好了，我可以給你說道說道，保管你心情大好。不過記得帶上幾壺酒，大隋皇帝不是個小氣的，肯定賞賜下來不少好酒。」

茅小冬眼神古怪地斜瞥了一眼白衣少年，搖搖頭，繼續前行，然後將大致情況說了一遍。尤其是最後一場書樓之戰，于祿一人對陣兩人，結果雙方兩敗俱傷，三人豎著進去，到最後全部橫著出來了，這下就算是副山長茅小冬都壓不住這個天大消息。

當晚，身穿公服的大隋禮部尚書和一個身穿鮮紅蟒衣的宮中貂寺，加上那位潛伏在東華山附近的十境修士連袂登山。只不過茅小冬面對三人，只說這件事情他自會給大隋皇帝一個交代，其餘人等，任你是藩王還是尚書，都沒資格對書院指手畫腳。

三人上山其實並沒有半點興師問罪的意思，可茅小冬依舊不近人情，態度強硬至極，讓三人碰了一個天大的釘子。那個十境錬氣士當場就要動手，所幸被禮部尚書給攔住了，一同火速下山，進宮面聖，順便還帶上了老劍修和李長英兩人。他們當時已經能走，但是氣色糟糕，如大病未癒。

茅小冬最後問道：「你以什麼身分待在這裡？」

崔東山毫不猶豫道：「如果你看過我的密信，就會知道于祿和謝謝兩人的身分。可以洩露其中一人的，比如來自盧氏王朝山上第一大門派的謝靈越，我就以她的師門長輩身分現身好了；如果是于祿，那我就是盧氏皇宮的隱蔽看門人之一。放心，兩個身分我都做好準備了，滴水不漏。」

茅小冬仍是不太放心，憂心忡忡道：「大隋的諜報可不比大驪差，何況大隋與盧氏王朝世代交好……」

崔東山一句話就讓他不再說話：「我是誰？」

兩人分別之際，積怨已久的茅小冬忍不住罵道：「你是誰？你是我兒子！」

崔東山「哎」了一聲，樂呵呵喊道：「爹！」

茅小冬愣了愣，氣惱得咬緊牙關，身形直接一閃而逝。

崔東山喊道：「那幫孩子住哪兒呢，爹您告訴我一聲啊！」

夜深人靜，無人回應。

崔東山翻了個白眼：「我自己挨家挨戶敲門找過去，誰怕誰啊。」

文正堂內，茅小冬去而復返，站在堂下，敬完三炷香後，傷感道：「先生、師兄，為何要如此，我如何都想不明白！我知道無論什麼都比不上你們二位，你們既然如此做，自然有你們的考慮，可……」他說到這裡，滄桑臉龐上隱約有些淚痕，「可我就是心裡有些不痛快。」

崔東山當然不會當真傻乎乎一扇門一扇門敲過去，他腳尖一點，掠到一間學舍屋頂，環顧四周，看到有幾處猶有燈火光亮，便向最近一處掠去，踮起腳尖趴在視窗，便聽到了嘩嘩水聲。他不急不緩戳破窗戶紙，果然看到了一幅「美人沐浴圖」，只可惜那女子的身材實在是不堪入目，在他覺得瞎了自己狗眼後，站在水桶內的少女尖聲大叫起來。

崔東山還不走，站在原地抱怨道：「幹啥幹啥，是我吃虧好不好！」

砰然一聲，窗戶上水花四濺，原來是水瓢砸了過來。

崔東山已經揉著眼睛飄然離去，念叨著：「眼睛疼。」

身後是越發尖銳的喊叫聲，附近學舍不斷有燈火亮起。

崔東山憑藉記憶，一間間學舍找過去，最後總算找到了要找的人。

很湊巧，李槐、李寶瓶、林守一、于祿四個人都在。

于祿側身躺在床上，雖然臉色雪白，可是精神不錯。

李槐坐在床頭，低頭看著自己腳上那雙草鞋，心事重重。

李寶瓶和林守一相對坐在桌旁，各自看書。

崔東山推門而入，大笑道：「開不開心，意不意外？」

李寶瓶先是愣了一下，然後喜出望外道：「小師叔呢？」

崔東山跨過門檻，用腳關門，坐在李寶瓶和林守一之間的凳子上，翻白眼道：「先生沒來，就我孤苦伶仃一人。」

李寶瓶起身跑去門口，打開門張望了半天，沒瞧見小師叔的身影，這才有氣無力地坐回原位，趴在桌上，無精打采。

林守一放下《雲上琅琅書》，小心翼翼用那根金色絲線捆好，收入懷中後，欲言又止。

崔東山自顧自倒了一杯茶水，一口喝光，擺手道：「事情我都知道了。」

他對林守一笑道：「去把謝謝喊過來，就說他家公子需要人端茶送水。」

林守一猶豫了一下，崔東山急眼道：「幹嘛，你偷偷喜歡謝謝，怕我要她今夜暖被窩啊？是你眼瞎還是我眼瞎啊？」

林守一無奈起身，離開學舍去喊謝謝。

崔東山望向病懨懨的李槐微笑道：「李槐啊，別傷心啦，陳平安聽說此事後誇你呢，說你膽子大，有擔當，是條響噹噹的好漢了。」

李槐驀然抬起腦袋：「真的嗎？」

李寶瓶冷笑道：「你傻啊，小師叔離開大隋京城這麼久了，怎麼知曉書院近期的事？而且小師叔會這麼誇獎一個人嗎？他至多笑一笑，至多至多就是朝你伸出大拇指。」小姑娘突然直起腰，雙手環胸，「小師叔的稱讚、褒獎，都留著給我呢！」

李槐有些黯然。

他猶豫了半天，低著頭，像是在對那雙草鞋說話：「我要不搬過來跟林守一住吧？」

李寶瓶轉過頭，怒道：「李槐你怎麼還是這麼慫？憑什麼是你搬，要搬也是那三個傢伙搬！」她突然也低下頭，重新趴在桌上，「算了，我沒資格說這些。」

于祿艱難起身，李槐趕緊幫著攙扶。

于祿背靠牆壁，盤腿而坐，歉意道：「沒辦法迎接公子。」

崔東山理也不理他，打量著學舍內的簡樸裝飾，沉默片刻後，對李寶瓶說道：「李槐搬來這裡是對的，這跟膽小、膽大沒關係。繼續留在那邊是下策，搬來這裡是中策，搬去李長英學舍才是上策。」

這個時候，林守一帶著謝謝回到這裡。黝黑少女看到崔東山後，顯然充滿了畏懼，只敢站在門口。

李寶瓶疑惑道：「為何是上策，我曉得。下策怎麼說？」

崔東山手指旋轉白瓷茶杯，緩緩道：「偷竊東西、欺辱李槐，這是不懂事的孩子能幹出的事，不稀奇，而且少年血性，最不講理。你們沒接觸過真正的江湖，那些個愣頭青游俠兒，一言不合就能殺人全家，事後被官府抓起來砍腦袋，猜猜他們會怎樣？在刑場上，劊子手哪怕已經盯著他們的脖子，想著如何下刀，可那些傢伙仍然一個個得意揚揚，毫無悔意。你以為他們怕死嗎？殺人不手軟，被殺不低頭，人家就是這麼厲害。」

李槐聽得入神，只覺得那些人腦子是不是壞掉了，世上真有這麼不可理喻的人？

崔東山笑道：「所以那些孩子哪怕認了錯，回頭再給父輩們揍得屁股開花，也始終憋著口惡氣。若是再給旁人不懷好意地激上幾句話，說他們可是國公、侯爺之子，這般憋屈對得起列祖列宗的在天之靈嗎？還有那個大隋開國元勳之後，就會被說他們家那幅祖宗畫像如今還掛在大隋的紫霄閣裡頭呢。」

于祿微微點頭。身為盧氏王朝曾經的太子殿下，他對此並不陌生，可能是屋內所有人裡最能理解崔東山說法的一個。

崔東山呵呵笑了兩聲，繼續道：「然後他們就會覺得別人說得對了。他們在自家地盤還這麼孬，以後怎麼混？豈不是連累家族一同淪為整個京城的笑話？於是就在某天大半夜直接拿刀抹開李槐的脖子了。可能那三個鐘鳴鼎食的世家子弟做不到游俠兒死到臨頭還能像個英雄好漢那一步，可若真到了那時，李槐都死翹翹了，他們反悔與否、是不是嚇得尿褲子，還有意義嗎？」

李槐聽得面無人色，于祿伸手拍了拍他的肩膀以示安慰。他轉過頭，只可惜臉上的笑容比哭還難看。

崔東山放下茶杯，輕輕一磕桌面：「除了那些真正的意氣用事之外，註定有很多盤根錯節的利益之爭。有人投石問路，有人煽風點火，有人渾水摸魚。但是沒關係，我來了嘛，接下來你們就安安心心求學，其餘事情都不用管了。」

學舍內所有人都心情複雜。

崔東山哈哈笑道：「怎麼，不信啊？是不信我有這個本事呢，還是不信我有這份好心？如果是前者，你們大可以拭目以待；如果是後者……好吧，我先生陳平安因為擔心你們會被欺負，這一路走得就沒真正靜下心來，所以跟我做了一筆划算買賣，要我來看著你們。現在總該相信我了吧？」

他望向李寶瓶：「真正的江湖俠氣，從來不在於逞一時之快。」

又望向林守一：「山高水遠，來日方長。這輩子跟人結仇，真要覺得不舒坦，那就先對付了仇家，然後接著欺負人家的兒子、孫子、曾孫子嘛。君子報仇，十年不晚。」

最後望向李槐：「記住嘍，修行之人，報仇也好，報恩也罷，一百年都不算長。」

崔東山自顧自拍了拍手掌：「好了，正事我已經說完了。」

他又一拍腦袋：「對了，小寶瓶，我和先生路過一處山嶺的時候，運氣好，遇到了一大群搬家的過山鯽。然後我那位先生聽說萬條過山鯽之中就有可能出現一條通體金黃的老祖宗，愣是拉著我傻乎乎蹲在樹上苦等了一個多時辰，才找著了一條故意滾滿泥土的金黃過山鯽。」

李寶瓶瞪大眼睛站在了凳子上，然後蹲下，好像這麼一來，就可以距離小師叔和那條過山鯽更近一些。

崔東山搖頭晃腦道：「他下了樹後，一路摸爬滾打，好不容易抓住那尾珍稀鯽魚，本來是想著趕緊送給妳的，可是過山鯽離水最多半個月，便是手中那一尾，撐死了也不過月餘。若是跟驛站那邊的人實話實說，求著他們隔三岔五放入水中飼養一段時日，陳平安實在不放心，怕他們見財起意，擔心送著送著就連人都跑了，讓妳白歡喜一場。所以他說，到了家鄉後，去拜訪妳大哥、幫妳報平安的時候，先放在妳大哥那邊養著。」

李寶瓶兩眼放光，哪裡還有先前半點頹喪神色，一下子又變成了那個初出茅廬、負笈遊學的小姑娘。

崔東山嘆氣道：「小寶瓶啊，我家先生對妳那是真好，什麼好東西都念著妳。嘿，我就不明白了，就先生那燉肉、煮魚連油鹽都不肯多放的吝嗇脾氣，到了你們這邊，咋就這麼不把真正的寶貝當寶貝了？他也不傻啊。」

好嘛，這話一出，紅棉襖小姑娘使勁皺著小臉，嘴角用力往下，這是要哭。

崔東山趕緊解釋道：「別哭別哭，過山鯽是不能透過驛站送來書院，書信還是可以的。在大隋邊境的驛站，陳平安給你們都寫了信的，估摸著十天半個月就能到這兒，到時候是哭是笑，你們這些小祖宗自個兒看心情。」

他最後無可奈何道：「陳平安還說啦：『我的學生崔東山呢，還是個大壞蛋，千萬別信任他，但是遇上事情，找他幫忙是可以的。』」

他這番話說出口後，李寶瓶三人信了大半，便是于祿和謝謝都信了四、五分。

李槐跟著林守一去學舍休息。李寶瓶回自己的學舍，半路跟兩人分道揚鑣。

崔東山在三人離去後，稍等片刻，又喝了一杯茶水，這才帶著謝謝離開于祿住處。

少女緊繃心弦，小心翼翼跟在白衣少年身後。

沒了李寶瓶三個孩子在場，崔東山面無表情，頭也不轉，冷聲問道：「為什麼面對李長英沒有出手？是不敢還是不捨？」

謝謝老老實實回答：「回稟公子，兩樣都有。」

崔東山停下腳步，對著少女就是狠狠一耳光：「一路白吃白喝，到最後就出手揍了個大隋死了爹的將種子弟？妳有出息啊！妳這麼出息，怎麼不上天啊？」

臉頰紅腫的少女鼓起勇氣與崔東山對視：「明知不可為而為之，我為什麼要做？公子，你告訴我！」

崔東山又是一耳光甩過去：「因為妳的命不值錢，還比不上李槐的一根手指頭值錢！在我眼中，妳更是一文不值！」

謝謝滿心淒涼，咬緊嘴唇，滲出血絲。

崔東山又抬起手臂作勢要打，謝謝對他畏懼至極，不敢挪步，但是轉過了頭。

崔東山笑了笑，竟是收回手，最後緩緩伸出去，動作輕柔地拍了拍謝謝的臉頰：「這麼怕我啊，好事情。我還以為一段時間不見，妳這個不要臉的小娘兒們翅膀就硬了幾分，公子我是既失望又欣慰啊。」

謝謝神色麻木。

崔東山繼續轉身前行，突然說道：「妳體內那些牢牢釘入魂魄的困龍釘，我可以幫妳取出一半，那麼妳很快就可以恢復到洞府境。」

謝謝低聲問道：「為什麼？」

崔東山並未轉身，毫無徵兆地一腳向後踹去，踢中少女腹部。

措手不及的謝謝差點後仰倒去，一時間絞痛難忍。

崔東山神色自若道：「剛想通一個道理，跟陳平安學的。他呢，手裡攥著一枚銅錢，恨不得當一兩銀子去開銷。既然妳是一兩銀子，我為何要當作一枚銅錢花掉呢？」

謝謝眼眶泛起一些晶瑩淚花。

直白俗氣的說法，而且還是全部的身家性命，僅僅與一枚銅錢、一兩銀子掛鉤。

哪一個能夠享譽王朝的修行天才，為了境界攀升，花銷掉的金銀不是按「座」、「山」二字來計算的？

崔東山邊走邊揉著下巴，陷入沉思。回過神後，轉頭燦爛笑道：「想不想撕掉那張面皮，以真面目示人？公子今兒心情好，難得大發慈悲，以後妳的名字就改回謝靈越好了。怎麼樣，是不是要對你家公子感激涕零？」

一直打不還手、罵不還口的少女不知哪裡來的膽氣，尖聲道：「不要！」

崔東山停下腳步，轉過身，看著那個失魂落魄的少女，發出一連串的嘖嘖聲：「還會難為情啊。」

謝謝滿臉淚水地跪在地上，斷斷續續嗚咽道：「懇請公子不要這麼做……我願意繼續做普普通通的謝謝……不要撕掉這張面皮，求你了，公子……」

崔東山伸出兩根手指：「二選一，撕掉臉皮或者公開謝靈越的身分，妳自己選，趕緊，小心我連選擇都不留給妳。」

謝謝緩緩抬起頭，這一刻的淒厲眼神，如一頭瀕死的年幼麋鹿，她顫聲道：「我選擇改名字。」

崔東山搖頭道：「什麼家國、師門，原來都比不過自己的臉面啊。行了，很快妳就是盧氏王朝第一仙家府邸的謝靈越了。謝謝，快點謝謝妳家公子啊。」

謝謝淒苦道：「謝謝公子。」

崔東山快步向前，一腳踹得謝謝歪斜倒地，怒道：「應該說謝謝謝謝公子！」

謝謝趴在地上，肩頭微顫：「謝謝謝謝公子。」

崔東山翻了個白眼：「沒勁，自己回去。」

他原路返回，獨自走向于祿學舍，把泣不成聲的少女一個人晾在那邊。

離去之前，崔東山撂下了一句古怪言語，只可惜少女已經聽不進去了：「改了名字，就等於改了命數，接下來謝靈越會一路走狗屎運的，不信的話，就走著瞧。哈哈，攤上我這麼個散財公子，真是妳十輩子修來的福分啊。」

謝謝癡癡坐在原地，甚至忘了去擦拭淚水。

冬天的夜風十分冰冷。

風起於青蘋之末，只是不管如何，在謝謝這邊，吹來吹去，都是死灰。

等崔東山回到學舍，于祿已經坐在桌旁，臉色紅潤，精神煥發。

見到崔東山進來，他笑著起身：「公子恕罪。」

崔東山說道：「坐吧，看在你比謝謝聰明許多的分上，嗯，天賦也好一些，就不跟你計較了。」

于祿乖乖坐下，還給崔東山倒了一杯茶，動作自如，根本就沒有半點重傷臥床的樣子。

崔東山接過茶杯，笑問道：「說說看，為什麼會出手收尾。」

于祿坐在那裡，雙手攏袖，像是在取暖，又因為自己身材高大，而對面的白衣少年比他矮許多，所以便有些耷拉著肩頭，顯得縮成一團。

他緩緩說道：「頭一個原因，當然是原本覺得活著沒盼頭，但是這一路求學，突然又覺得有件事情還是很有意思的，所以一衝動就做了。第二，是他山之石可以攻玉。一路行來，我有些不甘心，總想著學以致用。可是陳平安境界太低，公子架子太大，那些魑魅魍魎都給林守一收拾掉了，其實他道行也不夠看，怎麼辦？剛好借這個機會，把那個大隋劍修當作自己在武道上向前走一步的磨刀石。反正活著無聊，看一看更高處的風光，又不少一塊肉。」

崔東山笑道：「墊腳石更確切一點。」

于祿笑著點頭：「公子說得對。」

崔東山道：「繼續。」

于祿想了想，崔東山笑問：「不然我來幫你說？」

于祿苦笑道：「我只要不死，以後陳平安就會覺得欠我一個人情。」

他有些緊張，但不敢奢望自己可以蒙混過關，只得硬著頭皮說道：「公子之前說我和謝謝的性情跟陳平安差了十萬八千里，所以這輩子都當不了陳平安的朋友。我知道多半是對的，可心底還是有些不信，哪怕公子現在站在我跟前，我還是那句大不敬的話，要試試看。如果能夠證明公子是錯的，就最好了。」

于祿站起身，認命道：「實在沒有想到公子會去而復還，請公子責罰。」

崔東山伸手往下按了按：「一舉三得，做得很漂亮啊，我有你這樣的僕役，高興還來不及呢，責罰什麼？」

于祿大大方方坐下。估計這就是他跟謝謝最大的不同。

那個少女一樣聰明，只是她想要很多可能一輩子都爭取不來的東西。反觀這個高大少年什麼都放得下，想要拿起來的東西又不會太重，而且從來無關崔瀺的大局，所以過得更加輕鬆。

大驪國師崔瀺，公認棋術極高。

于祿和謝謝，與白衣少年朝夕相處，實則無時無刻不是在與之手談。謝謝下棋下得太用力了，反而會讓崔瀺覺得愚不可及，眼皮子都懶得搭一下。

于祿就像是只在無關痛癢的小地方抖摟一下他的聰明機智，玩幾手崔瀺早就玩膩了的小定式，這樣就會讓崔瀺點點頭，覺得還湊合。

謝謝心裡的負擔太重，看得太遠，其實極為堅韌可敬，但是才逃過大驪娘娘的掌控，又淪為崔瀺的牽線木偶，則是她的大不幸。

于祿卻看得清最近處的細微人心，所求不多，反而活得一身輕鬆。

崔東山袖中飛出那柄形狀如麥穗的「金秋」，圍繞著燈火飛速旋轉。

于祿面不改色，笑問道：「公子這麼走入書院，不怕身分洩露？」

崔東山仔細盯著那柄飛劍，輕聲道：「以殺止殺，以惡制惡，知道吧？」

于祿點點頭。

崔東山始終凝視著飛劍帶出的金色軌跡，由於飛掠太快，劍氣消散的速度遠遠低於生成的速度，絲絲縷縷纏繞在一起，最後像是一個金色圓球，最中央是那點燈火。

崔東山說道：「一樣的道理，給大隋一個看似荒誕的理由。一個不夠就兩個，只要事不過三，兩個應該恰到好處。」

于祿猶豫了一下，苦笑道：「第一個，不然換成我？」

崔東山斜瞥他一眼：「憐香惜玉？」

于祿嘆息一聲，不再說話。

崔東山笑道：「你看得清楚，是因為太近。但是你要記住，一葉障目，只看清楚一片葉子的所有脈絡……」

他不再說話，閉上眼睛，換了一句讓于祿出乎意料的話：「如果真能看透澈細微的最深處，也很好，好得不能再好了。要知道，這其實就是我的大道……之一！」

于祿似乎全然無法理解，就不去多想。

崔東山站起身，默然離開學舍。

在他離開很久後，于祿伸出袖中的一隻手，低頭望去，手心都是汗水。

那位大驪國師曾經笑言，天底下已經立教稱祖的三大勢力，各自的宗旨根本，無非是道法極高、規矩極廣、佛法極遠。那麼這個極小是？世人所謂的一葉障目，若是有人真真正正、澈澈底底看清楚了這一葉，當真還會障目？

于祿猛然抬起一隻手臂，手背死死抵住額頭，滿臉痛苦，呢喃道：「不要想，先不要想這些。」

崔東山來到之前打死不走入的文正堂外，直接一步跨過門檻，拿起一炷香——只是一炷香，而不是按照規矩的三炷。

一手持香，另外一隻手撚動香頭，瞬間將其燃燒點亮。

崔東山不去看至聖先師，先看了一眼齊靜春的畫像，最後轉移視線，望向老秀才的圖像，雙手捧香在額頭，在心中默念。而後睜開眼睛，沒有半點燒香人的虔誠肅穆，將手中那炷香插入神壇上的香爐，揚起腦袋，對著那副畫像嬉皮笑臉道：「老頭子，跟你借一下而已，可別太小氣啊。不多，就三境，三境而已，而且只在東華山用，這總行了吧？我如今已經有五境修為，由此可見，跟在你安排給我的先生身邊，我崔瀺是學有所成的，對吧？如今你最得意弟子的最得意弟子遇上了麻煩，我又被自己先生託付重任，你不表示表示，說不過去吧？」

崔東山耐心等著，沒有動靜，香爐那炷香點燃之後，竟是半點不曾往下燒去。

他破口大罵：「老頭子，你當真半點不管我了？就連報上齊靜春的名號都不管用？你他娘的怎麼當的先生！老王八蛋，喂喂喂，聽見了嗎？我罵你呢，你大爺的，真是無情無義啊……」

毫無用處。崔東山急得團團轉，最後再度閉上眼睛，試探性重複了一遍，只不過這次加上了「陳平安」和「李寶瓶」兩個名字。

片刻之後，香爐之內的那炷香以極快速度燃燒殆盡。

崔東山反而默不作聲，沉著臉轉身離去。

出門之時，從崔東山跨過門檻的那一刻起，就已經是鍊氣士第九境了——足足高了四個境界，不是崔東山原先討要的第八境龍門境，而是「結成金丹客，方是我輩人」的第九境金丹境！

崔東山站在門檻外停下腳步，仰頭望向高空，怔怔出神。很快，他就恢復玩世不恭的表情，做了個自戳雙目的動作，繼續前行：「先前認你做先生，算我崔瀺瞎了眼。今兒起，老子叫崔東山，只是陳平安的學生！」

手心突然傳來一陣痛徹心扉、直達神魂的劇痛，把崔東山給疼得當場跳起來，然後就這麼一路蹦躂著跑遠，等到他跑到山頂後，才終於消停下來。

崔東山倒抽著冷氣，渾身直哆嗦，在原地使勁甩動手臂，把一個晚上睡不著覺跑來山巔賞景的書院學生給看得呆若木雞，心想這哥們兒是發羊癲瘋啊？

崔東山剛要一巴掌搧死這小王八蛋，茅小冬出現在山頂，那個書院學生連忙對老人作揖，飛快下山。

茅小冬打量著崔東山，觀其氣象，看出深淺後，板著臉走下山去，與崔東山擦肩而過的時候冷聲道：「既然如此，你就老實一點在書院待著，我茅小冬就當捏鼻子忍著糞臭了。別忘了這裡是大隋京城，做事情三思而後行！」

崔東山一步飛掠到那棵千年銀杏樹枝頭，四處眺望一番後，定睛望去，最終對著東華山附近一棟幽靜宅子破口大罵：「那個叫蔡京神的老烏龜王八蛋！對，就是喊你呢，快來認祖歸宗！你十八代祖宗我今兒要跟你講講家法祖訓，快點沐浴更衣，磕頭聽訓！」

茅小冬深吸一口氣，加快步伐下山。

崔東山猶自罵罵咧咧：「孫子蔡京神，別當縮頭烏龜，快點回家喊上你兒子、孫子一起來給你祖宗磕頭。趕緊的，祖宗在這兒等著呢！」

東華山附近那棟宅子，一道虹光平地暴起，升至與東華山山巔齊平的高空。

蔡京神怒吼道：「找死！」

崔東山以更大的嗓門答覆道：「老祖宗在這裡找龜孫子，不找死！」

蔡京神繼續吼：「滾出來！」

當他升空之後，以東華山為中心，四周不斷有燈光亮起，由近及遠，越來越多。

崔東山在眾目睽睽之下，嘿嘿笑道：「乖孫兒，你快點滾進來！」

蔡京神似乎被他的言語給震驚到了，竟是一時半會兒有些發愣。

崔東山乘勝追擊道：「他娘的，誰借給你的狗膽，敢欺負老子的門下弟子？蔡京神，手腳利索點，快點拿刀砍死自己。記得砍得誠心一些，砍出十境修士該有的風采！那麼祖宗我就當你認錯了，說不定還能既往不咎……」

蔡京神憤怒的咆哮聲幾乎響徹方圓十里：「茅小冬！你們書院不管這混帳瘋子，我來幫你管！你只管收屍便是，陛下那邊，我後果自負！」

他御風而立，面朝山崖書院，一腳重重踏出，掄起手臂，最終做出一個投擲姿勢。

一根雷電交織的雪白長矛呼嘯而去，直刺東華山之巔的那棵銀杏樹。

崔東山哈哈大笑：「來得好，乖孫兒總算還知道孝敬你家祖宗！來而不往非禮也，老祖宗打賞，孫兒蔡京神好好接著！」

電矛撲向山巔大樹，很快闖入書院地界的上空。

這座歷經坎坷的新山崖書院雖然已經不是儒家七十二書院之一，但畢竟還有茅小冬坐鎮其中，很大程度上擁有一方聖人小天地的地利優勢。不過不知是書院自覺理虧，還是茅小冬不願與蔡京神敵對，竟是毫不猶豫地撤去了地界防禦，任由山上、山外兩人展開一場公平、公正的捉對廝殺。

銀杏樹這邊，亦是有一抹細微金光當空炸起，相對長達兩丈、氣勢威嚴的巨大電矛，那點金光實在是小到可以忽略不計。

外行看熱鬧，內行看門道。隨著那抹金光飛出山頂，迎向那根電矛，許多原本心存輕視的行家就開始真正小心凝神了。

那柄破空而去的袖珍飛劍割裂出一條軌跡，四周竟然出現昏暗到極致的縫隙，這是傳說中世間實物與光陰長河的激盪碰撞，飛劍的掠空速度、本身材質的堅韌度、其中蘊藏劍意的雄厚，三者缺一不可。

到了這個層次的本命飛劍，號稱劍光一閃，萬物可斬！

果不其然，那根試探意味多過一擊斃命的電矛被金光瞬間擊碎。

空中電光四濺，如一場絢爛火雨。

蔡京神獰笑道：「還有點道行，再來！」

這次他終於放開手腳，一根根電矛迅猛掠向東華山。

金色劍光隨之大放光彩，在山巔之外劃出一抹抹璀璨流螢。

崔東山盤腿坐在銀杏樹高處枝頭，優哉游哉，手心托著個方方正正的玉璽。

他沒有半點大戰正酣的興奮，反而略顯慵懶無聊，心中冷笑不已：『我先生不多，如今就一個。師兄弟看得上眼的不多，一生知己朋友不多，入眼的美人不多……可我的法寶多啊！』

那一夜真是精彩紛呈、跌宕起伏，最後小半座大隋京城人家都被驚醒，披衣出門，要麼在院子裡遠望東華山，要麼乾脆爬上樹枝、牆頭甚至是屋頂。一場漫長的神仙打架看得十分過癮，尤其是孩子們，一個個歡天喜地，只恨家裡瓜子糕點不夠吃。

兩位神仙一直從大半夜打到拂曉時分，害得一宿沒睡的大小官員們幾乎人人都神情萎靡地去參加朝會。

事後有高人粗略統計，東華山那位來歷不明的白衣仙人除了最開始的金色飛劍，之後光是露面的法寶就多達二十六件，無一不是流光溢彩、品相驚人，真是次次出手都不帶重樣的！有京城好事者已經偷偷將其尊稱為「蔡家老祖宗」。

蔡京神所在的那個京城豪門，從上到下，像是真的剛剛認了一位自家老祖宗，第二天就沒誰好意思出門。

當天，李槐就收到了那套失蹤已久的小泥人兒，以及原先三名舍友姍姍來遲的道歉。

那一刻，李槐既沒有喜極而泣，也沒有囁囁嚅嚅，他就是有些想念爹娘和姐姐了。

李寶瓶、林守一、于祿、謝謝，以及崔東山，他一個一個謝了過去。

林守一又去了書樓，學舍裡只剩下李槐一個人。這是他第一次蹺課，雖然讀書不行，可之前不管受了什麼委屈，哪怕給人打得鼻青臉腫，他都沒有缺過夫子們的課業。

今天，李槐蹲在學舍外，沒去上課，而是曬著冬天的和煦太陽，輕輕用樹枝寫著一家人的名字。

他這次沒哭。

大隋京城，穿著寒磣的一行三人問著路，緩緩向山崖書院走去。

身材豐滿卻眉眼潑辣的婦人在女兒用蹩腳的大隋官話再一次跟人問過路後，氣得一巴掌拍在自家男人腦袋上：「沒用的玩意兒，到了書院，你就在山腳待著吧，省得給兒子丟臉！」

那個五短身材的窩囊男人背著一只大行囊，難得稍稍硬氣地跟媳婦反駁一回：「還是見見吧，咱們給兒子帶著好些吃食呢，妳們背著上山，很累的。」

婦人氣不打一處來，叉腰怒罵道：「李二，你也就這點能耐了！好嘛，我們娘兒倆都狠得下心說走就走了，你倒好，一個大老爺們兒，臨了說要見一見兒子？」

婦人伸出手狠狠擰著男人的腰肉，擰了半天沒動靜，只得悻悻然作罷：「一身腱子肉，力氣只會在晚上欺負老娘！」

李二嘿嘿笑著，婦人一腳踢過去，嫵媚道：「死樣！」

男女身旁，一個身材抽條如柳枝婀娜的少女沒理睬爹娘的打情罵俏，只是柔柔笑著。想到馬上就能看到自己的淘氣弟弟，她便有些開心。

婦人突然一下子紅了眼睛：「不知道槐兒是胖了還是瘦了，可千萬別給人欺負了，我這個當娘的可不敢在這裡罵人啊。」

李二習慣性默不作聲，最後望向書院，咧嘴笑了笑。

欺負我兒子？哦，如果真有，那我李二就去會一會那位英雄好漢。多大點事？

阿良曾經調侃李槐小兔崽子是窩裡橫，外邊慫。這一點，李槐十有八九是跟他娘學的。這還沒到東華山，剛瞧見山崖書院的牌樓，婦人就開始怕了，在家鄉小鎮罵街巷戰無敵的氣焰半點沒剩下，倒是她男人依然走得腳步堅定，跟上山下水沒兩樣。女兒李柳也不差，該問路問路，該道謝道謝，便是大隋京城的百姓，在東寶瓶洲北方是出了名的眼高於頂，遇上這樣漂亮溫柔的少女，仍是給予了最大善意。

山崖書院雖然搬離大驪，被摘掉了儒家七十二書院之一的頭銜，元氣大傷，可瘦死的駱駝比馬大，在大隋仍然是無數士子、學生心目中的聖地。

書院在待人接物方面挑不出任何毛病，便是三人穿著寒酸，渾身冒著泥土氣，一聽說是書院學子的家長，就十分客氣周到。有人親自領著他們去書院專門用來安頓遠方客人的住處，然後又帶著他們去塾堂找李槐。得知李槐今日缺課，就又輾轉到了林守一的學舍，果然看到那個在地上撥弄樹枝的孩子。

李家三口之所以能夠直奔此地，在於李槐這三個孩子畢竟是原山長齊聖人的嫡傳弟子，近期又折騰出那麼大風波，李槐這撥人在書院的動靜，例如各自性格如何、品行如何、學問大小、住在何處，幾乎人人皆知。

對於大多數不掌權的書院夫子們而言，在這件事上，依然看得比較淡，並無明顯的好惡情緒，更多還是兩耳不聞窗外事，一心只教聖賢書。

當李槐聽到喊聲，抬起頭後，看到再熟悉不過的三個身影，有些懵，只當是自己做夢，狠狠揉了揉眼睛，這才丟了樹枝站起身，一路飛奔，先與那位言笑晏晏的書院先生作揖致謝，這才仰著腦袋看著爹、娘、姐姐，紅著眼睛，說不出話來。

親人不在身邊，有些委屈，會覺得就那樣了；可當親人真的出現後，反而就會覺得那個委屈比天還大了。只不過李槐到底是走了好幾千里路的遠遊之人，哪怕年紀小，跟著陳平安見過無數大山大水，從暮春走到了初冬，懂得了收斂情緒，沒像在小鎮那麼咋咋呼呼，一下子就又開心起來，用手臂抹了抹眼睛，問道：「爹、娘、李柳，你們怎麼來啦？」

領路的先生笑著告辭離去，不耽誤一家人團聚。

婦人頓時如釋重負，一把抱住李槐，哽咽道：「我家槐兒怎麼這麼黑瘦了？哎喲，娘親的心肝都要碎了。都怪你爹，恁大個人了，都走到了老遠的地方，突然說不放心你，怕你沒錢吃飯，怕你生病沒人照顧。我們仨一合計，就想著還是來書院看看你……」

身材矮小結實的李二就像一塊黑黝黝的硬鐵，此時還背著一座小山似的行囊，撓撓頭，臉色尷尬道：「我只說了一句，說不知道槐兒在大隋書院吃不吃得上雞腿，你娘和你姐就都哭了起來，怎麼勸都沒用，後來她們娘兒倆就……」

被揭穿真相的婦人蹲在地上，轉頭狠狠瞪了一眼自己男人：「滾滾滾，就你話多，你要是不想槐兒就自個兒去山腳待著。」

李二傻笑著，當然沒挪步。

婦人蹲在地上，摸摸自己寶貝兒子的腦袋，揉揉他的小細胳膊，心疼道：「怎麼這麼瘦啊，是不是吃不飽、睡不好？」

李槐立即滿身豪氣，咧嘴笑道：「吃得好、睡得好，好得很呢。娘親，我告訴妳，這趟來大隋求學，我可是跟在陳平安他們後頭，自己一路走過來的！走了好遠，幾千里呢，從咱們老家先走到棋墩山、紅燭鎮、繡花江、野夫關，再穿過黃庭國……瞧見沒？」他後退一步，抬起一腳，「草鞋！陳平安給我編的，又結實又舒服。後來我想自己學來著，陳平安沒讓。娘親，妳猜我換了多少雙草鞋？」

這個問題一拋出來，完全讓婦人招架不住，哭得稀裡嘩啦。

李柳趕緊蹲下身，輕輕握住娘親的手。

李槐也有些慌了神，不知道這怎麼就讓娘親傷心了，趕忙收起草鞋，眼珠子滴溜溜轉動起來，靈機一動，大聲道：「娘親，去屋裡，我給你們看一樣好東西！」

到了林守一學舍，李槐「啪」一下將那只綠竹小書箱放在桌上，學著李寶瓶雙臂環胸，斜瞥一眼姐姐李柳，再學著崔東山說話的方式，得意揚揚道：「咋樣，我的小書箱哦，好不好看？羨不羨慕？」

李槐猶不甘休，熟稔地背起小書箱，繞著桌子走了一圈，把李柳給看得又心疼又好笑，趕忙幫著摘下書箱放回桌上。淚花兒在她眼眶子裡輕輕打轉，那張粉撲撲的鵝蛋臉上則笑意柔柔。靈秀少女獨有的笑意，好似春江水暖。

李二突然問道：「這一路，沒被人欺負吧？」

李槐搖頭笑道：「沒呢。」

婦人一聽到這個就來氣：「兒子給人欺負了又如何，就你那窩囊樣，在老家哪次兒子受了委屈不是我這個當娘的罵回去的，你能做啥？」

李二縮著脖子小聲道：「那不是在家鄉嘛，街坊鄰居的，大多心不壞，總不能傷了和氣，到最後還是媳婦妳難做人。」

婦人一拍桌子：「還敢還嘴！李二你是想造反啊？還是覺著出了趟遠門，長見識了，想要拋家棄子、換個年輕漂亮的媳婦了？」

李二無奈道：「怎麼會。」

婦人大怒：「那是你有賊心沒賊膽，知道別的女子根本瞧不上你。上回咱們遇上那個大長腿的妖精，穿得花裡胡哨的，一看就不是個正經人家，你就沒偷瞧？真是丟人現眼，臭娘兒們胸口連二兩肉都沒有，也敢跟老娘比姿色？」

李二欲言又止，蹲在地上唉聲嘆氣。愁啊。

那山上老妖婆看著是挺年輕，其實有七、八百歲了，好歹也算稱霸一方的九境得道妖修，我要不瞧她一眼，讓她曉得輕重厲害，她可就要殺人吃肉了。如果妳們娘兒倆不在身邊，我早早一拳打殺了。可這些烏煙瘴氣的玩意兒，他哪裡敢跟自家媳婦說啊。

蹲在地上的漢子一直忘了拿下行囊，所以就像靠著一座小山峰。

婦人怒吼：「東西還不快拿出來，怎麼，不捨得給兒子，留著給外邊的狐狸精啊！」

李二趕忙起身，打開行囊，把一堆吃食、衣物、書本堆放在桌上。

李槐好奇問道：「咱家這麼有錢？」

婦人笑著解釋道：「你爹傻人有傻福，咱們這趟出遠門，路上你爹找著了一些草藥，拿去一賣，值不少錢。娘親還是第一次見著金子哩，金燦燦的，瞧著就讓人心生歡喜。如今娘親攢下一些家底了，不過你小子先別惦記，那可是將來幫你娶媳婦用的。」

李槐看了眼一直坐在旁邊不說話的姐姐：「先給我姐當嫁妝唄，我又不急。」

婦人氣呼呼道：「嫁出去的閨女潑出去的水，生下來就是賠錢的，給她作甚？」

李柳習以為常，半點不生氣。她打小就是逆來順受的好脾氣，這一點隨她爹，完全不像李槐。一家四口人相依為命，兒子像娘，女兒像爹，倒也有趣。

李槐搖頭道：「娘，妳這樣的話，以後我姐就算嫁了個好人家，也非得受氣。妳就是運氣好，找到我爹這麼老實的人，啥都順著妳，要不然就舅舅那些人，如果妳真被我爹欺負了，娘家人靠得住？那就是氣上加氣，能給人氣出病來。娘，我說得對吧？」

婦人給噎得說不出半個字來。李柳嘴唇抿起，偷偷笑著。

婦人伸出手指輕輕戳一下兒子額頭，悻悻然道：「喲，長大了，就不幫著娘說話啦？」

李槐嘿嘿笑著，轉頭望向身邊的姐姐，壞笑道：「李柳，我這趟出門，幫妳找了好幾個相公……」

李柳眨眨那雙秋水長眸，似乎有些茫然。

婦人一巴掌拍在兒子腦袋上，氣笑道：「怎麼說話呢！妳姐只能嫁一個！當然，如果真沒嫁好，受不了委屈，那麼可以離了再換，但是沒有一女嫁多夫的道理。」

李槐壞笑道：「李柳，我現在跟林守一住一起哦。」

婦人疑惑道：「就是那個爹在督造衙署當官的林守一？」

李槐點頭道：「就是他，跟董水井搶我姐的那個，如今可厲害了，對我也很好。以前在家鄉學塾吧，我還挺討厭他的，如今才發現他其實人很好，就是脾氣冷了點，耐心不太好，比不得我的未來小師叔陳平安。」

李柳默不作聲。

婦人「哦」了一聲，笑問道：「你一口一個陳平安的，又是誰？是不是家裡更有錢？不會是你幫你姐挑選的相公吧？」

李槐搖頭道：「陳平安啊，我最要好的朋友之一，跟阿良一樣。不過他不是我姐夫，年紀其實剛剛好，但是李柳配不上他。」

婦人又是一巴掌打賞過去：「什麼叫李柳配不上他，有你這麼說你姐的嗎？你姐哪裡不好了，要模樣有模樣，脾氣也不差，一看就是個相夫教子的好媳婦，明擺著嫁給誰誰都不虧。」

李二坐在對面，臉色古怪。

李槐一本正經地說著混帳話：「我說實話啊，妳看我姐啊，長得……還湊合吧，家世的話，唉，提這個傷感情。」

說到這裡，孩子笑道：「不過爹娘是誰，由不得我們。再說了，我們家窮是窮了點，可爹娘你們很好啊。陳平安有一次跟我一起在山上拉屎，我們倆就隨便聊。陳平安說他爹娘都走得早，就讓我多念著你們的好。一開始我可沒多想，只當他是拉不出屎來，跟我在那兒沒話找話呢，後來跟陳平安走了一路，才曉得他說的是真心話。跟你們說啊，我跟陳平安關係可好了。你們也知道我最怕鬼了，晚上憋不住，一定要拉著陳平安一起的，他從沒說我煩，真的，就連心裡頭都不覺得我煩。這樣的人，我姐配不上。」

婦人冷哼道：「陪你拉屎撒尿就是大好人啦？」

李槐開始掰手指：「除了這個，陳平安還給我做小書箱、編草鞋、做飯、洗衣服，還幫我養毛驢。我得風寒了，他大半夜跑幾十里山路給我採藥、煮藥。他還花錢給我買書、送我玉簪子、教我打拳，跟我說以後要孝順爹娘。出了事他不罵我，反而幫著我，擋在我身前，狠狠揍那些壞蛋……根本數不過來啊。我倒是想他當我姐夫來著，做夢都想。」

婦人愕然。

李二看著那個神采飛揚到有些陌生的兒子，有些唏噓，更多還是高興。

婦人笑著拿出一雙千層底布鞋：「這是你姐給你縫的，肯定比穿草鞋舒服。」

李槐嘆了口氣。

婦人疑惑道：「咋了？」

李槐眼神憂傷地望著娘親：「你們怎麼不多生一個姐姐，生得更好看一些，我好送給陳平安，那我以後想喊他姐夫，或者喊小師叔，就都可以啦。」

婦人擰著兒子的耳朵：「哪有你這樣埋汰自己姐姐的，氣死老娘了！」

李柳笑得眼睛瞇起月牙兒。她對這個自幼就無法無天的弟弟，是真的打心眼裡喜歡，而且她知道，這個頑劣弟弟不管嘴上如何說她的壞話，對她終究是很好很好的，只不過外人不知道而已。

『你家倆孩子，女兒有天資，兒子有洪福。』這是他爹在楊家鋪子做事時，楊老頭親口說的。當然，其實還有半句話，李柳聽過就忘了：『還有個罵天罵地罵閻王的潑婦，是你李二家門不幸。』

房門口傳來腳步聲，一個容貌俊秀的冷峻少年隨後出現，呆了呆，破天荒地有些臉紅。

李槐唯恐天下不亂，望著林守一，指了指自己姐姐，哈哈大笑道：「我姐李柳哦，她自己登門給你做媳婦來啦。」

婦人看林守一是挺順眼的，知書達理，不光是有錢人家的孩子那麼簡單，偶爾幾次登門，雖然話不多，對她都很尊敬，也不會嫌棄他們家窮。而且婦人對於讀書人一向有好感，總覺得以後嫁女兒一定要嫁到書香門第，哪怕女婿家裡沒什麼錢也沒關係。

李槐站在長凳上，玩笑道：「林守一，你坐我姐身邊唄，反正以後就是一家人啦。」

婦人擰了他一把：「不許胡說八道。」

林守一深吸一口氣，當然不敢坐在李柳身邊，跟李槐爹娘客客氣氣地問好之後，懷裡捧著書坐在了李柳對面。

相比林守一，同樣是喜歡自己女兒的學塾孩子，李二其實反而更喜歡董水井一些。不過對林守一，他倒也覺得不錯，只是沒董水井那麼合自己脾氣罷了。在這個家裡，將來李柳嫁人，他說話最不管用。媳婦點頭，李槐認可，李柳喜歡，最後才是他李二。

之後聊到書院和東華山，知道李槐爹娘三人要在這邊住幾天，林守一便提議帶著他們出門逛逛。

李槐偷著樂：「喲，這就當上女婿啦。」

這句話一出口，他就被他姐姐輕輕擰了一把胳膊，並且吃了他娘親一記結結實實的栗子。

東華山風景極好，這一逛就足足逛了將近一個時辰，而且還只逛到半山腰。吃過午飯，書院兩位先生主動登門來到林守一學舍，依舊是和和氣氣的，讓婦人一顆懸著的心總算放下。在她看來，齊靜春畢竟只是小地方的窮酸教書匠，人好是好，可如今到了大隋京城，真正有身分的讀書人怎麼可能沒點脾氣？自己兒子什麼性子，她這個當娘的最清楚不過，她是真怕李槐被先生們視為讀書沒出息的眼中釘，每天除了呵斥就是打板子，李槐怎麼受得了？

在一家四口陪著兩位先生閒聊的時候，外人林守一安安靜靜坐在旁邊。

李槐經歷過那樁比天還大的風波後，性子變了許多，沉穩懂事多了。至於李柳，好像是再過一千年、一萬年都不會變的嫻靜性子，她有一雙特別好看的眼睛，林守一百看不厭。

當然，是偷偷看。

李槐的娘親沒那麼大大咧咧了，說話細聲細氣，跟在小鎮的時候截然不同，還顯得侷促不安，這一點，甚至不如她女兒來得大氣。李柳沒有上過學塾，但是會經常去學塾接李槐放學，哪怕是遇上先生齊靜春，李柳依然會不卑不亢，待人接物透著一股天然的慧根靈秀。李柳對誰都會客氣而禮貌，給林守一她離你很近卻又很遠的奇怪感覺，同時哪怕她離你很遠，在看不見的遠方，卻又彷彿就俏生生站在自己心頭。

所以林守一很喜歡她，哪怕只是這樣偷偷看她，他的心情也會尤其平靜祥和。看過了一重重的秀美山水，可只要她不在那兒，就都不是最好的山水。

至於李二，對那兩位先生是客氣到了極點，恨不得端茶送水，說話的時候就一直彎著腰，本就個子不高，這樣一來就越發顯得矮小敦厚了。他只會勸說李槐的先生們吃東西，問題是兩位先生雖然在書院地位平平，可能夠在書院教書的夫子，哪一個會差了？聖人教誨，食不厭精，膾不厭細，桌上那些吃食，人家真的未必願意多吃的，略微吃一些是禮數不假，可哪有當真把自己吃撐的道理。

如果換成是以前，李槐看到自己爹這樣會覺得丟臉，但是這一次，李槐沒有。

他爹是沒本事，但是他爹這輩子把能給他李槐的都已經給了。

如今李槐覺得他爹不管做什麼都不丟人。

不太願意跟他和林守一說什麼閒話的陳平安教過李槐類似的道理，然後一路上發生那麼多的事情，讓李槐不當回事地聽過之後，又在心裡大致懂了一些。阿良也曾經私下無意間跟李槐說過，有錢人隨手送他一千兩銀子，跟陳平安送他十兩銀子，誰更好心好意，讓李槐自己掂量掂量。如果對前者輕易感恩戴德，可以，是因為他還沒長大，見識不多，問題不大；但如果對後者視而不見，那就是他根本沒良心，是傻。

看著忙前忙後傻笑著的男人，李槐突然有點心酸，就開口讓他休息一會兒。

李二起先是覺得自己做得不講究了，可看到兒子的眼神後，發現不是那麼回事兒，就笑著站到一邊，想要蹲下，但似乎覺得這樣很是粗鄙不堪，蹲了一半又連忙站起身。看到自己兒子背對著兩位夫子朝他做了個鬼臉，他便憨憨笑了起來，搓了搓手。跟自己孩子的先生相處，他原本確實有些緊張，這會兒就好多了。

聊完之後，兩位先生就離去了，畢竟下午還要授課。一家四口加上林守一，一起將他們送到門外。

李槐下午有課，但是孩子說今天就想陪陪爹娘，保證明天開始讀書會更努力更用心。書本總歸沒長腳，先生們肚子裡的學問也跑不掉，只要好好念書，肯定是能讀回來的，但是爹娘在書院待不了幾天，得多陪陪。

這番乖巧懂事的言語把婦人給說得怔怔出神，看著那個滿臉認真的孩子，當場就哭了起來，然後對著李二就是一頓拳打腳踢，埋怨他非要去那麼遠的地方，把兒子一個人留在這裡吃苦。

李二對於這些飛來橫禍，當然是一聲不吭地受著。

林守一壯起膽子，小聲詢問李柳想不想去書樓看看，說書院的藏書是大隋王朝最豐富的。李柳笑著搖了搖頭，說要陪弟弟。

接下來整個下午，李槐就在爹娘住處玩鬧，沒忘記背上那只小書箱，神祕兮兮地掏出那只彩繪木偶，說這可是他珍藏已久的寶貝，然後故意一臉心疼地送給姐姐。李柳當然不肯要，只是拿在手裡把玩了一會兒就還給了李槐。李槐有些鬱悶，說她是頭髮長見識短，不識貨。李柳摸了摸弟弟的腦袋。

林守一沒好意思厚著臉皮待下去，就去書樓看書，只是怎麼都看不進去，最後乾脆放下書，站在窗口苦等，眼巴巴等著日頭西斜。

臨近黃昏，李槐突然說要跟他爹說點事情，婦人就說：「什麼事情不能當著我的面講，總不會是給李柳找了相公，還要順便給你爹找新媳婦吧？」

李槐笑著說：「我爹掉坑裡這輩子都爬不出來了。」

婦人笑著作勢要打，看到一大一小走向房門口的身影，又嘆了口氣，默默流淚。

李柳雖然長得柔弱，卻不是多愁善感的性子，只是看到娘親這樣，她也有些難過。她們都不傻，都明白不是因為真正吃過苦頭，李槐不會好像一夜之間長大了，只是已經懂事的孩子，不願意說那些不開心的事情而已。

李槐帶著李二走出門口，門外沒多遠就是一片小湖，兩人沿著湖邊小路緩緩而行。

李槐問道：「爹，這座東華山，有您去過的老家那些山大嗎？」

李二笑道：「比有些山大，比有些山小。」

答案跟他的人一樣無趣乏味。李槐翻了個白眼，蹲在湖邊，撿起一粒石子丟入湖中：

「爹，就衝您對我娘這麼好，就很好了。」

李二不善言辭，一時間不知該如何回答。

李槐突然低聲道：「爹對我也很好。以前，對不起啊。」

李二蹲下身，輕聲道：「哪有當兒子的跟爹說什麼對不起的，用不著。」

他很快苦著臉道：「你這麼說，爹心裡慌，不踏實。」

李槐咧咧嘴，轉頭看著這個曾經害自己在學塾被同窗瞧不起的男人，輕聲道：「爹，我膽子小，是隨您還是隨娘親啊？照理說您還敢自己去山裡呢，我就不敢。以前在家裡待慣了，就覺得誰對我好不是天經地義的事情嗎？現在才知道根本不是這麼回事，外邊的壞蛋多著呢。後來這一路跟陳平安待在一起久了，發現他不愛說話，就只會埋頭做事，但對誰好吧，那是真的恨不得把身上所有好東西都拿出來，跟爹您是差不多的性子……」

李二伸出粗糙寬厚的大手，輕輕放在孩子腦袋上：「長大啦。」

李槐伸手拍掉漢子的手掌，沒好氣道：「沒呢，離開家的時候是七歲，這還沒過年呀，所以還是七歲。」

李二雙手疊放在腹部，蹲著望向湖水開始發呆，最後愧疚道：「爹這輩子沒啥本事，沒讓你們仨過上半天好日子，尤其還讓你給人瞧不起，讀書讀得不開心，爹心裡頭……」

李槐擺擺手，打斷他的話，老氣橫秋道：「爹，不是我說您啊，多大的人了，還說這些有的沒的。」

他沉默片刻，耷拉著腦袋：「爹，其實看到您在先生面前那個樣子，我挺難受的。」

鐵打的漢子也讓自己兒子這句心裡話給說得狠狠揉了揉臉頰，總覺得自己是真對不住這麼懂事的孩子。

李槐最後站起身，笑道：「爹，這兩天好好帶著娘親和姐姐一起逛逛大隋京城，哪怕買不起好東西，看看也好。以後等我讀書有些出息了，回頭我給你們買！走啦走啦，娘親膽子小，沒我們在身邊，肯定要擔心的。」他說得很認真，「爹，以後對娘一定要好啊，她就那脾氣，說話是不中聽，但您是男人，多擔待著點唄？」

李二使勁點點頭，站起身後，卻說他想一個人待一會兒，看看風景。

李槐一路小跑回去，蹦蹦跳跳，無憂無慮，明顯還走著稀裡糊塗的拳樁架勢。

李二突然喊住自己兒子。

李槐在遠處轉過身，納悶道：「爹，咋了？要找茅廁？」

李二朝他伸出大拇指：「好樣的！」

「還用您說？」李槐翻了個大大的白眼，跑了。

在他走後，李二抖了抖手腕，環顧四周後，沉聲道：「姓崔的，出來！」

一個玉樹臨風的白衣少年從一棵大樹後緩緩走出，賠笑道：「李二大爺來了啊，幸會幸會。事先聲明，如今我可不是啥大驪國師，已經是崔東山啦，跟你家寶貝兒子李槐算是半個同門師兄弟吧，你可不能胡亂打人。」

李二面無表情道：「你就說怎麼回事！一、事情過程，別偷工減料；二、我不保證不會打死你。」

崔東山仔細打量著這位差點活活打死藩王宋長鏡的純粹武夫，心情極為複雜，還有些感慨，嘆了口氣道：「那就容我娓娓道來。」

當時在驪珠洞天內，那一場驚天地、泣鬼神的九境巔峰之戰，事後宋長鏡成功破境，躋身傳說中的武夫十境，成為東寶瓶洲第二位貨真價實的止境大宗師，關鍵是宋長鏡如此年輕，用「如日中天」來形容也不為過。但是為何宋長鏡能夠在不惑之年就成功破開瓶頸，外界根本無從知曉。

武人七境之後的破境，每一次都是說死則死的巨大生死關，幾乎全是在生死絕境中逆勢破開，這已經是天下武道的常識，而這意味著那塊磨刀石，那個對手，最差也是旗鼓相當的巔峰強者。

為何宋長鏡能升入第十境，而明明可以的李二沒有？為何楊老頭一開始就打定主意能夠跟宋長鏡做買賣？要知道，兩位九境巔峰的純粹武夫一旦交手，必然是天翻地覆的場面，打到最後，不是誰想收手就能夠收手的。以楊老頭不見兔子不撒鷹的性格，為何要冒著李二打死宋長鏡與整個大驪王朝成為死敵的風險，也要讓宋長鏡接受這個不得不接手的破境機緣？對此，崔東山一直很奇怪。

直到現在近距離看到氣勢外露的李二本人，崔東山才有些明悟。

因為李二的九境底子打得比宋長鏡更加堅實，更加雄厚！所以他躋身第十境就需要更多的磨礪，一旦成功，同樣是第十境，不管宋長鏡如何天賦異稟，下一場生死之戰，十之八九，仍是會輸給這個在東寶瓶洲幾乎毫無存在感的李二！

崔東山將近期的波折一一說過，從頭到尾，李二的臉色看不出絲毫變化。

崔東山笑道：「大隋底蘊深厚，不容小覷，可別胡來。再說了，我已經替所有孩子出過氣，教訓了那個十境鍊氣士蔡京神，接下來他們的求學之路會一帆風順。有我照顧，不會有任何麻煩。」但他又居心叵測地火上澆油，「不過呢，李槐的那三個兔崽子舍友雖說道歉了，東西也還給李槐了，可是他們家的長輩如今還一聲不吭呢，這樣是不太好，你要是真氣不過，倒是可以找他們幾家說道說道。」

李二看了他一眼，他趕緊舉起雙手，無比幽怨道：「這一切跟我崔東山沒有一顆銅錢的關係。就算有，也是跟京城那位國師有關。就比如你這次來大隋京城，我不否認，極有可能是他和楊老頭的意思。所以我比誰都更加委屈啊，如今神魂分離，說不得以後還要自己跟自己下棋作對，你說我慘不慘？你李二忍心對我出手？」

李二不耐煩道：「少跟我來這一套，你們怎麼謀劃是你們的事情，只要別惹我，別惹我家，我管你們在想什麼！但是現在，我兒子給人欺負成這樣，給人欺負得……都他娘的不敢跟自己爹娘說半個字！」

他吐出一口唾沫，這麼個天大的悶葫蘆窩囊廢冷笑道：「去你娘的大隋！」

崔東山感到如芒在背。九境之巔的純粹武夫，尤其是李二這種在驪珠洞天活蹦亂跳的怪物，哪怕站著不動讓尋常十境修士狂砸法寶也要砍上大半天啊。說不定李二沒如何，鍊氣士自己已經累得夠嗆了。

李二大踏步往山頂走去，崔東山趕緊跟在他身後，好奇問道：「這是要做啥？」

李二撂下一句：「去山頂看一圈，找到大隋皇宮，先去一趟，回來後順便收拾那個蔡京神。」

這話說得……就像是我先去趟茅廁，回來再洗個手？

一前一後到了山頂，茅小冬神情凝重地站在涼亭外。

整個東寶瓶洲，九境武夫比十境鍊氣士少得多，這也是為何大驪出現一個宋長鏡，就能夠震懾群山。

九境武夫幾乎已經將體魄淬鍊到人間極致，號稱萬法不侵。茅小冬雖然知道沒有外界傳聞這般誇張，畢竟還有那些上五境修士，神通廣大，力可搬山，氣能倒海，單看躋身八境之後的藩王宋長鏡那幾場與頂尖修士的生死廝殺，確實當得起這個評價。畢竟，如神龍隱於雲霧的上五境修士何其罕見。

崔東山笑呵呵介紹道：「這位老夫子名叫茅小冬，以前是齊靜春的師弟，如今是山崖書院真正管事的副山長。」

原本李二瞧也沒瞧那個腰間懸戒尺的高大老人，聞言後立即主動笑道：「茅夫子，我是李槐他爹。」

茅小冬驚訝，崔東山也一樣感覺奇怪。以李二那種直愣愣一根筋的臭脾氣，對山崖書院哪怕沒怨言，肚子裡應該還算有些怨氣的，畢竟書院在這次風波裡什麼都沒做，看似中立公正，其實是有些不近人情的。別說李寶瓶這夥當事人，就連當時追隨茅小冬一起離開大驪的書院學生都覺得不理解，為何老先生沒有仗義執言，跟大隋朝廷討要一個說法？

就像當初坐鎮驪珠洞天的齊靜春，深陷死局，絕無活著離開的可能了，大驪宋氏皇帝雖說沒有對齊靜春本人落井下石，可也沒敢對那些勢力提出任何異議，事後讓許多老山崖書院走出去的讀書人都感到失望不已。

李二灑然笑道：「在小鎮，齊先生有一次找我喝酒，就提到過茅老先生。齊先生認可的讀書人，我李二就覺得肯定是真正的讀書人，所以這次的事情，我相信老先生管著這麼大一座書院，肯定有自己的難處。我李二沒讀過書，但是這點道理還是懂的。」

看來不在家裡，這個粗樸漢子不是真的悶葫蘆，只是能夠讓他開口說話的外人不多而已，茅小冬顯然是沾了師兄齊靜春的光。

茅小冬喟嘆一聲，無奈道：「愧不敢當。」

李二客套話說完之後，便開始環顧四周，凌厲視線如潮水一般湧去，偶有幾點浪花激盪而起，如江水之中的砥柱石頭，但是很快就紛紛心存驚駭地迅速沉寂下去，避其鋒芒，距離東華山最近處那個名為蔡京神的十境鍊氣士亦在此列。

李二找到了那棟占地廣袤的宏偉建築，紅牆綠瓦，龍氣濃郁，典型的皇家氣派。

茅小冬問道：「你是想要找人理論？」

李二原本已經準備離開這座山頭，聽聞老人開口後，便停下體內氣機運轉，點頭道：

「直接找大隋皇帝，如果他好說話，就讓他把什麼楠溪楚家、上柱國韓家、懷遠侯府請出來。我不欺負人，可以答應讓他們各自家族最能打的人出面，是一個一個上還是一起上，隨他們高興。」他說這話時臉色沉靜，語氣平淡無奇。

崔東山嘖嘖稱奇，他這個看熱鬧的，不怕老天被捅出個窟窿。

茅小冬一陣頭大，剛要勸說什麼，李二咧了咧嘴，露出雪白森森的牙齒：「如果大隋皇帝不好說話，那就更簡單了。講道理有講道理的打法，不講道理有不講道理的打法。我李二今天不拆掉半座大隋皇宮，以後就跟高氏皇帝姓。」

崔東山一肚子壞水蕩漾，在旁邊居心叵測地「善意提醒」道：「大隋京城的那個護城陣法雖然強在防禦攻城外敵，對內平平，威力更遠遠比不得大驪那座攻守兼備的白玉京飛劍樓，可這裡畢竟是大隋版圖的中樞重地，皇宮更是重中之重，哪怕你是九境之巔的純粹武夫，一旦陷入圍攻，也未必能夠全身而退啊。」

李二扯了扯嘴角，眼神陰沉地盯著他：「那是我該擔心的事情，你不用在我李二耳邊吹這邪風。你又不是我媳婦，她可以吹枕頭風，你算個什麼東西。醜話說在前頭，我是不在乎你們那些狗屁倒灶的謀劃，但這不意味著你可以當我是傻子。」

崔東山笑咪咪道：「得嘞，好心當成驢肝肺，李二大爺您怎麼心情好怎麼做，我是不管了。」

李二笑道：「不過還是要勞煩你跟李槐說一聲，就說他爹出去給他們娘仨買點東西，晚點回書院。」

茅小冬憂心忡忡道：「慢行一步。實不相瞞，這次風波，我確實別有用心，希望藉此機會，真正給孩子們一個安心求學的環境，不願意大驪和大隋之間的爭鬥波及山崖書院。我本打算近期就會親自走一趟皇宮，跟高氏皇帝來個一錘定音……」

李二擺手道：「老先生，那是你們書院的事情，我管不著。我這次去皇宮，是我李二家的家事。反正我答應絕不會給書院帶來麻煩，這一點，老先生您可以放心。」

茅小冬苦笑道：「說句難聽的，你在皇宮鬧得越大，其實對書院反而越好，但是單槍匹馬殺入一座王朝的皇宮，實在太過凶險，如無必要，完全不用這麼強硬蠻幹。如果可以的話，還是讓我這個當書院副山長的親自去跟大隋皇帝說清楚，讓他給那些家族施壓。到時候你李二還不滿意，再出手不遲，如何？」

李二搖頭道：「老先生的好意，我李二心領了。但是我方才說了，這是我家的家事，作為一家之主……作為家裡的男人，李槐他爹，我靠拳頭能夠解決的事情就自己解決掉，不去想那麼多。」

茅小冬不得不對崔東山使眼色，希望這個巧舌如簧的傢伙能夠周旋一二，別讓局勢走到死局的尷尬境地，只可惜那傢伙打定主意坐在山頭看大水。茅小冬嘆了口氣，只得轉移話題，問了一個他一直好奇的問題：「齊靜春在小鎮教書，成天對著一群蒙學孩子，過得如何？」

李二愣了一下，大概是沒想到老人會問這個，略作思量，答道：「還行吧。齊先生去過我家一趟，聊的不算太多。但是齊先生我是很佩服的，便是我家婆娘那麼潑辣……那麼不太好說話的人，對齊先生也是讚不絕口，開玩笑說她要是再年輕個二十歲，保管改嫁，後頭又可惜我家閨女年紀太小來著。」說到這種糗事，漢子竟然還笑得挺開心，補充了一句，「我覺得李槐有齊先生這樣的先生，才是最大的福氣。」

由此可見，對於讀書人齊靜春，李二是發自肺腑的推崇。

那次媳婦給人撓得滿臉是血，而那個家族恰好又是有山上神仙做老祖宗的，李二一怒之下，背著家人偷偷離開驪珠洞天，去了一趟山裡，從山腳一路拆上去，連祖師堂都給拆得稀巴爛，從頭到尾一個字都沒說，連名字都沒報，拆完揚長而去。

那一場架，打得半個東寶瓶洲都側目咂舌。

在李二返回驪珠洞天的小鎮後，齊靜春登門了。

齊靜春作為李槐的先生，李二對他本來就尊重，所以事先打過招呼。事後齊靜春登門拜訪，李二其實有點不知所措，就怕這位學塾先生從此對李槐的印象不好。當時家裡有點散酒，差勁得很，李二都沒好意思拿出來丟人現眼，

結果齊靜春主動要酒喝，兩人就在院子裡一人一碗，各自坐在小板凳上。所謂的「桌子」還是一張椅子將就的，上面擱著一碟自家醃製的醬菜和一碟鹽水花生。

齊靜春聊過了李槐的課業情況，笑道：「強者拔刀向更強者，你跟我一個兄長朋友，很像。」

李二是個不會聊天的，悶悶道：「我沒刀。」

齊靜春喝了口酒，道：「那就是強者出拳向更強者？」

李二當時那是真的緊張，不光因為對方是什麼坐鎮此地的儒家聖人和自己兒子的先生，而是自己師父六個字的評價——「有望立教稱祖」。

他的那種緊張並非畏懼，而是誠心誠意的佩服。天大地大，武道越高，修為越高，就會發現更高處的某些人行走得何等了不起。對於這些形單影隻的偉岸背影，李二哪怕不怕天、不怕地，一樣願意拿出足夠分量的敬重。

所以李二那個時候只得有什麼說什麼：「這個勉強沾點邊……孩子打架，我總不能出手，可是找一找他們身後的老祖宗講清楚，不難。」

齊靜春拿碗跟他碰了一下，笑問道：「這次出門，感覺如何？」

李二搖頭道：「名頭滿大，聽上去咋咋呼呼的，結果就沒一個能打的。」

說到這裡，李二訕訕笑道：「酒不好，齊先生，對不住了啊。」

齊靜春卻是一口喝光了碗裡劣酒，望向遠方的夜色，神色恍惚，瞇眼笑道：「好喝。我年輕那會兒經常喝這樣的酒水，而且脾氣比你可差多了。」

最後李二知道，哪怕齊先生是真的想喝酒的，仍是故意給他留下了半壺，執意起身，對他說道：「我不敢說能把李槐教得多有學問，但是一定會讓他做個好人，心性不比他爹差，這點李二你可以放心。」

李二跟著起身：「齊先生，這就足夠了！」

李二將齊靜春送到家門口，看他獨自行走在巷弄，背影落寞，孤孤單單的。

最後一次見到齊先生，是李二偷偷躲在楊家鋪子側房。那天下著雨，小街上齊先生撐著傘，傘本來就不大，還傾斜給了那個叫陳平安的泥瓶巷少年。

兩人聊著天，先生側身低下頭，滿臉笑意；少年側身仰起頭，笑著說「好」。

李二從來沒有見過那麼不……孤單的齊先生。

此時此刻，在異國他鄉的東華山之巔，李二看了看身邊少年和那位老先生，笑了笑，說道：「天底下的讀書人，就沒一個比得過齊先生。」

李二想到了齊靜春，想到了陳平安，最後想到了自己兒子李槐。

這個男人心胸之間激盪不已，只覺得有些話不吐不快，可又說不出個所以然來。

既然如此，那就打！他自己也不知為何，就是覺得當年欠齊先生半壺酒，得痛痛快快跟人打一架，再喝！

李二並不高大的身形在東華山這一邊暴起，轟然掠空而去，劃出一道巨大的弧度，橫跨半座京城，落在大隋皇宮之中！

第七章　喝好酒的大宗師

大隋皇宮，素雅簡樸的養心齋，大隋皇帝再次召見了禮部尚書，皺眉問道：「書院那邊還是沒有動靜？」

禮部尚書搖頭道：「茅老只說會給陛下一個交代，不曾說何時入宮。」

大隋皇帝無奈道：「是我大隋給他們書院一個交代才對吧。可是茅老不來，寡人總不能催著書院來討要公道啊。」

禮部尚書小心措辭，打好腹稿後，字斟句酌道：「若說李槐與孩子之間的衝突源頭是孩子之間的矛盾，可以理解，是咱們大隋這邊有錯在先；之後一路的大小風波，則是對錯五五分；最後那個名叫于祿的少年出手就確實有些沒分寸了。關鍵是，這個少年不但出手狠辣，而且心機深沉。按照那位劍修的說法，于祿數次出手，分別是四境、五境和六境武夫的實力，之後始終壓在六境修為上，最後一次才以七境修為悍然出手，重創了劍修。」

大隋皇帝點了點頭。其實門外那個蟒服貂寺早已解釋過，少年于祿應該是武道六境巔峰修為，但是在那場書樓大戰之中，將觀海境劍修當作了磨刀石，藉此一舉成功破境，根骨、天賦、心志，無疑皆是上上之選。

這個坐龍椅的男人，他眼中所看到無論是人的好壞，還是事情的發展態勢，和這個戰戰戰兢兢的禮部天官都是不一樣的。

禮部尚書突然眼前一花，就看到一襲大紅蟒服擋在了大隋皇帝身前，門外老宦官突然來到大隋皇帝身邊，全然不顧什麼君臣禮儀。

大隋皇帝只是有些好奇，並不生氣，更無驚懼。

隨後，整座皇宮就傳來一陣宛如地牛翻身的劇烈震動。

只聽有人朗聲問道：「大隋皇帝何在？」

大隋皇帝站起身，笑問道：「這傢伙膽子真大，到底有多強？」

年邁貂寺沉聲答道：「九境武夫，有可能不是尋常的武道九境，可以說是厲害至極。」

大隋皇帝點點頭：「就像我們棋待詔之中，九段國手也分強弱，強九與弱九看似段位相同，其實差距很大。」

大隋皇帝在大貂寺的護送下走出養心齋，緩緩道：「本該有十段一說，只因為傳說中土神洲白帝城內的那個大魔頭自稱十段，城頭上還樹立起一杆『奉饒天下棋先』旗幟，於是沒有哪個王朝有膽子為國內棋士賜下十段稱號了。說實話，大隋天才棋士輩出，冠絕東寶瓶洲，可大隋亦是不敢破此例。寡人是真想去那白帝城親眼看看啊。」

大貂寺說道：「先讓宮內高手試試看深淺，陛下再現身不遲。」

二人剛剛走出廊道，就有一名白髮蒼蒼的鍊氣士過來稟報戰況。

武英殿外的廣場上，一名身為御林軍副統領的七境武夫，已經被那人一拳打暈了過去，暫時沒人敢過去察看傷情。

三人走出百餘步，又有一名身披金甲的魁梧武將過來稟報。

一位常年守護在宮外附近的十境鍊氣士宗師火速入宮後，才剛剛祭出法寶，就被那人一拳硬生生把法寶打得直接飛出了皇宮，又是一拳將那宗師打得撞入城牆，這次沒暈死過去，但已經無力再戰。

大隋皇帝「嗯」了一聲，問道：「宮中陣法已經開啟了吧？」

金甲武將點頭道：「已經開啟，隨時可以動用。京城內外的武道宗師和大鍊氣士如今都已經趕往皇宮。」

大隋皇帝問道：「那人可曾主動出手？」

武將搖頭道：「不曾，只說是來見陛下，若非我們主動出手，他就站在原地不動。」

大隋皇帝自言自語道：「事不過三。」

大貂寺笑道：「陛下這個時候就莫要講究這些了，容我去會一會他，若是依舊輸了，陛下再露面不遲。」

大隋皇帝打趣道：「你們同樣是走武道路數的人，可別輸得太難看。」

大貂寺笑道：「不到萬不得已，咱家是不會借用京城龍氣的。」他腳尖一點，瞬間掠過了一座宮殿的屋脊，在空中蜻蜓點水，御風而行，如仙人逍遙遊。

世間武夫境界，第八境羽化境就能夠虛空懸停，御風遠遊，故而又有遠遊境的說法。而世俗江湖眼中的止境——第九境山巔境，就已經是止境大宗師，意思是腳下武道已到盡頭，肉身之強橫猶勝佛家羅漢金身。中五境鍊氣士中，除去十境修士，一旦被其靠近，十丈之內，一旦沒有極高品秩的法寶護身，幾乎是必死的下場。

一襲大紅蟒服的老宦官飄然落在武英殿外的廣場上，跟那個其貌不揚的漢子隔著二十餘丈距離。在他出現之前，整個皇宮的地面、屋脊、牆壁都出現了一層金光，如同金色流水滾滾而動。遮覆大地的薄薄一層金水之中，隱約之間有蛟龍模樣的虛幻畫面出現，張牙舞爪，氣勢驚人。

大隋皇宮這個陣法，名為「龍壁」。

大隋王朝承平已久，龍壁已經百餘年不曾動用。

當這個陣法開啟之後，整個皇宮煥發出金色的光彩，親身經歷過那次慘烈大戰的大貂寺百感交集。

「沒想到咱們又見面了。」他一手負後，一手握拳放在腹部，「互換三拳，你如果贏了，就可以見到我們陛下。」

當初在驪珠洞天，正是這個漢子一手提著龍王簍，想要將裡頭的金色鯉魚賣給一個陋巷少年，然後被大貂寺和皇子高煊給半路截獲了兩份大機緣。

那個時候，漢子隱藏極深，加上驪珠洞天的術法壓制，所以大貂寺都看不出對方是個武道大宗師。

李二面無表情，根本不跟他套近乎，用略顯蹩腳的東寶瓶洲正統雅言說道：「我先讓你打上兩拳便是。」

大貂寺一挑眉頭：「好！」

李二不再說話，氣沉丹田，如一座山嶽巍峨屹立於大隋皇宮。他並無任何動作，武英殿外的廣場就開始傳出崩裂聲響，以他為圓心的十丈之內，地面上的金光瞬間黯淡下去。

大貂寺深吸一口氣，開始以寸步向前，之後每一步都越來越大，最後一步掠出兩丈，氣勢如虹，來到李二身前，一拳砸向他的胸膛。

一聲轟然巨響，如洪鐘大呂響徹皇宮。

一條原本游弋在武英殿廣場地面上的金色蛟龍被這股磅礴洶湧的氣機一撞，在那層金色流水中瞬間向後翻滾而退，蜷縮在遠處高牆的牆角，死寂不動。

李二倒退出去三、四步，淡然道：「還有一拳。」

大貂寺一言不發，一襲鮮紅蟒服獵獵作響，一步踏出，怒喝一聲，又是一拳遞出，砸在了李二的額頭上。

這一拳無聲無息，但是大隋皇宮內，無數御林軍和宮女、宦官都遭受了巨大的衝擊。前者有修為底子，只覺得耳膜劇震，氣血難平；但是後者當中，許多人當場倒飛出去，倒地後，雙耳都滲出了觸目驚心的猩紅血絲。

李二被這一拳砸飛出去，撞入高牆之中，但是很快就雙手撐在邊緣，將自己從牆內拔出，輕輕落地，走向那個出過兩拳的年邁貂寺，面不改色道：「你還有一拳，只管出手，但是我也要出手了。」

從之前的七境武夫，到之後的十境鍊氣士，再到這位大貂寺，他都只出了一拳，就一拳——他還真是老實憨厚，不願意欺負人。

大貂寺深吸一口氣：「請賜教！」

李二開始衝刺，質樸簡單的筆直一拳砸在大貂寺的胸口。

武英殿廣場上便沒了這位大貂寺的身影，只是高牆那邊多出一個大窟窿。

李二等了片刻，不見有人走出來，這才說道：「大隋皇帝，你要麼繼續躲著，要麼就再派個能打的，實在不行，讓所有人一起上！」

皇宮邊緣，有七、八道身影或懸停空中，或屹立牆頭，蠢蠢欲動，只等皇帝陛下一聲令下，就要聯手殺敵。這些老神仙和武道宗師各自之間知根知底，配合默契。要說一對一，他們自認誰都不是那個外鄉漢子的一合之敵，但是天底下的神仙打架，其實並不推崇捉對廝殺。

武英殿廣場的高牆之外，大貂寺身上一襲鮮紅蟒服已經破敗不堪，站起身後，嘴唇微動。

大隋皇帝點頭道：「小心些。」

與此同時，大隋京城皇城和外城之間的廣袤區域內大有玄機，其中欽天監有十二尊金光燦燦的金甲力士從四面八方破土而出，身高三、四丈，身負銘文，各自持有一件護國神兵；一處寺廟有鐘聲響起，梵音嫋嫋；一座道觀香爐內有紫霧升騰，香火凝聚成一張巨大符籙；一座石拱橋下，有白蛟攀緣橋壁，在欄杆處探首而出……

皇宮內有龍壁陣法庇護大隋高氏的龍子龍孫，皇宮之外，則有一座氣象萬千的大陣，經過大隋數百年的經營和累加，用以保護整座京城的安危。

一旦這座護城大陣開啟，能夠迫使京城境內所有鍊氣士和純粹武夫受到高氏龍氣的壓制，跌落一到兩個境界。假設一個上五境的鍊氣士試圖在大隋京城大肆破壞，哪怕最終被合力斬殺，對京城造成的衝擊一樣是大隋高氏不可承受之重。

但是，如果面對一個被壓制到十境實力的上五境修士，顯而易見，大隋京城方方面面就會游刃有餘。哪怕所有人都跌境了，可這叫螞蟻多咬死象，一個十境修士的破壞力，任你拚了性命不留退路地打天打地，底蘊深厚的大隋京城照樣不怕。

陣法壓境一事，就像是在長生橋上設置關卡，使得鍊氣士和武夫的氣機流轉受阻，不得不放緩通行速度。

當初懸浮於大驪版圖上空由四方聖人連袂打造而成的驪珠洞天號稱禁絕小洞天內一切術法神通，一旦強行施法，反撲極大。截江真君劉志茂不過是推演一二，就為此折壽數十年，陣法威力可見一斑。驪珠洞天無疑是此類陣法的祖師爺。

大貂寺站起身後，雙拳重重互擊一次，眉髮怒張，怒喝道：「來！」

皇宮龍壁陣法蘊藏的九條金色虛無蛟龍從各處飛快湧向他所站位置，一條條金光攀緣而上，變成一條條手指長短的金色小蛇，紛紛透過他的七竅進入神魂，融為一體。大貂寺很快像是變作一尊來自上古天庭的金色神靈，大步走向高牆處的窟窿，每一步都在地上踩出金色的漣漪。他並不低頭彎腰，直接用手拍爛牆壁，徑直走去，重返武英殿廣場。

文臣武將，輔佐君主，是為扶龍；內侍宦官之流，則是次一等的附龍。雙方對於帝王龍氣皆有某種感應，但是像大貂寺這樣能夠駕馭堂堂皇皇的高氏龍氣為自己所用，仍是匪夷所思。皇宮邊緣的那些錬氣士和武道宗師面面相覷，眼神中都有些驚懼。顯然，這其中必有不可告人的重大祕密。

大貂寺對李二厲色道：「再戰如何？」

若說之前他是大隋棋待詔中的弱九國手，那麼當下就是名副其實的棋力暴漲，一躍成了頂尖的強九國手。

李二看著他，有些訝異。對方體內如同澆灌了大量的金液，好似兵家兩座祖庭的請神之法，但照理說又不應該。

李二懶得深思，點點頭：「這還差不多。」

與大驪藩王宋長鏡在驪珠洞天內那一場大戰的磨刀石有兩塊，一塊是九境巔峰的宋長鏡，第二塊則是驪珠洞天本身。可即便如此，李二仍是無法成功破境，反而成功將宋長鏡送入了傳說中的十境，真正的武道止境。要說半點不失落，肯定不可能，所以李二這才答應師父楊老頭，離開東寶瓶洲，去尋找自己的證道契機。

當時楊老頭洩露過天機：「你李二破境不在生死間。」

李二環顧四周，突然有所了悟。

為何楊老頭要他故意壓制李槐的天賦根骨，又為何齊先生在那晚登門拜訪時看似隨口地聊了那些。如今回頭再看，這根本就是齊先生認可了他的武道。當時齊靜春就清清楚楚點透了，他李二自己一直在走卻從未自知的腳下大道。

向更強者出拳，沒有錯！

跟宋長鏡的那場生死之戰，李二本就占優，所以他其實鬥志不高，只不過是恩師的吩咐，聽命行事而已。加上也確實想知道自己的武道斤兩到底有多少，最後打得還算酣暢淋漓。可內心深處，李二並沒有覺得那是自己想要「出一口氣」。如今與整個大隋為敵，若說起因是為兒子李槐打抱不平，那麼現在八面樹敵，身陷虎狼環伺的境地……李二笑了，開懷大笑。

之前在東華山之巔，他分明想要說點什麼，可偏偏不知道該說什麼，那就只能打個明白。現在他終於想通了，自己兒子這麼聽話懂事還受人欺負，他這個當爹的，如果九境實力不夠分量，未必打得服對手，那就破開他娘的九境，來個十境再說！

李二深吸一口氣，默默感受著來自四方八面的無形壓力，在心中默念道：『先別急，飯要一口一口吃，這磨刀石還不夠沉。』

手無寸鐵、唯有一雙拳頭的他，和那也無任何神兵利器、僅憑大隋龍氣塑造出一副金身的大貂寺開始對衝。

武道極致，全無半點花哨招式可言，不過是「快準狠」三字，以最快的速度、最大的力道打到對手身上最弱的地點，以水磨功夫相互消耗，看誰能夠支撐到最後，誰站著就生，倒下則死，就這麼簡單。

兩個九境巔峰的世間最強大武夫，每一次出拳對撞，都讓那些皇宮邊緣地帶的鍊氣士和武夫心湖大震，氣機紊亂。

二人的廝殺已經無異於山上的神仙打架，不比殺傷力有限的江湖廝殺。「千萬莫要湊近了看熱鬧」，這是山上仙家一條不成文的規矩。

看戲看戲，會真的把性命看丟的，至於拍手叫好或是指點江山，那更是大忌。鍊氣士之間的爭鬥往往法寶迭出，大範圍殃及池魚，越是拚命，輾轉騰挪越是遙遠，很容易就從一處戰場掠至戰場之外，加上一個不留神，殺氣就會籠罩方圓數里、數十里，動輒生機全無，這誰要是還敢貪圖熱鬧，不是找死是什麼？

之所以仍然有人願意冒死觀看這些打得蕩氣迴腸的巔峰之戰，都是因為那是強者與更強者之間的廝殺，為了砥礪心性，借他山之石攻玉，完善自身術法的缺陷漏洞，可不是為了點評這一招打得漂亮、那一拳出得刁鑽。

所以大貂寺在生死一線之間，身為大隋京城的守門人，仍是在出拳間隙跟李二立下了一條規矩：「出武英殿廣場者輸！」可謂用心良苦。

所幸李二點頭答應下來，兩人在方寸之間打出了天翻地覆的雄偉氣概。

本來齊整平坦的武英殿廣場早已磚石翻裂，溝壑縱橫，崎嶇不平，就連兩邊朱紅高牆都已多出十數個大窟窿，李二身後不過四、五個，大貂寺身後高牆破碎更多，有一處接連撞開三個窟窿，導致一段牆壁全部倒塌，像是開了一扇大門。每次兩人都不曾真正退出高牆之外，這意味著勝負未分，還有得打！

大貂寺雖然劣勢不小，可是越挫越勇，沒有半點頹勢，象徵權勢的鮮紅蟒服越發破碎，可是那副難以摧破的不敗金身不見絲毫黯淡。畢竟在此作戰，他占盡天時地利，不但從弱九變成強九，而且與大隋國祚休戚相關的皇宮龍氣源源不斷彙聚而來，讓他立於不敗之地。

實打實的互換一拳，金身大貂寺一拳打中李二頭顱，李二一拳砸中大貂寺胸膛。

李二身形倒飛出去，一腳踩在高牆之上，借勢反彈，以更加迅猛的速度前掠，身後牆壁轟然倒塌大片。大貂寺之前挨了那一拳，一路倒退，越往後雙腳越深陷地面，犁出一道深兩丈、長十數丈的深溝，當李二撲殺而至的時候，他只得用雙臂格擋在頭頂。

李二猶不甘休，高高躍起，雙手緊握一拳，對著半跪在坑底的大貂寺當頭掄下。砰砰砰！大坑之內傳出一陣沉悶的聲響，急驟如鐵騎馬蹄踩踏地面。地底下每一次劇震，大坑就開始向外蔓延，地表不斷有磚塊崩碎四濺。

李二簡直就是在鑿井，打得他毫無還手之力，身形下墜，一身金光不斷爆炸。有一個御劍凌空的十境錬氣士苦笑道：「才知道九境巔峰的武夫如此不講道理。」言語之間，腳下的飛劍微微搖晃，如江水洶湧之間的水草晃蕩，若非船家舵手足夠沉穩，早就漂蕩遠去。

如果不是職責所在，他一個享譽朝野的頂尖錬氣士何至於在這裡喝西北風，武道之爭對他自身修為毫無裨益。

大隋宮城有一堵暗藏玄機的廊牆，可以祕密通往各處。皇帝陛下可以在廊牆內行走，而不驚動皇城官員和外城百姓，免得每次出宮，老百姓都需要淨土掃街。

茅小冬緩緩而行，身旁是一個額頭滲出汗水的司禮監秉筆太監，與武英殿廣場那位為國而戰的貂寺一樣，身穿大紅蟒服，只不過兩人看似品秩相當，實則有雲泥之別。

秉筆太監一次又一次小心翼翼地催促茅老快行入宮，可是離開東華山的茅小冬嘴上答應，腳步仍是邁得不急不緩，這可把他急得不行，恨不得背起老人跑向皇宮。

東華山山崖書院裡，崔東山懶洋洋地走向自己學舍。他如今單獨擁有一座僻靜小院落，與成了他名正言順的門下弟子少女謝謝，或者說盧氏王朝的天才修士謝靈越一同搬來了此處居住。

崔東山走入院子，瀟灑一拂袖，石桌上多出一副棋盤和兩盒棋子，棋盤上早有落子，弈至中盤，黑白棋子犬牙交錯，局勢複雜。

崔東山站著拈起一枚白色棋子，沉吟不語，舉棋不落。

已經拔出半數困龍釘的謝謝，鍊氣士修為已經恢復到第五境，若是仔細凝視，依稀可見她渾身上下流光溢彩。

崔東山嘆息一聲，將白色棋子放回棋盒，不再理睬棋局，走入屋內，正襟危坐，將一本儒家經典攤放在身前，雙手十指交錯放在腿上。

有清風拂過，翻過一頁泛黃書頁。

謝謝站在門口，眼神既有敬畏也有豔羨。

那一陣清風，竟是儒家學宮書院獨有的翻書風。

深不可測，喜怒無常——這是她和于祿對這位少年皮囊的大驪國師最大的觀感。你永遠不知道他的腦子裡在想什麼，下一步會做什麼。

她突然想起那個一年到頭穿著草鞋的陋巷少年。他是怎麼做到處處壓制大驪國師的？真的只是靠一個莫名其妙的先生頭銜嗎？

心性之爭，宛如拔河，必有勝負。

崔東山紋絲不動，任由翻書風翻動書頁，低頭凝視著那些聖賢教誨的文字，微笑道：「阿良曾經有句口頭禪，叫『混江湖，咱們要以德服人，以貌勝敵』，我家先生，盡得真傳，所以我這個做弟子的，輸得心悅誠服啊。」

謝謝眉眼低斂，不敢洩露自己的神色。

崔東山依舊頭也不抬，沒好氣道：「醜八怪，滾遠點，跟我這樣的翩翩美少年共處一室，妳難道不會感到慚愧嗎？我要是妳，早就羞憤自盡了！」

謝謝施了一個萬福，輕聲道：「奴婢告退。」

崔東山補了一句：「要死別死院子裡，山頂有棵高高大大的銀杏樹，去那邊上吊。」

謝謝默然離去，來到院子裡，坐在石凳上，看著那盤棋局，突然眼前一亮，像是為自己找出了一條生路。

感知到少女的異樣氣機波動，崔東山在屋內哈哈大笑，笑得趕緊捂住肚子，一邊擦拭眼淚一邊大聲道：「就憑妳也想當我的師娘？他娘的，老子要被妳活活笑死了。算妳厲害，真要笑死妳家公子了……」

謝謝瞬間再度絕望，屋內那白衣少年已經笑得滿地打滾。

大隋皇宮，武英殿廣場上的大坑底下。

大貂寺搖晃著站起身，九條細微的金色蛟龍從竅穴退出散去，重歸大地龍壁陣法之中。大貂寺頓時渾身浴血，但是精神昂揚，似乎在這場交手中受益頗多。雖然尚未出現破境跡象，但是九段國手的最弱者已經穩步提升為中游九段的強勁棋力，只不過即便如此，仍是對付不了眼前的漢子，既然這樣，那他就不再繼續揮霍大隋高氏的珍貴龍氣了。

他咽下一口湧至喉嚨的鮮血，灑然笑道：「咱家輸了。」

李二抬頭望去，霧濛濛的天空，冬日的日光透過那些雲霧後，似乎扭曲了許多，這很不同尋常。

大貂寺又說道：「可你也輸了。」

李二笑問道：「是以陣法壓制我的境界，將我壓到八境？」

大貂寺並不藏掖，坦誠道：「傾一城之力，圍毆一個九境巔峰的強大武夫，勝負不會有任何懸念，可是付出的代價太大了。但是對付一個八境的武夫會輕鬆很多，雖然只有一境之差，可大隋京城付出的代價要小很多，小很多。」他罕見地吐露心聲，望向這個實力恐怖的武道宗師，「不管你為何想要覲見我們陛下，你確實有這個資格，但是萬萬不該如此托大，畢竟我們大隋朝廷還是要面子的。」

李二咧嘴笑道：「你的意思是九境武夫的拳頭還大不過你們大隋的顏面，對吧？」

大貂寺愣了愣，苦笑道：「倒是真可以這麼講。」

李二屏氣凝神，氣海下沉，輕輕踏出一步，破天荒擺出一個古老拳架。

一身拳意，滄桑古樸，剛猛無匹！

已經跌入八境的大貂寺駭然瞪眼，籠罩整座京城的雲霧開始下垂。京城內所有中五境的鍊氣士和六境之上的純粹武夫明顯感受到氣機流轉的滯緩不暢。

有一名籍籍無名的落魄說書先生面露訝異，猶豫片刻，還是放下了手上的驚堂木，告罪一聲，不顧罵罵咧咧的聽眾，走出臨時搭建的說書棚子，向皇宮方向抬頭望去，心情有些沉重。

負責為說書先生彈琵琶的少女來到他身旁，輕聲問道：「師父，怎麼了？」

說書先生輕聲道：「有九境武夫硬闖我大隋皇宮，恐怕師父得親自去看看。」

少女懷抱琵琶，歪著腦袋，天真爛漫道：「師父，您是堂堂十一境大修士啊，而且還是咱們大隋的首席供奉，能夠不受護城陣法的禁錮。以十一打八，多不好意思呀？」

略微駝背的說書先生嘆氣道：「誰說一定是十一打八？萬一真給那人打破了瓶頸，陣法限制就不再存在。加上師父的境界雖是十一，可又不是那精通殺伐的劍修和兵家。我從來不擅長廝殺，這才是最麻煩的地方。」

少女一臉驚駭，顫聲道：「那師父您一定要小心啊！」

說書先生「嗯」了一聲，輕輕跺腳，鋪子這邊灰塵四起，遮天蔽日，等到灰塵散去，他已經不見身影。

李二一步一步踩在虛空處，壯實身形再次出現在武英殿廣場上。先是從八境巔峰一路破開那道天地間無形的大道屏障重返九境，然後再度升至九境巔峰！

最後，他閉上眼睛，緩緩遞出一拳，輕聲道：「給我起開！」

四周好似有無數的枷鎖同時崩斷，李二身邊的虛空出現一條條極其漆黑的縫隙，縱橫交錯，以李二為圓心，罡風四起，捲起無數磚石塵土。

武英殿廣場上，平地起龍捲！

李二收起拳架，收手站定，那條高達天幕的龍捲風瞬間消散。

屹立於廣場中央的矮小漢子睜眼之後，用悄不可聞的嗓音低聲道：「十境的感覺確實舒坦，比起吃兒子剩下的雞腿，滋味是要強上一點點。」

站在屋簷下等待消息的大隋皇帝看到茅小冬快步走來，朝自己大聲道：「陛下可以收手了。」

身邊有清風拂過，身形佝僂的說書先生也來到皇帝身側，輕聲嘆息道：「再打下去，除非捨得拆掉半座京城才行。」

大隋皇帝心湖之間更有大貂寺火急火燎的嗓音激起漣漪，傳遞心聲：『那人竟然藉機破境躋身武道十境！陛下決不可繼續硬碰硬了！』

大隋皇帝並未慌亂，只是由衷感慨道：「雖未親眼見到，但是可想而知，武英殿那邊必是景象壯觀啊。」

他轉身對那位說書先生恭恭敬敬作揖行禮，道：「懇請老祖出面邀請那人來此。」

茅小冬大步走近，勸說道：「陛下，我去更妥當些。那人是我們書院一個孩子的父親，聽說他兒子被人欺負得慘了，這才氣不過，要來皇宮跟陛下講講道理。陛下之前不願意見，現在人家被逼得破境，成為東寶瓶洲第三位武道止境大宗師，氣勢正值巔峰，可就未必願意收手了。」

大隋皇帝笑道：「那就勞煩茅老走一趟，寡人在養心齋等著。」

等到茅小冬一掠而去，說書先生輕聲道：「此番行事，合理卻不合情，是你錯了。」

大隋皇帝點頭道：「這件事是晚輩有錯在先，之前風波則是大隋有錯在先，兩錯相加……老祖宗，這次有點難熬啊。」

說書先生微笑道：「既然事已至此，要麼你誠心認錯，要麼陪他一打到底，當然不省力，可也省心，你就不用多想了。」

大隋皇帝會心一笑：「還是老祖宗想得透澈明瞭。」

說書先生拍了拍大隋皇帝的肩膀，安慰道：「坐龍椅、穿龍袍，擔繫著整個江山，有些錯事是難免的。要是我坐在你的位置上，不會做得更好。你無須自責，當初我力排眾議選你繼承大統，至今還是覺得很對。」

等了出乎意料的長久時間，站在養心齋外面簷下廊道上的大隋皇帝才看到茅小冬跟一個貌不驚人的漢子一起大步走來。

茅小冬笑容古怪道：「陛下，他叫李二，是山崖書院學生李槐的父親。他執意要步行前來面見陛下，說是在別人家裡飛來飛去，不是跟人講道理該有的態度。」

大隋皇帝哭笑不得，一直心弦緊繃的說書先生則如釋重負。

一起走入養心齋，四人各自坐下。

李二開口說道：「想見陛下，不太容易。」

瞬間氣氛凝重起來。大隋皇帝都不知道如何回答。

好在李二自己已經開門見山道：「欺負我兒子的人，有包括上柱國韓家、楠溪楚家、懷遠侯府在內的五、六大家子，懇請陛下讓他們這些家族的老祖宗出山，我李二跟他們一一打過。若是他們覺得我欺負人，沒關係，他們一起登場就是了，法寶、兵器什麼的，可以跟朋友多借一些。就是需要麻煩陛下在京城找個大一點的僻靜地方，好讓我們雙方放開手腳。實在不行，去京城外也可以。」

茅小冬差點沒幸災樂禍地笑出聲。

說書先生瞪了他一眼，他回了個白眼。

大隋皇帝有些目瞪口呆，輕聲問道：「還要再打一場才行？」

李二悶悶道：「我來這裡，本來就不是跟你打架的，只是你這皇帝不願意露面，非要打，我就只能陪你們打了。我真正要打的，一直就是那些欺負我兒子的。雖說孩子打架很正常，如果只是這樣，哪怕李槐給學舍同齡人合夥打了，我這個當爹的再心疼兒子也不會說什麼。可哪裡有他們這麼牛氣沖天的，仗著家世好一些，就覺得可以欺負人了，道歉也沒有，連偷了的東西也不還？」

李二說到這裡，沉著臉道：「如果你們大隋覺得道理在自己這邊，那我們就繼續打。我知道你們大隋底子厚，不怕折騰，可我李二就奇了怪了，大隋當官的，如果都是這個鳥樣，我兒子李槐如果以後就在這種地方讀書，能讀出個什麼來？」

他當場望向說書先生：「老先生，您算一個能打的，之前穿紅衣服的只算半個。」

說書先生正在喝茶，差點被茶水嗆到。

大隋皇帝笑道：「那行，寡人可以捎話給那幾個家族，讓他們的長輩出山。只是懷遠侯府那邊有點問題，懷遠侯雖是開國武將功勳之後，可他家族老祖早已逝世，自己也只是個尋常人，連武夫都算不上。」

李二顯然對此早有準備：「那就讓那懷遠侯花錢請個人，我不計較這個。」

大隋皇帝問道：「需要那些家族向李槐公開道歉嗎？」

李二搖頭道：「一群大老爺們兒跟一個孩子道歉算怎麼回事，不用，而且我也不希望我兒子在山崖書院沒法安靜讀書。我只不過是看不慣那些家族的行事作風而已，在打過後，自有那些老的回家教訓小的，這就夠了。」

大隋皇帝略微鬆了口氣：「李二先生確實明理，早知如此，寡人應早早與你相見。」

李二趕緊擺手道：「我可不是什麼先生，茅老才是。書院裡傳授李槐學問的兩個夫子還主動跟我們一家四口聊了大半天，也能算是真正的先生，對誰都客客氣氣的，那才是讀書人。」

茅小冬微笑不語。這個面子給得比天還大嘍。

說書先生聽到這裡，終於開口笑道：「這次算是不打不相識，李槐有你這麼個講道理的爹，以及李槐能夠在大隋京城求學，都是我們大隋的幸事、好事啊。」

李二甕聲甕氣道：「客氣話我不會說，反正我今兒就在這等著，等到那些家族的人出來打一場。陛下，事先說好，我得早些回書院，讓那些人別故意拖著我，到時候就別怪我一家家找上門去了。」

大隋皇帝給茅小冬使了個顏色，然後起身道：「寡人這就去讓人傳話。」

茅小冬緊隨其後離開養心齋，留下李二和說書先生。

大隋皇帝有些愁容，和茅小冬並肩走在廊道上：「茅老何以教我？」

茅小冬笑道：「很簡單啊，讓那些家族的話事人，不管能打的還是不能打的，全部一股腦進宮，然後站著不動，就那麼杵在李二跟前，只低頭認錯，擺出一副挨打不還手的可憐架勢，這事情就算一筆揭過了。陛下放一百個心，李二那麼憨厚淳樸的性子，肯定不會出手的。」

大隋皇帝停下腳步，惱羞成怒道：「茅老，你說實話，你是不是就在等著今天看寡人的笑話呢？」

茅小冬大笑著搖頭：「實不相瞞，我也不知道李槐有這麼個爹，早知如此，我就早些入宮面聖了，哪裡會鬧出這麼大動靜。萬一陛下將來遷怒於書院，得不償失啊。」

大隋皇帝氣笑道：「遷怒個屁，寡人敢嗎？」

茅小冬突然收斂玩笑意味，小聲提醒道：「陛下，眼下雖是折損面子的壞事，但是從長遠來看，這定然是一樁好事！」

大隋皇帝笑道：「寡人沒那麼糊塗！」

茅小冬促狹道：「如果陛下真糊塗，我哪裡敢帶著學生們來到大隋。」

大隋皇帝召來宮中內侍，傳話下去後，問道：「這次李二願意點到即止，是茅老的錦囊妙計和李槐的兩位先生功莫大焉。寡人跟茅老你就不客套了，那兩位先生，需不需要寡人讓禮部嘉勉一番？」

茅小冬神色肅穆，拒絕道：「不用！」

大隋皇帝疑惑道：「為何？」

茅小冬沉聲道：「陛下要知道一件事，這就是我山崖書院的真正學問所在，何須大隋刻意嘉獎？以後十年、百年，我山崖書院仍是會如此傳道授業、教書育人，為大隋培育、呵護真正的讀書種子。」

大隋皇帝心頭一震，彷彿是第一次認識眼前的高大老人，心頭那一點帝王心性的芥蒂終於一掃而空。

他後退一步，是今天第二次作揖行禮：「朕為大隋社稷，先行謝過山崖書院！」

茅小冬沒有躲避，有著十足的僭越嫌疑，就這麼堂而皇之地接受了一位君主的隆重謝禮，肅容道：「茅小冬為山崖書院坦然受之。」

李二離開皇宮的時候，跟茅小冬一起走在那條御用廊牆之中，總覺得自己被身旁老人算計了一把，有些悶悶不樂。

茅小冬笑道：「認錯了就行，你還真要打得他們個個躺著離開皇宮啊？以後你兒子是要在京城書院求學很久的，抬頭不見低頭見，如今讓他們自認理虧，加上大隋皇帝都覺得欠了你李二一個天大人情，不挺好？」

李二嘆了口氣：「總覺得這些人是不長記性的，我又不能留在書院，以後茅老您多照顧李槐他們。」

茅小冬點頭道：「應該的。再說了，不是還有那個弋陽郡高氏老祖嘛，對吧？」

說書先生現身於廊牆之內，點頭笑道：「對的。李二你這次主動退讓，大隋自然就願意拿出雙份的誠意。」

李二點點頭：「希望如此吧。」

茅小冬笑問道：「李二，你在驪珠洞天就是九境武夫了，怎麼還活得那麼窘迫寒酸？如今更躋身十境了，是整個東寶瓶洲的武道前三，而且戰力肯定還要在宋長鏡前頭，就沒想著告訴家裡人？好歹讓他們過上好日子嘛。」

李二搖頭道：「哦，給我媳婦穿金戴銀，讓李柳有一大堆胭脂水粉，李槐每天大魚大肉，就真是對他們好？我覺得不是。」

茅小冬打趣道：「萬一他們覺得是呢？」

李二仍是搖頭：「有人讓我不許那麼做，這是一方面；二來，我自己也是這麼覺得的。以前在小鎮上，就我媳婦她家那些親戚，知道了我的底細，那還不得壞事做盡？到時候我怎麼辦？打死他們，跟他們講道理？人家會聽？還不是嘴上一套，背地裡一套，最後肯定只有我媳婦最傷心，自家和娘家兩頭難做人。當然了，在驪珠洞天裡邊，家境再好也好不到哪裡去。」李二完全收斂氣勢之後，那縮頭縮腦的模樣真是比普通漢子還不如，但是言語之間眉飛色舞，再不像以往在小鎮那般臊眉耷眼、窩窩囊囊的，「雖然一直待在屁大點地方，可這點道理我還是想得通的。一家人，安安穩穩的，誰都餓不著，兒女、媳婦想吃肉就吃得上肉，我嘴饞了也能喝得上口酒，比啥都強。」

李二望向廊牆外的京城風景，有句話放在心底，沒有說出口：『我哪怕真的是個窩囊廢，可如今在兒子心裡，我李二已經是個還不錯的爹了，沒給他丟人現眼，你們知道我李二為此有多開心嗎？』

李二一想到這裡，就告辭一聲，一閃而逝，火燒屁股地趕往東華山。

除了想念那娘仨，再就是一件關於兒子的事情，他李二如今可以出手了。

茅小冬感嘆道：「李二算是活明白了的，很多聰明人遠遠不如他。」

說書先生笑道：「甲子之前的十境武夫，怎麼可能真是蠢人？」

不過他又唏噓道：「可就目前看來，還是三人之中戰力最弱的大驪藩王宋長鏡最有希望達到那個境界，不單單是宋長鏡年紀最輕這麼簡單。」

茅小冬點頭道：「宋長鏡的武道心性之好，比年紀輕還要可怕。」

說書先生笑問道：「你是說那人以絕對碾壓的姿態出現在大驪皇宮後，宋長鏡敢於誓死不退吧？」

茅小冬笑著反問：「你是想問大驪的白玉京飛劍樓到底是真是假吧？」

兩個算是活成精的老狐狸並肩而行，視線沒有任何交匯。

李二回到住處的時候，他媳婦等人正在吃飯。

林守一弄了兩大食盒的飯菜，滿滿當當的一桌子。婦人跟李槐坐一條長凳上，李柳和林守一相對而坐，還有一條凳子留給了遲遲未歸的李二。

兩手空空的李二走到門口，才記起忘了買點東西。因為有林守一在場，婦人只是丟了個「等下再跟你算帳」的眼神。

李二搓著手坐下後，發現還有一罈酒，看了眼林守一，問道：「要不一起喝點？」

林守一猶豫了一下，點頭道：「我酒量不好，就陪李叔叔稍微喝點。」

李二咧嘴笑道：「酒量不好怎麼行。」

婦人怒道：「怎麼不行了？家裡有一個酒鬼還不夠？」

林守一多聰明一人，頓時手一抖，差點把遞過去接酒的大白碗給摔在桌面上。平日裡不苟言笑的冷峻少年，在這一刻笑得如何都合不攏嘴。

李二也給婦人嚇得一哆嗦，同樣差點沒拿穩酒罈。

李槐使勁啃著油膩的大雞腿，含糊不清道：「爹，明兒我去山腳幫您買罈好酒，錢我跟林守一借，以後先讓陳平安幫我還，您只管喝。」

李二笑顏逐開，重重「哎」了一聲，像是從兒子那邊得了一道法外開恩的聖旨。奉旨喝酒，在媳婦面前就心裡不虛啊。

婦人在兒子這邊，那一向是和顏悅色說話的：「酒可以買，買最便宜的就行了。你爹喝好酒，那就是糟蹋銀子。」

李二給林守一倒了大半碗酒，再給自己倒了一碗，點頭笑道：「對對，便宜的就成，不用好酒。」

李槐翻白眼道：「娘，您這麼管天管地的，真不怕爹哪天跟個小狐狸精跑了啊？」

婦人朝坐在對面的漢子媚眼一拋，暗藏殺機：「他敢？再說了，那也得有人要才行，對吧？」

李二趕緊喝完一大口酒，點頭道：「是是是，沒人要。」

婦人一拍桌子：「沒人要是一回事，心裡有沒有歪念頭又是另一回事。說！有沒有？」

李二立馬放下大白碗，挺直腰杆，保證道：「絕對沒有！」

然後婦人就斜瞥一眼正襟危坐喝著酒的林守一，再笑著對自己女兒說道：「柳兒，以後要找個老實人嫁了，知道不？那樣才不會受欺負。」

李柳微微點頭，始終笑而不言，只是俯身給李槐夾了一塊剔去魚刺的魚肉。

林守一只敢用眼角餘光偷偷看她，酒才喝了一小口，就有些醉醺醺癡癡然了，像是看到了世間最美的山水畫卷。

茅小冬出現在雅靜小院，看到吊兒郎當哼著小曲的白衣少年正盤腿坐在石凳上，對著那盤棋局，兩手張開，分別放在黑白棋盒的邊沿，入神思考的同時，手指輕輕拍打棋子，發出重重疊疊的清脆響聲。

在茅小冬出現後，崔東山輕聲問道：「如何了？李二大爺有沒有拆爛皇宮？」

茅小冬來到石桌旁，瞥了眼勝負趨於明朗的棋局，沒看出太大的名堂，就不再費神，坐在一旁：「你，或者說你們兩個，到底有什麼謀劃？」

崔東山不轉頭，嘖嘖道：「這才到了東華山沒幾天，就開始為大隋江山操心啦？小冬啊，真不是我說你，見異思遷沒啥，可喜新厭舊如此之快，可就不厚道嘍。」

茅小冬一掌拍在石桌上，所有棋子從棋盤上跳起來，懸停在空中，黑高白低，像是兩幅上下疊加的圖畫。但是不管茅小冬橫看、豎看，都看不出更多玄機，冷哼一聲，棋子瞬間落回原處，絲毫不差。

崔東山始終保持之前的古怪姿勢：「山崖書院該如何就如何，不過就是兵來將擋、水來土掩，鹹吃蘿蔔淡操心作甚？難道大驪吞併了大隋，山崖書院就沒啦？我看不會嘛，既然大隋一樣給不了你們七十二書院之一的身分，以後重歸大驪，大不了寄人籬下，反正相差不多。」

茅小冬厲色道：「書院書院，重在學生，重在夫子，而不是『山崖書院』這四個字！且不說書院裡那些大隋學子，便是跟隨我離開大驪的那撥孩子，如今尚顯稚嫩，他們的精神氣，如何經得起多次折騰！」

崔東山緩緩收回手，不過攥緊了一把棋子，在手心咯吱作響，轉頭望向勃然大怒的茅小冬，微笑道：「說得挺大義凜然，只可惜你茅小冬終究學問有限，想事情想得太淺、太近了。」

茅小冬冷笑道：「就你崔某人想得多、算得遠。」

崔東山站起身，攥著手心那把棋子，圍繞石凳緩緩踱步，打趣道：「寺廟不在僧人在，僧人不在佛經在，佛經不在佛法在，佛法不在佛祖在。」

崔東山揚起腦袋，一手負後，一手輕輕擰轉手腕，閒庭信步道：「一切有為法，應作如是觀啊。等到你什麼時候真的想通了書院的存在意義，山崖書院才算真正找到了一處不敗之地，至於是在哪家、哪姓、哪國的疆土上，都無所謂了。」

茅小冬嗤笑道：「當山崖書院是學宮啊，不管風吹雨打，我自屹立不倒？」

崔東山停下腳步，隔著一張石桌、一副棋盤，凝視著他，反問道：「有何不可？」

崔東山輕輕跨出一步：「走走看？」

茅小冬神色凝重，搖頭道：「你這是站著說話不腰疼。」

崔東山也跟著搖頭，嘖嘖道：「你真該見見我家先生陳平安。」

茅小冬笑道：「能夠讓齊靜春託付重任，陳平安自然是不錯的，可你定然是狗改不了吃屎，在算計著什麼。」

崔東山笑罵道：「喂喂喂，小冬你學問都讀到狗身上去了？可以，沒問題，但是別隨便帶上我啊。」

茅小冬不願在這裡跟這傢伙勾心鬥角，站起身：「就你那點狗屁學問，丟地上，路邊的狗都不稀罕叼一口。」

崔東山哈哈笑道：「嫉妒，嫉妒。」

茅小冬大步離開院子，背對著崔東山：「李二這趟硬闖皇宮，火候正好，你別得寸進尺。之後惹出任何麻煩，我拿你是問，別怪我事先沒跟你打招呼。」

崔東山望向那個背影，尷尬道：「這樣不好吧？李二大爺想做什麼，我一個九境小螻蟻攔得住？如果我先生在這裡，倒是真不難，心平氣和講道理，他比我擅長。」

茅小冬轉頭望向那個一臉故作為難的傢伙，「心平氣和」道：「如果可以的話，我真想打爛你那顆腦袋，看看裡頭到底裝著什麼。」

崔東山伸出一隻手，翹起蘭花指，故作嬌羞道：「討厭。」

茅小冬黑著臉轉身離去，一臉踩到稀爛狗屎被噁心到了的模樣。

崔東山在茅小冬離去後，重新坐回石凳，攥著棋子的拳頭懸停在棋盤上空，漏出一顆顆棋子，清一色的白棋，所以這局棋下得很不合規矩。

最後，崔東山兩手空空地蹲在石凳上，下巴枕在膝蓋上，不知道在想什麼。

就像茅小冬所說，天底下真沒有幾個想得出「崔瀺」在想什麼的人。

可能齊靜春是唯一的例外。

院門那邊傳來細微勻速的腳步聲，謝謝下課歸來，放下東西之後，開始在院子裡清掃落葉。掃帚拂過地面，便有陣陣微風捲起。

崔東山呢喃道：「同樣是起於微末，雄風過境，雷聲陣陣，滾石伐木，梢殺林莽，雖衰而竭，氣韻猶存。雌風不過是穿陋巷，動沙堁，吹死灰，渾濁不堪，雖正值鼎盛，仍是不值一提。謝謝，妳覺得是大驪好，還是大隋好？」

謝謝這是第一次被崔東山正兒八經地問問題，一時間受寵若驚，懷抱掃帚，惴惴不安。好在她天生思維敏捷，之前又打定主意跟這位公子朝夕相處，絕不去多想，反正多慮無益，還不如直截了當，想到什麼就說什麼做什麼，大不了挨一頓揍就是了，省得貽笑大方，於是她回答道：「大隋適合安居定業，在這裡生活很舒服。大驪適合野心家和陰謀家，如今內外兼修，所以更加強大，生機勃勃，充滿了進攻性。最可怕的是大驪如今開始逐漸掌控版圖內的山上勢力，越來越接近名副其實的一國之主。」

崔東山點點頭，沒有說對或者錯，但是難得沒有出言譏諷。

謝謝心中大定，這一套還是管用的！于祿果然說得沒錯，與此人相處，就要強迫自己想得眼前一些，逼著自己目光短淺一些。

突然，崔東山問道：「妳怎麼還不去上吊啊，我等著幫妳收屍都好久了，到時候我就背著妳的屍體下山，一邊落著傷心淚，一邊控訴蔡京神那老王八太無恥了，竟然潛入書院，連妳這麼相貌辟邪的黑炭少女都下得了手，害得妳羞憤自盡，到時候我就好跟他再打上一場，為妳報仇啊。」

謝謝呆若木雞。

崔東山轉過脖子：「由於那天晚上對外宣稱妳是我的門下弟子，不得不借給妳那麼多法寶，公子我心裡可不得勁了。」

腰間懸掛那支綠竹笛子的少女開始繼續埋頭打掃院子。

崔東山瞥了眼她的婀娜身段，突然補充道：「如果我孫子蔡京神大晚上登山，闖入妳屋子，他其實不虧啊。」

謝謝抬起頭，直愣愣望向崔東山。

崔東山凝視著那雙漂亮眼眸，惋惜道：「妳就只剩下這雙眸子配得上『謝靈越』這個名字嘍。」

謝謝泫然欲泣，低頭不言，繼續掃地。

崔東山哀嘆一聲，輕輕揮手，將棋盤、棋盒一同收入袖內那塊方寸物玉璽：「妳哪裡是掃地，分明是掃妳家公子的興致。罷了罷了，回屋看書。」

到了空落落的正屋內，一張大草席上放著一個茅草蒲團，崔東山一揮袖，從牆角一座小山堆裡抽出一本儒家典籍，安安靜靜放在自己身前，然後便有一陣翻書風出現，圍繞著俊秀神逸的白衣少年打轉。

翻書風開始翻書，崔東山開始讀書。

每當這個時候，謝謝就會安安靜靜坐在門口，心境祥和，因為只有這個時候，那個傢伙才不會針對她。而且，她不但是第一次親眼見到，甚至是從未聽說過，有誰僅僅是讀書就能夠讀出這樣一個光怪陸離的大千世界的。

就像今天。

翻書風翻動第一頁後，隨著崔東山極其富有獨到韻律的輕聲朗誦，言語有如實質的雨滴飄落在那一頁書頁上，然後在書頁之間，出現了一枝荷花，搖曳生姿，靈動異常。

一頁頁翻過，光陰緩緩流逝。

書頁上的字裡行間出現了兩軍對壘的畫面，一個個武將士卒遠遠比米粒還要細微，氣勢卻是金戈鐵馬，縱橫捭闔，書頁上空黃霧迷茫，如真正戰場上揚起的黃沙萬里。

又有不過寸餘高的婀娜女子，挎著花籃從書頁裡姍姍而來。

還有大髯莽漢，袒胸露腹，做擊節高歌狀。

有老嫗擣衣，豎耳聆聽，果真能夠聽到咄咄的玄妙聲響。

有稚童兩兩，騎著竹馬追逐嬉戲。

有骷髏仗劍佩刀，行走於墳塋枯塚。

有夫子正襟危坐，沉吟撚鬚，彷彿正在推敲文字。

門口的少女謝謝，不管她內心深處如何仇恨、畏懼這個大驪國師，也不得不承認，專心致志讀書時的白衣少年實在是一身風流，兩袖清風。她完全想不明白一件事，為什麼明明是這麼壞的一個人，讀書時卻能擁有一番聖人氣象？

在謝謝怔怔出神的時候，她沒有察覺到今天的崔東山，翻書翻到最後，神色間有些異樣，眼神炙熱，但是滿臉痛苦和掙扎。

原來，他讀書讀出了一幅景象，三人同時出現在同一頁之上，皆看不清面容，但是年齡懸殊。

長衫老人在大河之畔，凝神觀水。

附近一個生性枯槁的中年人則望向對岸，滿臉沉思。

有一名少年騎著青牛，牛角掛書，少年昏昏欲睡。

最後，崔東山猛然間噴出一口鮮血，書頁上的奇異景象隨之煙消雲散。

謝謝驚懼地望向崔東山，他面無表情地伸手抹去血跡，自言自語道：「沒辦法啊，差得實在太遠了。」

謝謝擔憂問道：「公子，沒事吧？」

崔東山一手覆住心口，一手緊緊握拳，艱難澀聲道：「去把我暫借給妳的那幅水圖拿來，快。」

謝謝趕忙起身去自己屋子拿來一卷古畫，打開後攤放在崔東山身前，這才起身快跑，回到門口。

崔東山喉嚨微動，趕緊抬起手臂，用手背抵住嘴巴，良久之後才放下手，深吸一口氣。世間水圖共計一十二幅，分別描繪有四個天下的十二條大瀆，眼前這一幅，正是〈天上之水〉，取自「一劍破開小洞天，黃河之水天上來」的奇景。

當年還是文聖首徒的崔瀺與白帝城城主在彩雲間手談，崔瀺雖敗猶榮，那位大魔頭便以這幅珍貴非凡的畫卷相贈，崔瀺對他亦是推崇備至。

崔東山屏氣凝神看水，心中卻想著山。

遙想當年，崔瀺曾經一人獨行，芒鞋竹杖，走過天底下最崎嶇的山路。

崔東山一想到此，情不自禁地伸手拍打膝蓋，高聲道：「噫吁嚱，危乎高哉！」

突然他愣了愣。只見水圖之上憑空出現了一座小石崖，不甚起眼，可是石崖之上有一個熟悉的瘦削少年臨水而立，雙手掐訣，眺望遠方。

謝謝看到這一幕後震驚不已——陳平安怎麼帶著一方石崖偷偷跑到這幅圖上了？

崔東山早已經恢復了平穩的氣機，此時雙手合十，嬉皮笑臉道：「先生在上，受學生一拜。」然後崔東山向後倒去，再橫著打了個幾個滾，嘴裡念叨著：「棄我去者，昨日之日不可留；亂我心者，今日之日多煩憂。多煩憂呀多煩憂，煩憂個大爺的煩憂喲……」
謝謝坐在門口，忍不住抬頭看了眼天色，不像是要打雷的樣子，有點可惜。

第二天，李槐偷偷給他爹買了一壺好酒，拉著他爹在湖邊，蹲在一旁看著他爹喝酒，小聲叮囑道：「這壺貴，爹您先喝著，那壺便宜的放屋裡頭了，回頭飯桌上再喝，娘親就不會說您了。」
李二笑著點頭，使勁喝酒，覺得這比什麼躋身十境讓人高興多了。
他憨憨問道：「老貴了吧？」
李槐雙手托著腮幫看著自己爹，笑容燦爛，答非所問道：「爹，您放心，我在書院過得挺好，真的。你們還能來看我一趟，我可高興了。」
李二點點頭，只敢低頭喝酒，差點喝出淚花來。
他這才想起，昨天回來得比較急，好像忘了還有個蔡京神沒見著。
等喝過了酒，他跟李槐說要逛逛書院，讓李槐先回去。
李二走出東華山，找到了附近一棟鬧中取靜的宅子，開始敲門，可並無反應。
這棟院子早已租借出去，平時老人深居簡出，幾乎從不露面，但是那天晚上一場跌宕起伏的神仙打架，讓有心人意識到此地有蛟龍盤踞。

雖說那場交手是白衣少年更勝一籌，一整宿的法寶亂轟堪稱絢爛，但蔡京神的種種應對亦是不俗，哪怕是境界足夠高的行家裡手，自認若是站在他的位置上，親身對陣那個亂丟法寶好似丟爛白菜的白衣少年，絕對支撐不到天亮。

李二一腳踹開大門，大踏步走進去，看到一個臉色陰沉的魁梧老人，正是十境鍊氣士蔡京神。他站在院子裡，桌上有一壺酒，其上有許多精緻的下酒菜。對於他這種在凡夫俗子眼中的陸地仙人而言，這點聊勝於無的享受，實在微不足道。

蔡京神是昨天皇宮大戰的旁觀者之一，此時看到李二自然沒有半點底氣。可是沒有底氣不代表就要低頭哈腰，他神色不卑不亢地問道：「我與你無冤無仇，你破門而入，有何貴幹？」

李二見著了蔡京神，一個字不說就是迅猛一拳，打得措手不及的老人撞入內屋，撞爛了屋門和桌子，在大堂匾額下的牆角倒地不起，當場吐血。

李二隨即轉身離去，蔡京神有些發愣，靠著牆壁坐起身，本想著好歹要說上個一、兩句話再動手，所謂的一言不合大打出手，好歹還有「一言」不是，哪裡有這般不講理的，這不是仗勢凌人是什麼？

堂堂十境鍊氣士，大隋豪閥蔡家的老祖宗忍不住破口大罵道：「有本事再來一場！」

然後李二就從已經沒了大門遮掩的門口再次走入院子，望向屋內的蔡京神。

蔡京神咽了口唾沫：「我在跟那天的白衣少年說話呢，跟你沒關係。」

這句話脫口而出後，老人恨不得挖個地洞鑽下去。

李二腰間懸掛著一只空酒壺，問了個稀奇古怪的問題：「你桌上那壺酒賣多少錢？」蔡京神有些茫然，然後心中悲憤，想著人在屋簷下，不得不低頭，還是老老實實回答道：「不知具體價格，約莫著最少三、四十兩銀子吧。」

李二想了想：「那我把境界壓在第八境，咱倆再打過一場。」

蔡京神澈底怒了——老子喝壺酒而已，怎麼就招惹你了？他到底不是任人欺凌不還手的性子，而是大隋大修士中公認的性情暴躁、戰力卓絕，站起身怒色道：「打就打，怕你娘！」

片刻之後，李二離開院子，返回書院。

蔡京神在院子裡躺著，雖未重傷，但是一時半會兒是站不起來了。他望著天空，這輩子頭一次如此憋屈和辛酸，覺得這日子沒法過了。

老子姓蔡，不是下酒菜的菜啊。等下休養好了，老子就去皇宮面聖，要離開這晦氣的東華山，離山崖書院遠遠的，大隋京城也不待了。

李槐回來發現李寶瓶和林守一都在，兩人也剛到沒多久，李寶瓶正在跟李槐他娘親閒聊：「嬸嬸，你們要在書院待多久？要不要我陪你們逛京城？我已經仔細研究過大隋京城的輿圖了，書樓可不好找，翻了老半天呢。你們想去哪裡，我都知道路線的。」

李寶瓶到了書院之後，首先就瞭解清楚了書院的煩瑣規矩，特別是做錯了什麼該如何懲罰；其次就是去查閱大隋京城的布局，想著以後小師叔來書院找她，就可以帶著他一起逛街了。

婦人笑著稱讚道：「小寶瓶就是聰明，我們家槐兒多虧了妳，才沒給人怎麼欺負。」

李槐差點把眼珠子瞪出來。這一路就屬李寶瓶欺負自己最多，不說自己在阿良那邊呼風喚雨，跟他稱兄道弟，哪怕是在陳平安那裡，可都沒吃過虧的。

再說了，李寶瓶最早在家鄉學塾是怎麼把自己的褲衩丟樹上去的，娘親您不知道？當時您還拉著我去了趟福祿街，想要跟李寶瓶家裡長輩吵架來著，只是一看到那對大獅子，就根本沒敢去敲李家大門。

李寶瓶和李槐娘親聊了一頓有的沒的，總之聽得李槐腦瓜子疼。這兩個人根本就是雞同鴨講嘛，為何還能聊得像是很投緣的樣子？一個問：「寶瓶啊，妳福祿街的大宅子到底有多少棟屋子啊？」一個答：「書院學舍可多了，比我家屋子還多……」

李柳此前被弟弟煩得不行，只得答應抓緊縫製一雙新布鞋。這時她安靜坐在床邊，正一針一線細細密密納著鞋底，偶爾歪斜腦袋咬掉線頭，才會笑望向娘親和弟弟。若是與林守一視線交匯，她便笑著點點頭，少年就會臉紅，心裡有些無法言說的難為情。

這是林守一繼喝過了阿良的葫蘆酒後，第二次如此慶幸自己選擇離開小鎮，跟隨陳平安和李寶瓶一同負笈遊學。

李二回到住處，李寶瓶剛好離去，看到他以後，風一般呼嘯而去的小姑娘猛然停下身形，笑著打招呼道：「李叔叔好！」

口拙的李二連聲應著，開心得很。

李寶瓶嘆了口氣，有些灰心喪氣。

她的想法一貫天馬行空，看似無緣無故的歉意道：「李叔叔，對不起啊。」

李二憨厚卻不傻，一下子就想明白了她的意思，肯定是覺得自己沒照顧好李槐呢。

李二趕緊搖頭道：「可別這麼說。」

李寶瓶認真道：「李叔叔，李槐如今讀書其實比我還用心。先生說過，勤能補拙，大器晚成，所以別對李槐失望啊。讀書嘛，是一輩子的事情，不要急！」

說到這裡，小姑娘揚起拳頭，加重語氣道：「不要急啊。」

李二開心得不行，這樣的小姑娘真是討人喜歡，忙點頭：「李槐讀書我不急的。」他在心裡則默念：『但是有件事情倒是可以做了，至於兒子最後能走到哪一步，只能一切靠他自己。』

李寶瓶咧嘴一笑，飛奔離去，像一隻歡快的黃雀。

李二駐足看著她的背影，等到她消失在視野裡，才笑著轉身前行。

到了門口，剛好碰到離開屋子的林守一，少年喊了聲「李叔叔」就告辭離去。

面對其他人，哪怕是李柳的父親，林守一同樣不知道如何熱情應對。

李二走進屋子，婦人正在對兒子耳提面命：「這個小姑娘還不錯，就是性子太大大咧咧了點，不像是會照顧人的。我看那個石春嘉就滿好，那丫頭瞧著喜氣，兩根小辮子紮的……雖說家裡不如李寶瓶家大富大貴，可到底是自己家裡有那麼大一間鋪子的，跟咱們家勉強算是門當戶對，你娶了石春嘉，以後不會受人白眼。」

李二呵呵笑道：「我還是喜歡李姑娘多一些。」

李槐無奈道：「爹、娘，你們有沒有想過人家喜不喜歡我啊？」

婦人沒好氣道：「怎麼可能不喜歡？那倆小姑娘又不傻！」

李槐一拍額頭：「我的親娘，這種話千萬千萬別對外說，要不然我真的會被李寶瓶活活打死。石春嘉雖然不敢打我，可就她肚子裡那劈裡啪啦小算盤打的，一定會記恨我一輩子。她最記仇了，揪她一次辮子而已，她就能跟齊先生告狀十次，每次都說得跟真的似的，什麼『李槐今天課業沒做好，被先生你打手心了，看我笑話他，就揪我辮子』；什麼『李槐今天遲到，我好心說他幾句，他就揪我辮子』；還有什麼『李槐打不過李寶瓶，就來揪我辮子』……我的天，石春嘉這丫頭片子要是做了我媳婦，我得哭死啊。」

婦人打趣道：「那你到底想要找啥樣的媳婦啊？」

李槐想了想：「娶媳婦好麻煩的，以後大了，哪天遇上看對眼的姑娘再說。」

婦人笑咪咪問道：「到時候娘親被你的小媳婦欺負了，你會幫誰？」

李槐嘿嘿道：「當然幫我媳婦啊，妳不是有我爹幫著嘛，還不夠啊？」

婦人佯怒道：「你個沒良心的！」起身就要擰兒子的耳朵，李槐滿屋子亂跑。

婦人瞥了眼漢子：「去哪兒了？」

李二低聲道：「尿急，找茅廁去了。」

婦人眼尖，一下子就發現了漢子腰間的酒壺，湊近嗅了嗅，怒道：「撒泡尿需要這麼久，你掉茅坑裡了？而且茅坑裡不裝著屎尿，反而裝著酒？」

李二瞠目結舌，轉頭望向兒子，祈求解圍。

李槐落井下石道：「爹肯定是見著了花枝招展的小狐狸精。」

「瞧你那副做賊心虛的德行。」婦人白了膽戰心驚的李二一眼，破天荒沒有刨根問底，坐在女兒身旁，摸著李柳的頭髮，嘆了口氣：「你們都長大了，爹娘也老啦。」

李柳放下鞋底，輕輕握住娘親的手。

李槐拍馬屁道：「娘親，您還老啊，生我的時候是啥樣，現在還是啥樣！您要是跟李柳一起出門，保不齊會被人當成姐妹呢。」

婦人笑得花枝亂顫：「去去去，這種話留著將來對你媳婦說去。」

李柳突然說道：「娘，我想去買一盒胭脂。」

婦人雖然絮絮叨叨，嘴上嫌棄女兒是個敗家貨，仍是起身帶著女兒一起出門。

屋內只剩下父子二人，李二笑問道：「兒子，要不要陪爹喝點酒？」

李槐瞪大眼睛：「可以喝酒？」

不過是喝了半碗酒，李槐很快就暈暈乎乎，趴在桌上打瞌睡了。

李二伸手握住李槐的手腕，深吸一口氣，閉上眼睛，默念道：『神君開山造洞天！』

婦人牽著李柳一起下山的時候，在山腳牌坊下與一個白衣少年擦身而過。

李柳回首望去，剛好與少年對視。

一直給人印象就是柔柔弱弱的少女在這一瞬間迅速收斂笑意，對著那位她在小鎮便從師公那兒久聞其名的大驪國師偷偷做了一個隱祕且駭人的警告動作——

纖細手掌抹過脖子。

本就故意來此見她一面的崔東山嘖嘖稱奇，感慨道：「怪胎年年有，今年特別多啊。」

沒有了崔東山先後兩次的故意牽引，陳平安在之後這一路其實就走在了江湖裡，而不是神神怪怪的山上。只不過他渾然不知，只是有些遺憾再沒能遇上讓人大開眼界的那些精怪鬼魅。如今已經不需要惦記李寶瓶他們的遊學安危，身邊又有得道成精的一雙蛇蟒護駕，陳平安希望多碰到一些古怪事。當然，前提最好是遠遠旁觀，既能長見識，又不用身陷險境，可惜一直到快要離開黃庭國地界，仍是走得十分平淡無奇。

這一天暮色四合，在水蛇背脊上練完走樁，陳平安就在一條幽靜山路旁的破廟裡歇腳，開始生火做飯。

雖然他刻意揀選荒郊野嶺返回大驪，可還是遇上不少行走於林莽間的男男女女，多是貂裘錦衣，挎刀佩劍，一身的江湖氣概；也有些人生得頗為凶神惡煞，滿臉橫肉，一看就不是正道人物，但是好在碰到陳平安三人後，最多幾個斜眼，並無真正的風波。

行走江湖，老僧、小道、尼姑，遇上類似這些看著好欺負的貨色，最好全都別招惹，這是無數在陰溝裡翻船的江湖前輩代代相傳下來的道理。

陳平安是沾了身邊青衣小童和粉裙女童的光，畢竟沒幾個正常人會帶著倆粉雕玉琢的小屁孩在野獸出沒的深山老林裡瞎逛蕩，只要是稍微有點腦子的貨色，就不會輕易出手行凶。

但也有例外。之前有一夥流竄犯案的莽漢確實心有歹意，小心謹慎地追蹤三人，想著找準機會再出手，結果見著那瞧著一根手指頭就能碾死的青衣小童變幻出的恐怖真身，翻山越嶺，沿途大樹紛紛崩斷，把那撥人嚇得一個個差點尿褲子。

粉裙女童幫著陳平安捧來枯枝，不停忙碌。

青衣小童則是個憊懶貨，就喜歡飯來張口，蹲在破廟外頭打哈欠，懶洋洋道：「老爺，山路兩頭各有一撥人相對而行，很快就要撞上啦。左手那邊打打殺殺的，好像很好玩的樣子；右手那邊個個鮮衣怒馬，裡頭還有個大長腿的俊俏娘兒們哩。老爺您若是心動，我給您搶來當壓寨夫人吧，玩過了就放她回家，大不了我送她些財寶機緣，她指不定還要對老爺感恩戴德……」

陳平安正撅起屁股吹著柴火堆裡的火星，隨口道：「等下碰到了他們，你別生事。」

青衣小童百無聊賴地揉著臉頰，氣道：「老爺，我再不鬆鬆筋骨，手腳都要發霉啦。」

陳平安不再搭理他。

第八章　江湖路上

破廟外頭的山路一頭，喊聲四起。

一夥灰頭土臉的男子追逐著一個神色倉皇的美婦。

一個高大壯漢大笑道：「賤貨，跑！繼續跑！這次給大爺逮著了吧，看不把妳剝得精光，到時候一身白花花的肥肉，大爺得好好想一想，先從哪裡下嘴！」

壯漢身旁有五、六人，一個個快意大笑，笑意猙獰，滿滿的酣暢和恨意。

「這等蛇蠍心腸的臭婆娘，直接下鍋燉了吃肉便是，再來幾把蔥蒜花椒，嘖嘖，必然美味。這一身肉怎麼都有百來斤，夠咱們痛痛快快吃上好幾頓的了。」

「你們別跟我搶啊，我打小就愛吃乳鴿！」

青衣小童眼睛一亮。

陳平安讓粉裙女童幫著煮飯，自己站起身，來到破廟門口。

青衣小童躍躍欲試，被陳平安按住腦袋，只得乖乖站在原地。

另外一側的山路則是馬蹄陣陣，歡聲笑語，很快就發現路上的異樣。聽聞那撥山賊似的漢子的汙穢葷話後，一名背負長弓的妙齡女子頓時面若寒霜，滿臉不悅。她瞥了眼那個踉踉蹌蹌的豐腴婦人，很快收起視線，望向那些舞刀揮劍的匪人，冷哼一聲，修長雙腿一夾馬腹，驟然加速，率先策馬前衝出去：「我去救人！」

一名佩劍上繫掛銀色劍穗的年輕人立即跟上，與女子並駕齊驅，同時笑著小聲提醒道：「蘭芝，之前有外人在，我不好多說什麼，但是根據我們郡府的密檔記載，這條蜈蚣嶺山脈一向多有妖物邪祟作亂，甚至幾大山頭的妖物還知道互為奧援，本就極為難纏，只是每次官府請出神仙入山搜捕，除了一些不入流的小精怪，大妖們都早早聞風而藏，狡猾得很。若非前不久官府才帶人掃蕩過一遍蜈蚣嶺，我是不敢答應你們進山的。」

年輕女子除了背負一張篆刻有古樸符文的銀色長弓外，腰間還懸掛有一柄烏鞘狹刀。她手按刀柄，冷聲道：「若真是妖怪倒好了。斬妖除魔，又不是只有山上神仙才做得，我們一樣可以！」

年輕男子無奈而笑，不再多說什麼，縱馬飛奔，只希望這次行俠仗義不會出現什麼么蛾子。不同於離開師門初出茅廬的女子，他是家世不俗的官家子弟，對於世間險惡有著更多的體會。

那個婦人衣衫破碎，衣不遮體，裸露出大片白皙粉嫩的肌膚，模樣淒涼。雖是個練家子，可被追殺一路，早已是強弩之末，腳步輕浮，見著了縱馬而來的男女，便強提了一口氣，大聲疾呼道：「懇請兩位義士救命！」

年輕女子摘下披風拋給婦人，嫻熟駕馭駿馬，剛好與婦人擦身而過。

她抽出狹刀，勒韁停馬，氣勢洶洶地對那夥大漢怒目相向：「滾遠點！」

年輕男子停馬在婦人身側，微笑道：「夫人受驚了。」

婦人用披風罩住嬌軀，大口喘息，臉色雪白，心有餘悸地顫聲道：「公子你們千萬要小心那些山野強人，他們自稱修行中人，也確實會一些道法神通，公子最好提醒你的朋友不要貿然行事。若是實在不行，公子與那姑娘幫我阻擋一二即可，我這就繼續趕路。只是這披風，就對不住那個俠義心腸的姑娘了……」

年輕男子一直在暗中打量婦人，聽聞這番言語，不曾發現明顯破綻，就笑道：「夫人不用忙著逃命，光天化日之下，諒他們也不敢為非作歹。如果真是那殺人越貨慣了的亡命之徒，他們即便是山上修行過的，我們也自有計較，夫人只管放寬心便是。」

婦人欲言又止，不再反駁辯解什麼，只是楚楚可憐道：「公子還是小心些，那夥歹人什麼惡事都做得出來，惡言惡語更是家常便飯，小心髒了二位的耳朵。」

年輕男子稍稍放鬆戒備，微笑點頭：「夫人如此心善，不該遭此劫難。」

婦人聽到這裡，死死咬著嘴唇，驀然神傷，低下頭去，泣不成聲道：「只是可憐了我的夫君和女兒，真是……我那女兒才十二歲大啊，我也不活了……」

身後數騎已經來到年輕男子和可憐婦人身旁，聽到婦人如此言語，不用問就知道她遭遇了何等慘絕人寰的事。行走於窮山惡水間，匪人劫財劫色，在黃庭國不算多見，但絕不罕見。

一名年紀輕輕卻故意蓄鬚如戟的男子頓時火冒三丈，雖然在宗門內和江湖上也不是個好說話的主，只是生平最見不得人欺凌弱小，憤而揚鞭繼續前衝：「蘭芝，我來助妳！這幫挨千刀的匪人，罪該萬死！」

那夥大漢眼見那婦人就要逃走，為首之人便急紅了眼，大罵道：「瞎了眼的小娘兒們，叫老子滾？你們才是要趕緊滾遠點，一個個毛沒長齊、奶水沒斷的崽子就敢逞英雄？換成你們師門長輩在這裡，老子早就一巴掌搧過去了。那婦人是作惡百年的老妖，壞事做盡，等老子將她剝皮抽筋，是人是妖，自見分曉！」

單獨一騎疾馳而至的絡腮鬍年輕人抽出長劍，劍尖指向那夥人，哈哈笑道：「喲呵，還惡人先告狀上了？」

壯漢身後一名青衫老者皺眉道：「劍尖指人！是誰教給你的禮數規矩？」

絡腮鬍年輕人瞪眼道：「你祖宗！」

青衫老者冷笑道：「老宋，你們先去擒拿妖婆，我來給這後生長長記性。」

「別太拖延，老妖明顯還藏著殺手鐧呢，需要你的回春術以防萬一。」壯漢臉色凝重地點頭後，帶著眾人策馬前衝，全然不理會攔路之人。

山路並不寬闊，僅供三騎並肩而過，面容秀美的狹刀女子厲色道：「還不止步？」

壯漢縱馬從名叫蘭芝的狹刀女子和絡腮鬍年輕人之間一衝而過，蘭芝橫刀攔截，被那壯漢手握刀刃輕輕一抬就給推了出去，自視武道小成的江湖名門女子愣在當場，滿臉愕然。

絡腮鬍年輕人脾氣更加火爆，一劍迅猛刺出，那壯漢視而不見，只是死死盯住前方婦人，隨手一抓，就把那長劍抓在手心，繼而丟到山下。兩個下山時意氣風發的江湖兒女，一左一右像是兩尊呆呆的門神，任由這夥山野匪徒縱馬飛奔揚長而去。

留在最後的青衫老者緩緩驅馬前行，望向滿臉驚駭的年輕劍客，嗤笑道：「三境武夫也敢造次？小娃兒不知天高地厚，知道死在那老妖婆手底下的下五境鍊氣士有多少嗎？一雙手都數不過來！就憑你還想護著她？人家指不定正在肚子裡盤算著如何將你們這些救命恩人一點點生吞活剝呢！」

老者又扯了扯嘴角：「不過也說不定，老妖婆擅長一門歹毒的陰陽雙修術，喜好蠶食青壯男子的精血，你這小兔崽子也算牡丹花下死，做鬼也風流了。」

絡腮鬍年輕人滿臉漲紅，惱羞成怒道：「老匹夫，你欺人太甚！」

青衫老者抬臂虛空甩出了一巴掌，離那絡腮鬍年輕人還有很長一段距離，可是後者臉上重重響起清脆聲響，整個人被打得離開馬背，在空中旋轉兩圈才墜地。

這一手神通，若是換成江湖上的認知，那最少都是四、五境小宗師才能具備的本事；六、七境，無一不是有資格在一國境內開宗立派的大宗師。至於傳說中的八、九境？想見都難，哪一位不是世俗王朝皇帝的座上賓？所以早就超脫於江湖了。

蘭芝到底心志不差，立即轉頭提醒朋友：「小心那婦人！」

說時遲那時快，身罩披風的婦人猛然抬頭，探手一抓，就將身邊一個年輕人拽下馬背，死死握住他的手臂，嬌媚笑道：「還以為好歹能幫著攔上一攔，不承想全是些廢物螻蟻。既然如此，便幫你們家青芽山夫人一把！」

只是她剛剛催動氣機，要汲取年輕男子的氣血化為她的氣府養料，眼角餘光就發現破廟那邊一直冷眼旁觀的草鞋少年，身形矯健遠超想像，動若脫兔，一個躍身而起，一拳朝她當頭砸下。

青芽山夫人嫵媚而笑，只當是個年少無知的小傻子，對於那一拳根本視而不見，就不信砸在自己身上後，能打出個衣衫褶皺。

但是她剛享受上青壯氣血補充氣府的陶醉氣息，那當頭一拳便如鐵鎚般砸在她一側太陽穴上，打得她整個腦袋大幅度晃蕩出去，雖太陽穴未被一拳捶破，可是肌膚處也傳來了一陣灼燒疼痛。

婦人握住年輕男子手臂的五指成鉤，狠狠釘入男子胳膊，痛得那人嘶聲尖叫，如同魂魄給人撕裂一般。

陳平安一擊得手後，借勢後彈，與青芽山夫人稍稍拉開間距。

雙腳落地後，氣機在體內迅猛流轉，嫻熟闖過六停途經的一連串氣府，出拳的同時對那個壯漢沉聲道：「一起出手！」

壯漢先是被陳平安雷厲風行的出手給驚到了，又怕自己這方殺力巨大的聯手會傷及無辜，一時間有些兩難，只得做了個手勢，讓身後同盟先困住那老妖物再說，自己則繼續拉近距離，免得陳平安不小心殺妖不成，反而淪為老妖婆壯大氣機的餌料。

相比那些莽莽撞撞的江湖晚輩，壯漢覺得這個看似冷眼旁觀但是出手凌厲的少年郎要順眼太多了。

行走於山野湖澤之間，難免遭遇魑魅魍魎，有沒有足夠的眼力見，往往比本事大小更重要。有多大本事，就做多大的事，要不然就別瞎添亂，這才是長命百歲的本錢。

壯漢倒是欣賞那些年輕男女的古道熱腸，可是委實惱火他們的莽撞無知。

那姿容妖冶的青芽山夫人仍是不願放開男子胳膊，吃過虧後，這次不敢托大，迅速側身，眼見著那可恨少年又一拳劈來，便對著他一腳踹去，勢大力沉，裹挾風雷之聲，那氣勢好像便是山崖石塊也要給她這一腿踹出坑窪來。

陳平安面容堅毅，腳步尤為輕盈，不再直線向前，瞬間橫向挪開，躲了那凶猛一踹，同時身形下沉，一臂立起在肩頭，以防婦人橫掃而至，繼續向前，拳劈婦人。

青芽山夫人這才瞧清楚了少年的古怪底細。原來這一拳看似樸實無華，實則悄然流淌著拳法真意，難怪先前能夠傷到自己。

那壯漢暴喝道：「休要傷人！」

只見他一拳凌空砸下，一道拳罡便裂空而去，自撲青芽山夫人的頭顱。

又有一條並非實質的雪白鐵鍊起始於壯漢身後一人的袖中，嘩啦啦橫掛出去。

更有一名背負桃木劍的男子手指併攏，朝青芽山夫人喊了一個「疾」字，蓄勢待發的桃木劍便橫空出鞘，飛至高空，劃出一條弧線墜向她脖頸。

「真當老娘好欺負不成？老娘之所以忍了你們這二百里山路，圖什麼？」

青芽山夫人肆意大笑，果真如陳平安所料，一踹不成，便橫掃向他肩頭，與此同時，身後竟然虛幻生出三條貂狐似的猩紅長尾，分別攔下壯漢的拳罡、袖中鐵鍊和破空而至的桃木劍。雖然長尾為此鮮血淋漓，到底是擋住了一輪來勢洶洶的齊攻。

她隨手丟開手中男子那條傷可見白骨的胳膊，澈底騰出手來，一手握住陳平安的拳頭，忍住手心灼燒刺痛，另外一手輕輕一指戳向他眉心，誓要戳出腦漿來才解恨。但是真正的生死大敵仍然不是陳平安，她視線望向破敗古廟之後的遠處，輕佻笑道：「老相好，難道要眼睜睜地看著妳的女人被外人欺負？」

不料陳平安狡猾難纏得很，拳頭被牢牢抓住，身體便後仰出去，雙腿揣在青芽山夫人腹部。青芽山夫人微微吃痛，下意識收回手，並不追殺陳平安，反而媚眼一拋：「等會兒再好好收拾你，夫人我可是出了名的菩薩心腸，保管你欲仙欲死，臨死前只恨不多出幾條命來享福！」

壯漢如釋重負，忍不住朝陳平安伸出大拇指，大笑稱讚道：「漂亮！」

陳平安全身而退之後，深吸一口氣。這時，那個早就衝出破敗小廟的粉裙女童幾乎都要哭出聲來：「老爺老爺，那傢伙說讓我保護您，他去對付那個厲害點的，可是我真的不曉得如何打架啊，急死我了。老爺對不住啊，都是我沒用……」

陳平安始終盯著青芽山夫人，但是伸手輕輕拍了拍粉裙女童的腦袋，安慰道：「沒事，下次注意就行。」

自幼就在書樓潛心修行的粉裙女童越發愧疚，一下子哇哇大哭起來。

壯漢小聲提醒道：「蜈蚣嶺還有道行高深的妖修，我們見機行事，實在不行，好歹護住這些孩子再撤退。」

眾人點頭，雖然明知一旦遇上那種最壞結果，要做到這一點難如登天，可仍是沒有異議。這一路追殺妖物太過凶險，只因有了青衫老者的回春術，隊伍才沒有出現傷亡。若非那妖物罪行滔天，他們這些人又如何會在大局已定的情況下，對那青芽山夫人「出言不遜」？實在是恨意難平，當真是想要將她下鍋煮了才解氣。

青芽山夫人得意揚揚地調笑之後，發現遠處並無異樣動靜。照理說，以那頭蠢熊的行事風格，早該以驚天動地的隆重方式登場才對，她頓時有些急眼，尖聲道：「人呢？」

破廟後面的遠處山林，一個身高丈餘、手持雙斧的魁梧大漢正望著十幾步外的青衣小童，齜牙咧嘴，露出對著美食垂涎三尺的滑稽表情。

雄壯如小山的山精大妖咽了咽口水後，掉頭就跑，一路狂奔，遇山開山，見樹伐樹，最後乾脆丟了斧頭，現出原形，只見一頭巨熊手腳並用，瘋狂逃竄。

沒有按照預期等來戰力恐怖的熊精壓陣，失算的青芽山夫人頓時慌了心神，在之後的修士之戰當中，一不留神就被壯漢拳罡劈在身上，倒在地上，然後迅速被那把桃木劍釘入肩頭，鐵鎖纏身，之後更是被一陣神通器物加身，最後被那拳法通神的壯漢數腳踩在額頭上，強行打散氣府的流轉，被踩得整個腦袋都陷入泥路中去了。

壯漢最後祭出一把銀色小刀，完完整整刺入婦人心口，這才單手拎住她的脖子，將她扛在自己肩頭，隨手丟在了馬背上。

壯漢眼神複雜地瞥了一眼那個蹲在破廟屋頂的青衣小童，最後望向粉裙女童身旁的陳平安，抱拳笑道：「以後公子走江湖也需謹慎些，畢竟山上並非都是我們這些人。」

陳平安很快就想明白他的意思，是說山上神仙只要看穿身邊蛇蟒的真身，就會不講情理地出手，而不會像他們這樣不見惡行即不出手。

他抱拳還禮：「我會小心的。」

壯漢翻身上馬，轉頭看看青芽山夫人並無甦醒的跡象，對陳平安大笑道：「拳法不錯，再接再厲！」

陳平安以為那人是打趣自己，赧顏笑道：「前輩拳法才是真的厲害。」

壯漢爽朗大笑，不再說話，再度向他抱拳，這才撥轉馬頭，和眾人一起沿著原路返回。他們這趟斬妖之行並不順利，光是誘敵就耗費了大半月時光，之後一路追殺至此，更是已過了兩天兩夜，便是他這位五境純粹武夫都有些心神疲憊，更別提隊伍裡其餘的錬氣士了。所以趕緊去往州城官府交差，不說事後黃庭國朝廷的豐厚賞賜，回了各自山門幫派，也算大大的功德一件了。

壯漢跟蘭芝擦肩的時候，沒好氣道：「好人、壞人，都不會在額頭上刻兩個字給你們瞧的。以後別這麼冒冒失失的，既然選擇了下山歷練，勇氣可嘉，但是少做一些需要師門幫忙擦屁股的蠢事。」

雙方人馬就此別過。

絡腮鬍年輕人也去找回了那柄佩劍，那個被青芽山夫人抓住胳膊的男子最為淒慘，哪怕敷了藥、止了血，仍是哀號不已，一條胳膊血肉模糊，眼見著多半是廢了。

有個人臉色發白，不忍再看朋友的慘況，突然瞥見轉身走向破廟的少年，起身後怒罵道：「你這人怎麼回事，為何不早點出手！若是早就看出那妖物的馬腳，為何連提醒都不願意？誠心等著看好戲不成？」

很快有人顫聲附和道：「是你害了馬兄弟！」

陳平安停下腳步，轉過頭，一言不發地看著那兩個人。

一人嚇得後退數步，一人壯著膽子瞪眼道：「怎麼，你理虧了，還想行凶傷人？」

陳平安仍是不說話，不過伸手指了指自己腦袋以及心口，這才轉身走向火堆，蹲在那裡看著煮飯的小鍋。

那人猶然不甘休，嘴裡還嘀嘀咕咕著，最後被那個銀色劍穗的年輕男子阻止，這才不再念叨什麼。一行人紛紛上馬，其中一人與那傷者共騎一馬，以繩子綁縛兩人，以免後者由於傷痛而墜馬。

站在廟口的青衣小童望著那群人遠去的身影，眼神青光熠熠，問道：「老爺，為何不讓我教訓那幫小白眼狼？我都要氣炸了，氣殺老夫氣殺老夫！不行，我得消消氣！」

青衣小童使了一個凝聚水氣的神通，在頭頂出現一個大水球，當頭澆下，自己把自己折騰得像隻落湯雞。

蹲在陳平安身邊的粉裙女童破天荒附和道：「是很氣人！」

陳平安輕聲道：「別人不講道理，不是我們跟著不講道理的理由，自己問心無愧就行了。」他突然笑了笑，「反正以後不會見面，而且咱們又不是他們爹媽，不用事事講清楚。我好些個剛明白的道理，可是好不容易從書上讀來的，憑什麼教給他們。」

粉裙女童摀嘴而笑，青衣小童打了個響指，濕漉漉的一襲青衣頓時變得乾燥，轉身走回廟內，伸手烤火：「老爺，我沒說要跟他們講理啊，是想要一口吃掉他們……」

看到陳平安抬頭望來的視線，他趕緊改變口風：「當然是不可能的！唉，老爺，我就是想小小教訓他們一下，比如打得他們一個個鼻青臉腫，爹娘都不認識。嗯，那個大長腿的姑娘就算了，還是留著給老爺您看著辦吧。」

陳平安打開鍋蓋，米飯的香氣彌漫，粉裙女童已經乖巧伶俐地遞來飯勺，還有三只疊在一起的小白碗。

三人就著醃鹹菜一起蹲著吃飯，陳平安沒來由地想起一個經常用筷子敲碗喊著要吃肉的人，以及他說的一番話，於是對青衣小童說道：「真正的強者，願意以弱者的自由作為界限。」

青衣小童扒著碗裡的飯，看著吃得起勁，劈裡啪啦作響，其實從頭到尾就只吃了一小口。他眨了眨眼，然後滿臉真誠道：「哇，老爺這胸襟真是比御江還要寬廣，佩服佩服，感動天感動地。虧得老爺不是讀書人，要不然早就是學宮書院欽點的君子了。」

雖然聽出了青衣小童言語裡的譏諷意味，可陳平安還是嘆了口氣，想著自己的事情，緩緩道：「這句話不是我說的。」

青衣小童哪裡敢得寸進尺，接下來的溜鬚拍馬就要真心許多，哈哈笑道：「我就當是老爺說的，老爺的高風亮節，完全配得上這句話！」

陳平安笑道：「你哪裡學來這麼多馬屁話，平時不修行嗎？」

「修行啊，我認真修行起來，連自己都感到可怕……」青衣小童哼哼道，「我勤奮得一塌糊塗，其實就是偶爾出來透口氣，跟水神兄弟一起喝酒吃肉。下面的人都這麼說我的啊，我不過是拿來借用一下。」

青衣小童看著陳平安，搖頭晃腦道：「以前吧，我還會有一丟丟的懷疑，那些小傢伙是不是純粹討要賞賜才說得這麼肉麻。但是自從認識了老爺，就覺得他們肯定是真心的，因為我對老爺就是真心得不能再真心了。唉，早知道當初應該多賞一些好東西，哪怕跟水神兄弟賒帳也行啊。唉，我這是寒了眾將士的心啊。對吧，老爺？下面的人一片真心，上面的人需要珍惜啊！」

敢情拐彎抹角繞來繞去，兜了這麼大一圈，就是跑陳平安跟前討賞來了？

陳平安笑呵呵：「想要蛇膽石？我老家那邊確實有，還不止一顆，但是不給你。」

青衣小童立即跪下，手捧飯碗舉過頭頂：「蒼天可鑒啊，老爺您老人家就可憐可憐我吧。這一路上，我沒有功勞也有苦勞啊，每天強忍住不吃掉那傻妞兒，很辛苦啊！」

粉裙女童往陳平安身邊躲了躲。

陳平安緩緩道：「行了，到了我家鄉，你們一人一顆蛇膽石。」

青衣小童猛然抬起頭，一臉不忿：「憑啥她也有一顆？老爺，如果一定要給她，那我得要兩顆！」

粉裙女童不敢反駁什麼，只是滿臉委屈，泫然欲泣。

陳平安對青衣小童伸出兩根手指：「兩顆是吧？」

青衣小童點頭如小雞啄米。

陳平安收回手指：「都沒了。」

青衣小童放下飯碗在腳邊，然後一個前撲，抱住陳平安的小腿，撒潑打滾：「老爺，我知道錯了，一顆就一顆。」

陳平安不理睬青衣小童，望向小廟外的天色，喃喃道：「快要下雪了吧？」

有聚終有散，人生就是一場場折柳。

歲月長河裡，彷彿存在著一個個楊柳依依的渡口，每一段光陰逆旅當中，會有人離船而去，有人登船做伴，然後在下一個渡口又有新的聚散離別。

就像那個任勞任怨的泥瓶巷少年，在上一個渡口，就已經遠離眾人而去。

拂曉時分，李二一家三口早已備好行囊，在東華山山腳與一行人告別。比起第一次在家鄉小鎮跟親人們分開，李槐這次不再沒心沒肺，不會只覺得沒了拘束，可以整天吃糖葫蘆和雞腿，而是多出了幾分愁緒。孩子到底是長大了。

李寶瓶、林守一、于祿、謝謝，還有翩翩美少年崔東山都來送行了。

婦人紅著眼睛，不願鬆開李槐的手，絮絮叨叨說著天冷加衣、吃飽喝足的瑣碎言語，李槐便安安靜靜聽著。李二始終憨憨地傻站在旁邊。

李柳給李槐理了理已經足夠嶄新齊整的衣衫，回頭望向山崖書院的匾額。對於謝謝和于祿兩個同齡人的打量眼神，她無動於衷。

婦人總算捨得離去，這一走出去，就狠著心不再轉頭。

李二拍了拍李槐的腦袋，笑著跟上媳婦的腳步。

李柳拍了拍弟弟的肩頭，然後對眾人施了一個萬福，姍姍而去。

李槐輕輕踢了一腳林守一，後者手心滿是汗水地攥著一封信，搖搖頭，望著李柳的背影呢喃道：「下次吧。」

李槐不願在他們面前流露出悲傷情緒，強忍著憂愁，找了個有趣的話題，嘿嘿笑道：「崔東山，如果說你是陳平安的學生，我們三個都是齊先生的弟子，寶瓶又喊陳平安小師叔，你跟我們的輩分到底咋算？」

崔東山雙手負後，玉樹臨風，揚揚得意道：「我可是我家先生的開山大弟子，輩分很高，比這東華山高出十萬八千里。」

李槐愣了一下：「難不成得喊你大師兄？」

「大師兄？」崔東山頓時急眼了，「你全家都是大師兄！老子才不要當大師兄，其他怎麼喊隨你們。」

李槐有些懵：「那喊你小師兄？有點拗口啊。」

崔東山眼睛一亮：「小師兄好，既尊重兄長，又透著股親切，以後你們就喊我小師兄吧。于祿、謝謝，從今天起，你們也不例外，不用喊公子了，太生分，就跟著寶瓶他們一起喊我小師兄。」

李寶瓶冷哼道：「我可沒答應！」

她衝出牌樓下，李槐喊道：「李寶瓶，等下還有課呢！」

「罰抄文章，我昨夜已經挑燈寫好了，怕什麼！我要一個人先逛遍這裡，以後好帶著小師叔逛街。」李寶瓶高高揚起腦袋，一路飛奔，追逐著蔚藍天空中掠過的一群鴿子。

鴿哨聲此起彼伏，悠揚清越地響徹大隋京城。

李槐扯開嗓音喊道：「那帶上我一起啊。」

李寶瓶置若罔聞，比起她那個遠離書院牌樓的纖細身影，小姑娘的思念更已遠在千萬里之外。

已經走到了黃庭國邊境的一座山嶺，陳平安在山澗溪畔洗臉。

不同於只背著個書箱的粉裙女童，青衣小童身負一件方寸物，總有一大堆稀奇古怪的玩意兒。一開始他倒是沒想著在陳平安面前顯擺什麼，後來對蛇膽石上了心，每天惦念得不行，就開始拿出來，求著陳平安拿蛇膽石跟他換寶貝。

就像此時，青衣小童又拿出一堆小瓶子，蹲在陳平安身邊，給他們家老爺講解這些瓶子的有趣。他拔出其中一只粉綠色瓷瓶的瓶塞，往溪水裡一倒，很快就從瓷瓶裡流淌出一大片柔和的月光，灑落在溪水上，如夢如幻。

青衣小童笑嘻嘻道：「老爺，好看吧，這是修行人頗為喜歡的月華瓶。除此之外，還有雲霞瓶、日光瓶在內的林林總總，專門從五嶽大山那邊採擷雲濤彩霞、日月光輝等等，其中蘊含的靈氣雖然不多，自然比不得那些洞天福地的豐富充沛且細水長流，可是那些總歸敵不過這些瓶子傾瀉出來的風光好看呀。老爺您覺得呢？」

陳平安確實有些震驚。茂盛山林之間，大白天仍是略顯陰暗，此時看著溪水上緩緩流淌的月光，真是覺得世間無奇不有。

青衣小童循循善誘道：「一個小瓶子換取老爺的蛇膽石肯定不厚道，我這裡還有統稱為繞梁瓶的三只瓶子，稱呼源於『餘音繞梁，三日不絕』，俱裝滿了天地間各種美好的天籟之音。比如這只瓶子裡的蛙鳴，這只的大潮水聲，還有這只的高山松濤聲。老爺，您想啊，睡覺的時候打開其中一只瓶子，枕頭旁邊就是潮水聲，多愜意啊，就不心動？我這麼多寶貴的瓶子，才跟您換一顆蛇膽石！只換一顆！老爺只要點個頭，這七、八只瓶子就立馬全歸老爺您啦，這種買賣不做，要遭天打五雷轟……」

陳平安在心中默算了一下家底，想著品相極佳的蛇膽石還有著不少，便點頭笑道：「好。」

粉裙女童在旁邊使勁擺手，給自家老爺使眼色，想要勸阻他不要答應這筆買賣。

青衣小童將瓶子一股腦推給陳平安，高興得活蹦亂跳，對著粉裙女童伸出兩根手指，趾高氣揚道：「我比妳多一顆，如今又比妳高出一個境界，等到了老爺家鄉，吃掉石頭，大爺我就要比妳這傻妞兒多出兩個境界了。到時候妳自己識趣一點，別留在老爺身邊丟老爺的人了，老爺有我一個小書童就足夠，哪裡需要什麼蠢丫鬟……」

粉裙女童噘起嘴，皺著粉撲撲的小臉蛋，風雨欲來。

陳平安無奈道：「你再欺負她，我就反悔了。」

青衣小童立即咳嗽一聲，對粉裙女童一本正經道：「以後照顧老爺的衣食住行要多用心，曉得不？比如吃過了那顆蛇膽石，趕緊變成一個黃花大姑娘的身段容貌，老爺血氣方剛，長夜漫漫，妳就自己主動一點去暖被窩……」

陳平安放好那些材質各異的珍稀小瓶，對著青衣小童的腦袋就是一記栗子：「少在這裡胡說八道。」

青衣小童裝模作樣地作揖道：「老爺教訓得是。」

陳平安重新蹲在溪畔石頭上，拿出一塊乾餅嚼起來，隨口問道：「你們知道龍王簍是什麼嗎？」

兩個小傢伙同時臉色微白，青衣小童更是身體僵硬，別說是插科打諢，就連路都走不動了。還是粉裙女童小心翼翼道：「我在古書上見過記載，只要鍊氣士將其丟入大江大水，就能抓獲蛟龍。最可怕的地方在於蛟龍之屬原本在水中是占盡地利優勢的，便是對上比自己高出一、兩個境界的鍊氣士也不會吃虧，但是如果對方擁有龍王簍，哪怕境界比我們還要低一、兩個，一樣可以讓我們束手就擒。」

青衣小童下意識遠離陳平安幾步，蹲在遠遠的地方：「沒那麼輕鬆，一旦被抓入龍王簍，不比凡人身處油鍋好受，時時刻刻受那千刀萬剮之苦。這是上古蜀國最大宗門的不傳之祕，他們專門編織龍王簍，售賣給那些遠道而來試圖擒獲我們族類的錬氣士。」

他嗓音顫抖，握緊拳頭晃了晃，「這麼大的龍王簍，就能夠抓住我了。」

陳平安伸出雙手，在自己身前比劃了一下：「如果是這麼大呢？」

這下別說曉得龍王簍厲害的青衣小童，就是粉裙女童都嚇得不敢說話了。

青衣小童哭喪著臉道：「老爺，別說見過，我聽都沒聽說過有這麼大的龍王簍。您該不會有一只吧？」他強忍住不要第二顆蛇膽石的衝動，試探道，「如果真有這麼誇張的龍王簍，任你是化蛟數千年的老祖宗也要乖乖認命。老爺，是不是覺得那堆瓶子其實不太好看？沒事，老爺留在手裡玩便是，如果真不喜歡，到了老爺家鄉再還我便是。至於蛇膽石，老爺看心情決定給不給……」

陳平安哭笑不得道：「我沒有龍王簍，就算有，你們也不用怕什麼。」

難怪大隋皇子高煊當初買走那尾金色鯉魚和龍王簍後，會覺得過意不去，除了給出一袋子金精銅錢，這次在大隋京城還要表達謝意。

當時在小鎮遇到那個提著魚簍賣魚的漢子，陳平安一眼就看出不同尋常了——怎麼可能離岸那麼久，鯉魚還能活蹦亂跳？但一是當時實在沒錢，朝不保夕的日子，哪裡敢隨著喜好花錢？二是被高煊和老人半路截下。

陳平安丟了一顆石子到溪水裡。他此刻有些憂傷，不是因為丟了好大一樁機緣，而是覺得好幾座金山、銀山跟自己擦肩而過了，所以說到底，他還是心疼錢。

事實上，陳平安不知道那個漢子正是李槐的父親李二，楊老頭的徒弟之一。當時李二就已是武道九境的巔峰武夫，不同於負責收受金精銅錢的看門人，他對陳平安觀感很好。至於李二當時為何不直接將魚和簍贈送給陳平安，是大有講究的，師父楊老頭這一條道路上的人歷來推崇「公道」二字，所以李二當時隨口報了一個價格，是為了能跟泥瓶巷少年討價還價，顯得更加真實。

只可惜半路殺出一個大隋皇子，本就壞了規矩在先的李二頓時心中警醒，不敢再強塞給陳平安這份天大福運。事後楊老頭也訓斥過李二，告訴他一個殘酷的真相：如果陳平安真收下了魚簍和鯉魚，那麼能不能活著離開小鎮都難說。

小鎮上這些暗流湧動，陳平安至今尚未獲悉全部。大道之上，永遠是福禍相依。一件事情，是朋友雪上加霜，還是敵人雪中送炭，短時間內誰都說不好，也說不定。

三人重新上路，夜宿山巔。雖然已經無須陳平安守夜，可是他仍然習慣在走樁立樁之後，守著篝火一段時間才睡覺。

夜深時分，山頂萬籟俱寂。

篝火旁，青衣小童往火堆裡添了柴火，對著粉裙女童勾了勾手：「傻妞兒，妳過來。」

粉裙女童在遠處背靠崔東山留下的書箱，使勁搖頭：「我不。」

青衣小童笑咪咪道：「我不吃妳便是。」

粉裙女童打死不湊過去。

青衣小童怒道：「不過來，我就真吃妳了啊！妳怎麼回事，好話不聽，非得挨揍？」

粉裙女童只得壯著膽子坐在篝火對面。

青衣小童問道：「妳說老爺很平常、很無趣的一個人啊，怎麼會有那麼凶殘、那麼可怕的弟子呢？」

粉裙女童想了想：「老爺心善，好人有好報。」

青衣小童冷笑道：「人好能當飯吃？」

粉裙女童縮了縮脖子。

青衣小童譏諷道：「虧得是五境修為的妖怪了，而且還有一些特別的本事，妳有點骨氣行不行？」

粉裙女童這次還真有了點骨氣，輕聲反駁道：「你給靈韻派太上長老御劍追殺兩千里，怎麼不見你有骨氣？」

青衣小童破天荒沒有惱火，耐著性子解釋道：「我又不是怕那個一大把年紀的老妖婆，真是臭不要臉，恁大歲數，還往臉上塗抹胭脂。大爺我啊，是英雄難敵雙拳，若是吃掉老妖婆，就要惹惱整個靈韻派，到時候連累了我水神兄弟遭殃，我這心裡過意不去。」

粉裙女童悄悄轉過頭，偷偷翻了個白眼。她只敢這麼做。

青衣小童憤懣道：「妳這傻妞兒是要造反啊？三天不打，上房揭瓦！仗著有我家老爺撐腰，就不把妳家大爺放眼裡是吧？」

粉裙女童嚇得就要出聲喊陳平安。

青衣小童趕緊擺手，示意她不要輕舉妄動，嘆了口氣，轉移話題道：「咱們老爺才是二境修為的武夫，雖說比起尋常的三境武夫也不差了，可妳我心知肚明，他還是很弱小。再者，看他衣食住行、言談舉止，根本不像是大家門戶裡出來的孩子，當真在家鄉坐擁五座山頭，還能有那麼多蛇膽石？會不會是那個凶殘的傢伙故意騙咱們，想要把咱們帶到小山溝溝裡頭去啊？」

粉裙女童蜷縮起來，望向她天生便親近的火焰，整個人覺得暖洋洋的，喃喃道：「我是無所謂啊。芝蘭府這兩代曹氏子孫居心不良，對不起他們祖輩辛苦經營出來的書香門第，我本來就不喜歡他們。跟著老爺回鄉，挺好的。」

青衣小童臉色肅穆，不復見平時的嬉皮笑臉，輕聲感慨道：「曹氏確實走了條歪路，不過也沒法子，換成別人也會這麼做。能夠當神仙，誰還樂意傻乎乎讀書考取功名？什麼獨善其身、兼濟天下的，都是儒教聖人們騙人的。我在御江待了這麼多年，見多了讀書人的不幸，不說其他，只說歷任刺史、郡守遇見了我那水神兄弟，比見著京城堂官還狗腿，只要是修行中人犯了事，一準連夜去求我兄弟幫忙斡旋。我兄弟若是心情不佳，還要把他們晾在祠廟外邊好幾天，那些個當官的一個屁都不敢放，沒勁。」

粉裙女童欲言又止，終於還是默不作聲。

青衣小童嘻嘻笑道：「老爺已經睡著了，可大爺還是長夜漫漫，無心睡眠啊。春宵一刻值千金啊……傻妞兒，要不妳給我當媳婦吧？」

粉裙女童頓時紅了眼睛，罵道：「臭流氓！」

青衣小童瞪眼：「啥玩意兒？這是天大的福分啊，妳祖墳冒青煙了，曉得不？妳以為我真喜歡妳？我要不是貪圖妳那顆尚未到手的蛇膽石……」

粉裙女童站起身：「我跟老爺說去！」

青衣小童只好再次退讓，使勁招手道：「別這樣別這樣，咱們結為兄妹如何？義結金蘭之後，妳的東西是我的，我的東西還是我的……」

粉裙女童乾脆背著書箱跑了。

青衣小童站起身，叉腰大笑。之後收斂笑意，撇撇嘴，意態闌珊，嘀咕道：「真是個傻妞兒。」

青衣小童一路飛奔到山崖畔，驀然高聲道：「人生天地間，你我皆逆旅！大爺帶著傻妞兒跟著老爺回家嘍！」

遠處的陳平安翹起嘴角，這才不再運行那十八停劍氣流轉，開始真正睡去。

一條源頭在大驪境內的黃庭國大江之畔，陳平安釣起了一尾出人意料的大青魚，粉裙女童煮出了一鍋美味魚湯。

一人倆妖怪三個傢伙，吃飽喝足之後開始閒聊。

陳平安問他們書上講的神仙餐霞飲露，汲取沆瀣之氣和日月精華，是不是真的很有用處，粉裙女童使勁點頭。

「聊勝於無，用處很小。」青衣小童一邊彎腰打著水漂，一邊搖頭，「我們這些蛟龍之屬還是要靠山吃山、靠水吃水，融山根、吞水運才是大道根本，其他那些虛頭巴腦的，沒啥意思。」

陳平安笑問道：「既然還是有些用的，為什麼不善加利用？你們倆都想要化蛟，以後還要盡可能挑選一條長過萬里的大瀆，走水入海，最終成就真龍之身，才算得道。難道不是更應該勤勉修行嗎？」

青衣小童輕輕丟出最後一塊石頭，拍拍手笑道：「修行啊，靠天賦，不靠努力。」

陳平安又問道：「如果有了天賦，不是更應該努力嗎？」

青衣小童愣了一下，然後裝死道：「老爺，我突然有些頭疼，可能是受了風寒濕氣，我睡覺去了啊。」

陳平安笑道：「你一條水蛇……」

青衣小童縱身一躍，跳入江水之中，身影轉瞬即逝。

粉裙女童低聲道：「老爺，他啊，就是懶。不過他資質、出身都比我要好，先天肉身就更加強韌，我哪怕多苦修兩、三百年，也比不過他。」

陳平安安慰道：「那就別跟他比，先跟自己比，爭取今天比昨天強一些，明天比今天強一些。」

粉裙女童立即鬥志昂揚：「老爺說得對！」

她誠心誠意道：「難怪老爺才二境修為也這麼勤勉練拳，一點都不肯懈怠，原來是笨鳥先飛啊……」說到這裡，她趕緊摀住自己嘴巴。言多必失。

陳平安被逗樂了：「妳說得沒錯，我確實笨，所以要更加用功。」

然後陳平安沿著江畔開始走樁。

便是性子安定如粉裙女童，看了這麼多次，也覺得有些枯燥乏味了。

數天之後，陳平安拄著一根竹杖緩緩登山，其間鄭重其事地抓了一抔土壤，小心翼翼裝入早就準備好的一只小棉布袋子。

一袋袋各色土壤累加在一起，逐漸成為背簍裡最沉重的分量。對此，青衣小童和粉裙女童都默契地不去詢問，只當是什麼不可告人的修行祕事。

青衣小童一開始還覺得不用自己真身開路，十分閒散愜意，只是這麼慢騰騰走久了，難免就有些厭煩，但是不敢對自家老爺的行程指手畫腳，只好沒話找話道：「老爺，之前路過那座郡城，咱們為啥不花錢豪邁一些呢？老爺身上銀子不多了，可我有錢啊，別怕大手大腳。就算現在花光了身上的銀子，我只要隨便找條江河，很快就可以撈出一些寶貝來，那可都是錢。」

陳平安說道：「我聽人說過修行這件事，最耗金銀……」

青衣小童立即改口道：「老爺，我是窮光蛋，我方才跟您吹牛呢！」

為了不聽陳平安那套積少成多的泥腿子道理，也算不擇手段了。

青衣小童到底是耐不住寂寞的主，在陳平安沉默之後，又主動開口勸道：「老爺啊，不是我說您，咱們修行啊，為的就是千金散盡還復來。一言不合大殺四方，多英雄好漢，多氣概非凡！可不是為了蠅營狗苟，窩窩囊囊，小家子氣……」

陳平安沒有反駁什麼，只是緩緩走在山路上。

不一樣的。哪怕是走在同一條道路上，一定會在某一天、某一處分岔離別。這是陳平安這趟出門，護送李寶瓶他們遠遊求學的最大心得之一。

在黃庭國和大驪接壤的邊境上，陳平安遭遇了一場山巔地動的大異象。在一座山巔眼見著遠處某地塵土四起，陳平安便拉著他們往那邊趕去，結果在這座黃庭國小城內看到了一番人間慘劇——城牆、屋舍和祠廟倒塌無數，幾乎半城百姓都身著縞素，家家戶戶悲慟欲絕，不斷有老少道士進進出出，腳步匆匆，既有少年道童的悲天憫人之色，也有老道人錢財到手、腰包鼓鼓的喜悅神情，眾生百態。

好在城內秩序並未大亂，只給陳平安撞見了一夥地痞流氓要欺辱一戶爹娘剛剛死於異象的少年兄妹，被陳平安攔了下來，不讓他們強擄少女去賣身。那夥人本就是趁火打劫，根本不占理，被陳平安一拳一腳打退兩人後，便悻悻然溜走。

陳平安給貧寒兄妹留下二十兩銀子就離開了，最後在一座無人問津的武聖廟歇腳，發現這座給人單薄感覺的小祠廟竟然在大地震中屹立不倒，毫髮無損。一尊彩繪武聖泥塑像高高在上，張鬚怒目人間。

青衣小童只是瞥了眼武聖像，就看穿了玄機：「這兒香火不淨，地方又小，香火分量明顯不夠。吃不飽飯就要餓死，人神都這樣，所以坐鎮此方的神祇早早就沒了，自然無法庇護縣城，只能勉強維持住這一畝三分地的安寧。」

粉裙女童沒青衣小童的眼力和閱歷，心性更加澄澈無瑕，反倒是畢恭畢敬對著那尊武聖像鞠躬致敬，之後看到陳平安已經開始清掃地面，她就幫著擦拭神臺上的灰塵。

青衣小童不敢嘲諷自家老爺，只好對她譏笑道：「妳一條讀了點破書的火蟒，跟這類神祇套什麼近乎？再說了，當年那場波及天下的大戰，好大的一次改天換地，咱們作為蛟龍之屬，那可是實打實的叛徒。虧得這位小小神祇不在了，要不然妳這一拜，肯定會被視為挑釁，說不定神靈老爺就會真身出竅，以金身姿態神遊人間，然後一拳打爛妳的腦袋，砰一聲。哇，我到時候一定拍手叫好。」

陳平安好奇問道：「為什麼你們蛟龍是叛徒？」

青衣小童自知失言，趕緊閉嘴，使勁搖頭。

粉裙女童更是雙手摀住嘴巴，可憐巴巴望向陳平安，一副「老爺你千萬別問我，我知道也不敢說」的可愛模樣。

天邊鋪滿了火燒雲，陳平安和粉裙女童接下來就在廟內生火做飯。

青衣小童百無聊賴地等著開飯，在高高的門檻上走來走去。

他突然跳下去，快步走下臺階，走到一對兄妹跟前潤了潤嗓子，拿捏著架子道：「可是有事找我家老爺？說吧，什麼事，若是妄想老爺幫你們更多，我勸你們趕緊打道回府。

若是……」

青衣小童賊笑兮兮打量了一眼妙齡少女，看她穿著寒酸，跟自家老爺是一路人，顏色不過中人之姿，但是小姑娘家家的身段好哇，小小年紀就有豐滿婦人的韻味，多難得。

青衣小童收斂笑意，繼續一本正經地胡說八道：「若是覺得救命大恩難以報答，有人要對我家老爺自薦枕席，我這就幫你們去稟報……」

年紀稍長的少年臉色有些陰鬱，就要憤而轉身，卻被少女輕輕拉住袖子。

陳平安走出武聖廟，給了青衣小童一記栗子後，歉意道：「你們別當真，他就喜歡開玩笑嚇唬人。」

少女靦腆道：「沒關係，哥哥和我不會當真的。」

原來兄妹二人是過來送吃食的。陳平安接過之後，雙方都不善言辭，少年很快就轉身回去了，少女生疏彆腳地施了個萬福，這才跟萍水相逢的恩人告辭離去。

陳平安嘆了口氣，走回武聖廟，看到在門檻上蹦蹦跳跳的青衣小童，輕聲道：「我知道你沒有壞心，但是以後不要跟所有人說話都沒個正行。一些無心言語是會傷到人的，有些人會惦記很多年。」

青衣小童那雙細看之下充滿詭譎的深青色眼眸流露出些許不耐煩，只是掩飾得很好，低頭「哦」了一聲，就沒有下文了。

陳平安也不再說什麼，在武聖廟內坐著練習劍爐立樁。

住在泥瓶巷一端盡頭的顧璨，小小年紀就記住了茫茫多的「仇家」。跟陳平安私下相處的時候，說起那些傢伙，顧璨就總是咬牙切齒，殺氣騰騰。那麼點大的孩子，就已經有了偷偷刨掉人家祖墳的念頭。

這裡頭的是非對錯，很難說清楚。但是按照文聖老爺的說法，若是按照順序來說，其實很多顧璨的心結來自於那些看似加在一起還不足一兩重的冷嘲熱諷。

青衣小童看著屋內忙碌的粉裙女童以及凝氣精神的陳平安，欲言又止，最終還是把話咽回了肚子，只是好像有些積鬱難消，在門檻上逛蕩來逛蕩去的步伐就急促了一些。

最後他實在是覺得不吐不快，雙腳釘在門檻上，矮小身體如秋千一般大幅度晃動起來，一下子倒向廟內，一下子後仰廟外，對陳平安說道：「那少年忒不知好歹了，一、兩句玩笑話都經受不起，死了算數！屁大本事沒有，心氣比天高，活該一輩子受苦遭災！」

陳平安依舊席地而坐，閉目練習劍爐，不聞不問、不言不語。

青衣小童沉默片刻，嗓音低沉，一雙泛起冰冷水霧的深邃眼眸死死凝視著陳平安，盡量用玩笑的語氣說道：「老爺，咱們出來混江湖，要幫親不幫理，才能吃得香、混得開啊。更何況，我可沒怎麼著他們兄妹。老爺這麼大一份恩情，同樣是兄妹，妹妹就是個明事理的，至於哥哥，之所以把憤懣擺在臉上，一方面是覺得我調戲了他妹妹，害他丟了顏面，其實更多還是骨子裡的自卑作祟。因為他在心底知道自己就是個廢物，哪怕不是身處亂世，一樣護不住他妹妹。這種人如果將來還這麼死強，不願低半點頭，只會吃更大的虧，所以老爺啊，我這是為他們兄妹二人好。」

陳平安睜開眼睛，在心中認真思量過後，點了點頭，然後緩緩道：「你說的沒有錯，但是對錯分先後，你不能用一個後邊的對來否認前邊的對，錯誤更是如此。」

青衣小童雙拳緊握在袖中，眉眼低斂，似乎是生怕自己的神意洩露，被陳平安透過「水井」看出自己心湖的興風作浪。

這條在御江一人之下、萬人之上的得道水妖只覺得內心怒火燃燒，恨不得一拳打死無趣的「自家老爺」，再一口吃掉那條火蟒來進補修行，成為自己大道登天的墊腳石。

青衣小童轉過身去，跳下門檻，嘿嘿笑道：「老爺，那我去道歉了啊。」

笑聲已經傳入武聖廟，但是背對祠廟的青衣小童則是滿臉暴戾殺氣。

在青衣小童遠去之後，粉裙女童怯生生道：「老爺，他真的很生氣，如果在御江，依照他的性格，指不定就要水漫兩岸了。按照郡縣地方誌的記載，這幾百年裡出現過好多次洪水氾濫的『天災』，御江水神非但不會壓制，反而會推波助瀾。」

陳平安摸了摸她的腦袋：「既然不願意聽，以後不跟他講道理就是了。」

陳平安說不再講道理，那就是真的不再跟青衣小童講這些無聊道理了。本以為一路相伴而行，關係親暱了，陳平安才願意稍微說一些。既然他不愛聽，那麼陳平安絕對不會自找沒趣，重新返回原點就是了，之後青衣小童只要不做超出陳平安底線的事情，就一切聽之任之。就像今天這點小事，如果在認識之初，陳平安肯定會冷眼旁觀，哪裡還會說這些心裡話。陳平安跟崔東山走了那麼遠的路，又講了多少？

粉裙女童一臉天真爛漫：「老爺，那您可以跟我講，我愛聽這些。」

陳平安會心一笑：「有說得不對的地方，妳一定要告訴我。」

粉裙女童在這一刻驀然靈機一動，脫口而出道：「老爺的順序一說，茅塞頓開，說得對極了！」她很快有些臉紅，趕緊聲明，「老爺，我不是學他，不是拍馬屁！」

陳平安看著火候，米飯就要煮熟了。

粉裙女童氣鼓鼓道：「老爺，咱們不給他留，讓他餓著。老爺一心為他好，他還要發火生氣！如果不是真身拘押於那方硯臺之中，他今天真的會對老爺出手，剛才我都快嚇死了。」

陳平安搖頭笑道：「這可不行，飯還是要留的。」

粉裙女童燦爛地笑道：「我聽老爺的。」

陳平安揉了揉她的小腦袋。

青衣小童當然不會去跟他眼裡的螻蟻道歉，忍著不一巴掌將兄妹拍成肉泥就已經是他宰相肚裡能撐船了。他雙手負後，遠離武聖廟，腳尖一點，躍上一座屋脊，矮小身影化作一道淺淡青煙，往城外飛掠而去，最後一次迅猛拔高，衝入雲霄，在天空劃出一個極其巨大的弧度，落在一座深山後。

恢復真身的水蛇轟然砸在地面，震動之大，就連縣城都能夠感受到清晰的顫動。水蛇一路扭擺龐大身軀，過境之處，樹木崩碎，山石翻滾，之後沿著一條溪澗逆流而上，水花四濺，最後來到一座宛如一枝獨秀的灰白山崖，身軀圍繞山崖盤旋而上。當頭顱來到山崖之巔後，尾巴猶然搭在山崖底部，山崖上本就不多的樹木全部被攪爛，滾滾而落。

一身暴戾氣焰的水蛇身軀不斷加重力道，最後竟是將整座山崖都給擠壓得崩斷了。他這才在遮天蔽日的塵土中恢復人形，下山而去，健步如飛，快若奔雷。

青衣小童並不知道他的所作所為全部落在了兩人眼中。

在百里之外的一處山頭，儒衫老人臨風而立，手裡托著一方老蛟酣眠、呼聲如累的硯臺，正是黃庭國的老侍郎，或者說是上古蜀國碩果僅存的蛟龍之屬。

老蛟得了文聖的掌心金字後，又跟崔東山達成了一樁祕密盟約，將他送到大隋境內之後，就返回黃庭國，以大神通挖地三尺，入水千丈，悄悄捕捉一切蛟龍孽種，全部拘在硯臺內。除去崔東山親手抓獲的青衣小童和粉裙女童，如今硯臺內又多出了十餘條小物游弋其中。

此刻老蛟身邊站著一個駝背老嫗，真身正是一條成長於山野的赤鏈蛇，得到一樁機緣之後，又辛苦修行五百年，才有了今日光景，剛剛躋身七境修為。這次被老蛟找到了藏身之處，直接鑿開大山百丈深，揪出了真身，這才不得不寄人籬下，但是臣服於大名鼎鼎的老蛟，老嫗只是覺得不夠逍遙快活，並不會覺得委屈窩囊。

老蛟淡然問道：「覺得如何？」

老嫗恭謹答道：「啟稟老祖，這條水蛇到底還是心性頑劣，不過他的根骨血脈，便是我也有些羨慕。」

老蛟點頭道：「出身尚可，只可惜資質愚鈍，心性不定，不堪大用，白白揮霍了一場隱祕的蛻皮機緣。」

老嫗錯愕，不知老蛟為何如此講。

之前縣城那座荒廢武聖廟內發生的事，這兩人雖位於高空雲端，老蛟卻以一手掬水觀天地的術法看得一清二楚。如果青衣小童膽敢對陳平安出手，哪怕只是挑釁，就會瞬間暴斃，老蛟絕對不會心慈手軟。

事實上，老蛟對於青衣小童先天有些厭惡，跟性情無關，純粹是血脈上的衝突。世間眾多的蛟龍遺脈孽種之中，青衣小童這一脈往往修行迅猛，頗為得天獨厚，但是又最被真正的蛟龍所排斥。就像中等世族裡冒出頭一個私生子，偏偏撈了個不高不低的舉人身分，大出息沒有，卻礙眼得很。

老嫗道行低，眼界窄，可沒看出任何名堂。

至於水蛇的那點暴躁脾氣，老嫗更不會覺得有大錯了。她之所以背脊隆起，就在於初次開竅之後，尚且力弱，曾經被山野捕蛇人抓獲，搏鬥過程中給那人砸傷了元氣根本，這才使得她哪怕化為人形也是天生的駝背姿態。之後她找到那個捕蛇人的後裔子孫，來了一場遲到兩百多年的血腥報復，郡城一個中等門戶之家一夜之間就全部暴斃，婦孺老幼都沒能逃過一劫，徹底斷絕了香火。

老嫗事後猶然覺得不解氣，只恨那捕蛇人不是修行中人，否則非要讓他品嘗一下生不如死的滋味。所以面對那個婆婆媽媽的窮酸少年，水蛇能夠從頭到尾都隱忍不發，直到深入荒山野嶺才開始釋放陰鷙殺機，在老嫗眼中，已經算是修心養性的功夫相當不俗了。

老蛟搖搖頭：「妳比那條小水蛇差了根骨，比起那條小蟒更差了悟性和慧心，差得太遠了。」

老嫗倉皇失色，唯恐老蛟一個不開心就將自己打殺了。畢竟這一路相伴，不是沒有不開眼的同類不願接受約束，無一例外全部被老蛟出手擊斃，死後所有精元魂魄根本無所遁形，全部被攫取融入古硯之中，淪為一層纖薄的「淡墨」而已。

老蛟感慨道：「大道之上，人人爭先，可一步慢、步步慢，興許別人一直打瞌睡、偷懶還是境界一日千里，妳沒日沒夜苦修，到頭來還是個廢物。修行就是如此無奈。」

老嫗趕緊亡羊補牢道：「老祖，那少年如此了不得？」

老蛟失笑道：「不是少年本身如何厲害，而是少年的領路人太了不起。如果少年只是少年，不管他如何努力勤奮，武道境界仍然不會太高的，大概撐死了就是六境、七境的樣子，僅此而已。」

走江化蛟，入海為龍，是蛟龍之屬夢寐以求的兩次大磨礪。這個過程，必然極其坎坷艱辛，血肉模糊不說，還要經受住脫胎換骨的煎熬。之前境界攀升的蛻皮是為「小蛻」，次數眾多，之後兩次才會被譽為「大蛻」。

老蛟御風而行，一步步走出山頂，老嫗要現出真身才能跟隨。

老蛟笑道：「我不是說少年的道路一定是對的，那有可能是條通天登頂的大道，也有可能是條沒有大前程的斷頭路。但話說回來，哪怕是條斷頭路，也絕對足夠讓那小水蛇化蛟了。只可惜他身在福中不知福，自絕前路，怪不得老天爺不賞飯吃，只是賞了，自己沒本事端住飯碗罷了。」

赤鏈蛇口吐人言：「老祖宗修為艱深，早已看遍了山河變色、滄海桑田，眼光自然深遠。我們只需按照老祖宗的吩咐去做就心滿意足了，對我們而言，這已經是一樁莫大的福緣。」

老蛟笑而不言。

其實還有很多天機，老蛟沒有跟這條赤鏈蛇洩露，甚至還故意說了些有違身分的話。那少年的武道天賦確實算不得出類拔萃，但他絕不是像老蛟所說的那樣「不起眼」。當初在自家宅邸別業第一次見到那夥遠遊學子的時候，老蛟以神通第一眼望去，陳平安是最後一個落入他法眼的人，但是看著看著，老蛟就發現，所有人都圍繞著陳平安打轉，不單單是言行舉止而已，而是一種玄之又玄的氣勢。

那次雨夜，有豐神俊朗的白衣少年、背著小書箱的紅棉襖小姑娘、已經走在修行路上的冷漠少年、根骨精彩的苗條少女、修為隱祕且一身龍氣更為隱晦的高大少年及虎頭虎腦的孩子，分明最後才是手持柴刀、領頭帶路的草鞋少年，乍看之下，真是最不起眼的存在。可是老蛟凝神一遍遍望去，卻看出了大不同。

如眾星拱月，又如山峰朝拜大嶽。

那個少年一馬當先，好像在說：你們放心尾隨其後便是了。

因為天大地大，我已經一肩挑之。

青衣小童回到武聖廟後，又恢復了嬉皮笑臉的德行，陳平安依舊以平常心待之。起先青衣小童還有些擔心陳平安會反悔，將答應自己的那兩顆蛇膽石給忽略不計。試探了兩次，得到了滿意的答覆後，青衣小童就有些如釋重負。只是在那之後的相處過程當中，哪怕陳平安沒有半點異樣，該砥礪武道就繼續讓他餵拳，該騎乘趕路就繼續讓他現出真身，對於他的撒潑打滾和無理取鬧，陳平安仍然是無可奈何，沒有半點厭煩，可青衣小童總覺得缺了點什麼，到底是什麼，他又說不出個所以然來。

隨著距離老爺家鄉越來越近，青衣小童只知道粉裙女童越來越開心，這就讓他越來越不開心。

於是在翻山越嶺正式進入大驪國境後，青衣小童使出了一份壓箱底的殺手鐧。黃昏之中，在一條荒廢無數年的崖壁棧道上，三人在一座稍稍寬敞的凹洞內生火歇腳。青衣小童小心翼翼地從方寸物中祭出了一只大瓷碗，碗中有小半碗清水，靈氣彌漫，不同於世間尋常無根水。

粉裙女童眨了眨水靈眼眸，一下子就看出了門道，可又不好意思湊過去近看。好在青衣小童已經屁顛屁顛地雙手端碗來到陳平安身邊坐下，神祕兮兮道：「老爺，給您看點好東西，就快了，還剩下一刻鐘。」

青衣小童轉頭對粉裙女童咧嘴一笑，伸出一隻手掌：「這樣的水，我如今還有五碗，來自五座不同的仙家府邸，其中還有取自正陽山滾雷潭的。知道花了大爺多少錢嗎？把妳這傻妞兒賣了都不夠。我最多的時候，有七大碗！當然了，妳是火蟒，類似物件應該是一截特殊柴火、一炷香才對，不過妳肯定一樣都沒有吧？」

陳平安看著趾高氣揚的青衣小童及有些自慚形穢的粉裙女童，問道：「透過這碗水能看到什麼？」

青衣小童只是咧嘴笑，故意賣關子。

粉裙女童小聲解釋道：「老爺，我在書樓一些前人讀書筆記上看到過，山上修行需要消耗太多錢財，許多仙家宗門便生財有道，適當對外開放一些有趣的畫面，比如說某些可遇不可求的門派奇景，還有一些著名修道天才的生活起居，或是一些修行長輩的御空風采。外人不用去那些門派的山頭就能夠在千萬里之外一覽無餘，省心省力，嗯，就是半點也不省錢。」

粉裙女童嘴上念叨著，其實一直偷偷看著那碗水，眼眸裡滿滿的豔羨，掰著手指頭輕聲說道：「老爺，這種事情真的很神奇，需要那些仙家先拿出一些山水氣運相連接的小玩意兒，比如說鑿出的一小塊影壁石頭，山門內砍伐下來的靈秀樹木，或是這白碗承載的正陽山深潭之水，在有奇景對外開放之前，就會出現一行文字提醒買家，至於願不願意消耗物件靈氣來遙遙觀覽，買家自行決定便是了。如果願意，只需要灌注一點靈氣，就能夠透過對方宗門開啟的術法神通，讓買家看到文字顯示的諸多畫面，有趣極了！」

粉裙女童越說越失落：「我早年在筆記上看到後，曾經祈求芝蘭曹氏幫我重金尋覓一塊這樣的木頭，只是我按照約定早早給了他們好處後，曹氏便一直搪塞我，說了各種藉口拖延，最後我便不好意思再開口，只當沒有這回事了。」

青衣小童得意揚揚道：「那是妳本事低微，換作是我，妳看芝蘭曹氏敢不敢收錢不幹活！」

粉裙女童臉色黯然，陳平安拍了拍她的丫鬟小髮髻，柔聲安慰道：「吃虧是福，虧先吃著，要相信以後不會總是吃虧的。」

粉裙女童抬起頭，點頭而笑。

青衣小童翻了個大大的白眼——一大一小兩個傻瓜。

片刻之後，他驚喜道：「好戲來嘍！」

碗中清水泛起漣漪，青衣小童打了個響指，清水從碗中緩緩升空，如泉水噴湧，最後變成一張大如山水畫卷的水幕。

水幕畫卷之上先是出現了一座高聳入雲的山峰，四周有群峰環繞，然後是一名白衣女子御劍破空而至。女子腰間繫掛一只古樸葫蘆，駕馭飛劍迅猛拔高往山頂飛去，在水幕中最初不過米粒大小的渺小身影逐漸變成了巴掌高度，容顏清冷，氣質出塵。

距離山頂尚有一小段距離，劍氣凝聚實質，似雲非雲、似霧非霧，古怪神奇，妙不可言。女子不再御劍登高，而是立於飛劍之上，開始眺望那些劍氣中蘊藉的充沛劍意，哪怕是隔著千萬里，隔著這個水幕畫卷，山頂劍意蘊含的各種綿長意味仍是撲面而來，或古老滄桑，或朝氣勃勃如一輪旭日東昇大海，或密集攢聚如一場瓢潑暴雨。

青衣小童可不看那些亂七八糟的劍道意氣，只是對著那個御劍女子流著哈喇子，賊笑道：「這位正陽山蘇稼仙子可是大爺我的心頭好。您瞅瞅，這身段這氣質。我那水神兄弟粗鄙不堪，雖然也仰慕蘇稼仙子，不過仍是喜歡體態豐腴一些的仙子。肉食者鄙，聖賢說話就是一針見血。」

他手指一轉，還將畫面稍稍扭轉方向，變成了蘇稼的背影，然後輕輕一抓，蘇稼的背影就驀然擴大。青衣小童呵呵傻笑著，伸手抹嘴，恨不得把整張臉貼在蘇稼的背上，如果不是有外人在場，估計早就這麼做了。

青衣小童眉飛色舞道：「不過我的頭號心肝還是道姑賀小涼！那可是仙子裡的仙子，神仙中的神仙。若是她給我摸一下小手兒，我便是折壽百年也願意，絕不騙人！誰要是能夠幫我引薦，讓我跟賀小涼說上一句話，我給他當兒子、當孫子都成啊……」

陳平安看著那些化作雲霧的劍道意氣，不管如何用心去看，只覺得氣象萬千，但都看不出真正的端倪。

陳平安很快就收起心思，希望從水幕中尋找到一個身影——那頭在家鄉小鎮行凶的搬山猿，只可惜畫卷之上始終只有蘇稼一人。如果沒有記錯，風雷園那個叫劉灞橋的傢伙就一直暗戀著蘇稼？

一炷香的工夫過後，水幕淡去，趨於模糊，凝聚下墜，最終重新變成一小碗清水，只是水位明顯下降了一些。

青衣小童收起白碗，搓手踱步，樂哈哈道：「這次觀賞，因為有正陽山之巔的劍氣場景，所以折耗挺多，但絕對不虧！之前那麼多次遙看正陽山的各種風景，蘇稼仙子只有驚鴻一瞥，這次……嘖嘖，蘇稼仙子不承想還是個好生養的，之前哪裡看得出來……」

陳平安默然起身，走到洞外的棧道上，山風陣陣呼嘯而過，吹拂得他的衣衫向一邊飄蕩倒去。不過如今扎實的二境修為，加上一次次翻山越嶺，一次次收壞入袋，讓陳平安此刻身形不動如山，隱隱約約之間，彷彿已經與身後的陡峭山壁渾然一體。

陳平安突然驚喜道：「下雪了！」他伸出手去，等著雪花落在手心，猛然轉過頭，對青衣小童和粉裙女童歡快報喜，「你們快來看，下雪了！」

一場鵝毛大雪，不約而至。

一年二十四個節氣，已經一個接著一個走了，三人返鄉的道路上，小雪時節，唯有風雨，但是今天恰好是大雪時節，真有大雪。

陳平安繼續伸手接著雪花，揚起腦袋，開心喃喃道：「下雪了，下雪了。」

粉裙女童從未見過這麼開心的老爺，歡快蹦跳著湊過去。

青衣小童從未見過如此幼稚的傢伙，留在原地嘟嘟囔囔，覺得人生好沒意思。

陳平安接了兩捧白雪，用雪搓著手，笑著回到小崖洞，伸手烤火之後，這才從背簍裡拿出一本書，開始借著火光看書。

這是一本文聖老先生贈送的儒家典籍，陳平安的記性很好，一路勤於翻閱，內容早已爛熟於心，但他還是喜歡一有空閒就像當下這樣翻書，輕輕誦讀。

李寶瓶曾經說過，讀書百遍，其義自見。

陳平安覺得這句話講得實在太好了，所以如今每次按照《撼山譜》記載走樁立樁的前後，便化用此句在心中默默告訴自己：讀書是如此，想來拳法也差不離，說不定練拳百萬，拳意就會自來。畢竟如此勤勉練拳，日夜不休，每天都會花上七、八個時辰，縫補原先破屋破窗似的體魄，效果顯著。尤其是楊老頭傳授的吐納方式，配合十八停的運氣方式，陳平安能夠清晰感知體魄的逐漸強健，所以活命已經不再是唯一的目的。

陳平安想要的更多了一些，比如如果有機會再次相逢，為某個姑娘展示走樁，她不至於像在泥瓶巷祖宅裡那般一臉癡呆，彷彿是說天底下怎麼會有這樣的笨蛋，而是會朝他伸出大拇指，再一次說出那兩個字：「帥氣！」

陳平安手中的書本被一頁頁緩緩翻過，他看得極其認真，搖曳的篝火映照著少年黝黑的臉龐，別有神采。

粉裙女童雖是火蟒真身，卻是孩子心性，在芝蘭曹氏書樓深居簡出，不敢輕易露面，唯恐遭受橫禍。此次跟隨陳平安返鄉，越來越恢復活潑天性，此時正在棧道那邊忙著堆雪人，只恨老天爺不多打賞一點鵝毛大雪。

青衣小童雖是水蛇，天生親水，但是對於一場稀拉平常的隆冬大雪實在提不起興致，無精打采地縮在篝火旁邊，感傷自己的遇人不淑和命途多舛。

粉裙女童堆了個像自家老爺的雪人，栩栩如生，正想著跟陳平安邀功，驀然變色，一溜煙跑回崖洞，神色慌張道：「老爺老爺，棧道那邊來了一雙男女，男子瞧不出什麼，可女子好大的妖氣。咱們怎麼辦啊？」

青衣小童使勁嗅了嗅，立即精神煥發：「喲呵，還真是個大妖，滿身的狐狸騷味。老爺我跟您說，世間妖狐多姿容絕美，瞧我的，這就給您抓個暖被窩的通房丫鬟，保管比瘦竹竿似的傻妞兒強太多！」

陳平安合上書，說道：「如果他們只是路過，我們就讓出棧道；如果想要傷人，我們再出手不遲。」

滿懷熱忱的青衣小童嘆息一聲，乖乖坐回原位，惋惜道：「老爺您倒是給我一個建功立業的機會啊。」

陳平安笑道：「安安穩穩回到家鄉，就是大功一件。」

青衣小童委屈道：「這都進入大驪國境了，一直這麼穩穩當當，我猴年馬月才能讓兩顆蛇膽石變成三顆啊？」

在峭壁之中開鑿出來的古老棧道上，一男一女一前一後行走於風雪之中。女子身穿錦緞宮裝，婀娜多姿，頭戴帷帽，遮掩容顏。男子面容清雅，身材修長，身披一件雪白貂裘，腰掛一只朱紅色酒葫蘆，整個人像是融入了天地風雪夜。

兩人途經崖洞的時候，女子轉頭看了眼洞內三人便不再多看。

這輕描淡寫的一瞥，就讓之前躍躍欲試的青衣小童如遭雷擊，坐得比陳平安還端正，反而是道行遜色一籌的粉裙女童尚未知道輕重厲害，忍不住多看了一眼那對男女。陳平安則將書本放在腿上，伸手烤火，神色自若，目不斜視。

男子路過雪人的時候，瞇眼微笑，覺得頗為有趣，猶豫了一下，徑直轉身走向崖洞，卻不得寸進尺，在「門口」停步，直接望向陳平安，用嫻熟流利的東寶瓶洲正統雅言問道：「雪夜趕路，我與侍女委實疲憊不堪，這位公子能否讓我們也進來休憩片刻？」

陳平安轉頭望去，是一個氣質溫和的男子。他心知肚明，這場狹路相逢，是福是禍躲不過，如果對方真有歹意，他點不點這個頭並無兩樣，所以乾脆就笑道：「可以。」

男子入內，被他稱呼為侍女的帷帽女子卻沒有跟隨，站在崖洞門口，直腰肅立。

男子大大方方盤腿而坐，背對著崖洞，摘下酒葫蘆準備喝酒，喝之前，開誠布公道：「我那侍女是狐妖，之前她感知到三位的存在，我便讓她釋放出一些妖氣，算是打過招呼了，以免發生不必要的衝突。我們並無惡意。」

陳平安在發現青衣小童的拘謹惶恐之後就知道事情不妙，但是事已至此，他反而不去多想什麼，只是屏氣凝神，隨時應對男子和他侍女的暴起殺人。

山上神仙也好，精魅妖怪也罷，好壞難測，一旦大敵當前，往往生死立判，陳平安對此並不陌生。經歷了小巷對峙蔡金簡、老龍城苻南華，之後與搬山猿糾纏廝殺，在神仙墳跟馬苦玄打了一場，棋墩山對敵白蟒，枕頭驛面對朱鹿的刺殺等等，一系列風波，陳平安之所以能夠活到現在，「心定」二字至關重要。

男子喝了口酒，眼神清明如月華，望向陳平安，開門見山地笑道：「公子的武道境界不高，拳意卻很扎實，實屬不易，若是能夠堅持下去，止境可期。」

青衣小童咽了口唾沫，不敢動彈。大妖大妖，真他娘的大啊，比天還大了！

原因很簡單，世間狐妖之所以出名，除了擅長蠱惑人心之外，還有一個最重要的原因，就是狐妖相比其他山妖精怪更難遮掩妖氣，所以修士那些個廣為傳唱的斬妖除魔事蹟，對象往往是不成氣候的狐妖。

照理說，崖洞外的狐妖越走越近，一身狐妖氣息就該越發濃郁，但是她路過洞口的時候，已經是一身純正人氣，給青衣小童的感覺簡直比凡夫俗子還肉眼凡胎，像是一根手指頭就可以掐斷她的曼妙腰肢。青衣小童本就是世間妖物之一，化作人形不過是山澤妖修得道的第一步，距離真真正正成為一個人，還隔著大隋到大驪這麼遙遠的距離。

能夠讓他這個修為六境、戰力堪比七境的御江地頭蛇都感知不到任何異樣，青衣小童掂量了一下，覺得裝孫子最合適，如果孫子不夠，曾孫子都行。他判定那狐妖最少九境，甚至有可能已經是十境的通天大佬，好在這個可能性並不大。

浩然天下的妖物能否躋身十境是一道巨大的分水嶺，絲毫不弱於人族修士破開十境瓶頸的難度。這意味著能被這個天下的大道所認可，何其艱難？其中需要多大的機緣和磨礪，可想而知。所以那條身分隱蔽的老蛟——寒食江神的父親，十境修為，已經足夠媲美十一境修士的實力。

陳平安不清楚其中的門道，但是危機臨頭，不耽誤他的蓄勢待發，聽到男子的稱讚之後，沒有任何掉以輕心，只是客套回答道：「謝過先生美言。」

男子小口喝著酒，一語道破天機：「公子你這長生橋斷得有些可惜了，想要修補難如登天，不如另闢蹊徑，乾脆重建一座……」說到這裡，他「咦」了一聲，似乎有些驚訝，思量片刻，瞥了眼少年腿上的那本書，笑了，「好吧，真是無巧不成書。」

他緩緩起身，就這麼離去，走到崖洞外，狐妖已經默然前行帶路。

男子轉頭看了眼客棧上的雪人，笑了笑，感慨道：「無巧不成書啊。」

風雪之中，男女繼續趕路。

狐妖沒有轉頭，畢恭畢敬道：「白老爺，此次偶遇，難道是兩邊聖人的陰謀？」

男子搖頭道：「此次遠遊散心，無欲無求，我很小心隱藏痕跡了，不曾驚擾到任何勢力，如果這樣還要算計於我，那我……」

狐妖帷帽下的容顏禍國殃民，眼神炙熱。

不料男子嘆息一聲：「又能如何呢？」

一場大雪，讓天地白茫茫，乾乾淨淨的。

在棧道走出三、四里路程後，男子停下腳步，仰頭望向天幕，神色寂寥。

狐妖只得跟著停下腳步，發現男子沒有挪步的意思，小心翼翼喊了一聲：「白老爺？」

男子始終望向天空，輕聲道：「樹欲靜而風不止。妳說妳自幼生長於浩然天下，為什麼要心心念念想著走過倒懸山？若是思鄉心切，想著落葉歸根，這很合情合理，可妳的根子就在這裡啊，到底圖什麼呢？天下浩劫，十室九空，很好玩嗎？」

狐妖嚇得魂飛魄散，轉身跪倒在地。如果居高臨下望去，她那副妖嬈身段，如山巒起伏。她顫聲道：「白老爺饒命！」

男子置若罔聞，自問自答：「我覺得不好玩，一點都不有趣。」

狐妖畏懼至極，一咬牙，瞬間爆發出排山倒海一般的磅礴氣機。

下一刻，棧道之上出現了一隻大如山頭的八尾巨狐，通體雪白，攀附在峭壁之上，瘋狂向山頂攀緣而去，試圖遠離那個男子。

男子無動於衷，輕輕喊出一個名字：「青嬰。」

砰然一聲，一團鮮血如暴雨灑落山崖，竟是一根狐狸尾巴當場爆炸開來。

無數鵝毛大雪被鮮血浸染，男子所立棧道附近的這一片天地下了一場詭譎恐怖的猩紅大雪。

相傳世間曾經有無數妖物作祟各個天下，亂象紛紛，凡人皆不知姓名，束手無策，哀鴻遍野，後世有道德聖人鑄大鼎銘刻萬妖姓名，記載其淵源來歷，之後命人仿造千餘座大鼎，放於各洲各座大山之巔，以供山下之人記誦，凡夫俗子不惜涉險登山，經此歷練，是為山上修士之發軔。

那些大山大多成為後世的各國五嶽，享受無數君主凡俗的頂禮膜拜。

峭壁上的那個龐然大物如一顆彗星墜入山崖。顯而易見，不僅僅是斷掉一尾、修為重創那麼簡單。

以妖物的先天暴戾性情，瀕死或是重傷之際爆發出來的凶性往往更加可怕。

一切玄機，只在「青嬰」這個稱呼上，以及是誰來報出這個本名。

重重摔在山崖底部的狐妖濺起了無數雪花碎屑，牠看上去已是奄奄一息，大口大口呼出的血腥霧氣使得四周積雪融化一空，顯露出一大塊好似傷疤的泥濘地面。

男子不知何時站在狐妖跟前，提著朱紅色酒葫蘆喝了口酒。他與那個蜷縮在一起的巨大狐妖相比，無異於一隻螞蟻站在人類面前，無比渺小。

「在重新修練出第八根尾巴之前，就老老實實待在我身邊，有些事情，暫時不是妳能夠摻和的。」男子緩緩說道，「如果不是念在當初那點香火情，妳已經死了。既然現在還活著，就好好珍惜。走吧，繼續趕路。」

男子一揮袖，撤去隱祕的天地禁制，將隨手切割出來的小天地返還給大天地。

狐妖逐漸變回人形，掙扎著起身，踉踉蹌蹌地跟在男子身後，神色淒涼。

一尾之差，天壤之別。

之前足夠讓她傲視同類，如今已是泯然眾矣。

但是牠卻沒有半點復仇的心思。

對土生土長於浩然天下的狐妖而言，白老爺的喜怒，就是天威浩蕩。

崖洞內，青衣小童擦著額頭汗水，心有餘悸道：「太可怕了，太可怕了……」

粉裙女童懵懂無知：「那位夫人很厲害嗎？」

青衣小童跳腳罵道：「傻妞兒真是傻妞兒，最少九境的狐妖不可怕，還有什麼才算可怕？再說了，一個侍女就如此厲害，給狐妖當老爺的男人不是更變態？」

粉裙女童弱弱道：「我們家老爺就沒我們厲害啊。」

陳平安忍俊不禁。

青衣小童眼睛一亮：「啊？對哦！」

他哈哈大笑，然後咳嗽幾聲，悻悻然道：「失態了失態了，讓老爺見笑啊。人非聖賢，孰能無過嘛，這點瑕疵，就讓它隨風而逝吧，忘掉，都忘掉。」

陳平安繼續看書，只是靜不下心來，只好收起那本儒家典籍，想了想後，找出陸姓道長的那幾張藥方，全是方方正正規規矩矩的小楷寫就，然後拎了根細一點的樹枝，蹲在崖洞門口的積雪地上臨摹寫字。為了不讓藥方被雪花沾濕，得小心翼翼護著，只能看一個字寫一個。

今晚丟了面子的青衣小童嚷著要睡覺，粉裙女童則繞過陳平安，繼續將那個雪人打造得盡善盡美。

最後一張藥方的末尾，陸姓道長當時從袖中還掏出了一枚青玉印章往紙上蓋下，所以是朱紅印文的四個字——「陸沉敕令」。

今夜練字，陳平安從頭到尾臨摹了一遍，連最後四個印文都沒有錯過。

當崖洞這邊的陳平安一絲不苟地用樹枝寫出「陸沉」二字，已經十分遙遠的山崖底部，身後跟著狐妖的男子猛然轉過頭。

當陳平安最後寫完「敕令」二字，剎那之間，彷彿天地翻覆了一下。

男子依舊紋絲不動，神色凝重，但那狐妖已是驚駭失色，幾乎要站不穩。

狐妖惴惴不安，一種近乎本能油然而生的恐懼滲透全身，下意識靠近男子，輕聲呼喊道：「白老爺？」

男子收回視線，向前行去：「沒事了，無非是井水不犯河水。」

誰是小小井水，誰是浩蕩河水，天曉得。

清晨時分，三人動身趕路，迎著風雪。

前頭帶路的陳平安走完一段拳樁，突然停下腳步。

粉裙女童輕聲問道：「老爺是在想念誰？」

青衣小童懶洋洋道：「這鬼天氣，老爺可能是想找個山清水秀的地方好拉屎呢，最少不會讓屁股凍著。」

粉裙女童氣憤道：「噁心！」

青衣小童嘆氣道：「忠言逆耳啊。」

——劍來　第一部（五）草長鶯飛時　完

高寶書版集團
gobooks.com.tw

DN 291
劍來【第一部】（五）草長鶯飛時

作　　者　烽火戲諸侯
責任編輯　高如玫
封面設計　張新御
內頁排版　賴姵均
企　　劃　鍾惠鈞

發 行 人　朱凱蕾
出　　版　英屬維京群島商高寶國際有限公司台灣分公司
　　　　　GlobalGroupHoldings,Ltd.
地　　址　台北市內湖區洲子街88號3樓
網　　址　gobooks.com.tw
電　　話　(02)27992788
電　　郵　readers@gobooks.com.tw（讀者服務部）
傳　　真　出版部(02)27990909　行銷部(02)27993088
郵政劃撥　19394552
戶　　名　英屬維京群島商高寶國際有限公司台灣分公司
發　　行　英屬維京群島商高寶國際有限公司台灣分公司
初版日期　2023年08月

本書中文繁體字版由浙江文藝出版社有限公司授權出版。

國家圖書館出版品預行編目(CIP)資料

劍來第一部（五）草長鶯飛時/ 烽火戲諸侯著. -- 初版. -- 臺北市：英屬維京群島商高寶國際有限公司臺灣分公司, 2023.07
面；公分.--

ISBN 978-986-506-770-0（平裝）

857.9　　112009455